Helga Streffing

Tod im Kollegium

Ein Münsterland-Krimi

dialogverlag

Besuchen Sie uns im Internet:
www.dialogverlag.de

Umwelthinweis:
Dieses Buch wurde auf chlor- und säurefreiem Papier gedruckt.

Bibliografische Information Der Deutschen Nationalbibliothek
Die Deutsche Nationalbibliothek verzeichnet diese Publikation in der Deutschen Nationalbibliografie; detaillierte bibliografische Daten sind im Internet über http://dnb.d-nb.de abrufbar.

ISBN 978-3-941462-47-2
1. Auflage 2011

Grafische Gestaltung: Markus Nolte
Titelabbildung: andyQ@photocase
Gesamtherstellung: dialogverlag Münster

Samstag, 24. Oktober

Als das Telefon klingelte, hatte die hereinbrechende Dunkelheit alle Einrichtungsgegenstände mit einem grau-schwarzen Schimmer umhüllt. Sämtliche anderen Farben waren verblasst. Wie lange sie schon regungslos in ihrem Sessel gesessen hatte, konnte sie nicht mehr rekapitulieren. Wahrscheinlich Stunden.

Am Morgen hatte sie die notwendigsten Handgriffe im Haushalt erledigt, eingekauft, etwas gegessen. Irgendwann waren die Gedanken an die vergangene Woche aufgebraucht gewesen und dahinter hatte nur noch das Nichts gelauert. Die Umstellung auf die Winterzeit würde diesem Wochenende eine weitere unwillkommene Stunde hinzufügen.

Das Klingeln war so laut, dass es den ganzen Raum erfüllte und sie zur Bewegung zwang, ohne dass sie eine willentliche Entscheidung treffen musste. Ein kurzer Blick auf ihre Armbanduhr brachte sie in die zeitliche Wirklichkeit zurück: 17.50 Uhr.

»Hannah Schmielink.«

»Guten Abend, Frau Schmielink – Kripo Münster, Kommissar Heidmeier am Apparat. Entschuldigen Sie die Störung, aber Sie haben Notfalldienst heute?«

»Ja, das stimmt. Was gibt es?« Sie hörte, dass ihre Stimme die Trägheit noch nicht vollständig abgelegt hatte.

Sein Gesicht war ihr sofort präsent. Der Name Heidmeier kam bei der Kripo Münster sicherlich nicht zwei Mal vor. Zwar erkannte sie seine Stimme am Telefon nicht, aber sie musste ihm schon begegnet sein. Vor zwei Jahren in Havixbeck.

Es dauerte nur einen Moment, und sie hatte das Grauen der Situation wieder vor Augen: Zwei Schülerinnen einer dortigen Realschule waren beim Rollerskaten von einem Geländewagen erfasst worden. Die beiden Freundinnen waren sofort tot gewesen. Die Fahrerin hatte Unfallflucht begangen. Hannah hatte Heidmeier im Zuge seiner Ermittlungen getroffen. Er war irgendwie düster und wenig gesprächig gewesen – aber sehr professionell. Der Fall hatte sich dann polizeilich schnell erledigt, weil die Unfallfahrerin sich doch noch der Polizei gestellt hatte, aber Hannah hatte an der Schule noch eine ganze Weile zu tun gehabt.

Vor knapp einem Jahr hatte sie sein Foto in der Zeitung gesehen: Er gehörte zu den ermittelnden Beamten nach einem Amoklauf in Emsdetten. Sämtliche Kollegen von der Schulberatungsstelle in Münster waren dort im Einsatz gewesen. Lediglich Hannah hatte sich nur durch die Medien mit der albtraumhaften Szenerie vertraut gemacht, weil sie damals wegen Steffen noch nicht wieder im Dienst gewesen war.

Hannah realisierte, dass seit ein paar Sekunden Stille am anderen Ende der Leitung herrschte. Heidmeier hatte weiter geredet, während sie gedanklich völlig abgedriftet war.

»Entschuldigen Sie, aber könnten Sie noch mal wiederholen, was Sie gesagt haben? Ich habe nicht alles mitbekommen.«

»Alles in Ordnung bei Ihnen?« Er wunderte sich zu Recht. Sie musste jetzt augenblicklich eine plausible Erklärung anbieten und sich konzentrieren.

»Ja, aber Sie haben mich eben aus dem Tiefschlaf geholt. Ich war noch nicht ganz wach. Tut mir leid.«

Es folgte ein weiterer Moment irritierter Stille, bis er sich anscheinend entschloss, sein Anliegen noch einmal vorzutragen.

»Heute Nachmittag wurde die Leiche einer jungen Frau gefunden, hier in Münster, in der Querstraße. Diese junge Frau, Daniela Heckert, ist Lehrerin – an einem Berufskolleg. Wir sind der Meinung, das könnte ein Fall für Sie sein – wahrscheinlich ist übermorgen die ganze Schule hysterisch, und Ihre Hilfe könnte vonnöten sein. Ich habe mit dem Schulleiter schon kurz gesprochen. Er würde gern mit Ihnen morgen durchgehen, wie man am Montag das Schlimmste verhindern kann.«

Jetzt war Hannah voll da. Sie war schon mehrmals als Notfallseelsorgerin in Situationen von plötzlichen Todesfällen an Schulen eingesetzt gewesen: bei Unfällen, tödlichen Erkrankungen von Lehrern oder Schülern, aber noch nie bei einem Mordfall.

Sie erfragte nähere Einzelheiten. Das Gespräch mit dem Schulleiter sollte morgen um zehn Uhr stattfinden. Sonntags würde die Fahrt sicher nicht länger als eine Dreiviertelstunde dauern.

»Ich hoffe, Ihre Sonntagsplanung gerät nicht zu sehr durcheinander.« Sie hatte schon wieder ein Schweigen überhört.

»Äh, nein … kein Problem. Dafür ist der Notfalldienst ja da.« Er musste sie für eine Trantüte halten. Vermutlich ging es ihm nur um ein Mindestmaß an Verbindlichkeit. »Danke für den Anruf. Dann auf Wiederhören.« Mein Gott, wie floskelhaft sie sich anhörte.

In Gedanken ging sie kurz den »Fahrplan« für solche akuten Trauersituationen an Schulen durch. Erst nach den ersten Eindrücken vom speziellen Fall, von den Menschen, die man dort vorfand, den örtlichen Gegebenheiten konnte man konkret werden.

Dann war sie hellwach und wie elektrisiert. Sie musste alles Notwendige zusammenstellen, ihre Garderobe überprüfen – Twinset, Hose, flache Schuhe – alles in gedeckten Farben, wenig Schmuck, die große schwarze praktische Tasche mit einigen Dingen für den Gedenkort. Regenschirm?

Vor dem Spiegel prüfte sie, ob das Blau des Twinsets mit der hellgrauen Hose harmonierte, fuhr mit der Hand durch ihre dichten dunklen Locken mit einen Schimmer von Kastanienrot. Die letzte Tönung lag noch nicht lange zurück. Die einzelne graue Strähne über der Stirn fiel nicht auf.

Das Licht im Schlafzimmer war nicht gerade günstig. Ihr fiel der Spruch von Coco Chanel ein, den sie neulich in einer Frauenzeitschrift gelesen hatte. »Mit 40 muss eine Frau sich entscheiden zwischen ihrem Gesicht und ihrem Hintern.« Drastisch, aber irgendwie wahr. Sie selbst näherte sich dem Zeitpunkt dieser wegweisenden Entscheidung und allmählich hatte sie das Gefühl, dass ihr Gesicht den Sieg davontragen würde.

Langsam ebbte ihr Energieschub ab: 19.30! Sie schaltete den Fernseher ein, aber schon bald nach der Tagesschau ertappte sie sich dabei, wie sie in immer kürzeren Zeitabständen zappte, um Actionfilmen, Volksmusik oder Talkshows zu entgehen, in denen Moderatoren und Gäste sich gegenseitig in affektiertem Getue und Pseudo-Geständnissen überboten. Es war unerträglich.

Früher hatten Steffen und sie an solchen Abenden schon mal den Kamin angemacht – oder waren in ein Restaurant gegangen, selten ins Kino nach Münster. Für einen Moment hatte sie einen Kloß im Hals. Samstagabende ohne ihn waren immer noch schwer.

Sie blieb an einem Tatort hängen mit Stöver und Brocki. Nach einiger Zeit kamen ihr die Szenen bekannt vor. Zwischendurch rutschten die Gedanken an den morgigen Tag immer wieder dazwischen.

Ob an der Schule die Reaktion auf einen Mord anders sein würde als auf einen tödlichen Unfall oder eine tödlich verlaufene Krankheit? Sie war nervös, wie sollte sie auch nicht? Diese Situation sprengte ihren Erfahrungshorizont. Nicht zu wissen, was auf sie zukam, machte sie immer nervös. Es half auch nicht, sich mögliche Abläufe und Probleme vor Augen zu führen. Ständig tauchten neue Szenarien vor ihr auf und sie schaffte es kaum, sich von diesen Bildern zu lösen.

Lange Zeit zögerte sie, den Fernseher abzuschalten, denn der Weg in ihr kühles Schlafzimmer und Bett erschien ihr unendlich schwierig. Aber sie musste morgen ausgeruht sein. Es würde einiges auf sie zukommen.

Sonntag, 25. Oktober

Um neun Uhr schlief Münster noch. Bis jetzt war sie noch nie so früh sonntags unterwegs gewesen seit ihrem Umzug von Herbern hierher in die Stadt vor knapp zwei Monaten. Und früher als Studentin war sie am Wochenende natürlich erst mittags aufgestanden. In den letzten Wochen hatte sie ihre Wohnung sonntags nie vor elf oder zwölf Uhr verlassen. Wozu auch? Zum Brötchen holen für sich allein konnte sie sich nicht aufraffen.

Es waren kaum Autos unterwegs – selbst am Bahnhof war es ziemlich ruhig. Ohne große Emotionen nahm sie das Parkhaus wahr, das an der Stelle des verkommenen fünfstöckigen Hauses stand, in dem sie glückliche WG-Jahre verbracht hatte.

Dünne Schleierwolken schoben sich zwischen die Sonne und die Münsterländer Parklandschaft, die Hannah überwiegend mit Tempo 80 durchquerte. Viele Felder waren schon gepflügt, ein bisschen Mais stand noch hier und da an den Rändern der Felder – sie hatte vergessen, wofür die Bauern den brauchten. Steffen hatte es ihr öfter erklärt, obwohl es gar keine Bedeutung für sie hatte.

In einem der Orte waren Leute unterwegs, größtenteils zu Fuß, wahrscheinlich zum Hochamt.

Die Sonne schien langsam kräftiger. Wahrscheinlich würde sie heute dieses gelb-goldene Licht aussenden, das zusammen mit dem Geruch von nassem Laub unverzichtbarer Bestandteil ihrer Lieblingsjahreszeit war.

An den Ortsrändern standen einige neu wirkende Fabrikgebäude. Der Zustand der neuerdings unvermeidlichen Kreisverkehre gab eine Visitenkarte für die Effizienz der jeweiligen

Kommunalverwaltung ab. Einige Hinweistafeln auf örtliche »Events« und eine »Häufung« von zwei Kreisverkehren ließ darauf schließen, dass sie fast am Ziel war.

Zu früh: das war eine Marotte von ihr, die wahrscheinlich aus ihrer Kindheit herrührte. Sie konnte sich dunkel daran erinnern, immer mindestens zehn Minuten zu früh zum Gottesdienst mit der Familie in der Kirche gewesen zu sein und sich dann endlos gelangweilt zu haben.

Sie bog ab zum Bahnhof, holte sich eine Zeitschrift am Kiosk und versuchte, weitere fünf Minuten zu vertrödeln. Die Luft in der Bahnhofshalle war zum Schneiden. Sie musste unbedingt wieder an die frische Luft, um die Anspannung, die sich allmählich in ihr breit machte, loswerden zu können.

Um 9.55 Uhr stieg sie wieder ins Auto. Es konnten nur noch ein paar Meter bis zur Schule sein. Sehr praktisch für Fahrschüler. Der Fußweg vom Bahnhof konnte höchstens zehn Minuten betragen. So ein Berufskolleg hatte doch wahrscheinlich einen großen Einzugsbereich.

Vor dem kleinen Schulhof waren am Straßenrand einige Parkbuchten mit einem Schild »Nur für Lehrer« gekennzeichnet. Drei Autos standen dort. Der menschenleere Schulhof mit dem ebenso verlassenen Fahrradständer ließ den Eindruck von Ödnis aufkommen, den so ziemlich jede Schule nach Schulschluss, am Wochenende oder in den Ferien ausstrahlt. Kaum vorstellbar, dass zu anderen Zeiten hier das Leben tobte.

Das Schulgebäude war ein mehrstöckiger Kasten, schätzungsweise aus den 60er Jahren. Schlichter Beton, keine Verzierungen, recht große Fenster, die neueren Datums zu sein schienen. Eine Reihe von Stufen führte zur Eingangstür, an der Hannah klingeln musste. Seltsam, dass es überhaupt Klingeln an Schulen gab!

Ein Mann, vielleicht Mitte 50, in einem grauem Wolljackett und Jeans, öffnete ihr die Tür.

»Guten Tag. Sie sind sicher Frau Schmielink. Mein Name ist Everkamp – ich bin der Schulleiter. Schön, dass sie an einem Sonntag den Weg hierher gefunden haben.«

Für einen Moment war Hannah angesichts dieser freundlichen, fast warmen Begrüßung geneigt, den Anlass ihres Besuchs zu vergessen. Außer dass Herr Everkamp etwas blass war, wirkte er nicht sonderlich erschüttert. Er war nicht sehr groß, hatte blondes, korrekt geschnittenes Haar mit grauen Einsprengseln.

»Kommen Sie doch herein. Haben Sie uns gut gefunden?«, fuhr er im lockeren Plauderton fort, während er hinter ihr sorgfältig die Tür wieder verschloss.

Hannah antwortete völlig automatisch und versuchte sich dabei einen Eindruck von ihrer Umgebung zu verschaffen. Den Eingangsflur zierte das Foto eines älteren Mannes. Ein kantiges Gesicht, graue Haare, altmodische Brille. Das Foto musste älter sein.

»Der Gründer unserer Schule. Herbert Steinhaus. Die Schule war bis vor zehn Jahren privat und trug seinen Namen. Seitdem bilden wir einen Verbund mit den anderen beiden städtischen Berufskollegs. Daher der Name: Berufskolleg III«, erläuterte Everkamp im Vorbeigehen, wie er es wahrscheinlich schon unzählige Male getan hatte. »Vom Ursprung in den 60er Jahren her waren wir hauptsächlich auf den kaufmännischen Bereich orientiert, aber in den letzten Jahren haben wir uns auch einige Bildungsgänge im sozialen Bereich erschlossen.«

Darunter konnte sich Hannah nicht viel vorstellen. Sie fand es zwar nicht uninteressant, etwas über die Schule zu erfahren, die in den nächsten Tagen wenigstens zum Teil ihren Arbeitsplatz darstellen würde, aber weitaus spannender fand sie die Tatsache, dass Everkamp den Anlass ihres Besuchs noch mit keinem Wort erwähnt hatte.

Sie erreichten einen Querflur, der rechter Hand nach einigen Metern in eine quadratische Halle mündete, die regelrecht voll gepackt war: Sitzecken, Stellwände, Schaukästen, ein Getränkeautomat, übermannshohe Pflanzen, ein Kopierer. Hannah beschloss im Stillen, sich dieses Sammelsurium morgen näher anzusehen. Wo sollte sie in diesem Chaos einen würdigen Gedenkort für die Verstorbene einrichten? Direkt neben einem Schaukasten mit glänzenden Goldpokalen? Scheinbar hatten die Schulmannschaften schon diverse Erfolge im Fußball oder Volleyball erzielt, die hier jedem Besucher ständig zu Werbezwecken vor Augen geführt wurden.

Everkamp bat sie in sein Büro, das in seiner schlichten Eleganz einen starken Kontrast zur Halle bildete. Der runde Tisch mit fünf ergonomisch geformten Stühlen aus dunklem Holz, die geschwungene Form des Schreibtisches, die grauen Vorhänge mit dezentem Muster. Überraschend geschmackvoll.

Die zwei im Schulleiterzimmer wartenden Personen standen auf, als Everkamp sie vorstellte. »Ich habe zwei Kollegen zu dem Gespräch dazu gebeten, die schon lange Jahre hier an der Schule tätig sind und ganz in der Nähe wohnen. Claudia Gröger und Dieter Budke. Frau Gröger ist auch Vorsitzende des Lehrerrates.«

Hannah gab beiden die Hand und bemühte sich, das Beileid, das sie allen wünschte, in sich zu fühlen und mit ihrer Stimme zu vermitteln. Stimme – Stimmlage – Tonfall – Vibration waren fast wichtiger als das, was man sagte. Sie wusste aus Erfahrung, dass es von Bedeutung war, von vornherein als glaubwürdig wahrgenommen zu werden und Beziehungen zu knüpfen. Claudia Gröger und Dieter Budke sagten erst einmal kaum etwas, schauten aber sehr betroffen. Claudia Gröger wischte sich sogar Tränen aus den Augen. Ihre aschblonden, halblangen Haare waren intensiv mit Grau durchsetzt. Auch Budkes angedeuteter Kinnbart war überwiegend ergraut. Er trug ein kurzärmeliges Poloshirt, über die Schultern hatte er lässig einen Pullover geschlungen. Er roch nach Schweiß.

Everkamp war offensichtlich dankbar, dass Hannah zum Anlass für diese Zusammenkunft übergeleitet hatte, den er bis jetzt tunlichst umgangen hatte. »Wir können es noch gar nicht fassen. Die junge Kollegin Daniela Heckert soll ermordet worden sein. Es ist unfassbar, wie so etwas passieren kann.«

Sie musste sich jetzt unbedingt gut konzentrieren und die Fragestellungen für »Group Crisis Intervention«, einer Methode der ersten psychologischen Hilfe bei posttraumatischen Belastungsreaktionen, abrufen. Es war lange her, dass sie diese Methode in einer Akutsituation hatte anwenden müssen.

»Wie haben Sie vom Tod Ihrer Kollegin erfahren?«, fragte sie zunächst. Die Methode funktionierte zu ihrer Erleichterung wie vorgesehen.

Everkamp äußerte sich als erster und schilderte, wie die Polizei ihn benachrichtigt hatte. Dann hatte er die beiden anderen telefonisch verständigt. Hannah registrierte, dass alle drei erwähnten, was sie in dem Moment getan hatten, als die Nachricht sie erreichte. Das war ganz normal und hilfreich, denn so wurde das belastende Ereignis im normalen Alltag verankert. So ähnlich wie jeder Mensch von einer bestimmten Altersgruppe an sich auf Anhieb erinnert, was er gerade getan hat, als die Nachricht vom Attentat auf das World Trade Centre ihn erreichte. Genau wie sie selbst nie in ihrem Leben vergessen würde, wie ihr Kollege Dirk mit kalkweißem Gesicht in eines ihrer Beratungsgespräche hereingeplatzt war, sie zum Telefon gerufen hatte und wie sie …

Es gelang ihr mit äußerster Kraft, wieder in die Wirklichkeit zurückzukehren. Budke redete weiter. Die beiden Männer hatten nichts gemerkt. Nur Claudia Gröger schaute sie einen Moment lang intensiv an, bis Hannah den Faden wieder gefunden hatte.

»Wie haben Sie auf die Nachricht reagiert?« Sie mussten ihre Reaktionen aussprechen. Das war wichtig für die Verarbeitung. Sie ließ sie reden und und fuhr fort mit der durch die Methode vorgegebenen Reihenfolge der Fragen. »Herr Everkamp, was haben Sie bisher unternommen?«

Er schilderte beflissen, wie er eine Telefonkette in Gang gesetzt hatte, um möglichst viele Kollegen noch am Sonntag zu erreichen.

»Leider kann ich meinen Stellvertreter, Herrn Matschinsky, nicht erreichen. Ich schätze, er ist noch im Urlaub. Wissen sie, wir hatten ja Herbstferien. Morgen ist erst der erste Schultag danach. Matschinsky fährt immer bis zum letzten Tag an die See.« Seine Betonung des Wörtchens »immer« ließ nicht unbedingt auf ein völlig spannungsfreies Vertrauensverhältnis zu seinem Stellvertreter schließen.

Hannah beschloss, sich dem Thema »Zukunftsvorbereitung« zuzuwenden. So wurde die Schockstarre der Betroffenen im Regelfall überwunden.

»Was glauben Sie, wird morgen und in den nächsten Tagen passieren?«

Das schien Dieter Budkes Stichwort gewesen zu sein. Plötzlich kam er aus sich heraus. »Es wird ein hysterisches Geschrei geben! Vor allem bei den Schülern, insbesondere den Mädchen. Die kommen ahnungslos aus den Ferien und dann das! Es wird das Beste sein, wir schicken sie unverzüglich wieder nach Hause.« Sein Vorschlag widersprach allen Erkenntnissen für den Umgang mit solchen Belastungssituationen, aber Hannah beschloss, erst einmal nicht darauf zu antworten. Sie schaute ermunternd in die Runde.

»Wir sollten alle in die Aula rufen, sie informieren, ein Gebet sprechen oder einen Gottesdienst halten und dann … ich weiß nicht … Unterricht machen. Mein Gott, ich kann im Moment gar nicht klar denken.« Claudia Gröger schaute unsicher in die Runde. Am Ende blieb ihr Blick an Hannah hängen.

Everkamp war ebenso ratlos. »Ich weiß nicht, Sie sind mit solchen Situationen besser vertraut.«

Hannah fühlte drei Augenpaare erwartungsvoll auf sich gerichtet. Sie fand es mit einem Mal sehr warm in dem kleinen Büro.

Sie schlug vor, die Klassen am nächsten Tag einzeln durch die Lehrer über den Tod von Daniela Heckert informieren zu lassen, deutete an, dass sie gewisse Hilfestellungen für ein solches Gespräch geben könnte, brachte einen Gedenkort und in nächster Zeit eine Trauerfeier ins Spiel. Everkamp schien sehr dankbar für all diese Anregungen, und Claudia Gröger nickte zustimmend.

Budke war eher der Pragmatiker. »Die Kollegen kommen morgen kurz vor acht gleichzeitig mit den Schülern. Die Münsteraner Kollegen, die mit dem Zug fahren, sind wahrscheinlich nicht einmal pünktlich – sind sie ja meistens nicht. Wann sollen wir denn Absprachen treffen?«

»Und jemand muss Frau Heckerts Klasse informieren.« Hannah hörte das unterschwellige Grauen in Everkamps Stimme. Sie bot ihm an, das zu übernehmen. Daraufhin versicherte Everkamp, er würde sie selbstverständlich begleiten.

Außerdem schlug Hannah vor, die Kollegen per Telefonkette oder E-Mail um ein früheres Eintreffen in der Schule zu bitten. Damit hatte sie den skeptischen Budke beschwichtigt.

Nach einigen weiteren Absprachen standen sie auf und verließen das Schulleiterzimmer. Auf dem Flur rang sich Everkamp doch noch eine gewisse Würdigung der verstorbenen Kollegin ab.

»Daniela Heckert war ja erst ein paar Jahre hier. Aber sie war allseits geschätzt. Die Schüler ihrer Klasse im letzten Schuljahr waren richtiggehende Heckertfans.« In dem Moment klingelte das Telefon in seinem Zimmer.

Budke hatte es eilig. Vielleicht hatte dieser unerwartete Termin seine wohlorganisierte Freizeitgestaltung für das Wochenende durcheinander gebracht. Die ihn umgebende Schweißnote ließ auf Fitnessaktivitäten schließen. Mit einem knappen Gruß eilte er in Richtung Ausgang.

Claudia Gröger nestelte an den Knöpfen ihrer blauen Strickjacke. Den mittleren Knopf hatte sie nun schon mehrere Mal auf und wieder zugeknöpft. Hannah war sicher, dass die Frau noch reden wollte. Und da kam es auch schon. »Ich glaube, sie war schwanger. Sie rauchte seit ein paar Wochen nicht mehr und zwischen Unterricht und Konferenz legte sie sich öfter im Besprechungszimmer aufs Sofa.«

Ihre Augen glänzten schon wieder. »Entschuldigen Sie, ich bin normalerweise nicht so nah am Wasser gebaut. Aber dies hier ist einfach niederschmetternd.«

Hannah murmelte etwas Bestärkendes. Sie hatte einen Moment gebraucht, um zu begreifen, dass Claudia Gröger von der Ermordeten sprach. Bevor sie reagieren konnte, war Everkamp zurück.

»Das war Matschinsky – endlich! Ich habe ihm gesagt, jetzt braucht er nicht mehr zu kommen. Wir haben alle Weichen gestellt. Ich danke Ihnen, Frau Schmielink, dass Sie sich an einem Sonntag hierher bemüht haben.«

Selbst in einer solchen Belastungssituation vergaß er seine guten Umgangsformen nicht. Hannah verabschiedete sich.

Draußen holte sie tief Luft. Sie spürte, wie die Anspannung von ihr abfiel, die sie während der Gespräche in der Schule nur untergründig wahrgenommen hatte.

Wieder im Auto – es war inzwischen so warm, dass sie ihre Jacke ausgezogen hatte – fühlte sie Erleichterung. Sie musste sich abreagieren. Am besten körperlich. Das Schild »Regionalpark« kam ihr gerade recht. Ein öffentlicher Park – am späten Sonntagvormittag wahrscheinlich schon von einigen Spaziergängern besucht – ohne dass sie jemandem begegnen konnte, der sie erkannte. Traumhaft.

Ohne Mühe fand sie den Park und marschierte kräftig drauflos, um Energie loszuwerden. Buntes Laub – Herbstblumen in lila, dunkelrot, gelb, Sonne pur. Irgendwann dachte sie flüchtig daran, dass dies ihr erster Herbstspaziergang ohne Steffen war. Letztes Jahr war ihr wahrlich nicht danach gewesen.

Auf der Rückfahrt ging sie gedanklich noch einmal wichtige Punkte für den nächsten Tag durch und beschloss, Heidmeier anzurufen. Sie musste wissen, wann die Leiche für die Beerdigung freigegeben werden würde. Das war wichtig, auch für den Termin einer eventuellen Trauerfeier in der Schule. Vielleicht wusste er es auch noch nicht. Vielleicht wollte er sonntags nicht gestört werden. Aber sie würde das morgen tausendmal gefragt werden. Dafür würde er doch Verständnis haben.

Sie rief ihn an, sein Anrufbeantworter ging an. Gegen halb neun rief er zurück. Er klang müde. Den genauen Termin der

Freigabe der Leiche wusste er noch nicht. Es konnte bis zu zwei Wochen oder länger dauern. Das war schlecht für ihre Planung, aber nicht zu ändern.

»Haben Sie schon irgendwelche Erkenntnisse?« Ein Testballon – es interessierte sie einfach.

Sie merkte, wie er zögerte und sich dann einen Ruck gab. »Sie stehen ja unter Schweigepflicht! Also gut: Daniela Heckert ist erschlagen worden, mit einem stumpfen Gegenstand, den wir aber in der Wohnung nicht gefunden haben. Sie hat ihren Mörder wohl selbst herein gelassen und war dabei, Kaffee zu kochen. Sie wurde in der Küche gefunden – die Kaffeemaschine war noch eingeschaltet – auf einem Tablett befanden sich zwei Kaffeetassen.«

Also ein Bekannter, Freund, Verwandter, Mann oder Frau?

»An der Schule wird vermutet, dass sie schwanger gewesen sein könnte.«

»Sie sind ja schneller als die Polizei! Daniela Heckerts Freund oder besser gesagt Verlobter hat das bestätigt. Er hat sie gefunden, als er nachmittags von seinen Eltern zurück kam. Die hatte er informiert, dass die beiden noch in diesem Jahr heiraten wollten. Sie sind wohl schon eine Ewigkeit zusammen. Er ist Handwerker – Elektriker. Er scheint sie angebetet zu haben, ist jedenfalls völlig am Boden zerstört.«

»Kommt er als Täter in Frage?« Hannah war nicht ganz wohl bei ihrer Frage. Was würde Heidmeier von ihr halten, wenn sie so neugierig war?

»Das werden wir schon herausfinden. Kommt auf den Tatzeitpunkt an. Unsere Pathologen kümmern sich darum.«

Sie glaubte, dass er nun das Gespräch beenden würde, aber sie hatte sich geirrt. »Es wäre gut, wenn Sie in der Schule die Ohren und Augen aufhalten würden, Frau Schmielink. Vielleicht können Sie dort in Ihrer Rolle auch einiges erfahren über das Opfer und ihr Umfeld, das für uns von Interesse sein könnte. Der Polizei wird ja nicht immer alles erzählt.«

Aha, daher wehte der Wind. Deswegen seine Offenheit! Er wollte sie als Informationsquelle nutzen. Gut, warum nicht. Sie vereinbarten, gelegentlich wieder zu telefonieren.

Der Sonntagabend-Film war schon weit fortgeschritten, als sie auflegte, aber die Handlung war sowieso vorhersehbar, die Schauspieler schlecht. Der Film plätscherte weiter, während sie versuchte sich zu entspannen, um sich auf den folgenden Tag einzustellen. Diese Unmengen von Menschen, die sie in kürzester Zeit kennen lernen würde! Es bedurfte großer Aufmerksamkeit, um zu spüren, was man für sie tun konnte. Und das konnte einem an die Substanz gehen. In einer Situation hatte sie heute an ihrer Belastbarkeit gezweifelt: als sie für einen Moment völlig abgetaucht war in die Vergangenheit.

Ein paar Minuten lang spielte sie mit dem Gedanken, Dirk anzurufen und um Unterstützung zu bitten. Aber das Chaos an der Beratungsstelle würde schon durch ihr eigenes ungeplantes Fehlen enorm sein. Außerdem hatten die Kollegen im letzten Jahr wochenlang für sie die Kohlen aus dem Feuer geholt, als sie krank geschrieben war. Niemand hatte je ein Wort darüber verloren, welchen Stress Hannahs Fehlen verursacht hatte. Nein, sie hatte noch einiges gut zu machen. Sie würde es auch allein schaffen.

Montag, 26. Oktober

Als Hannah am nächsten Morgen um kurz vor acht wieder die Treppe zur Schule hochging, fühlte sie sich absolut unter Strom, denn sie war viel zu spät dran. Das feuchte Nieselwetter hatte eine Sonderbehandlung ihrer Haare erfordert. Dann hatte sie den Berufsverkehr unterschätzt, hinter diversen Lkw fest gehangen, in einigen Orten mehrere Minuten vor Ampeln gestanden, und als sie dann an der Schule ankam, waren alle Parkplätze besetzt. Klar, sie hatte ja darum gebeten, dass die Lehrer früher kommen sollten.

Sie kurvte in den engen Straßen um die Schule herum, mehrere Parklücken erschienen ihr zu eng, bis sie schließlich ein paar Straßen entfernt einen kleinen Parkplatz entdeckte, der wohl zu einer Arztpraxis gehörte. Egal, es war jetzt wichtig, noch einigermaßen pünktlich zu kommen.

Sie hastete zur Schule und bemühte sich dabei, ruhiger zu werden.

Schon beim Überqueren des Schulhofs bekam sie einige Wortfetzen mit. »Die Heckert ist tot – ermordet – wirklich – steht in der Zeitung – am Radio haben sie es auch gesagt.«

Auch das noch! Die Medien hatten Wind von der Sache bekommen und alle Welt, vor allem die Schüler, wussten es, nur Hannah wusste bis jetzt noch nicht, dass sie es wussten, weil sie keine Zeitung abonniert hatte und sich abgewöhnt hatte, im Auto Radio zu hören, weil sie die Ruhe brauchte morgens.

In der Eingangshalle der Schule standen Trauben von Schülern. Einige wenige bemerkten Hannah leicht irritiert: eine fremde Erwachsene fiel natürlich sofort auf.

Sie ging durch die Halle bis zu der Tür, die Everkamp ihr gestern gezeigt hatte. Ein ziemlicher Lärm drang aus der halb geöffneten Tür des Lehrerzimmers heraus. Hannah gab sich einen Ruck und ging hinein.

Der Raum war gut gefüllt. Schätzungsweise 40 Lehrpersonen waren anwesend. Einige eher ältere Kollegen standen um einen Tisch herum, der voll gestellt war mit unförmigen, schwer wirkenden Aktentaschen verschiedenster Machart. Einige Personen drehten ihr den Rücken zu. Claudia Gröger kam sofort auf Hannah zu. Der Lärmpegel sank vernehmbar.

»Da sind Sie ja! Wir warten schon auf Sie! Soll ich Sie vorstellen?«

Hannah gab allen in der Runde die Hand. Eine jüngere Frau um die 30, kräftig, kurze schwarze Haare, saß abseits an einer Ecke des Tisches. Die Namen konnte Hannah sich so schnell nicht alle merken, einige klangen aber sehr münsterländisch. Die junge Frau hieß Marlies irgendwas.

Nach einigen mitfühlenden Bemerkungen wie »großer Schock« und »schwierige Situation« wandte sich Hannah einer weiteren Gruppe im hinteren Teil des Lehrerzimmers zu. Fast alle waren deutlich jünger. Auch hier stellte sich Hannah vor. Keines der Gesichter prägte sich ihr auf Anhieb ein. Es waren einfach zu viele.

Sie wollte sich gerade einem kleinen Tisch zuwenden, an dem nur eine einzige Person saß, als ihr von hinten ins Ohr gezischelt wurde.

»Hatten wir uns nicht darauf geeinigt, dass wir heute morgen pünktlich die Kollegen informieren wollten? Oder hatte ich da etwas missverstanden?«

Dieter Budke. An einer überdimensionalen Kaffeetasse nippend schob er sich an ihr vorbei und setzte sich zu seinem Kollegen an den kleinen Tisch. Bevor Hannah jedoch Zeit hatte, den Herrn zu begrüßen, drehten sich alle zur Tür. Offensichtlich hatte jemand Everkamp Bescheid gesagt, dass sie nun eingetroffen war. Er war also nicht bei seinem Kollegium in dieser angespannten Situation. Irgendwie passte das nicht in Hannahs Bild von ihm vom Vortag. Er begrüßte sie, stellte sie vor und erteilte ihr das Wort.

Hannah bemerkte ein leichtes Zittern in ihrer Stimme, als sie begann darzulegen, welche Überlegungen man in kleiner Runde schon am Sonntag getroffen hatte. Sie hatte sich gerade ein wenig gefangen, als die Tür aufgestoßen wurde und eine Frau hereinstürmte. Ihr langes, wahrscheinlich gefärbtes rotes Haar, der knallrote Lippenstift und ihr schwarzer Lackledermantel waren ziemlich auffällig. Hannah versuchte vergeblich, das Alter der Frau zu schätzen. Ihre Gesichtshaut wirkte straff oder besser gesagt gestrafft. Sie konnte 35 sein oder 55, wahrscheinlich irgendwo dazwischen.

»Hallo, na, waren die Ferien nicht wieder mal eindeutig zu kurz?« Sie schaute irritiert in die schweigende Menge.

»Was ist los? Warum guckt ihr alle so belämmert?«

»Frau Heckert ist tot. Sie wurde vorgestern ermordet aufgefunden, Frau Müller-Rath.« Everkamp versuchte die Situation zu retten.

»Wieso weiß ich nichts davon, wenn alle es wissen?«, schnaubte Frau Müller-Rath. »Bin ich mal wieder vergessen worden?«

Sie setzte sich mit offensichtlicher Empörung zu Budke an den kleinen Tisch. Scheinbar fand sie es viel schlimmer, nicht informiert zu sein, als dass eine Kollegin ermordet worden war.

Hannah fuhr fort, dem Kollegium zu erläutern, mit welchen Fragen sie ihren Schülern die Verarbeitung des Schocks erleichtern könnten. Sie hatte das Gefühl, zu viel zu reden, und ihr fehlte das Gespür, ob ihre Erläuterungen überhaupt bei den Lehrern ankamen. Klang das nicht alles sehr theoretisch?

»Meine Klasse kennt Frau Heckert überhaupt nicht. Kann ich nicht einfach Unterricht machen?« Einer der männlichen Kollegen. Hannah war vorbereitet auf eine solche Reaktion, denn sie war nicht ungewöhnlich. Nicht jedem fiel es leicht, über Tod und Trauer zu sprechen. Manche verdrängten diese Themen lieber und verschanzten sich hinter Sachlichkeit.

»Sie müssen natürlich nicht unbedingt über den Todesfall konkret sprechen, wenn die Klasse das absolut nicht will. Vor allem Jungen, junge Männer, tun sich oft schwer, sich zu solchen Themen zu äußern, Gefühle zuzulassen. Möglicherweise können Sie aber allgemein über Tod, Verlust, Beerdigung ins Gespräch kommen, um so eine gewisse Annäherung an die Situation zu ermöglichen. Manchen hilft es, erst auf einer sachlichen Ebene zu bleiben. Vermeiden Sie aber Spekulationen.« Dabei meinte Hannah natürlich nicht nur die Schüler, aber das musste sie ihm ja nicht auf die Nase binden.

Eine der jüngeren Kolleginnen räusperte sich: «Ich weiß nicht, ich fürchte eher, dass unter den Schülern eine Hysterie ausbrechen könnte – vor allem bei den Mädchen. Ich habe das mal an der Schule erlebt, an der ich Referendardienst gemacht habe, als eine Schülerin tödlich verunglückt ist. So etwas möchte ich nicht noch einmal erleben.«

Hannah versuchte ihr behutsam deutlich zu machen, dass Tränen in so einer Situation durchaus zulässig seien, dass sie genau das den Schülern sagen sollte, um so zu vermeiden, dass sich das Ganze zu einem unkontrollierbaren Ausbruch steigert. Selbstverständlich würde sie selbst auch – nachdem sie Daniela Heckerts Klasse informiert hätte – für Einzelgespräche mit besonders betroffenen Personen zur Verfügung stehen. Auch in den nächsten Tagen.

Wieder meinte sie nicht nur die Schüler. Aber sie wusste, dass sie vorsichtig sein musste. Lehrer, die Hilfe brauchen, psychologische Hilfe gar, bekannten das nicht gern vor Kollegen.

Claudia Gröger kam Hannah zu Hilfe. »Ich denke, wir schaffen das. Natürlich sind wir alle geschockt und einige auch persönlich mehr betroffen als andere. Wir sollten das jetzt gemeinsam angehen. Ich bin ein wenig im Vorteil, weil ich gestern schon Gelegenheit hatte, mich mit Frau Schmielink zu unterhalten. Wir sollten auf ihre Erfahrung bei der Bewältigung einer solchen Situation vertrauen. Ich habe in der ersten Stunde keinen Unterricht, würde aber mit jemandem mitgehen, der Unterstützung haben möchte. Ich denke, es wird möglich sein, auch einige andere Teams zu bilden.«

Diese Frau war Gold wert! Ihre Stimme war warm, mitfühlend, energisch zugleich. Verständlich, dass sie Vorsitzende des Lehrerrats war.

Es kam Bewegung in das Kollegium. Hannah sah, wie einige Blicke gewechselt wurden und sich tatsächlich zwei, drei Pärchen bildeten. Einige andere nahmen ihre Taschen und strebten der Tür zu.

Everkamp nutzte die Zeit, Hannah seinen Stellvertreter Matschinsky vorzustellen, einen relativ jungen Mann auf dem Posten, um die 40, strähniges dunkelblondes Haar, sehr groß, sehr schweigsam – genauer gesagt hatte er bis jetzt noch keinen Ton gesagt außer: »Ich mache mich jetzt an den Vertretungsplan für Frau Heckerts Stunden.« Er hatte Hannah nicht in die Augen geschaut.

»Herr Everkamp, Telefon für Sie.« Eine Frau, Mitte 40, Dauerwellenfrisur, in knallrotem Pullover, sehr klein, lugte durch die Tür. Die Sekretärin?

»Entschuldigen Sie mich einen Augenblick.« Everkamp verließ das Lehrerzimmer.

Endlich konnte Hannah kurz Luft holen. Die erste Hürde für heute hatte sie genommen. Am hinteren Tisch war eine junge Frau sitzen geblieben und weinte leise in ihr Taschentuch. Sie sah zu Hannah auf, als diese auf sie zuging.

»Ich kann das jetzt nicht. Wenn ich mir vorstelle, dass Daniela da irgendwo kalt und tot in einem Kasten liegt und von den Gerichtsmedizinern auseinander genommen wird. Und sie war doch schwanger!« Die junge Frau schlug die Hände vor das Gesicht. »Ich kann jetzt nicht vor die Schüler treten. So nicht!«

»Das müssen Sie ja auch nicht. Jemand wird Sie vertreten«, versuchte Hannah sie zu beruhigen.

»Ja, Rüdiger ist für mich gegangen. Ich bin ihm so dankbar.«

Hannah war ebenso dankbar, dass doch jemand etwas mehr empfand für die Tote, als sie bisher bei den meisten Lehrpersonen meinte gespürt zu haben.

»Wenn Sie möchten, können wir uns unterhalten, nachdem ich mit Frau Heckerts Klasse gesprochen habe. Vielleicht so in ungefähr einer Stunde?«, bot sie ihr an.

»Ich glaube, das täte mir ganz gut.« Sie schniefte, versuchte zu lächeln. »Ich bin Yvonne ten Bruyn. Daniela und ich waren befreundet. Ich kann es einfach nicht fassen. Wer tut so etwas?«

Hannah musste sie bremsen, da Everkamp zurückgekommen war. Sie vereinbarten, im Anschluss an das Gespräch mit der Klasse von Daniela Heckert miteinander zu sprechen.

Nun also: ihre Klasse! Ein bisschen mulmig war Hannah schon. Everkamp scheinbar auch, denn sein üblicher Smalltalk verebbte fast vollständig, während er ein ihr bisher noch unbekanntes zweites Treppenhaus zum Obergeschoss benutzte und sie um mehrere Ecken, durch Gänge und Zwischentüren führte. An den Wänden hingen einige Schülerwerke. Scheinbar hatte man sich im Kunstunterricht mit dem Thema »Zeit« befasst, denn Zifferblätter kamen in mehreren dieser Gebilde vor. In einem anderen Teil des Flures waren vermutlich Selbstporträts der Schüler zu sehen.

Beim Eintritt in den Klassenraum holte Hannah tief Luft. Obwohl die Schüler sich ja erst einige Minuten in dem Raum befinden konnten, kam ihr eine Wolke von warmer, abgestandener Luft entgegen, ein Gemisch aus Wurstbroten, Hühnersuppe aus Pappbechern, Parfüm, Schweiß und kaltem Rauch.

Die Schüler saßen oder standen überwiegend in kleineren Gruppen. Nun trat im Zeitlupentempo die normale Sitzordnung in Kraft.

Der Schulleiter stellte Hannah mit Grabesstimme vor und hob darauf ab, dass sie ja vermutlich alle schon von dem »traurigen Ereignis« wussten. Dabei nannte er weder das Ereignis noch die Klassenlehrerin der Klasse beim Namen. Nervös mit den Händen ringend entschuldigte er sich dann mit wichtigen organisatorischen Klärungen und überließ Hannah das Feld.

Fast 30 Jugendliche von 17, 18 Jahren schauten sie an, erwartungsvoll, interessiert, provozierend gelangweilt.

Schwarz war die dominierende Farbe. Das war normal, kein Zeichen von Trauer. Einige Streifen Haut an den Bäuchen der Mädchen fielen ihr auf, einige tiefe Einblicke wurden gewährt.

Hannah ging wieder nach der Methode vor, die sie vorher dem Kollegium erläutert hatte, und bald redeten sie: Schock, Ungläubigkeit, Trauer, Entsetzen, Neugier – die ganze Skala der Gefühle. Als das Gespräch auf Daniela Heckert als Lehrerin kam, beteiligten sich auch einige Jungen. Hannah erfuhr, dass sie fachlich – sie unterrichte die Klasse in Biologie und Erziehungswissenschaften – viel verlangt hatte, strenge, aber gerechte Noten gab und auch »menschlich in Ordnung« war.

»Sie stand oft mit uns in der Raucherecke und quatschte mit uns, lästerte mit uns ein bisschen ab über die anderen Pauker. Sie hatte sich auch schon so auf die Klassenfahrt nach Amsterdam gefreut.«

Die Schülerin konnte bei dem Gedanken plötzlich die Tränen nicht mehr zurückhalten – wie auch einige andere.

Das Wort Raucherecke irritierte Hannah. Sie war sicher, dass sie von einem absoluten Rauchverbot an Schulen in Nordrhein-Westfalen gehört hatte. An dieser Schule schien es nicht zu gelten.

»Es ist so voll ungerecht, dass es ausgerechnet sie getroffen hat. Sie war doch super! Was für ein Schwein tut das?«

Der Junge, pausbäckiges Gesicht, stämmig, dicke blonde Haare, war sichtlich aufgewühlt. Das ging in die falsche Richtung! Sie musste unbedingt gegensteuern!

»Vertrauen Sie darauf, dass die Polizei das schnell herausfinden wird. Ich bitte Sie jetzt zu überlegen, wie es konkret heute und in den nächsten Tagen mit Ihnen und Ihrer Klasse weitergehen soll. Wie möchten Sie Ihrer Trauer um Ihre Klassenlehrerin Ausdruck verleihen?«

Hannah lenkte das Gespräch auf einen Gedenkort, eine Trauerfeier, und es gab einige Ideen – Fotos, Andenken an die Tote wurden vorgeschlagen. Sie regte an, geeignete Dinge am nächsten Tag mitzubringen. Jemand schlug vor, Frau Heckerts Lieblingssong bei der Trauerfeier zu spielen.

Sie versprach, am Dienstag wiederzukommen, bot auch Einzelgespräche an, wagte, ein Gebet für die Tote anzuregen, was widerspruchslos akzeptiert wurde. Ihr Vorschlag, eine kurze Pause zu machen, wurde beifällig angenommen, und der Klassenraum leerte sich schnell. Sie fand, dass es ganz gut gelaufen war, war erleichtert und zufrieden mit sich selbst.

Der blonde, stämmige Schüler trödelte als letzter in der Klasse herum – ein sicheres Anzeichen für Gesprächsbedarf.

»Wissen Sie, Frau Heckert rauchte gar nicht mehr mit uns. Seit einigen Wochen schon nicht mehr.«

Hannah wusste diese Information nicht auf Anhieb einzuordnen. »Das haben die anderen aus der Klasse ja gar nicht erzählt.«

»Ich glaube, keiner hat sich getraut. Wir – zumindest die Raucher in der Klasse – haben das genau mitgekriegt. Wahrscheinlich lag es an dem Fensterputzer.«

»Das verstehe ich jetzt nicht ganz.«

»Na ja, vor ein paar Wochen – das Wetter war noch super – da waren wieder mal die Fensterputzer in der Schule. Wir schrieben gerade einen Test in Bio, und bei uns putzte so ein junger Typ, ziemlich gut aussehend, ein Ausländer. Die Mädchen drehten etwas durch wegen dem tollen Body oder was weiß ich. In der nächsten Pause kam der Fensterputzer zu uns in die Raucherecke, und er hat ihr Feuer gegeben. Und der hat sie ziemlich angestarrt. Er wollte was von ihr, das haben wir alle gemerkt – so wie der guckte. Am nächsten Tag haben wir dann andauernd Gruppenarbeit machen müssen, und Frau Heckert ist raus gegangen. Ines hat gesehen, dass sie den Typen getroffen hat – in der Raucherecke.«

»Ich verstehe immer noch nicht, was das damit zu tun hat, dass sie nicht mehr rauchte, Christoph.«

Sein Name war ihr wieder eingefallen. In Christophs Gesicht zeigten sich inzwischen rote Flecken. Er blickte unruhig von der Tür zum Fenster zur Tür, nur nicht in Hannahs Gesicht.

»Sie haben geredet, gelacht, er hat sie am Arm berührt, und sie hat ihn nach dem Unterricht in ihrem Auto mitgenommen. Verstehen sie? Kurze Zeit später hat sie aufgehört zu rauchen, und sie ist auch mittwochs in der ersten Stunde ein paar Mal rausgegangen. Das tut sie sonst nie, sie nicht. Ich muss ihnen das doch sagen – es könnte doch wichtig sein!«

Treuherzig schaute er sie jetzt an. Er schien Daniela Heckert ganz besonders gemocht zu haben. Ob seine Phantasie mit ihm durchging? Aber er hatte schließlich messerscharf und richtig geschlossen, dass Daniela Heckert schwanger war. Nur der Zusammenhang mit dem Fensterputzer schien Hannah etwas gewagt. Andererseits – irgendein außergewöhnliches Ereignis musste es ja wohl in ihrem Leben gegeben haben.

Sie versicherte Christoph, dass es richtig war, ihr seine Beobachtungen mitzuteilen. Das schien ihn zu erleichtern. Erst auf dem Flur fragte sie sich, was er wohl von ihr erwartete. Ob sie die Polizei informieren sollte? Sie wusste es nicht.

Im Lehrerzimmer waren schon einige Kollegen wieder anwesend. Yvonne ten Bruyn wollte nach wie vor mit ihr sprechen. Hannah schlug das Besprechungszimmer vor, das Everkamp gestern als Rückzugsraum für vertraulichere Gespräche erwähnt hatte.

»Um halb zehn ist Pause. Danach muss ich wohl in den Unterricht.«

Von der Halle aus ging es einen kleinen Gang entlang. Yvonne ten Bruyn ging Hannah voraus. Diese Frau war sehr groß, mindestens einen Meter achtzig. Das war im Lehrerzimmer gar nicht so aufgefallen.

Der Raum war abgeschlossen, aber Yvonne ten Bruyn hatte einen Schlüssel. Etwas abgelegen vom normalen Trubel war der Raum für Gespräche sicher ganz vorteilhaft gewählt. Ein geräumiges Klappsofa aus grünem Kord, zwei farblich nicht ganz passende Ledersessel und ein kleiner Glastisch vermittelten eine gewisse Behaglichkeit, die durch ein paar farbige Kissen noch etwas verschönert wurde.

In der linken Ecke stand ein großes Aquarium mit bunten Fischen und einigen Wasserpflanzen. Vielleicht sollten die stoisch ihre Kreise ziehenden Fische und die aufsteigenden Luftblasen beruhigend wirken auf nervöse Gesprächsteilnehmer. Hannah stellte sich Eltern vor, die zum Gespräch geladen wurden, weil die Versetzung ihrer Sprösslinge gefährdet war, oder Schüler, die wegen zu vieler unentschuldigter Fehlstunden herbeizitiert wurden.

Links war ein Fenster. Dieser Raum lag schon in einem Seitenflügel des Haupthauses. Der Schulhof erinnerte ein wenig an einen Hinterhof. Hannah unterdrückte den Impuls, wegen der schlechten Luft das Fenster zu öffnen. Sie würde sich nicht lange in dem Raum aufhalten.

Sie setzte sich auf das Sofa, um genügend Distanz zwischen sich und Yvonne ten Bruyn zu schaffen, die die Tür abschloss. »Manchmal wollen Schüler hier Gruppenarbeit machen. Muss ja jetzt nicht sein.«

Sie sah immer noch etwas ramponiert aus. Hannah schätzte sie auf knapp dreißig. Ihr kinnlanges, mittelblondes Haar hatte sie mit ein paar blonden Strähnchen aufgepeppt, ihr Kleidungsstil konnte sich sehen lassen: hüftlange, weiße Bluse, superkurze, olivfarbende Strickjacke, üppiger Modeschmuck, dunkle Stoffhose.

Als Yvonne ten Bruyn sich setzte, fiel Hannah auf, dass der modische Lagenlook die extremen Körpermaße der jungen Frau vertuschte. Sie war so groß, dass die Oberschenkel lang ins Zimmer in Richtung der gegenüber sitzenden Hannah hineinragten, und außerdem sehr, sehr dünn, geradezu mager.

Oder magersüchtig. Vielleicht auch nur eine beruflich bedingte Fehlwahrnehmung, schalt Hannah sich.

Ohne jegliche Einleitung kam Yvonne ten Bruyn gleich zur Sache. »Ich weiß gar nicht, wie ich das ohne Daniela hier schaffen soll. Ihr hat Weischer nie was getan. Mich nimmt er ja nicht ernst. Er wird mit mir umspringen, wie es ihm in den Kram passt.«

»Herr Weischer ist ein Kollege von Ihnen?«, versuchte Hannah vorsichtig herauszufinden.

»Dr. Weischer! Erziehungswissenschaft und Geschichte. Erziehungswissenschaft unterrichten Daniela und ich auch. Wir müssen viel mit ihm zusammenarbeiten. Vorbereitung auf die Prüfungsklausuren, die Lehrpläne überarbeiten. Er war oft Protokollant bei den mündlichen Prüfungen, die ich abgenommen habe. Er ist ekelig. Fühlt sich hier völlig unterfordert, weil er eigentlich fürs Gymnasium ausgebildet ist und lieber Pädagogik-Leistungskurse unterrichten würde.«

»Warum ist er dann an einem Berufskolleg?«

»Ich glaube, er ist damals hier gelandet, als es Lehrerarbeitslosigkeit gab in den 80er Jahren, und ist dann irgendwie hier hängen geblieben. Kommt immer im Anzug, oft mit Krawatte, spricht nur mit Müller-Rath und Budke. Sie sitzen auch immer zusammen im Lehrerzimmer an dem kleinen Tisch.«

»Es belastet Sie, dass Sie demnächst mit ihm so viel zu tun haben werden, ohne dass Daniela Heckert Sie unterstützen kann?«

»Ja, gegen ihn komme ich doch gar nicht an. Er wird mir bei der Unterrichtsverteilung alle schwierigen Klassen aufbrummen. Der Chef wagt doch gar nichts gegen ihn zu sagen.«

Ihre Trauer um den Tod der befreundeten Kollegin schien sich hauptsächlich darin zu erschöpfen, dass sie sich gegen Dr. Weischer allein behaupten musste.

»Gibt es Kollegen, die Sie unterstützen können in dieser Situation?«

»Doch, … ja … Rüdiger – er ist nett, Biologe. Dadurch hatte er mit Daniela zu tun. Wir Jüngeren verstehen uns ganz gut, treffen uns privat auch – so zu Geburtstagen oder mal zum Grillen im Sommer. Wir sind ja alle so ziemlich ein Alter. Die meisten wohnen in Münster, wir treffen uns im Zug, reden viel. Daniela wird uns fehlen. Sie war immer dabei, hat viel organisiert.«

Sie blickte auf ihre Uhr. » Oh Gott, die Pause ist vorbei – das Klingeln hört man hier nicht. Ich muss in den Unterricht. Hoffentlich überstehe ich das.« Ihr Blick richtete sich auf die Tür.

Hannah redete ihr noch ein bisschen gut zu, dass sie ja jetzt nicht mehr die schlechte Nachricht überbringen müsse und damit das Schlimmste wohl schon überstanden sei bezüglich der Schüler und ging dann mit ihr zurück zum Lehrerzimmer.

Durch das Gespräch konnte sie nur noch wenige Lehrer fragen, wie die Reaktion der Schüler gewesen war. Zumindest wollte sie die Gelegenheit nutzen, Claudia Gröger für ihre Unterstützung zu danken. Hannah hatte jetzt Gelegenheit, die Lehrerin näher zu betrachten und was sie sah, gefiel ihr: lässig-sportliche Kleidung, schnörkellos, kein Schmuck, auch kein Ehering, eine für eine Frau recht große Armbanduhr. Im Stillen sagte sie sich, dass Claudia Gröger die laut Coco Chanel um 40 fällige Entscheidung zugunsten ihres Hinterteils getroffen hatte. Aber zu einem wirklichen Gespräch kam es nicht, denn Frau Gröger schien schon auf dem Sprung zu sein.

»Ich bin froh, dass Sie hier sind. So ein Trauerfall ist ja doch eine große Herausforderung für eine Schulgemeinschaft. Entschuldigen Sie, aber ich muss in den Unterricht. Vielleicht haben wir später noch Zeit und Gelegenheit.«

Um Hannah herum wurden Aktentaschen aufgenommen, kaum jemand sagte etwas. Nur einige blieben im Lehrerzimmer sitzen.

»Frau Tiekötter, haben Sie einen Moment Zeit?«

Eine Schülerin wollte die junge Frau sprechen, die Marlies hieß und Hannah morgens wegen ihres Alters am Tisch der älteren Kollegen aufgefallen war. Dort hatte sie jetzt auch gesessen.

»Wenn's denn so dringend ist. Ich muss eigentlich in den Unterricht«, entgegnete Marlies Tiekötter. Ihre Stimme klang schnarrend, angespannt, genervt. Im Hinausgehen holte sie ein schwarzes Büchlein aus der Tasche. Wahrscheinlich der berühmte Lehrerkalender. War der nicht früher immer rot gewesen?

Nun war nur noch ein Kollege im Lehrerzimmer – an dem kleinen Tisch in der Mitte. Das konnte nur Dr. Weischer sein. Er war tatsächlich der einzige im Anzug. Allerdings schien dieser schon etwas älteren Datums zu sein. Die Farbe war vermutlich ursprünglich anthrazit gewesen. Die vielen Kreideablagerungen und glänzende Flecken an den besonders beanspruchten Stellen ließen diese Farbe jedoch nur noch erahnen. Graue Löckchen umrahmten sein rundliches Gesicht. Hannah fand, dass er bei weitem nicht so furchterregend aussah, wie sie nach Yvonne ten Bruyns Schilderungen vermutet hatte. Er war über 60 und damit wahrscheinlich der älteste Lehrer in diesem Kollegium.

»Ich hatte heute Morgen keine Gelegenheit mehr, sie zu begrüßen. Hannah Schmielink von der Schulberatungsstelle Münster. Ich bin als Notfallseelsorgerin hier an Ihrer Schule tätig.«

Er brummte etwas, das Weischer heißen konnte und fuhr dann mit sonorer Stimme fort: »Eine Tragödie das – wahrlich. Eine so begabte Kollegin! Glauben Sie mir, sie ragte heraus aus dem jungen Gemüse, das wir in den letzten Jahren als Kollegen bekommen haben. Sie war fachlich außerordentlich kompetent, und sie konnte sich durchsetzen bei den Schülern. Im Gegensatz zu unserer guten Marlies Tiekötter. Der fehlen in jeder Hinsicht die Grundlagen für unseren Beruf. Auf alle Fälle wird sie Daniela Heckert wohl am wenigsten vermissen.«

So genau wollte sie es gar nicht wissen, aber dass diese Marlies Tiekötter irgendwie aus dem Rahmen fiel, war ihr auch aufgefallen.

Everkamp rettete die Situation. Sie nutzte die Gelegenheit, um ihn zu fragen, ob sie einige der Stellwände in der Eingangshalle entfernen dürfe, um Platz für den Gedenkort zu schaffen.

»Selbstverständlich. Es sind Fotos vom Sponsorenlauf. Die können längst weg. Sehen Sie, hier ist auch Frau Heckert zu sehen.«

Sie war auf dem Schnappschuss nicht so gut zu erkennen, da sie in einer Gruppe von Schülern stand. Streichholzkurze blonde Haare, der Mund zum Lächeln geöffnet, leicht vom Laufen gerötete Wangen, helles Sweatshirt, Jogginghose, gute Figur, nett, sympathisch.

»Vielleicht wäre das ein Foto für den Gedenkort«, schlug Hannah vor.

»Ich kann es Ihnen auf dem PC zeigen. Wir könnten einen Ausschnitt vergrößern.« Everkamp war sichtlich angetan davon, ihr konkret helfen zu können.

»Ich finde das Foto sehr passend«, antwortete Hannah. »Daniela Heckerts Klasse wird mir morgen helfen bei der Einrichtung des Gedenkorts.«

»Sie brauchen sicher praktische Unterstützung. Ich stelle Sie unserem Hausmeister und unserer Sekretärin vor. An die können Sie sich jederzeit wenden.«

Die Sekretärin, Eleonore Brauer, war die kleine Dame mit der Dauerwelle und leuchtend rotem Pullover, die schon einmal ins Lehrerzimmer gehuscht war. Sie lächelte Hannah freundlich an, im Gegensatz zu Franz Teichmann, dem Hausmeister, den Hannah schon kurz aus dem Augenwinkel wahrgenommen hatte, klein, gedrungen, Glatze, der übliche graue Hausmeisterkittel, ziemlich streng dreinschauend. Er nahm den Auftrag entgegen, die Stellwände abzubauen und Hannah zu helfen. Die übergroßen Kübelpflanzen wollte sie gern in den Hintergrund gerückt wissen. Ob sie eine der Sitzecken vorübergehend entfernen konnte? Alles kein Problem.

Everkamp wurde wieder zum Telefon gerufen. Hannah nutzte die Zeit, um sich im Lehrerzimmer umzusehen. Es war hell und freundlich, eine Fensterfront zur Seite ließ viel Licht herein. Eine komplette Wand bestand aus offenen Fächern, alphabetisch geordnet, und zusätzlichen Schließfächern für jeden Lehrer. Große Pinnwände waren gepflastert mit Informationsblättern. Einzelne Abschnitte hatten Überschriften wie Stundenplan, Vertretung, Lehrerrat, Fachschaften, Fortbildungen und vieles andere.

An der dritten Wand hing ein weiteres Porträt des Schulgründers inmitten einer Fotogalerie. Als Hannah näher heran trat, sah sie, dass es sich vermutlich um Aufnahmen der jeweiligen Entlassjahrgänge handelte. Jedes Bild zeigte die gleiche Bühne, mit mehreren Reihen von Schülern in Kleidern oder Anzügen. Alle hielten ihr Zeugnis und eine Rose in den Händen und strahlten. Die Beschriftung erläuterte, wann die einzelnen Fotos aufgenommen worden waren.

In der einen Ecke des Lehrerzimmers wurde die Ausstattung durch einen Computer mit Flachbildschirm, Drucker und Telefon vervollständigt. Eigentlich alles recht hübsch, aufgeräumt, gepflegt. Wenn nur die Tische nicht gewesen wären! Seit der Pause waren Unmengen von Kaffeetassen stehen geblieben nebst Brotdosen, Gläsern, Wasserflaschen, Büchern, Zetteln, Bananenschalen, leeren Joghurtbechern und vielem anderen. Lehrer schienen keine Zeit zum Aufräumen zu haben. Dazu war die Pausenzeit zu kostbar.

Hannah warf einen Blick in den Raum nebenan. Die Kaffeeküche: lang, schmal, fensterlos, mit einem langen resopalbeschichteten Tisch rechts an der Wand, auf dem mehrere Kaffeemaschinen sowie ein Kaffeevollautomat und ein Wasserkocher standen. In manchen Kannen brutzelte noch ein Kaffeerest vor sich hin. Auf der linken Seite befand sich eine Spüle, darüber eine Reihe von Hängeschränken. An einer Schranktür klebte ein Zettel, auf dem die Geburtstage der einzelnen Kollegen abzulesen waren.

Niemand war anwesend, sodass Hannah die Neugier überkam. Sie warf schnell einen Blick in die Hängeschränke: verschiedene Kaffeedosen, ein buntes Durcheinander von Tassen, Kaffeepads, Teebeuteln, Milchpulver.

Everkamp hatte wieder Zeit für sie. Gerade waren sie dabei, weitere Absprachen bezüglich der Vorgehensweise in den nächsten Tagen zu treffen, als Matschinsky, der stellvertretende Chef, ohne anzuklopfen Everkamps Büro betrat.

»Der Vertretungsplan ist soweit fertig. Einige werden nicht begeistert sein. Springstunden sind nicht zu vermeiden.«

»Danke, das ging ja schnell«, seufzte Everkamp erleichtert. »Wissen Sie, Frau Schmielink, wir sind ziemlich in der Bredouille. Wir müssen schon den langfristigen, krankheitsbedingten Ausfall einer Kollegin verkraften. Dazu ist eine Kollegin in Elternzeit – Vertretung war natürlich nicht zu bekommen. Die Kollegen müssen das durch Überstunden ausgleichen. Ein, zwei kurzfristige Ausfälle gibt es ja immer, und jetzt das! Es müssen möglichst alle Stunden vertreten werden. Die Kultusministerin schaut uns ziemlich auf die Finger. Viel Unterrichtsausfall darf man sich da nicht erlauben. Wird alles statistisch erfasst, evaluiert und anschließend per Ranking veröffentlicht. Der Ruf der Schule ist schließlich unbezahlbar.«

So eine lange Rede hatte sie von ihm bis jetzt noch nicht gehört. Der Mann war in seinem Element. Offensichtlich fiel ihm selbst auf, wie relativ unpassend es war, diese Probleme zu diesem Zeitpunkt zu erörtern.

Verlegen versuchte er, sich auf ein anderes Thema zu retten. Sie verabredeten, dass Hannah am Dienstag wieder zur ersten Stunde kommen würde, um – wenn nötig – weitere Gespräche zu führen, auch im Hinblick auf eine Trauerfeier in der Schule, die sie auf den Freitag festgelegt hatten. An dem Tag sollte der Unterricht komplett ausfallen.

»Ich werde heute noch zu Pfarrer Wieners von der Sebastiangemeinde Kontakt aufnehmen«, versprach Everkamp. »Er feiert auch immer im Sommer die Abschlussgottesdienste mit uns und ist insofern mit der Schule vertraut. Ich hoffe, dass er am Freitag Zeit hat und zur Trauerfeier kommen kann.«

Nach einigen weiteren kurzen Gesprächen im Lehrerzimmer über die Reaktionen der Schüler auf die Nachricht vom Tod der Lehrerin beschloss Hannah, es für heute gut sein zu lassen. In der dritten und vierten Stunde sollte sowieso wieder Unterricht nach Plan stattfinden. Das war von Bedeutung, um allen Beteiligten klar zu machen, dass trotz des traumatischen Ereignisses der Alltag weiterging. Bis zur zweiten großen Pause würde es noch fast eine Stunde dauern, und in

Münster wartete schließlich auch noch ihre Arbeit in der Beratungsstelle. Sie hatte plötzlich das Bedürfnis, ihre Kollegen zu sehen, zu erzählen, einen Kaffee zu trinken.

Als sie die Treppe hinunter ging, spürte sie die Anspannung der letzten Stunden. Der Weg zu ihrem Auto tat ihr gut, trotz des münsterländischen Nieselregens, den sie in der Schule überhaupt nicht registriert hatte. Die Gespräche waren äußerst dicht gewesen. Diese Menge an Gesichtern und Namen, die sie alle aufnehmen musste. Sie versuchte, ihre Schultern zu lockern, um der Migräne vorzubeugen, die sich hinter ihrem rechten Auge anzukündigen schien.

Das Auto stand glücklicherweise unversehrt und ohne Knöllchen vor der Arztpraxis. Alles in allem war es gut gelaufen. Keine Hysterie wie von einigen befürchtet. Hannah hatte den leisen Verdacht, dass einige Lehrer doch einfach nur Unterricht gemacht hatten, um sich vor der Aufarbeitung des Todesfalls zu drücken. Eigentlich bemerkenswert wenige Emotionen im gesamten Kollegium, wenn man von Claudia Gröger und Yvonne ten Bruyn absah. Daniela Heckert wurde geschätzt, hochgeschätzt von Kollegen, Chef und Schülern, aber wurde sie auch gemocht? Hätte Hannah sie gemocht? Das Foto hatte sie da ratlos gelassen.

Daniela Heckert war kompetent, gerecht, durchsetzungsfähig, menschlich in Ordnung. Wer hatte das gesagt? Irgendein Schüler.

Verschiedene Szenen tauchten vor ihrem geistigen Auge auf. Irgendeinen Halbsatz suchte sie, den sie bei der dichtgedrängten Abfolge von Begegnungen nicht hatte festhalten können. Irgendeine Äußerung, die ein nicht ganz so positives Licht auf die Tote warf.

Sie tauchte aus ihren Gedanken auf und war plötzlich am

Stadtrand von Münster. Erschrocken stellte sie fest, dass sie keinerlei Erinnerung an den Weg hatte. Vage schwante ihr, dass sie eine Zeit lang mit 70 Stundenkilometern hinter einem Lkw gebummelt hatte, ohne einen Gedanken an Überholen zu verschwenden. Wahrscheinlich war er irgendwo abgebogen.

An der Schulberatungsstelle in der Schützenstraße brachte sie einige Termine hinter sich, die ihr Kollege Dirk dankenswerterweise zeitlich so verschoben hatte, dass sie einen Großteil der für den heutigen Tag geplanten Gespräche noch führen konnte.

Immer noch Montag, nachmittags

Müde machte sie sich auf den Weg zu ihrer Wohnung an der Hochstraße und ergatterte einen Parkplatz unweit des Hauses mit dem winzigen, von einer kniehohen Hecke umgebenen Vorgarten. Ihre Freundin Anne hatte einmal in dieser Wohnung gewohnt und immer Kontakt zu ihrer damaligen Vermieterin gehalten. So hatte Hannah erfahren, dass die Wohnung just zum passenden Termin frei wurde.

Hinter der Haustür wartete der Geruch von Bohnerwachs. Die Münsterländische Volkszeitung lag wie jeden Tag auf dem Treppenabsatz bereit für Hannah. Frau Backhaus las sie morgens und fand es unnötig, dass ihre Untermieterin das Geld für ein eigenes Exemplar ausgab. Hannahs sonstige Post bestand aus dem Reklameblättchen eines brandneuen Pizzalieferservice und einem Exemplar der »Psychologie heute«, das immerhin Zeitvertreib für den Abend versprach. Aufatmend ließ sie die die Tür zu ihrer Wohnung im zweiten Stock hinter sich ins Schloss fallen.

Ihre benutzte Kaffeetasse stand noch auf dem Küchentisch. Niemand hatte sie weggeräumt. Natürlich nicht. Sie hatte vergessen, die Wasserflasche in den Kühlschrank zu stellen. Die Spülmaschine war fertig.

Hannah fühlte sich beengt und öffnete schwungvoll die Tür zum Balkon in den Hinterhof. Nieselregen empfing sie auch dort. Mit blühenden Balkonblumen würde es vorerst nichts mehr werden. In einer Ecke stapelten sich leere Blumenkästen und Töpfe, die sie von ihrer Vorgängerin übernommen hatte. Wieder einmal nahm sich Hannah vor zu überprüfen, welche noch verwendbar waren. Aber für dieses Jahr lohnte es sich nicht mehr. Gemütliches Kaffeetrinken im Freien war verschoben auf unbestimmte Zeit.

Die Feuchtigkeit und der jahreszeitlich bedingt trübe Ausblick auf die Hinterhoflandschaft vertrieben sie nach einigen Augenblicken. Ruhelos betrat sie nacheinander ihr Wohnzimmer und ihr Schlafzimmer und flüchtete schließlich in das fensterlose Badezimmer. Die Lampe gab ein weiches, schmeichelndes Licht ab. Kleinere Falten um Augen und Mundwinkel verschwanden bei dieser Beleuchtung. Sie überlegte, ob sie ein Bad nehmen sollte.

Noch bevor sie sich endgültig dazu durchringen konnte, fiel ihr auf, dass auf ihrem AB eine Nachricht gespeichert war. Sie war kolossal erleichtert, dass Heidmeier sich gemeldet hatte, denn es wäre ihr zu aufdringlich erschienen, ihn schon wieder anzurufen.

»Jan Heidmeier.« Jan – schöner Name, den sie schon immer gemocht hatte – so international: könnte schwedisch oder holländisch oder tschechisch sein.

»Hannah Schmielink. Sie hatten mich angerufen.« Sie versuchte, nicht zu interessiert zu klingen. Eher professionell, distanziert.

Er erkundigte sich nach der Stimmung in der Schule. Sie fasste ihre Eindrücke in ein paar Sätzen zusammen und erzählte ihm dann zögerlich von Christophs Andeutungen hinsichtlich des Fensterputzers. Zu ihrem Erstaunen nahm er den Hinweis sehr ernst.

»Über die Fensterputzerfirma könnten wir leicht überprüfen, um wen es sich handelt. Aber in einem Punkt hat der junge Mann sich getäuscht: Daniela Heckert war nicht schwanger.«

»Wie kann das denn sein? Ich denke, sie plante gerade deswegen ihre Hochzeit.«

»Das war wohl so. Aber unser Pathologe hat festgestellt, dass sie keinen Deut schwanger war. Ihr Freund ist völlig konsterniert. Aber er hat zugegeben, dass er keinen positiven Schwangerschaftstest gesehen hat. Seine Freundin hätte aber durchaus unter den Symptomen einer Schwangerschaft gelitten: morgendliche Übelkeit, starke Geruchsempfindlichkeit und so weiter.«

Hannah musste diese Information erst einmal verdauen und sortieren. »Unvorstellbar. Als Biologielehrerin müsste man doch eigentlich wissen, welche Symptome untrüglich sind. Und wie man sich Gewissheit verschafft.«

»Tja, normalerweise schon. Aber es gibt ja angeblich Gründe, die Frauen dazu veranlassen, sich als schwanger zu bezeichnen, obwohl sie es gar nicht nicht. Und ehrlicherweise habe ich eher in diese Richtung gedacht.«

»Sie vermuten, dass sie unbedingt geheiratet werden wollte und die Schwangerschaft erfunden hat?«

»So was Ähnliches«, druckste Heidmeier herum.

Irgendwie passte das nicht in Hannahs zugegebenermaßen lückenhaftes Bild der Toten.

»Aber was hat das alles mit dem Mord zu tun?«

»Vielleicht gar nichts, aber wir müssen bei unseren Ermittlungen alle Möglichkeiten einbeziehen. Im Übrigen sind wir froh um jeden Anhaltspunkt.«

Hannah entschloss sich, weiter zu bohren.

»Haben Sie den Freund in Verdacht?«

»Ähm, ja ... nein – eher nicht, aber es lässt sich nicht ausschließen. Hören Sie, ich muss Sie noch einmal an Ihre Schweigepflicht erinnern.«

Er schwieg einen Moment, aber Hannah fand es unnötig, sie an diese Selbstverständlichkeit zu erinnern und schwieg ebenfalls.

»Also: Er war zum Mittagessen bei seinen Eltern in Werne, um sie von der geplanten Hochzeit in Kenntnis zu setzen. Von dort ist er aber schon sehr früh wieder aufgebrochen, gegen 12.30 Uhr. Er war gegen kurz nach halb vier wieder in der gemeinsamen Wohnung und hat Frau Heckert gefunden. Der Pathologe hat den Tatzeitraum aber auf 13 bis 14 Uhr festgelegt.«

»Aber von Werne bis Münster kann er es doch locker in 40 Minuten schaffen mit dem Auto.«

»Auf der Autobahn zwischen Werne und Ascheberg hat es um viertel nach eins einen Unfall gegeben. Es hat ungefähr 90 Minuten gedauert, bis die Fahrbahn wieder frei war. Er sagt, er hat in diesem Stau gesessen.«

»Und was hat er zwischen 12.30 und 13.15 gemacht?«

»Er ist spontan bei einem alten Schulfreund in Werne vorbeigefahren, den er als Trauzeugen engagieren wollte. Der war aber nicht zu Hause. Zeitlich passt die Geschichte.«

»Aber er könnte natürlich auch die im Radio von dem Stau gehört haben, während er über die Bundesstraße zurückgefahren ist und ...«

» … und sich spontan entschlossen haben, seine angebetete Freundin zu erschlagen, weil sie ein Verhältnis mit einem Fensterputzer hat. So könnte es auch gewesen sein.«

Er klang ironisch, oder bildete sie sich das ein?

»Aber dann müsste er auch noch schnell die Tatwaffe beseitigt haben, denn die haben wir in der Wohnung nicht gefunden. Und denken Sie an den für zwei Personen gedeckten Kaffeetisch.«

»Könnte es sein, dass er angerufen hat, weil er früher kommt?«

»Er sagt nein. Das können wir noch überprüfen. Hören Sie, wir bewegen uns im Bereich der Spekulation. Ihr Freund ist natürlich verdächtig. Sein Alibi ist wackelig. Aber wir können uns nicht auf ihn festlegen. Es könnte jeder andere Bekannte, Freund, Verwandte gewesen sein, der spontan vorbeigekommen ist.«

Oder geplant, dachte sie, aber sie wollte ihn jetzt nicht noch mehr reizen. Er hatte ihr schon viel mehr erzählt, als er durfte. Warum sprach er eigentlich von einer männlichen Person? Ob sie vergewaltigt worden war? Wenn nicht: Zwar hatte sie bisher nur ein Foto von Daniela Heckert gesehen, aber sie schien nicht sehr groß und kräftig gewesen zu sein. Warum also keine Frau als Täter?

»Hören Sie, Frau Schmielink. Ich werde versuchen morgen, am späten Vormittag in der Schule zu sein. Wie gesagt, wir ermitteln in alle Richtungen, und die Schule scheint ein Lebensmittelpunkt für das Opfer gewesen zu sein. Vermutlich sehen wir uns dann morgen.«

Sie war aufgekratzt, konnte nicht zur Ruhe kommen. Eine halbe Stunde auf dem Trimmrad half ihr, Dampf ablassen. Nach einem so dichten Tag hatte sie immer Probleme runterzukommen. Sie brauchte Pausen, Ruhephasen am Tag, und wenn sie die nicht bekam, brauchte sie Stunden, um alles zu verarbeiten.

Sie versuchte nacheinander alle Mittel, die sie schon erfolgreich angewandt hatte: ein heißes Bad (Melisse zur Beruhigung), ein Reisebericht im Fernsehen (Baltikum), Alkohol (Sherry medium), Autogenes Training (da lag sie schon im Bett), und nach geraumer Zeit merkte sie, wie ihr Kopf leerer wurde und sich ihr Körper langsam entspannte.

Dienstag, 27. Oktober

Als sie um zwanzig vor acht einen der Lehrerparkplätze belegte, fühlte sie sich wie gerädert. Sie war zwar irgendwann eingeschlafen, aber viel zu früh wach geworden und hatte nicht wieder einschlafen können. Sie versuchte, sich nicht zu ärgern oder zu sorgen und die Zeit zu nutzen, um sich in Gedanken Listen zu machen, woran sie unbedingt denken musste.

Am Rand des Schulhofs sah sie eine größere Menschenansammlung, von der eine gewisse Hektik ausging. Ohne weiter darauf zu achten, betrat sie das Schulgebäude und traf in der Eingangshalle auf Everkamp mit Dieter Budke im Schlepptau. Leichter Schweißgeruch umgab diesen unverkennbar. Einen Moment lang stellte sich Hannah vor, wie viel schlechte Witze und Häme dieser Mann wohl im Laufe seines Berufslebens von Seiten der Schüler über sich hatte ergehen lassen müssen.

»Presseleute! Die quetschen unsere Schüler aus, um etwas über Frau Heckert zu erfahren.« Everkamp war völlig aufgelöst.

»Das ist Hausfriedensbruch. Sie können die Reporter vom Schulgelände weisen und auch mit der Polizei drohen, wenn es nötig ist.«

Hannah erinnerte sich an die Situation in Havixbeck nach dem tödlichen Unfall der beiden Schülerinnen. So war man damals in der Realschule mit aufdringlicher Presse umgegangen.

»Das nützt doch gar nichts. Die Schüler werden auch außerhalb des Schulgeländes nur zu gern den Reportern Rede und Antwort stehen – für die ist das aufregend. Endlich passiert mal was!« Das war Matschinsky, der Stellvertreter, der die Eingangshalle betrat und sich zu ihnen gesellte. Warum kam er erst jetzt und saß nicht schon längst über Vertretungsplänen für erkrankte Kollegen?

Hannah versuchte, möglichst souverän zu wirken, aber es war anstrengend, am frühen Morgen die Panik in Everkamps Gesicht und den Zynismus seines Stellvertreters zurückzudrängen.

»Wir sollten in der ersten Stunde kurz mit allen Schülern über Pressekontakt sprechen. Ich bin sicher, wenn man ihnen deutlich macht, wie sehr solche Medienberichte die Würde der Verstorbenen verletzen und auch die Hinterbliebenen in ihrer Trauer treffen, werden sie sich zurückhalten.«

Wie immer war Everkamp dankbar für ihre Anregungen und marschierte ins Lehrerzimmer. Hannah hatte Schweiß auf seiner Stirn gesehen.

Als sie um kurz nach acht den Raum von Daniela Heckerts Klasse betrat, lag schon ein gutes Stück Arbeit hinter ihr. Aber schießlich hatte sie – mit Everkamp im Rücken – die aufkommende Hysterie des Kollegiums wegen der Zeitungsreporter einigermaßen in den Griff bekommen.

Für die Klasse schienen Plaudereien mit Presseleuten sowieso kein Thema zu sein. Wie hatte Everkamp gesagt: Heckertfans! Es gelang ihr, den Großteil der Schüler in den Aufbau des Gedenkortes für ihre Klassenlehrerin einzubinden. Einige Jungen beorderte sie zum Hausmeister, um zwei Paletten und Kisten in die Halle zu holen. Andere Schüler wurden nach draußen geschickt, um buntes Herbstlaub, Zweige und Steine für die Ausschmückung zu suchen, und wiederum andere halfen ihr, eine der Sitzecken abzubauen, um genügend Platz zu schaffen. Sie bedeckten die Paletten und Kisten mit schwarzen Tüchern, die Hannah mitgebracht hatte, stellten das vergrößerte und mit einem Rahmen versehene Foto von

Daniela Heckert und eine große, weiße Kerze in die stufenförmige Landschaft und schmückten diese mit den Blättern und Steinen aus. Eine Schülerin hatte ein weiteres Foto von ihrer Klassenlehrerin und einigen Schülern mitgebracht, das wohl bei einer Klassenparty aufgenommen worden war. Jemand legte ein Pädagogikbuch hinzu, mit dem im Unterricht gearbeitet worden war.

»Wer möchte, kann in den nächsten Tagen noch andere Erinnerungsstücke hinzufügen«, sagte Hannah in die einsetzende Stille hinein.

»Die Blätter werden aber ganz schnell welk werden, und das sieht dann ziemlich schäbig aus«, kritisierte eine Schülerin.

»Ich finde, das ist ein ganz gutes Zeichen für die Vergänglichkeit«, erwiderte ein Schüler.

Hannah war sehr beeindruckt, welches Gespür die Klasse für die Situation entwickelte. Die wenigen, die sich nicht beteiligt hatten, hatten zumindest nicht gestört. Sie hatte aber den Verdacht, dass sich einige schon in die Raucherecke abgesetzt hatten.

»Wir können morgen auch neue Blätter dazulegen.«

»Und Kerzen. Dürfen wir noch mehr Kerzen anzünden?«

Die Frage ließ Hannah zögern. Gab es da nicht Brandschutzbestimmungen in der Schule?

Unvermittelt stand die Sekretärin neben ihnen. »Ich passe auf. Ich lasse die Tür zu meinem Büro auf und werfe immer mal wieder einen Blick auf die Kerzen. Ihr habt das toll gemacht.« Frau Brauer löste das Problem auf ihre Weise.

»Ich kann einen Eimer mit Wasser in die Nähe stellen, für alle Fälle.« Auch Franz Teichmann, der Hausmeister, war anscheinend angetan von dem Werk der Schüler und lobte es auf seine Weise.

Zurück im Klassenraum sprach Hannah intensiv mit den

Schülern über Tod und Vergänglichkeit. Am Ende ging sie dazu über, Ideen für die Trauerfeier zu sammeln. Einige meldeten sich, um bei der Vorbereitung zu helfen: natürlich Christoph, aber auch einige andere.

Es waren zwar noch 20 Minuten bis zur großen Pause, aber Hannah beschloss, der Klasse frei zu geben, um selbst durchatmen zu können, denn die Pause würde für sie mit Arbeit verbunden sein.

Auf dem Gang zum Treppenhaus ins untere Stockwerk hörte sie plötzlich laute Stimmen aus einem Klassenraum. Unwillkürlich blieb sie stehen: ein Mann, jung, wahrscheinlich ein Schüler, eine Frau, eine Lehrerin? Die Frauenstimme steigerte sich in ihrer Lautstärke. Irgendwo ging eine Tür. Das Blut stieg Hannah in den Kopf. Was tat sie hier?

Plötzliche Stille! Sekundenlang. Die Klassentür wurde aufgerissen und jemand stürmte heraus: Marlies Tieкötter. Noch halb in der Tür stehend rief sie mit sich überschlagender Stimme in den Klassenraum: »Wenn Sie der Meinung sind, dass Ihre Arbeit ungerecht zensiert ist, dann müssen Sie den Schulleiter einschalten. Aber seien Sie sicher, dass er dann auch einiges von mir zu hören bekommt über die üble Rolle, die Sie in dieser Klasse spielen.«

Marlies Tieкötter drehte sich zur Treppe und erstarrte für einen Moment in der Bewegung. Mit hochrotem Kopf fegte sie an Hannah vorbei die Treppe hinunter mit einer Behändigkeit, die sie dem massigen Körper nicht zugetraut hätte.

Hannah folgte ihr langsam, aber im Lehrerzimmer war niemand. Marlies Tieкötter musste sich woanders verkrochen haben.

»Trinken Sie eine Tasse Kaffee mit mir?« Frau Brauer steckte den Kopf durch die Tür. »Ich trinke immer vor der Pause meinen Kaffee. Ist dann ruhiger.«

»Gern.« Gestern war niemand auf die Idee gekommen, Hannah einen Kaffee anzubieten.

Eleonore Brauer war ziemlich gesprächig. »So eine nette junge Person war die Frau Heckert, immer freundlich, vergaß auch nie, zum Geburtstag zu gratulieren wie einige andere hier. Für die ist man ja bloß eine Sekretärin. Aber schön haben Sie das gemacht in der Halle mit dem Foto.«

Sie war etwas sprunghaft, aber Hannah freute sich doch über die Anerkennung.

»Ach, und der Chef, für den ist das ja auch alles sehr schwer«, sprudelte es weiter. »Er ist sowieso gestresst. Die Schule ist so groß geworden in den letzten Jahren, und dann die vielen neuen Kollegen! Mit denen hat er es auch nicht immer leicht.«

»Frau Heckert ist aber doch wohl eine sehr angesehene Lehrerin gewesen, habe ich gehört.« Hannah witterte die Chance auf weitere Informationen.

»Ja, Frau Heckert hat nie Stress gemacht. War immer da, immer pünktlich, kein Ärger mit den Schülern.«

Frau Brauers Gesichtsausdruck wurde leicht abwesend, als ob sie mehr mit sich selbst spräche. »In den letzten Wochen vor den Herbstferien war sie ein paar Mal beim Chef. Ich weiß nicht, worum es da ging. Manche haben schon gemunkelt.«

»Gemunkelt?«

»Oh, mein Gott, was rede ich da. Bitte vergessen Sie, was ich gesagt habe. Das ist mir rausgerutscht. Ich bin manchmal so ein Plappermaul.«

In dem Moment klingelte ihr Telefon, das sie ins Lehrerzimmer mitgenommen hatte.

»Städtisches Berufskolleg III, Sekretariat, Brauer am Apparat. Birgit! Du hast es gehört. Ja schrecklich, wir stehen alle vor einem Rätsel. Moment mal.« Sie flüsterte Hannah zu:

»Eine Kollegin im Mutterschutz.«

Hannah nahm die beiden Kaffeetassen und brachte sie zur Spüle in die Kaffeeküche.

»Ach, jetzt wollte ich Ihnen gerade einen Kaffee anbieten.«

Ein Lehrer um die 40, blondes, kurz geschnittenes Haar, durchaus attraktiv, holte gerade Kaffeetassen aus dem Hängeschrank.

»Welche dieser Vielzahl von Kaffeemaschinen würde denn meinen Durst stillen?«, fragte Hannah locker angesichts mehrerer röhrender Apparate.

»Die letzte dahinten in der Reihe. Tiptop gepflegt – keine gesundheitlichen Risiken zu erwarten.«

Hannah fand es angenehm, einfach so herumflachsen zu können nach den vielen anstrengenden, ernsten Gesprächen. Er lachte sie strahlend an. Eigentlich war er sogar sehr attraktiv. Ein schwarzes, eng anliegendes, langärmeliges T-Shirt ließ breite Schultern erkennen, die verwaschenen Jeans endeten ausgefranst über Turnschuhen. Er strahlte etwas aus.

»Vielleicht könnte ich mich auch noch zum Spendieren eines Kekses überreden lassen«, lockte er sie.

»Eigentlich mag ich nur Kaffee, wenn ich dazu Kekse essen kann, sonst ist mir der Kaffee zu bitter.«

»Wie wäre es denn mit Zucker?«

»Das ist mir zu süß.«

»Genau darum habe ich Frauen mein ganzes Leben lang noch nicht verstanden. Rüdiger Debus. Alle unsere Namen haben Sie ja gestern wohl nicht behalten können.«

»Nein, obwohl Ihr Name mir noch im Ohr geblieben ist, weil er so gar nicht münsterländisch-westfälisch klingt. Und auch Ihre Sprache hört sich eher süddeutsch an.«

»Zwölf Jahre im Münsterland haben nicht gereicht, um den

muttersprachlichen Tonfall auszumerzen. Ich komme aus Konstanz am Bodensee. Die Liebe hat mich hierher verschlagen, und jetzt finde ich nicht mehr heim. Ich glaube, ich habe die Hoffnung auf eine neue große Liebe immer noch nicht aufgegeben.«

Er flirtete hemmungslos, aber Hannah genoss es. Sie war schon immer von süddeutschen Dialekten angetan gewesen. Die Männer klangen dann so niedlich.

Es wurde Zeit, dass sie die Kaffeeküche verließen, denn nach und nach strömten immer mehr Lehrer in den engen Raum, um ihre Koffein-Ration abzuholen. Jemand suchte nach Kaffeemilch, ein anderer wurde leicht angerempelt, so dass er ein wenig Kaffee verschüttete. Jemand wollte Tee und setzte Wasser auf. Ein unerträgliches Gedrängel. Die Luft in dem fensterlosen Raum wurde immer stickiger.

»Seien Sie vorsichtig. Keine schöne Frau ist vor Rüdiger sicher.«

Noch ein Kollege – älter als Debus, wilde dunkle Locken, die auf einen fälligen Friseurbesuch deuteten. Sein Gesicht wurde dominiert von einem rabenschwarzen langen Schnurrbart. Die gepflegte Kleidung wirkte gegensätzlich zu seiner üppigen Haarpracht. Der dunkelgrüne Pullover war mit ziemlicher Sicherheit von einer teuren Marke, die auch Steffen sich gelegentlich geleistet hatte, und auch die schwarze Jeans im »used«-Look hatte bestimmt eine gehörige Stange Geld gekostet.

»Michael Kochler – Musik und Sport.« Seltsame Kombination: Musik und Sport! Vielleicht eine Erklärung für das seltsam widersprüchliche Äußere dieses Mannes.

»Nur nicht neidisch werden: Schönheit vor Alter. Nehmen Sie die Plätzchen-Dose, Frau Schmielink, ich nehme die Kaffeepötte mit ins Lehrerzimmer«, konterte Debus lachend.

Debus steuerte im Lehrerzimmer geradewegs auf den Tisch der jüngeren Kollegen zu. Also fühlte er sich dort offensichtlich zugehörig, obwohl er altersmäßig eher in der Mitte der beiden Gruppierungen im Kollegium lag. Kochler folgte ihm auf dem Fuße. Sein Gang wirkte geschmeidig, vielleicht waren Musik und Sport doch eine gute Kombination.

Der Tisch füllte sich nach und nach. Das Stimmengewirr wurde lauter. Einige unterhielten sich im Stehen zu zweit oder dritt, Schüler wollten bestimmte Lehrer sprechen, jemand wurde ans Telefon gerufen. Hannah fragte sich, ob Lehrer sich dabei erholen konnten. Aber scheinbar wurde das ganze Tohuwabohu als normal betrachtet.

Am Tisch führte sie kurze Gespräche mit den umsitzenden jüngeren Kollegen. Einige äußerten sich positiv über den Gedenkort, und insgesamt fühlte sich Hannah schon nicht mehr so fremd wie am Vortag. Selbst Dr. Weischer raunte ihr im Vorbeigehen zu: »Sehr ansprechend muss ich sagen, wirklich gelungen.« Er trug denselben Anzug wie gestern und auch das cremefarbene Hemd schien er nicht gewechselt zu haben.

Hannah nutzte die gute Atmosphäre dazu einzuladen, die Trauerfeier für Daniela Heckert mit vorzubereiten, aber der Termin am Mittwoch nach der siebten Stunde stieß auf keine große Begeisterung. Immerhin konnte sie Kochler überreden, einige passende geistliche Lieder mit seinen Musikklassen einzuüben, damit der Gesang nicht zu jämmerlich ausfiel.

Als einige nervös auf die Uhr schauten, merkte Hannah, dass es zur Stunde geklingelt haben musste. Bei dem Lärm hatte sie nichts davon gehört. Die ersten standen auf.

Einige verließen das Lehrerzimmer, einige ließen sich Zeit.

»Ich werde so gegen zehn meine Klasse eine Gruppenarbeit

machen lassen. Vielleicht können wir uns dann mal ein bisschen unterhalten.« Das war Claudia Gröger mit Aktentasche in der Hand und augenscheinlich in Eile. Hannah freute sich, von ihr angesprochen zu werden.

Dieses Mal hatte sich das Lehrerzimmer komplett geleert. Ein paar Minuten hatte Hannah jetzt für sich. Die Blumen auf der Fensterbank sahen müde aus. Der leichte Nebel draußen hatte sich immer noch nicht ganz verzogen. Vielleicht würde der ganze Tag grau bleiben.

Pünktlich um zehn erschien Claudia Gröger: Und sie sprudelte gleich los.

»So, die sind erst mal versorgt. Normalerweise lasse ich nicht sehr viel Gruppenarbeit machen. Soll ja die Selbstständigkeit der Schüler fördern, aber es braucht immer sehr viel Zeit, um die Ergebnisse der Gruppen vorzustellen, und ob die Zeit von den Schülern immer tatsächlich zum Arbeiten genutzt wird, bezweifle ich auch.« Mit einem vernehmlichen Stöhnen ließ sie sich neben Hannah nieder.

»Ich dachte, die Schüler mögen das, wenn es mal etwas lockerer zugeht.«

»Tja«, seufzte Frau Gröger. Sie griff nach einem herumliegenden Stift und fing an, damit zu spielen. »Das denken auch viele Kollegen. Zu viele. Und wenn die Schüler dann den ganzen Tag Gruppenarbeit machen oder Referate hören, sind sie sehr dankbar, wenn sie mal wieder den guten, alten Frontalunterricht mit einer interessanten Diskussion erleben. Aber ich will Sie nicht mit unseren Lehrer-Interna langweilen.«

»Keineswegs«, entgegnete Hannah. »Mir ist aufgefallen, dass es eine Teilung des Kollegiums in Ältere und Jüngere gibt. Hängt das mit den verschiedenen Ansichten über guten Unterricht zusammen?«

Jetzt kam Claudia Gröger erst richtig in Fahrt. »Ja, unter anderem liegt es an den Unterrichtsmethoden. Aber auch an vielen anderen Punkten. Sie müssen wissen, dass unser Kollegium bis vor wenigen Jahren wesentlich kleiner war. Dann ist die Schülerzahl innerhalb kürzester Zeit sehr gestiegen. Das hängt mit den geburtenstarken Jahrgängen zusammen, die in den letzten Jahren ihren Schulabschluss an den allgemeinbildenden Schulen gemacht haben. Viele Jugendliche haben aufgrund der wirtschaftlichen Situation nicht sofort eine Ausbildungsstelle bekommen und drängen in die Berufskollegs. Und so brauchen wir viele neue Lehrer, und die bringen neue Ideen und Methoden von der Uni mit.«

Claudia Gröger ließ den Kugelschreiber immer wieder klicken.

»Aber das kann doch nur von Vorteil sein für eine Schule«, warf Hannah ein.

»Es sagt sich so leicht, dass es gut ist, wenn die Schulen unverbrauchte, neue Lehrer bekommen, aber in der Praxis ist das nicht so einfach. Da sind die neuen Unterrichtsmethoden nur ein Punkt.« Ein Fetzen Papier musste für Kritzeleien herhalten, die immer ausladendere Formen annahmen. Strähnen ihrer langen, von viel Grau durchsetzten Haare fielen ihr ins Gesicht. Sie sprach, ohne aufzublicken und ohne Pause.

»Plötzlich ist es nicht mehr effizient, die Konferenzprotokolle bloß zu vervielfältigen. Sie sollen unbedingt per E-Mail versandt werden. Das löst Ängste aus, weil einige sich den neuen Techniken nicht öffnen wollen. Dann kommen die Bewertungskriterien für die Prüfungsklausuren auf den Prüfstand, und es gibt altgediente Kollegen, die sich da nicht gern in die Karten schauen lassen wollen. Am liebsten möchten die sich gar nicht bewegen.«

Claudia Gröger war nicht zu bremsen. Anscheinend tat es ihr gut, sich alles von der Seele zu reden.

»Auf der anderen Seite ist es ja nicht so, dass die Kollegen alle auf Anhieb problemlos mit dem Schulbetrieb und den Schülern klar kämen. Auch die Schüler haben sich in den letzten Jahren verändert, sind viel schwieriger geworden, aber das ist eine andere Geschichte. Selbst für uns gestandene Lehrer ist es mittlerweile anstrengender, mit den verwöhnten jungen Leuten von heute umzugehen. Lehrerarbeit ist in einem hohen Maß Beziehungsarbeit, und damit haben einige Kollegen massive Probleme.«

Vor Hannahs Auge tauchte die Szene mit Marlies Tiekötter auf, die völlig aufgelöst aus dem Klassenraum rannte.

»Aber Daniela Heckert hatte diese Probleme nicht?«

»Nein, Daniela war aus einem anderen Holz. Sie ist, war selbst sehr leistungsorientiert und hatte ihre Klassen von Anfang an immer gut im Griff.«

»Welche Fächer unterrichten Sie eigentlich, Frau Gröger?«

»Deutsch, Spanisch und Religion. Das habe ich mir fachfremd angeeignet, weil wir immer Mangel an Religionslehrern hatten.« Ihre Kritzeleien waren nun beendet. Gedankenverloren knickte sie den malträtierten Zettel und steckte ihn in die Jackentasche, ebenso den Stift.

»Sie scheinen sehr unter diesen Spannungen im Kollegium zu leiden.«

»Wenn man sich jahrelang seitens des Lehrerrates ein Bein ausgerissen hat, um die verschiedenen Fraktionen unter einen Hut zu bekommen, ist man irgendwann schon frustriert. Und glauben Sie nicht, dass es so einfach wäre – Jüngere gegen Ältere. Nein, beileibe nicht. Selbstverständlich gibt es auch unter den älteren Kollegen langjährige Fehden und Eifersüchteleien, die immer wieder mal an die Oberfläche gelangen.«

»Die Jüngeren haben aber doch einen recht guten Kontakt, habe ich gehört. Yvonne ten Bruyn hat mir von Grillpartys und Geburtstagsfeiern erzählt. Sie war ja wohl mit Daniela Heckert eng befreundet.«

»Yvonne ten Bruyn? Hat sie Ihnen das erzählt?«

»Ja, sie sprach davon, dass Daniela Heckert vieles organisiert hätte und jetzt fehlen würde.«

»Das meine ich nicht. Hat sie Ihnen erzählt, dass sie und Daniela befreundet waren?«

Hannah wurde unsicher. Hatte sie die junge Lehrerin falsch verstanden? Sie war sich so gut wie sicher: Yvonne ten Bruyn hatte gesagt hatte, sie seien befreundet gewesen. Mehr hatte sie allerdings von ihrer Angst vor Dr. Weischer gesprochen.

Claudia Gröger hatte ihre Haarsträhnen weitgehend hinter die Ohren geklemmt, und Hannah konnte an ihrem freigelegten Gesicht ablesen, dass die Frau mit sich rang, ob sie sich detaillierter auslassen sollte über die Beziehung zwischen Daniela Heckert und ihrer vermeintlichen Freundin.

»Ich möchte mich da nicht zu weit aus dem Fenster lehnen, aber so homogen, wie es den Anschein hat, ist die Gruppe der Jüngeren auch nicht. Man bekommt so manches am Rande mit. Man spricht ja nicht schlecht über Tote, aber Daniela Heckert hat da nicht immer eine rühmliche Rolle gespielt.«

Hannah kam nicht dazu nachzuhaken, denn in dem Moment öffnete sich die Tür zum Lehrerzimmer und Everkamp erschien mit zwei Männern. Der eine war Heidmeier.

Sie erkannte ihn sofort. Er hatte sich kaum verändert. Er war nur wenig größer als sie selbst, schlank und gehörte wahrscheinlich zu den Männern, die jünger aussehen als sie sind. Everkamp, das wurde ihr schlagartig klar, gehörte eher zu denen, die wesentlich älter aussehen als sie tatsächlich sind. Ein Faktor war natürlich das Haar, das bei Heidmeier voll und dunkel war, zwar mit einigen grauen Strähnen, aber ohne jeden Ansatz von Haarausfall. Seine Kleidung war sportlich schlicht: Jeans, gestreiftes Hemd, naturfarbene Lederjacke und konnte so auch von jedem Mittzwanziger getragen werden. Er sah einfach gut aus, attraktiv. Das hatte sie schon damals in Havixbeck gedacht.

Everkamp wollte sie miteinander bekannt machen. Heidmeier sah sie aufmerksam und ernst an. Seine Augen waren braun und seine Gesichtsfarbe entweder von Natur aus so dunkel oder frisch im Urlaub gebräunt.

»Sie sind das! Ihren Namen hatte ich nicht behalten.« Seine tiefe Stimme. Angenehm!

»Wir haben vor zwei Jahren in Havixbeck zusammengearbeitet.« Irgendetwas musste sie ja sagen.

Heidmeier stellte seinen jungen Kollegen Höllmann vor. Claudia Gröger murmelte, sie müsse zurück in den Unterricht.

»Mir ist nicht ganz klar, warum Sie Ihre Ermittlungen auf unsere Schule ausdehnen.« Everkamp klang angespannt und beinahe beleidigt.

»Ermittlungen würde ich das nicht nennen«, rechtfertigte sich Heidmeier. »Solange wir noch keine heiße Spur haben, sammeln wir alle Arten von Informationen. Frau Heckerts Verlobter hat uns erklärt, dass die Schule für die Tote von überragender Bedeutung war. Also liegt es nur nahe, dass wir auch hier ansetzen.«

»Wollen Sie Verhöre durchführen?« Leichte Panik in Everkamps Stimme.

»Nein, wir würden uns gern Frau Heckerts Schließfach ansehen, auch ihre Ordner im Lehrercomputer und ansonsten nur ganz allgemein an Ihr Kollegium appellieren, mit uns zusammenzuarbeiten. Wir sind wirklich für jeden Hinweis dankbar und werden versuchen, den Schulbetrieb so wenig wie möglich zu beeinträchtigen.«

Everkamp schien beruhigt. »Wir helfen natürlich gern. Ich persönlich hatte mit Frau Heckert in letzter Zeit wenig zu tun. Das Kollegium ist inzwischen sehr groß, und Frau Heckert gehörte zu denjenigen, die sozusagen problemlos waren. Da ist der Kontakt dann automatisch geringer. Bei anderen wiederum muss man öfter am Ball sein. Ich nenne Ihnen selbstverständlich gern die Namen der Kollegen, die engeren Kontakt zu ihr hatten.«

Für den Zugang zu Daniela Heckerts Computerordner musste eine Liste mit den persönlichen Codewörtern der Lehrer aus dem Safe im Büro des Schulleiters besorgt werden. Everkamp war erstaunlich schnell in der Lage, Heidmeiers Kollegen durch die Irrwege des schulischen EDV-Systems zu dem entsprechenden Ordner zu geleiten. Höllmann vertiefte sich in die vorgefundenen Dateien.

Niemand bedeutete Hannah, dass sie nicht erwünscht war, sodass sie auch mitbekam, wie Everkamp Danielas Schließfach öffnete. Dort warteten keine großen Überraschungen: ein Stapel Fachbücher für Erziehungswissenschaften und Biologie, ein Paar Turnschuhe, Broschüren zu Drogenmissbrauch, ein Röhrchen mit Vitaminbrausetabletten, eine angebrochene Keksschachtel, eine Packung Tampons.

Höllmann präsentierte seine Rechercheergebnisse: Daniela Heckert hatte diverse Stundenvorbereitungen, Klausuren und Tests in ihrem Ordner abgelegt. Außerdem hatte sie Drogeninformationsmaterial angefordert, einen Vertrieb für Biologie-Equipment kontaktiert, ebenso verschiedene Reisebüros, die örtliche Erziehungsberatungsstelle und Klettergärten im Umkreis von 50 Kilometern.

»Alles gut nachvollziehbar«, erläuterte Everkamp ungefragt. »Das hat alles mit ihrem Unterricht zu tun. Die Sportlehrer wollen eine Kletter-Exkursion machen. Das habe ich von der Sportfachkonferenzleiterin gehört. Zur Erziehungsberatungsstelle wollte sie vermutlich einen Unterrichtsgang mit einer ihrer Pädagogik-Klassen machen. Öffnung des Unterrichts für die Praxis nennt man das. In Biologie sollen neue Mikroskope angeschafft werden. Und ich nehme an, dass sie eine neue Unterrichtsreihe zu Drogen machen wollte.«

»Blieben noch die Reisebüros«, sagte Höllmann.

»Ich habe gestern in ihrer Klasse erfahren, dass eine Klassenfahrt nach Amsterdam geplant ist. Vielleicht hat sie Angebote eingeholt.« Hannah war froh, ihre Anwesenheit durch eine nützliche Information rechtfertigen zu können.

Sie wurden von Frau Brauer unterbrochen, die Everkamp sanft daran erinnerte, dass der Vorsitzende der Schulpflegschaft schon eine Weile auf ihn wartete.

Hannah war plötzlich nervös. Worüber sollte sie mit Heidmeier reden? Wollte er mit ihr reden? Sollte sie gehen?

»Wir waren bei der Fensterputzerfirma. Das ist auch ein Grund, warum wir hier vor Ort sind. Guter Tipp von Ihnen.«

Heidmeier hatte sich an dem kleinen Tisch niedergelassen, der ansonsten Dr. Weischer und seiner Entourage vorbehalten war. Hannah setzte sich dazu, während Höllmann sich weiter am Computer beschäftigte.

»Wir hatten von Everkamp den Namen der Firma und waren der Meinung, es wäre das Beste, dort ohne Anmeldung aufzutauchen, um den Mann zu vernehmen. Das war aber ein Fehlschlag. Er ist nämlich gar kein Fensterputzer.«

Hannah schaute ihn nur intensiv an.

»Er kommt aus Tunesien. Sein Cousin hat ihm den Job für die Semesterferien besorgt. Eigentlich studiert er an der Fachhochschule in Steinfurt. Er hat aber kein Telefon, eine Handynummer hatte der Cousin angeblich nicht. Nicht besonders glaubhaft, finde ich. Die Kollegen aus Burgsteinfurt sind im Moment unterwegs, um ihn zu befragen.«

»Und es wurde bestätigt, dass er Kontakt zu Daniela Heckert hatte – hier an der Schule?«

»Ja, das habe ich vergessen zu erwähnen. Der Chef der Truppe wusste sofort Bescheid. Die ganze Sache muss wohl sehr auffällig gewesen sein. Tunesier sollen ja auch sehr attraktiv sein.« War da die Andeutung eines Schmunzelns um den Mund herum zu erkennen?

»Wenn man auf Schönlinge steht.« Auch Hannah versuchte sich darin, das Gespräch lockerer zu machen.

»Sagen Sie, gibt es auch Kaffee in dieser Anstalt? Um diese Zeit macht sich bei mir der Koffeinmangel langsam bemerkbar.«

Lachend versprach Hannah, ihre Beziehungen zu Frau Brauer zu nutzen, um Kaffee für die beiden aufzutreiben. Erstaunlicherweise war das Lehrerzimmer immer noch leer bis auf die beiden Beamten, als sie nach ein paar Minuten mit zwei Kaffeepötten in der Hand zurückkam.

»Letztes Jahr in Emsdetten waren Sie nicht dabei«, stellte Heidmeier fest. War das eine Frage?

»Mein Mann ist im September gestorben«, hörte sich Hannah zu ihrem eigenen Erstaunen antworten. Sonst band sie Steffens Tod eigentlich niemandem auf die Nase, weil die Reaktionen auf diese Mitteilung unberechenbar waren, aber nun war es ihr so herausgerutscht, und sie fühlte sich nicht einmal unsicher dabei.

Wieder schaute er sie einen Moment lang ruhig an. Er sagte gar nichts, was nicht das Schlechteste war.

Die ersten Lehrer trudelten verfrüht zur Pause ein. Sie stutzten beim Anblick der Kripobeamten, aber niemand sprach sie an. Dr. Weischer setzte sich zu Hannah an seinen Stammplatz und lächelte freundlich.

Wenige Minuten nach dem Ertönen der Pausenklingel hatte sich das Lehrerzimmer gut gefüllt. Everkamp kam zurück und bat um Ruhe. Es dauerte, bis auch die letzten ihre Gespräche beendet hatten.

»Könnte mal jemand in der Kaffeeküche nachsehen, ob dort noch Kollegen sind?«, bat Everkamp. Die Stille im Raum wurde unangenehm. Papier raschelte, jemand hüstelte. Die Minute, bis Dieter Budke und seine Kollegin Müller-Rath als letzte den Raum betraten, zog sich hin.

Everkamp stellte die beiden Kripobeamten vor.

Jan Heidmeier war souverän, fand Hannah. »Wir möchten Sie bitten, mit uns Kontakt aufzunehmen, wenn Sie sachdienliche Hinweise haben, die zur Aufklärung des Mordes an Ihrer Kollegin beitragen können. Sie hat einen beträchtlichen Teil des Tages hier an der Schule verbracht. Es könnte sein, dass jemandem eine Bemerkung von Daniela Heckert aufgefallen ist, die im Nachhinein von Bedeutung erscheint. Möglicherweise war sie durch irgendetwas beunruhigt, oder sie hatte sich in ihrem Verhalten auffällig verändert.«

Die Tür zum Lehrerzimmer öffnete sich und eine junge Kollegin mit einem Stapel Zettel erschien. Irritiert blieb sie stehen.

»Bitte schließen Sie die Tür«, wies Everkamp sie an. »Die Schüler müssen nicht unbedingt mithören.« Ein Raunen ging durch den Raum, aber es verebbte schnell wieder.

»Denken Sie in Ruhe nach, ob Sie uns etwas mitzuteilen

haben«, fuhr Heidmeier ungerührt fort. »Mein Kollege und ich werden uns heute noch eine Zeit lang in der Schule aufhalten. Falls Ihnen später noch etwas Wichtiges einfallen sollte, rufen Sie uns bitte in der Dienststelle in Münster oder auf meinem Diensthandy an.«

Mit diesen Worten legte er ein Päckchen Visitenkarten auf den Tisch.

»Haben Sie schon eine heiße Spur?«, fragte Dieter Budke.

»Wir haben einen Hinweis bekommen, dem wir im Moment nachgehen, aber eine heiße Spur würde ich das nicht nennen. Wie gesagt, wir sind auf Ihre Mitarbeit angewiesen. Ich danke Ihnen für Ihre Aufmerksamkeit.«

Niemand sagte ein Wort, bis Heidmeier selbst leise mit Everkamp sprach. Allmählich wurden die Gespräche wieder aufgenommen, aber die Lautstärke blieb gedämpft. Hastig wurde Joghurt gelöffelt und der erkaltete Kaffee ausgetrunken. Das Klingeln am Ende der Pause war deutlich zu hören, und sehr zügig hatten alle Lehrer ihre Arbeit wieder aufgenommen.

Heidmeier kam auf Hannah zu.

»Die Resonanz war nicht gerade überwältigend«, sagte sie.

»War auch nicht zu erwarten. Aus einer so großen Gruppe heraus meldet sich im Regelfall niemand sofort. Aber das kann sich ändern. Deswegen die Visitenkarten. Allerdings können wir nicht sicher sein, dass überhaupt irgendeiner etwas beobachtet hat. Deswegen wäre es interessant für mich, wenn Sie mir Ihre Eindrücke hier aus der Schule schildern könnten. Sicher bekommen Sie am Rande so manches Gespräch mit. Sind Sie morgen auch hier, oder können wir uns in Münster irgendwo treffen?«

Hannah versuchte, sich ihre Freude über seinen Vorschlag nicht zu deutlich anmerken zu lassen.

»Wie wäre es mit dem Café 99 am Marienplatz? Das ist nur ein paar Meter von meiner Dienststelle entfernt«, schlug sie vor.

»Ich bin ein Zugezogener. Wo ist denn der Marienplatz?«

»Am Ende der Ludgeri-Einkaufsstraße. In der Nähe des Ludgerikreisels.«

»Alles klar. Passt Ihnen 10 Uhr?«

Unvermittelt griff Heidmeier in die Brusttasche seiner Lederjacke und zog sein Handy heraus. Hannah hatte keinen Klingelton gehört.

»Heidmeier.«

Er hörte mehrere Minuten lang aufmerksam zu. Währenddessen trommelten die Finger seiner linken Hand unablässig auf die Tischplatte. Die Intensität steigerte sich.

»Das ist natürlich interessant für uns.« Sein Tonfall verriet nur mühsam unterdrückte Erregung. Höllmann verließ seinen Computerplatz und näherte sich dem kleinen Tisch.

»Gut, wartet noch, bis Höllmann und ich vor Ort sind. Kann sich höchstens um eine halbe Stunde handeln. ... Und sie weiß nicht so genau, an welchem Tag das war? ... Trotzdem: Könnte ein Volltreffer sein. Bis gleich.«

Er schlug mehrmals mit dem Handy in seine flache Hand.

»Und Chef?«

»Das waren die Kollegen aus Burgsteinfurt. Es könnte sein, dass wir eine erste vielversprechende Spur haben.«

»Der Tunesier«, mutmaßte Höllmann.

»Genau. Die Kollegen haben ihn nicht angetroffen, aber seine Vermieterin ist ihm im Hausflur begegnet. Er hatte eine große Tasche dabei und hat ihr mitgeteilt, dass er ein paar Tage verreisen muss. Er war aufgeregt, sagt sie. Dabei sei er ansonsten so ein höflicher, ruhiger junger Mann. Sie hatte gleich das Gefühl, das etwas passiert sein müsste. Allerdings hat die Sache einen Haken.«

Heidmeier starrte auf das Handy in seiner Hand und verstaute es in seiner Jacke.

Hannah hielt den Atem an. Die Anspannung der beiden Beamten hatte sich auf sie übertragen. Das Kribbeln in ihrem Magen steigerte sich, aber sie wagte nicht nachzufragen.

Das übernahm Höllmann für sie. »Was für ein Haken, Chef?«

Heidmeier schüttelte kurz den Kopf, als tauche er aus schwierigen Überlegungen auf. »Ach so. Die gute Frau ist schon über achtzig und ihr Kurzzeitgedächtnis hat nachgelassen. Sie kann sich beim besten Willen nicht erinnern, an welchem Tag die Begegnung im Hausflur stattgefunden hat. Nicht heute. Da ist sie sicher. Aber ob gestern oder am Sonntag oder schon am Samstag kann sie nicht mit Sicherheit sagen.«

Höllmann stöhnte vernehmlich.

»Warum ist das so wichtig?«

Höllmann antwortete auf Hannahs Frage. »Wenn er erst am Sonntag oder Montag seine Wohnung verlassen hat, ist die Wahrscheinlichkeit gering, dass ein Zusammenhang mit dem Mord vorliegt.«

Heidmeier gab sich einen Ruck und stand auf.

»Sie warten auf uns. Lass uns fahren.«

Hannah spürte eine unerklärliche Enttäuschung in sich aufsteigen, bis er ihr über die Schulter zuwarf. »Es könnte sein, dass sie morgen schon die Heldin des Tages sind, Frau Schmielink. Wegen Ihres erstklassigen Tipps. Wir sehen uns morgen im Café 99 um 10 Uhr. Dann weiß ich mehr.«

Ihre Antwort wartete er nicht mehr ab. Hannahs Blick fiel

auf das Häufchen Visitenkarten. Es war unberührt. Sie nahm eine Karte und steckte sie in ihre Umhängetasche.

Sie hatte das Gefühl, alles Wichtige in der Schule erledigt zu haben und beschloss, sich auf den Weg in die Beratungsstelle zu machen. An der Lehrergarderobe im Flur musste sie sich durch Berge von Mänteln und Jacken wühlen, da sie morgens als eine der ersten gekommen war.

»Davon darf niemand erfahren.«

Hannah fuhr erschrocken zusammen. Marlies Tiekötter stand unvermittelt neben ihr und schaute sie eindringlich an. Hannah war sicher, dass der Flur noch vor einem Augenblick vollkommen leer gewesen war. Sie musste irgendwo gewartet haben. Die Gesichtszüge der jungen Lehrerin hatten etwas Gequältes an sich.

»Ich verstehe nicht ganz«, antwortete Hannah der aufgebrachten jungen Frau.

»Sie wissen genau, was ich meine. Vorhin – mein Ärger mit dem Schüler. Sie haben doch alles belauscht vor der Tür. Niemand darf davon erfahren, dass ich die Nerven verloren habe.«

»Ich habe mich an meine Schweigepflicht zu halten. Und die gilt auch, wenn ich zufällig etwas mithöre«, beeilte sich Hannah zu versichern. Das schien Marlies Tiekötter zu genügen, denn ohne ein weiteres Wort drehte sie sich um und entfernte sich. Hannah atmete auf, denn sie hatte sich von ihr regelrecht an die Wand gedrückt gefühlt.

Als sie auf den Schulhof trat, war der Himmel immer noch grau. Die Sonne war gelegentlich als helle Scheibe hinter der dünnen Wolkenschicht erkennbar.

Sie nahm sich vor, aufmerksamer zu fahren als am Tag zuvor, aber sie konnte doch nicht ganz verhindern, wieder einige Situationen nachzuempfinden, die sie am Vormittag erlebt hatte. Vor allem die beiden gespenstisch anmutenden Szenen mit Marlies Tiekötter gingen ihr nicht aus dem Kopf. Die Frau hatte den Eindruck gemacht, als stünde sie erheblich unter Druck. Hannah konnte sich des Eindrucks nicht erwehren, dass Marlies Tiekötter von Angst beherrscht den Schulalltag nur mit Mühe bewältigte.

Ihre Gedanken wanderten zu Jan Heidmeier. Sie sah ihn vor sich. Er strahlte Ruhe aus, Professionalität, Objektivität. Und doch schien er ganz bei der Sache zu sein, in dem Fall aufzugehen. Keiner, der lediglich einen Job machte. Sie wusste zunächst nicht, warum ihr dieser Gedanke kam, aber dann musste sie sich eingestehen, dass sie ihn mit Steffen verglichen hatte. Steffen hatte eigentlich nicht Arzt werden, sondern in irgendeiner Form etwas mit Technik machen wollen. In seinen Beruf war er durch seine Eltern gedrängt worden. Er füllte eine Rolle aus, aber nicht mehr. Er war nicht wirklich innerlich bei der Sache gewesen, und davon war sein halbes Leben überschattet gewesen und in den letzten Jahren auch ihre Ehe.

Hannah war erschrocken über sich selbst. Zwar hatte sie sich seit Steffens Tod im vergangenen Jahr schon öfter Einzelheiten vergegenwärtigt, die in ihrer Ehe nicht optimal gut gelaufen waren, aber noch nie hatte sie sich einen solchen Zusammenhang mit Steffens Beruf eingestanden. Aber es stimmte: Er war nicht glücklich gewesen. Sie versuchte, diese Gedanken schnell abzuschütteln, um sich auf den Verkehr konzentrieren zu können.

Immer noch Dienstag, später Nachmittag

Als sie nach einem dicht gedrängten Nachmittag in der Beratungsstelle ihre Wohnung betrat, war sie psychisch ausgelaugt, aber körperlich topfit. Irgendwie musste sie ihre überschüssigen Kräfte sinnvoll nutzen. Einkaufen an der Hammer Straße – das war jetzt genau das Richtige.

In wenigen Minuten hatte sie ihre kleine, ruhig gelegene Wohnstraße mit den handtuchgroßen, von Hecken, Zäunen und Mauern eingefassten Vorgärten hinter sich gelassen und ließ sich auf der quirligen Einkaufsstraße treiben. An einem Kiosk kaufte sie eine Zeitschrift und bildete sich ein, dass die Verkäuferin sie wiedererkennend angelächelt hatte. Vor dem nahegelegenen Café standen immer noch die Tische draußen. Offensichtlich hatten die Betreiber die Hoffnung auf warmes Altweibersommerwetter noch nicht aufgegeben, obwohl sich seit Sonntag bestimmt niemand getraut hatte, dort Platz zu nehmen.

Sie ließ sich Zeit, schaute in mehrere kleine Boutiquen. Der Supermarkt hatte bis 22 Uhr geöffnet, wie sie an einem lauen Samstagabend im August direkt nach ihrem Umzug aus Herbern festgestellt hatte. Gegen neun Uhr abends hatten sie Gelüste nach einem Schokoladeneis übermannt, und sie hatte beschlossen, die Eisdiele an der Hammer Straße aufzusuchen. Nichtsahnend an ihrem Hörnchen schleckend war sie auf Horden von vergnügten jungen Leuten getroffen, die mit diversen Getränken und Einweggrills bewaffnet den Supermarkt verließen und sich auf den Weg in den Südpark machten.

Ihr Einkauf fiel großzügig aus, da sie am kommenden Nachmittag ein paar der aufgelaufenen Überstunden abfeiern wollte. Dann konnte sie auch ein bisschen vorkochen für die nächsten Tage. Seit Sonntag hatte sie sich überwiegend von Brot, Brötchen und Kaffee ernährt.

Nach einem schnellen Abendessen setzte sie sich an den Schreibtisch, um nach passenden Texten für die Trauerfeier zu suchen. Gegen halb neun ging das Telefon.

»Hallo, hier ist Marlene. Wollte nur mal hören, wie´s so geht.«

Seufzend setzte sich Hannah auf das bequemere Sofa, denn sie wusste, dass dieses Telefongespräch länger dauern würde. Sie erzählte in kurzen Zügen von ihrem Fall an dem Berufskolleg. Für einige Zeit hatte sie damit Marlenes Aufmerksamkeit gewonnen. Den Verdacht gegen den Tunesier erwähnte sie nicht und schon gar nicht die Rolle, die sie selbst mit ihrem Hinweis gespielt hatte. Schon nach einigen Minuten fing ihre Schwester an, über ihre ungeratenen Kinder und ihren ewig abwesenden Ehemann zu lamentieren. Wieder einmal beschlich Hannah das Gefühl, dass der Hauptgrund für Marlenes Anrufe darin lag, dass sie ihre ständigen Klagen loswerden musste.

»Übrigens, ich habe mit Mama gesprochen. Wir sollten mal überlegen, wie wir es dieses Jahr mit Weihnachten halten wollen. Du bist natürlich herzlich eingeladen, wieder bei uns in Köln zu feiern. Mama möchte schon am Tag vor Heiligabend kommen.«

»Wir haben noch nicht einmal Allerheiligen, und du denkst an Weihnachten! Das ist doch wohl ein bisschen früh.«

»Du musst dich ja nicht jetzt entscheiden. Denk einfach darüber nach. Du weißt ja, Mama will immer gern rechtzeitig Klarheit.«

Hannah seufzte und versprach, darüber nachzudenken.

Weihnachten! Wieder die Entscheidung: allein in der Wohnung hocken und Gefahr laufen, in ein tiefes Loch zu fallen, oder mit Menschen »feiern«, mit denen sie an dem Tag nicht zusammen sein wollte. An jedem anderen Tag ja, aber nicht an diesem.

Das erste Weihnachtsfest ohne Steffen. Die Erinnerung an diesen schrecklichen Abend bei Marlenes Familie, an ihre Mutter, daran, wie sich alle größte Mühe gegeben hatten, Steffen nicht zu erwähnen. Trotzdem hatte sie ihre Verzweiflung nur mühsam unterdrücken können. Hatte ihre Schwester selbst um die Zickereien ihrer pubertierenden Tochter beneidet, die sich mit ihrem kleinen Bruder an Heiligabend fetzte, während Hannahs Schwager Klaus sich erfolgreich darin übte, sich aus allem heraus zu halten und Marlene den Weihnachtsstress zu überlassen. Marlene hatte nicht die heile Welt für sich gepachtet, aber sie hatte eine Familie, ein Zuhause. Sie selbst aber hatte nichts mehr. Steffen war ihr Zuhause gewesen, und von einem Augenblick auf den anderen war ihre Welt zerbrochen. Nicht reparabel. Dahin.

Alle sagten es, und sie wusste es rein theoretisch: Die »ersten Male« waren die schlimmsten. Aber es war etwas anderes, das alles wirklich zu durchleben. Das erste Weihnachtsfest ohne ihn, der erste Silvesterabend ohne seinen Kuss um zwölf, der erste Frühling ohne die gewohnten Fahrradtouren mit ihm: immer zuerst Schloss Westerwinkel, dann Nordkirchen. Sein Geburtstag im Juni, sein erster Todestag. Den hatte sie schon nicht mehr in Herbern erlebt, denn ihr war immer klarer geworden, dass dieser Ort unwiderruflich ihr Leben mit Steffen symbolisierte. Ein Leben, das vorüber war.

Mittwoch, 28. Oktober

Sie hatte vergleichsweise gut geschlafen. Dass sie zwischen drei und vier Uhr wieder einmal wach war, betrachtete sie inzwischen als normal und ärgerte sich nicht mehr darüber.

In der Beratungsstelle hatte sie zwei Gespräche zu führen, die nicht verschiebbar gewesen waren, und vor allem das zweite Gespräch mit einer verzweifelten jungen Lehrerin war ihr so an die Nieren gegangen, dass sie ein paar Minuten Pause brauchte, obwohl es schon fast zehn Uhr war. Sie verlor eine weitere Minute, weil sie sich nicht entscheiden konnte, ob sie angesichts des Nieselregens für die paar Meter einen Schirm brauchen würde, damit ihre Haare nicht noch wuscheliger zu Berge stünden als sie es schon im Normalzustand taten. Sie beschloss, dass es albern war, einen Schirm zu benutzen und dass sie ihn wahrscheinlich sowieso vergessen würde.

Sie sprintete zum Café 99 hinüber. Wie erwartet, war Heidmeier schon da und las in einer der ausliegenden Tageszeitungen. Hannah freute sich, dass er einen Platz auf den altmodischen, aber bequemen grünen Lederstühlen gewählt hatte. Dort hatte sie zu ihrem Bedauern noch nie gesessen, weil ihre Kollegen immer die moderneren Sitzgelegenheiten im hinteren Teil des Cafés bevorzugten.

»Hallo, da sind Sie ja!« Heidmeier legte seine Zeitung zur Seite.

»Und Sie sind ganz sicher, dass dies das richtige Lokal für unsere Altersklasse ist?« Er deutete auf die jungen Leute, die rund herum zu zweit oder in Gruppen saßen.

»Das täuscht im Moment, weil jetzt nur Schüler hier sind, die schwänzen. Sonst gibt es durchaus auch ältere Leute hier

– wie wir.« Wie zur Bestätigung kamen drei Frauen mittleren Alters herein und setzten sich an einen Tisch nebenan.

»Das beruhigt mich. Ich kam mir schon etwas deplatziert vor. Ein Kännchen Kaffee, bitte. Und kann ich auch ein Brötchen mit Käse haben?« Ein freundlicher junger Mann mit langer Servierschürze nahm auch Hannahs Wunsch nach einem Cappuccino auf und verschwand Richtung Theke.

Heidmeier sah wieder unverschämt gut aus. Seine Lederjacke hatte er über den Stuhl gehängt. Das Hemd zur Jeans war heute kariert, und darüber trug er eine dunkelblaue, sportliche Weste.

»Sagen Sie mal, was ist das denn für ein seltsames Kunstwerk hier vor der Tür? Buddhismus in Münster?«

»Sie leben noch nicht lange genug in Münster, um eine der Skulpturenausstellungen miterlebt zu haben. Alle zehn Jahre verwandelt sich die Stadt in eine Art Freiluftskulpturenpark.«

»Und die Werke bleiben dann für immer stehen?«

»Nicht alle. Nur die, die in der Bevölkerung am besten angekommen sind, werden von der Stadt angekauft. Wie diese 100 Arme der Guan Yin.«

Hannah hatte das Gefühl, dass sie zu viel redete und zwar lauter unwichtiges Zeug. Sie brannte darauf, von den Ergebnissen der polizeilichen Ermittlungen zu erfahren, aber Heidmeier schien es mit einem Bericht nicht eilig zu haben.

»Sie haben hier studiert?«, wollte er wissen.

»Ja, Psychologie. Aber dann habe ich jahrelang in Herbern gewohnt. Ein kleiner Ort, 20 Kilometer südlich von hier. Mein Mann hatte dort eine Praxis als Allgemeinmediziner. Vor zwei Monaten bin ich zurück nach Münster.«

»Ein neuer Anfang?«, fragte Heidmeier.

Hannah war verblüfft. Wie waren sie denn in fünf Minuten

auf dieses persönliche Thema gekommen? Und wieso verstand ein Kriminalkommissar ihre Entscheidung so viel besser als ihre Schwester und ihre Mutter und ihre Schwiegereltern, die alle nicht akzeptieren konnten, dass sie ein geräumiges Haus mit Garten und Sauna gegen eine kleine, nicht sehr komfortable 3-Zimmer-Wohnung getauscht hatte?

»Neuanfang«, sagte sie. »So könnte man es wohl nennen.«

»Ich bin seit zwei Jahren in Münster. Eigentlich komme ich aus Xanten. Nach meiner Scheidung wollte ich mich verändern.«

»Und nach zwei Jahren kennen Sie den Marienplatz noch nicht?«, neckte Hannah ihn.

»Ich wohne außerhalb und außer zum Arbeiten komme ich nicht so häufig in die Stadt. Außerdem kannte ich den Platz. Ich wusste nur nicht, wie er heißt.«

Hannah hatte das Gefühl, sie müsste das Gespräch weglenken von den persönlichen Themen.

»Sind Sie gestern noch weiter gekommen mit dem Fensterputzer?«, fragte sie betont beiläufig. Er stutzte einen Moment. Die senkrechte Falte auf seiner Stirn vertiefte sich.

Er räusperte sich. »Ich habe mich gestern hinreißen lassen. Ich hätte auf keinen Fall in Ihrem Beisein Details zu den Ermittlungen preisgeben dürfen.«

Er schwieg einen Moment lang. Genau in diesem Moment wurde ihre Bestellung geliefert, und Heidmeier beschäftigte sich zunächst intensiv mit seinem Brötchen. Er verspeiste ohne Hast und offensichtlich mit Genuss die erste Hälfte. Hannah beobachtete, wie die Falte auf seiner Stirn sich wieder glättete.

»Nicht schlecht hier. Bei mir draußen gibt es keine Brötchen.« Er goss sich Kaffee nach. »Ach zum Kuckuck«, brach es plötzlich aus ihm heraus. »Sie wissen ja selbst, was Schweigepflicht bedeutet. Immerhin kam der Tipp von Ihnen. Dieser Tunesier scheint flüchtig zu sein. Ich sage bewusst: scheint, denn er kann einfach verreist sein. Jemand aus seiner Familie könnte plötzlich erkrankt sein.«

»Kann man nicht seinen Cousin danach fragen?«

Heidmeier lächelte. »Das wird im Moment von einigen Kollegen vor Ort erledigt. Allerdings muss ich zugeben, dass wir gestern wohl vorschnell euphorisch waren. Wäre ja auch zu schön gewesen.«

»Warum vorschnell?«

Er trank einen Schluck Kaffee. Bevor er fortfuhr, warf er den Frauen am Nebentisch einen Blick zu. Die waren in ihr Gespräch vertieft und nichts deutete darauf hin, dass sie erpicht darauf waren zu lauschen. Trotzdem beugte sich Heidmeier näher zu Hannah hin und senkte die Stimme.

»Außer den Beobachtungen an der Schule, dass Daniela Heckert und dieser Mehdi ben Jomaa einige Zigaretten zusammen geraucht haben, können wir keinerlei Verbindung zwischen den beiden nachweisen. Fingerabdrücke gibt es weder von ihr in seiner Wohnung noch umgekehrt. Die Vermieterin hat Daniela Heckert auf Fotos nicht erkannt. Der einzige, sehr schwache Anhaltspunkt ist, dass ein Nachbar ben Jomaa vor einiger Zeit aus einem dunklen Kleinwagen hat aussteigen sehen. Daniela Heckerts Verlobter fährt einen schwarzen Corsa. Aber das ist bitter wenig, zu wenig für einen dringenden Tatverdacht und eine Fahndung.«

»Dieser Christoph aus Daniela Heckerts Klasse hat davon gesprochen, dass sie den Fensterputzer in ihrem Auto mitgenommen hat.«

»Das reicht nicht. Vielleicht hat sie ihn nur zum Bahnhof gebracht. Wir dürfen uns nicht voreilig festlegen. Allerdings gehen wir ziemlich sicher davon aus, dass es sich um eine

Beziehungstat handelt. Es war kein Raubmord. In der Wohnung fehlt nichts. Es war aber auch kein Sexualdelikt, was für uns einfacher wäre. Wir haben die Nachbarn von Daniela Heckert befragt: nichts. Niemand hat etwas gehört oder gesehen. Einige waren gar nicht zu Hause.«

Er griff zur zweiten Hälfte seines Brötchens. »Die Frau hatte so gut wie kein Privatleben. Nur eine Freundin, die auch Lehrerin ist. Die weiß nichts, hat ein Alibi. Daniela Heckert ging joggen, in den letzten Wochen aber nicht, weil sie ja glaubte, schwanger zu sein. Sie hat keine Geschwister, die Mutter ist vor ein paar Jahren gestorben, der Vater hat die Familie verlassen und ist vor zehn oder noch mehr Jahren nach Norwegen ausgewandert. Er ist wohl Bauingenieur. Ihr Verlobter hat uns gesagt, dass sie mehr oder weniger für die Schule lebte und dort Karriere machen wollte.«

»Das wäre ihr wahrscheinlich auch geglückt, wenn ich an die vielen Lobeshymnen denke, die ich in den letzten Tagen gehört habe. Sie war tüchtig, anerkannt und beliebt. Aber da war noch etwas anderes.«

Hannah berichtete Heidmeier in Kürze von den Querelen der verschiedenen Fraktionen im Kollegium und den Andeutungen, dass Daniela Heckert dabei eine Rolle gespielt haben könnte.

»Und dann ist da noch die Äußerung einer Schülerin, dass sie in der Raucherecke über die anderen Lehrer gelästert hat.« Plötzlich war Hannah diese Einzelheit wieder eingefallen, nach der sie so lange in ihrem Gedächtnis gekramt hatte. Sie überlegte, ob sie ihm auch erzählen sollte, dass Everkamp nicht ganz bei der Wahrheit geblieben war, als er Heidmeier versichert hatte, dass er in der letzten Zeit wenig Kontakt zu Daniela Heckert gehabt habe. Aber sie beschloss, das für sich zu behalten.

»Was bleibt denn noch an Motiven, wenn Habgier und Wollust schon ausfallen? Hass, Rache, Neid, Angst, Liebe?«, sinnierte sie.

Heidmeier hatte derweil die zweite Brötchenhälfte verspeist und knüllte die Serviette zusammen.

»Wohl mehr die negativen Spielarten von Liebe: verschmähte Liebe ist ein beliebtes Motiv oder klammernde, fordernde Liebe. Tatsächlich zeigen die Statistiken eine erhöhte Anzahl von Tötungen aus diesen Beweggründen auf. Vor allem Männer tun sich mit Trennungen oft schwer, sind nicht in der Lage, ein neues Leben anzufangen und klammern sich an das, was sie einmal hatten. Und wenn sie dann merken, dass es kein Zurück gibt, dann greifen sie zur Waffe und töten: ihre Frau, ihre Kinder, oft auch sich selbst.«

Hannah erinnerte sich, dass die Zeitungsmeldungen über solche Delikte sich in der letzten Zeit häuften. Also war das kein subjektiver Eindruck gewesen.

»Was ist eigentlich mit Daniela Heckerts Beziehung zu ihren Schwiegereltern?«, warf sie ein.

»Wie kommen Sie denn darauf?« Tatsächlich waren Hannah ihre eigenen Schwiegereltern bei dem Stichwort klammernde Liebe eingefallen, die feste Rolle, in die sie ihren Sohn gepresst hatten, aber diesen Assoziationsstrang behielt sie lieber für sich.

»Ich fand es merkwürdig, dass sie ihren Verlobten allein zu ihren zukünftigen Schwiegereltern fahren lässt, um die Nachricht von der geplanten Hochzeit und der Schwangerschaft zu überbringen.«

»Das fand ich auch.« Heidmeier lächelte. »Sie sind ganz schön spitzfindig. Christian Diekbrede – das ist ihr Verlobter – hat zugegeben, dass seine Eltern nicht begeistert waren von seinen Neuigkeiten. Das war auch der Grund, warum er dort unmittelbar nach dem Mittagessen wieder aufgebrochen ist. Aber ein Mordmotiv ist das ja noch nicht.«

»Haben Sie ihn noch in Verdacht?«

»Wir haben ihn bisher nicht weiter verhören können. Zu zwei Terminen im Präsidium ist er nicht erschienen. Er sagt, er schafft es noch nicht, aus dem Haus zu gehen, steht auch wohl unter Tabletten. Es scheint ihm wirklich ziemlich mies zu gehen.«

»Dann brauche ich wohl gar nicht zu versuchen, ihn zur Trauerfeier am Freitag in der Schule einzuladen.«

»Warum nicht?«, fragte Heidmeier. »Vielleicht tut es ihm ganz gut, wenn er merkt, dass auch andere wegen seiner Daniela trauern. Ich wollte gleich zu ihm nach Hause fahren, um ihn dort weiter zu befragen und mich im Arbeitszimmer des Opfers weiter umzuschauen. Fahren Sie doch mit und laden ihn persönlich ein. Mir wäre es auch ganz recht, wenn Sie aus fachlicher Sicht einen Blick auf ihn werfen würden. Ich bin mir nicht sicher, ob der Mann allein mit diesem Schlag fertig wird.«

Hannah war unentschlossen. Sie hatte vorgehabt, noch Papierkram zu erledigen, bevor sie sich auf den Weg zur Schule machen musste, aber das konnte sie verschieben. Oder den geplanten freien Nachmittag opfern.

»Okay, aber spätestens gegen zwölf muss ich los zur Schule. Wir müssen die Trauerfeier heute vorbereiten.«

Sie verabredeten, sich in 20 Minuten an Daniela Heckerts Wohnung in der Querstraße zu treffen. Hannah musste zuerst ihr Auto holen und dazu mit ihrem Fahrrad heimfahren.

»Den Kaffee zahle ich. Schließlich unterstützen Sie die Ermittlungen.«

Hannah war gerade dabei, sich in ihre Jacke zu wühlen, als sie merkte, dass Heidmeier ihr hinein half. Einen Moment berührte er sie an der Schulter.

»Ist das üblich am Niederrhein?«

»Bei mir ist das üblich. Pure Höflichkeit. Widerspricht das Ihrem emanzipatorischen Bewusstsein?«

Sie lachte.

Hannah holte ihr Fahrrad von der Beratungsstelle und fuhr mit viel Schwung Richtung Hochstraße zu ihrer Wohnung. Den Ludgerikreisel umrundete sie mit besonderer Konzentration. Seitdem sie dort als Studentin zweimal innerhalb kurzer Zeit von einem Auto angefahren worden war, hatte sie vor diesem Münsteraner Verkehrsknotenpunkt ziemlichen Respekt. Jedenfalls als Radfahrer.

Sie rechnete aus, dass sie wirklich spätestens kurz vor zwölf zur Schule losfahren musste. Sie musste noch einiges Organisatorisches mit dem Hausmeister klären, und auch Everkamp hatte sie noch um ein Gespräch gebeten. Um halb drei würde sich die Vorbereitungsgruppe treffen.

Mit ihrem Auto war sie in ein paar Minuten in der Querstraße. Sie kannte sie sich hier aus. Ganz in der Nähe hatte sie als Studentin während der ersten Semester in einem Hinterhof-Zimmerchen gewohnt. Damals war dies noch ein eher heruntergekommenes Wohnquartier gewesen, zum einen stark überaltert und andererseits von Studenten bevorzugt. Familien waren ihr damals kaum aufgefallen. Die kleinen Geschäfte an den Ecken zu den Kreuzungen hin, in denen sie morgens Brötchen und Wurst gekauft hatte, waren alle verschwunden, die Schaufenster zugemauert. Inzwischen war man hier nur einen Steinwurf weit entfernt vom Kreativkai, der angesagten Meile aus Kneipen, Restaurants und Clubs im alten Hafengelände. Die Mieten in dieser Gegend waren inzwischen explodiert.

Die Querstraße war unverändert. Daniela Heckert hatte in einem der ersten Häuser Richtung Schillerstraße gewohnt. Vom kleinen Vorgarten aus konnte man die riesige efeubewachsene Hafenwand sehen.

Heidmeier kam von der anderen Seite. »Heckert/Diekbrede« war an der untersten Klingel zu lesen. Hannah war im Nachhinein froh, dass sie Heidmeier nicht ihre Theorie offeriert hatte, Daniela Heckert hätte auf ein Klingeln hin ihrem Mörder geöffnet, ohne zu wissen, wer da sei: Die Haustür hatte eine große Glasscheibe.

Nach mehrmaligem Klingeln öffnete Christian Diekbrede die Tür. Er war groß, sehr schlank, hatte dunkle kurze Haare, die in alle Richtungen abstanden. Er starrte sie aus einem bleichen, pickeligen Gesicht an. Seine Augen waren aufgerissen, die Pupillen riesig: Also doch Tabletten. Er roch unangenehm nach fehlendem Duschen und nach Alkohol.

Heidmeier stellte Hannah vor. Ohne eine weitere Regung oder ein Wort drehte sich Diekbrede um und ließ sie in die Wohnung. Eigentlich hübsch, modern eingerichtet, aber auch hier zeigten sich Zeichen von Vernachlässigung. Der kleine Glastisch im Wohnzimmer war überfüllt mit Zeitungen, Gläsern, leeren Flaschen, benutzten Tellern. Auf dem Sofa lag zusammengeknülltes Bettzeug. Wahrscheinlich konnte er es nicht ertragen, im gemeinsamen Schlafzimmer zu nächtigen. Durch die offene Küchentür waren Berge von schmutzigem Geschirr und Töpfen zu sehen.

»Herr Diekbrede, ich kann verstehen, dass es Ihnen nicht gut geht, aber wenn wir mit unseren Ermittlungen vorwärts kommen wollen, muss ich Ihnen ein paar Fragen stellen«, insistierte Heidmeier.

»Ja, ja, natürlich. Entschuldigen Sie. Fragen Sie.« Christian

Diekbrede rieb sich über das Gesicht und fuhr sich durch die Haare. Seine Stimme war schleppend und leise.

»Können wir uns setzen?«, fragte Heidmeier überraschend sanft. Diekbrede murmelte Zustimmung.

»Zum einen müssen wir die letzten Tage Ihrer Verlobten rekonstruieren. Wissen Sie, was sie in der letzten Ferienwoche gemacht hat?«

Bei den Worten »letzte Tage« stöhnte Diekbrede kaum hörbar auf. Es dauerte, bis er zu einer Antwort fähig war.

»Sie hat Klausuren korrigiert. Von morgens bis abends. Das war normal. Das hat sie oft in den Ferien gemacht, weil sie im normalen Unterrichtsbetrieb gar nicht dazu kam.«

»Dann sind Sie nicht verreist in den Herbstferien?«

»Nein, ich musste ja arbeiten. Ich gehe um sieben Uhr aus dem Haus und bin erst gegen halb sechs zurück. Ich arbeite bei einer Firma in Hiltrup. Verreist sind wir nur in den Sommerferien.« Er wirkte jetzt ein ganzes Stück wacher als am Anfang der Befragung.

»Hat Ihre Verlobte irgendetwas Besonderes unternommen in den Ferien? Vielleicht jemanden besucht oder Einkäufe gemacht oder sonst etwas?«

»Besuche? Nein, nicht dass ich wüsste. Ihre Freundin Anja war ja verreist und ist erst am Sonntag zurückgekommen. Eingekauft hat sie eine ganze Menge. Babywäsche und Wickelauflagen und so etwas. Wir haben Ausflüge gemacht in die Umgebung am Wochenende, waren im Kino, und wir haben viel über die Zukunft geredet.«

Er drehte sich zur Seite und seine zuckenden Schultern zeigten, dass »Zukunft« das falsche Stichwort gewesen war. »Ich kann es einfach nicht fassen: einen Moment lang ist man noch mit Plänen, Hochzeit und Baby beschäftigt und im nächsten Moment ist sie einfach tot!«

Hannah hatte das Gefühl, der Zeitpunkt sei gekommen, sich einzuschalten, denn so konnte Heidmeier mit seiner Vernehmung nicht mehr weiter machen.

»Sie haben sich sehr auf Ihre gemeinsame Zukunft gefreut?«, fragte sie vorsichtig.

Er versuchte sich wieder in den Griff zu bekommen, aber die Stimme trug noch nicht ganz wieder. »Unglaublich! Ich konnte es gar nicht fassen. Ein Baby! Dabei wollte Daniela eigentlich noch gar nicht schwanger werden. Aber sie hatte sich verändert, war offener geworden, lockerer, nicht mehr so verbissen ehrgeizig. Sie wollte das Kind auch, ganz sicher.«

»Sie sagen, Ihre Verlobte hatte sich verändert. Können Sie das noch näher beschreiben?«, schaltete Heidmeier sich hellwach wieder ein.

»Wie soll ich es sagen? Sie wollte mehr ausprobieren, hatte neue Ideen, was wir machen könnten, sie war … sinnlicher geworden. Wir haben noch darüber gelacht, wie Schwangerschaftshormone einen Menschen so verändern können. Ja, sie hat die Dinge leichter genommen, nicht mehr so verbissen wie vorher. Klar, ein Kind verändert das Leben ja völlig.«

Er weinte wieder heftiger. »Auf dem Rückweg von Werne am Samstag habe ich im Stau hinter einem Wagen aus Oldenburg gestanden. Eine Familie mit zwei kleinen Mädchen, Zwillinge, die immer nach hinten raus Faxen mit mir gemacht haben. Ich habe mir vorgestellt, dass wir auch bald ein kleines Mädchen haben könnten.«

Sie ließen ihn eine Weile in Ruhe. Möglicherweise war es gut, dass er seine Gefühle einfach einmal aussprach.

Nach ein paar Minuten fragte Heidmeier: »Sind Sie ganz sicher, dass es sich um einen Wagen mit Oldenburger Kennzeichen gehandelt hat?«

Hannah war genau wie Christian Diekbrede leicht irritiert und wusste nicht, worauf Heidmeier hinaus wollte.

»Wenn Sie den Wagen und die Personen darin einigermaßen gut beschreiben können, dann könnten wir in der Oldenburger Tagespresse eine Anzeige aufgeben, dass die Leute sich bei uns melden sollen. Dann hätten Sie keine Sorge mehr wegen Ihres Alibis.«

»Ich habe sowieso keine Sorge wegen meines Alibis. Das ist wohl eher Ihre Sorge. Aber meinetwegen können wir es probieren.«

»Noch etwas anderes. Können Sie uns sagen, zu welchem Gynäkologen Ihre Verlobte ging?«

»Nein, absolut keine Ahnung, wie der heißt. Aber es ist hier im Stadtteil, nicht in der Innenstadt.«

»Das wird sich feststellen lassen. Darum wird sich Höllmann kümmern«, sagte Heidmeier mehr zu sich selbst.

»Warum interessiert Sie das?«

»Es ist doch normal, dass eine junge Frau, die schwanger ist, ihren Gynäkologen aufsucht. Es geht uns um die Tatsache, dass sie alle Anzeichen einer Schwangerschaft zeigte und sich offensichtlich auch so fühlte, aber nicht schwanger war. Vielleicht könnte ihr Frauenarzt dazu etwas Erhellendes beitragen.«

»Und der Pathologe kann sich nicht geirrt haben?«, fragte Diekbrede mit sinnlos hoffnungsvoller Stimme.

»Bis jetzt hat er sich noch nie in der Angelegenheit geirrt. Noch eine Frage: Sagt Ihnen der Name Mehdi ben Jomaa etwas?«

»Nein, nie gehört. Wer soll das sein? Ein Schüler?«

»Er hat mit der Schule zu tun. Indirekt. Er jobbt bei einer Putzfirma, die die Fenster in der Schule reinigt. Dort ist er ein paar Mal mit Ihrer Verlobten in der Raucherecke gesehen worden.«

Diekbredes Ton wurde barscher. »Na und? Das ist ja lächerlich. Sollte sie nicht mit ihm sprechen, weil er Ausländer ist? Was wollen Sie eigentlich andeuten? Dass sie etwas mit ihm hatte? Hatte sie nicht! Daniela war nicht so. Darauf kann ich Ihnen Brief und Siegel geben.«

Er war lauter geworden. Hannah konnte sich des Eindrucks nicht erwehren, dass er nicht nur Heidmeier, sondern auch sich selbst zu überzeugen versuchte.

»Ich will gar nichts andeuten«, gab Heidmeier zurück. »Aber wir gehen jeder Spur nach. Apropos: Fuhr Ihre Verlobte manchmal mit Ihrem Auto zur Schule?«

»Selten. Nur wenn sie direkt anschließend etwas mit dem Auto erledigen wollte. Ich benötige den Wagen nur jede zweite Woche, weil ich eine Fahrgemeinschaft habe.«

»Wir müssen den Wagen kriminaltechnisch untersuchen.«

»Ich weiß zwar nicht, was das bringen soll, aber tun Sie, was Sie nicht lassen können.«

»Ich möchte mich noch ein bisschen im Arbeitszimmer Ihrer Verlobten umschauen und an ihrem Computer.«

Christian Diekbrede schien es egal zu sein. »Wenn Sie sich davon etwas versprechen: Bitte. Eigentlich wollte ich ein bisschen die Küche aufräumen. Anja, Danielas Freundin, will gleich kommen. Es ist mir etwas peinlich, wie es hier aussieht.«

»Hätten Sie etwas dagegen, wenn ich Ihnen helfe? Ich möchte auch noch etwas mit Ihnen besprechen«, beeilte sich Hannah vorzuschlagen. Zögerlich willigte Diekbrede ein.

Hannah war erleichtert, nicht nutzlos herumstehen zu müssen. Außerdem wusste sie aus Erfahrung, dass eine gemeinsame Spülaktion eine gute Gelegenheit war, um Menschen zum Reden zu bringen. Und so war es auch mit Christian Diekbrede. Das gemeinsame Hantieren an der Spüle schaffte Vertrautheit. Da er sie nicht ansehen musste, kamen ihm die Antworten recht leicht über die Lippen. Im Übrigen ging er mühelos mit den Geschirrbergen um.

»Es sieht hier schon schlimm aus, obwohl ich erst gestern zurückgekommen bin«, räumte er ein.

»Die Wohnung war sicher versiegelt wegen der Spurensicherung.«

»Ja, zunächst schon. Aber ich hätte schon eher zurückkommen dürfen. Ich konnte mich nur nicht überwinden. Der Gedanke, hier zu kochen, zu spülen, wo sie ermordet worden ist, war mir unerträglich.«

Mit dem Handrücken beseitigte er einige Tränen.

»Mein Bruder hat mich begleitet, und er hat auch gekocht gestern Abend. Irgendwann habe ich es dann auch geschafft, den Raum hier zu betreten. Es muss ja sein. «

»Waren Sie vorher bei Ihren Eltern?« Es dauerte lange, bis er antwortete. Hannah hatte schon geglaubt, er habe sie nicht verstanden.

»Ja, ich wusste nicht, wohin ich sonst sollte. War völlig neben der Spur. Bin ich auch jetzt noch. Aber unser alter Hausarzt in Werne hat mir Tabletten verschrieben. Tranquilizer. Jedenfalls kann ich davon einigermaßen schlafen.«

Tabletten, die seine Motorik und Sprache deutlich beeinträchtigten, wie Hannah fand.

Als der Geschirrberg langsam abgetragen war, wagte sie es, ihn um die Teilnahme an der Trauerfeier in der Schule am Freitag zu bitten. Erwartungsgemäß war er skeptisch, sagte aber nicht sofort nein. Sie verabredeten, dass Hannah sich am Donnerstag telefonisch melden sollte.

Als Heidmeier die Küche betrat, pfiff er anerkennend.

»Herr Diekbrede, wir haben immer noch nicht das Handy Ihrer Verlobten gefunden. Es könnte uns wichtige Hinweise geben, ob sie jemand angerufen hat und vorbeikommen wollte. Haben Sie noch Ideen, wo sie das Handy hingelegt haben könnte?«

Christian Diekbrede, der nun etwas vitaler wirkte, machte sich auf, erneut in diversen Taschen und Ecken nachzusehen. Hannah blieb allein mit Heidmeier in der Küche zurück. Er dämpfte seine Stimme.

»Nicht uninteressant, womit sie sich in den letzten Wochen am PC so beschäftigt hat. Einiges hängt wahrscheinlich mit dem Unterricht zusammen. Amsterdam, Anne-Frank-Haus, Wirkung von verschiedenen Drogen, Coffeeshops in Amsterdam und Ähnliches. Aber – jetzt halten Sie sich fest! Sie hat auch zu Tunesien recherchiert und zu Norwegen. Woran denken Sie da?«

»Könnte völlig harmlose Urlaubsvorbereitung sein.«

»Kommen Sie! Sie denken auch an den Fensterputzer und an ihren Vater. Möglicherweise wollte sie Kontakt aufnehmen.«

»Davon müsste ihr Verlobter eigentlich wissen.«

»Nicht unbedingt. Ich glaube, Höllmann sollte sich den PC noch mal vornehmen. Der kann da Wunder vollbringen. Nur für die Mails müsste ich wohl eine richterliche Genehmigung einholen.« Anscheinend überlegte er mehr laut, als dass er mit Hannah sprach.

Sie schaute nervös auf die Uhr. Kurz nach zwölf! Sie musste dringend los zur Schule.

»Ich hoffe, ich schaffe es zur Trauerfeier am Freitag«, sagte Heidmeier, als er merkte, dass sie aufbrechen wollte. Hannah freute sich über ein mögliches Wiedersehen. Sie wollte sich gerade von Christian Diekbrede verabschieden, als es klingelte. Diekbrede ließ eine junge Frau um die 30 herein, top gestylt und perfekt geschminkt. Beides lenkte von ihren etwas groben Gesichtszügen ab.

»Hallo, Anja.« Diekbrede stellte die Anwesenden einander vor. Hannah schüttelte der jungen Frau die Hand und verabschiedete sich gleichzeitig. »Hallo, leider bin ich gerade im Aufbruch begriffen. Wir bereiten heute die Trauerfeier an der Schule vor. Ich bin schon spät dran.«

»Ach, dann grüßen Sie doch den Schulleiter, Herrn Everkamp, von mir.«

»Sie kennen sich?«, fragte Hannah mit leichter Verwunderung.

»Indirekt.« Anja Schlüters Antwort klang merkwürdig. »Sagen Sie: von Danielas Freundin aus Ahaus.«

Auf dem kurzen Weg zu ihrem Auto wurde Hannah ziemlich nass. Es hatte angefangen zu regnen, und sie war ohne Schirm unterwegs. Sie hasste es, nass zu werden und zu allem Überfluss auf dem Weg zu einem wichtigen Termin. Endlich erreichte sie ihr Auto. Die Feuchtigkeit drang bis auf ihre Kopfhaut, weil sie die Scheiben von Unmengen herab gewehter Blätter befreien musste.

Immer noch Mittwoch, kurz nach 13 Uhr

An der Schule angekommen, fand sie um diese Tageszeit erwartungsgemäß keinen Parkplatz und suchte wieder die Arztpraxis in der Nebenstraße auf. Im Weggehen meinte sie, eine Bewegung der Gardine im Obergeschoss wahrgenommen zu haben.

Die Eingangshalle zur Schule war wie leergefegt. Die zweite große Pause war schon vorbei.

Vor dem Gedenkort brannte eine Reihe von Teelichtern neben der großen Kerze. Jemand hatte ein Schulheft hinzugefügt, aufgeschlagen auf der Seite, auf die Daniela Heckert ihren Kommentar geschrieben hatte. Die Blätter von gestern welkten schon ein wenig, aber jemand hatte neue dazugelegt.

Sie betrat das Lehrerzimmer und war überrascht, Matschinsky dort mit einer Zeitung in der Hand anzutreffen. Bei ihrem Eintreten ließ er die Zeitung fallen, als hätte er sich die Finger daran verbrannt.

»So viel zu Ihren Methoden«, schnaubte er und verließ eilends das Lehrerzimmer.

Hannah nahm die Zeitung auf. Die Schlagzeile auf Seite drei lautete:

FENSTERPUTZER UNTER VERDACHT

Als hätte sie einen Schlag in den Magen bekommen, sank Hannah auf den nächsten Stuhl. Und sie hatte gemeint, dies mit ein paar beschwörenden Worten verhindern zu können. Irgendjemand wollte sich wichtig machen, vielleicht war sogar Geld geflossen. Auf den zweiten Blick sah sie, dass ein Bild von Daniela Heckert abgedruckt war. Es war nicht sehr deutlich, aber Hannah war sofort klar, dass es sich dabei um einen Ausschnitt von dem Klassenpartyfoto handelte, das eine Schülerin am Gedenkort in der Halle hingelegt hatte.

»Ich meinte doch, dass ich Sie gehört hätte.« Eleonore Brauer, die Sekretärin, ließ Hannah zusammenfahren, wie Matschinsky vor einigen Sekunden. Heute war sie in taubenblau mit schwarzem knielangen Glockenrock, die Dauerwellenfrisur unverändert.

»Möchten Sie einen Kaffee? Tut Ihnen gut bei dem ungemütlichen Wetter. Wissen Sie, das mit dem Bild von Frau Heckert in der Halle – da stehen in jeder Pause Schüler davor, ganz still. Und auch die Lehrer. Das tut so gut, dass man einen Ort hat, an dem man trauern kann in diesem ganzen Hexenkessel.«

Ihr Blick fiel auf die Zeitung in Hannahs Hand. »Ach, das nehmen Sie sich mal nicht so zu Herzen. Solche Leute gibt es immer. Das können Sie nicht verhindern.«

So einfach konnte man das also sehen. Wahrscheinlich war es wirklich nicht zu verhindern gewesen, dass die Presse den Fall aufplusterte. Frau Brauer machte Hannah keinen Vorwurf. Vielleicht sollte sie das selbst auch nicht tun.

»Der Chef ist gerade erst gekommen. Es ging ihm nicht gut, er hatte einen Arzttermin. Hoffentlich hält er das alles durch«, seufzte Frau Brauer weiter, während sie zwei Kaffeepötte füllte. »Milch, Zucker?«

»Nur Milch bitte. Hat Herr Everkamp schon länger gesundheitliche Probleme?«, fragte Hannah vorsichtig. Während sie hinüber ins verwaiste Lehrerzimmer gingen, redete die Sekretärin in einem fort weiter.

»Bis letztes Jahr eigentlich nicht. Überarbeitet war er natürlich immer. Gestresst. Hoher Blutdruck. Das ist ja wohl normal für Leute in seiner Position. Aber dann ist die Sache mit seinem Sohn passiert.«

Hannah musste nur fragend schauen.

»Er ist im letzten Sommer gestorben. Leukämie. Ist nur 23 Jahre alt geworden. Seitdem ist der Chef nicht mehr der alte. Der Tod seines Sohnes hat ihm einen furchtbaren Schlag versetzt. Sie hatten ja nur ein Kind. Und seine Frau, … die … sie ist ihm jedenfalls wohl kein großer Trost. Jedenfalls war er heute beim Arzt, aber er hat nicht erzählt, warum.«

Aus ihrer Empörung darüber schloss Hannah, dass Eleonore Brauer sich ansonsten als Vertraute des Chefs fühlte. Sie konnte es Everkamp nicht verdenken. Irgendwie hatte diese

Frau etwas, eine gute Portion Menschlichkeit und Wärme. Warum sollte es einem Schulleiter, der einen gewissen Abstand zum Kollegium halten musste, nicht gelegentlich daran mangeln? Matschinsky jedenfalls war wohl kein großer Rückhalt. Ob diesem Mann überhaupt etwas an dieser Schule lag, wagte Hannah zu bezweifeln. Vermutlich spekulierte er auf einen Schulleiterposten woanders und nutzte diesen »Job« hier nur als Trittbrett auf seiner Karriereleiter.

Wie von unsichtbaren Fäden herbei gezaubert, stand das Objekt der gemeinsamen Sorge plötzlich im Lehrerzimmer. Everkamp sah wirklich nicht sehr gesund aus. Fahle Gesichtsfarbe, dunkle Ringe unter den Augen, hängende Schultern, müde, sehr müde.

»Ach, Frau Schmielink, schön, dass Sie schon da sind. Ich habe noch ein kurzes Gespräch. Wenn Sie so in einer Viertelstunde für mich Zeit hätten? Ich würde gern die Trauerfeier schon mal durchgehen, vor allem organisatorisch.«

Natürlich, das war ein Anlass für ein Gespräch. Aber Hannah hatte das dumpfe Gefühl, dass noch mehr auf sie zukommen konnte.

Es klingelte. Langsam liefen einige Lehrer ein. Nach der sechsten Stunde sahen einige von ihnen abgekämpft aus. Dabei lag vor manchen noch eine siebte Stunde. Claudia Gröger und Yvonne ten Bruyn signalisierten, dass sie zur Vorbereitung der Trauerfeier kommen würden, worüber Hannah sehr erleichtert war. Sie hatte sich schon mit Everkamp und einer Hand voll Schülern allein gesehen. Die unsympathische rothaarige Frau, die am Montagmorgen zu spät gekommen war und deren Doppelnamen Hannah vergessen hatte, raunte ihr zu, dass der Brandschutzbeauftragte der Stadt keinesfalls den Gedenkort sehen dürfe, da diese Ansammlung von Kerzen mitnichten den Vorschriften entspreche. Hexenkessel! Wahrlich! Trotzdem ärgerte sich Hannah über sich selbst, weil ihr keine passende Retourkutsche einfiel und sie wie ein begossener Pudel dastand.

Einige Lehrer verließen fluchtartig mit Jacke und Tasche das Lehrerzimmer mit einem kaum gemurmelten Gruß. Andere gingen nach kurzen Gesprächen mit Kollegen, und wiederum andere schienen »kein Zuhause« zu haben. Hannah erinnerte sich noch deutlich, wie erschrocken sie gewesen war, als ein Kollege scherzhafterweise diese Redewendung gebrauchte, weil sie nach Dienstschluss noch in der Beratungsstelle herumtrödelte. Das hatte erst nach dem Tod von Steffen angefangen. Meistens waren es die Singles, die nicht nach Hause fanden. Sie tauschten endlos Belanglosigkeiten aus und Hannah hatte sich sogar dabei ertappt, dass sie irgendwelchen Klatschgeschichten lauschte, nur um nicht aufbrechen zu müssen.

Everkamp winkte Hannah in sein Dienstzimmer. Er hatte jetzt etwas mehr Farbe im Gesicht. Schnell waren sie in Absprachen vertieft bezüglich der Bestuhlung der Aula, Mikroanlage, Aufstellen des Kreuzes aus der Eingangshalle (würde alles von Hausmeister Teichmann erledigt), Blumenschmuck, Getränke im Anschluss an die Feier (Frau Brauers Aufgaben), Liederzettel (Michael Kochler, der Musiklehrer, hatte schon vorgearbeitet).

»Organisatorisch haben wir so ziemlich alles geregelt,« resümierte Everkamp. »Bloß Pfarrer Wieners ist leider im Krankenhaus. Ich habe nur den Pastoralreferenten der Gemeinde erreicht. Ein junger Mann, der erst vor kurzem seine Stelle angetreten hat. Er hat angeboten zur Trauerfeier zu kommen, aber er wirkte sehr gestresst. Wahrscheinlich hat er alle möglichen Zusatzaufgaben wegen der Erkrankung seines Chefs übernehmen müssen.«

»Ich denke, wir können es auch allein schaffen,« beruhigte Hannah ihn. »Frau Gröger ist Religionslehrerin. Sie hat schon signalisiert, dass sie eine Ansprache halten möchte zur Würdigung der verstorbenen Kollegin. Ich selbst habe einige Erfahrungen mit Wortgottesdiensten. Wenn Sie es für angebracht halten, dann erleichtern Sie doch dem jungen Mann von der Gemeinde ein wenig das Leben.«

»Wenn Sie meinen. Es wäre auch wohl nicht gut, wenn jemand käme, der gar keinen Bezug zur Schule hat. Ach, übrigens, könnten Sie mal einen Blick auf die Ansprache werfen, die ich halten möchte? Ich denke, Sie können besser einschätzen, ob meine Worte passend sind.« Hannah konnte sich des Gefühls nicht erwehren, dass er nun erst zum eigentlichen Thema ihrer Zusammenkunft übergegangen war.

Er beobachtete sie beim Lesen.

»Finden Sie es zu unpersönlich? Zu sachlich?«

Hannah fühlte sich genau bei diesem Gedanken ertappt. Ja, er hatte Daniela Heckert gewürdigt, als Kollegin, aber merkwürdig distanziert, als könnte er sie nicht wirklich gut leiden. Oder als könnte er sie zu gut leiden und müsse dies nun verbergen. Hannah versuchte, diesen Gedanken sofort wieder zu verbannen, aber die Andeutungen von Eleonore Brauer über die regelmäßigen Kontakte zwischen Daniela Heckert und Everkamp in der letzten Zeit gingen ihr nicht aus dem Kopf. Vielleicht hatte er den Trost, den ihm seine Ehefrau nicht geben konnte, bei dieser jungen Kollegin gesucht, die jung genug war, dass sie seine Tochter hätte sein können. Aber irgendwie passte das nicht zu Everkamp.

»Ich habe versucht, es persönlicher zu machen und auch etwas über die Vergänglichkeit zu Papier gebracht, über einen so frühen Tod, über die Fragen, die das aufwirft. Aber ich fürchte, ich schaffe es nicht, das bei der Trauerfeier zu sagen, ohne dass ich die Fassung verliere. Und das will ich auf gar keinen Fall.«

Dafür passierte es ihm jetzt. Er schlug sich die Hände vor das Gesicht und drehte sich auf seinem Stuhl weg von Hannah.

Sie hielt den Atem an. Als er die Hände wieder sinken ließ, sagte sie, ohne weiter darüber nachzudenken, ob es jetzt richtig und angemessen war: »Ich habe von Ihrem Sohn gehört. Es tut mir sehr leid.«

»Es ist, als ob einem der Boden unter den Füßen wegbricht. Alles, was einem vorher so unendlich wichtig erschien, ist plötzlich lächerlich und bedeutungslos. Alles, auch das hier.« Er untermalte seine letzte Äußerung mit einem angedeuteten Kopfkreisen. Er meinte die Schule, die wahrscheinlich bis zum Tod seines Sohnes sein absoluter Lebensinhalt gewesen war. »Die ganzen Streitigkeiten, Eifersüchteleien, Intrigen … Und wenn dann noch Kollegen ernsthaft erkranken, junge Kollegen, und man dauernd Besuche im Krankenhaus machen muss… Irgendwann fragt man sich, wofür man das alles macht, wenn die Schule doch nur krank macht.«

Hannah schwankte, ob sie ihre professionelle Distanz aufgeben und ihm von Steffens Tod erzählen sollte, aber sie zögerte einen Moment zu lange und entschied sich, in ihrer Rolle zu bleiben.

»Ich finde es in Ordnung, wenn Sie Ihre Ansprache so formulieren. Sie haben ein Recht darauf, sich zu schützen. Niemand kann immer bis an seine Grenzen gehen.«

»Danke, dass Sie das sagen. Es gibt schon manchmal Punkte, da wird einem alles zu viel. Und dies ist ein solcher Punkt. Ich bin froh, wenn das vorüber ist.«

Was meinte er damit? Aber: wollte sie das so genau wissen?

Sie wandten sich wieder unverfänglicheren Themen zu.

Der Kopfschmerzpunkt an Hannahs rechter Stirn wanderte langsam in die Nähe des rechten Ohrs. Sie musste unbedingt etwas essen, sonst würde sie in kurzer Zeit eine heftige Migräne entwickeln. Ihre Hoffnung auf eine Pause zerstob, als es gegen zwei Uhr an der Tür klopfte und Claudia Gröger erschien. Es ging um die Anzeige in der Tageszeitung, die Daniela Heckerts Tod melden sollte. Claudia Gröger war als Vorsitzende des Lehrerrates Mitunterzeichnende.

Ein weiteres Klopfen, und ein junger Mann betrat Everkamps Büro.

»Das ist Manuel Gruska, unser Schülersprecher«, stellte Everkamp ihn vor.

Der junge Mann nahm wortlos Platz. Er war ganz in schwarz gekleidet, Sweatshirt, Jeans, Turnschuhe. Sehr dunkle Augen, fast schwarze lange Haare, schwarze dichte Augenbrauen in einem sehr blassen Gesicht machten alles in allem einen äußerst düsteren Eindruck. Hannah hatte das Gefühl, dass es nicht Schüchternheit war, die ihn so sprachlos machte, denn aus der Art seiner Bewegungen und der Selbstverständlichkeit, mit der er sich auf einen freien Stuhl setzte, schloss sie, dass er mit dem Direktorenzimmer vertraut sein musste. Ja, er war sicher als Schülersprecher nicht zum ersten Mal hier. Vielleicht hielt er seine Sprachlosigkeit für angemessenes Verhalten angesichts des Grundes für ihre Zusammenkunft.

Claudia Gröger hatte den Text der Todesanzeige formuliert. Everkamp schien gar nicht richtig zuzuhören. Er war wohl einfach nur froh, dass er sich nicht auch noch darum kümmern musste. Nachdem er seine Unterschrift unter den Text gesetzt hatte, bat er auch den Schülersprecher zu unterschreiben.

»Wenn es denn sein muss.« Fahrig setzte Manuel Gruska seinen Namen auf das Papier und stand auf. »Das war´s dann ja wohl.« Alle waren zu verdattert, um auch nur ein Wort zu erwidern. Hannah wagte angesichts dieses Auftritts nicht, ihn zu fragen, ob er am Freitag für die Schüler einige Worte sprechen würde. Es würde auch anders gehen. Niemand kommentierte die Szene, obwohl sie geradezu nach einer Erklärung schrie.

Es blieben noch ein paar Minuten. In der Kaffeeküche traf Hannah auf Rüdiger Debus.

»Die schöne Psychologin ist wieder im Einsatz. Eine Tasse Kaffee?«

Hannah konnte seinen lockeren Ton heute weniger gut vertragen, aber für den Kaffee war sie dankbar. Als er sich vorbeugte, konnte sie einen Streifen Haut zwischen seinem T-Shirt und der Jeanshose sehen. Zu heiß gewaschen oder Absicht? Und wenn Letzteres: Wem galt das? Den Damen des Kollegiums oder den Schülerinnen? Ihr selbst doch wohl nicht.

Debus begleitete sie ins Lehrerzimmer, das nun, um kurz vor halb drei, ausgestorben wirkte. Sie seufzte innerlich, denn sie hätte gern fünf Minuten für sich allein gehabt. Bevor Debus ihr ein Thema aufdrängen konnte, kam Hannah ihm zuvor.

»Sagen Sie, ich habe gerade Ihren Schülersprecher kennengelernt, als es um die Traueranzeige für Daniela Heckert ging. Ich fand sein Verhalten reichlich merkwürdig.«

»Manuel Gruska. Das glaube ich Ihnen aufs Wort. Muss ein sehr zwiespältiges Gefühl für ihn sein.«

Hannah wartete gespannt.

»Manuel und Daniela verband eine sehr unglückliche Geschichte. Er ist wegen Daniela letztes Jahr sitzengeblieben. Eigentlich wegen seiner eigenen Dummheit, aber das sehen Schüler ja grundsätzlich nicht ein. Die Schuld liegt ja immer beim Lehrer.«

»Und was ist genau passiert?« Hannah dämpfte ihre Stimme, denn jetzt erschienen ein paar Kollegen im Lehrerzimmer.

»Manuel schleppt schon von Anfang an eine Beton-Fünf in Mathematik mit sich rum. Und wenn man das weiß, muss man in anderen Fächern vorsichtig sein. Und was macht der Knabe? Mogelt in Danielas Bio-Klausur und fällt dabei auf. Ungenügend. Ich meine, in gewisser Weise kann ich es ihm nicht verdenken, denn Daniela hat wahnsinnig hohe Ansprüche, wenn es auf die Prüfung zugeht. Die Schüler pauken sich dumm und duselig für ihre Klausuren und haben Albträume davor.«

»Aber in der Klasse, in der sie Klassenlehrerin war, habe ich davon nichts gespürt«, erinnerte sich Hannah.

»Fragen Sie die mal nach den ersten Klausuren. Die waren ja gerade erst angefangen. Daniela kam immer erst mal sehr gut an in den neuen Klassen. Aber ihre Ansprüche waren halt sehr hoch, und dann blieb das Verhältnis zu ihren Klassen nicht immer so glorreich.«

»Und was war mit Manuel?«

»Er stand durch die sechs in der zweiten Klausur schriftlich bei ihr mangelhaft. Dazu hatte er eine Reihe von Stunden in ihrem Unterricht gefehlt, geschwänzt kann mal wohl sagen, denn die fadenscheinigen Entschuldigungen, die die volljährigen Schüler sich selbst schreiben, sind ja nicht mal das Papier wert, auf dem sie stehen. Kopfschmerzen, Halsschmerzen, Gliederschmerzen und was weiß ich noch alles. Jedenfalls hat sie die Gesamtnote auf mangelhaft zusammengezogen. Damit war er sitzengeblieben. Nachprüfung kam nicht in Frage. Warum nicht, habe ich vergessen. Aber dann ging es erst richtig los.«

»Inwiefern?« Hannah schaute auf die Uhr. Kurz vor halb drei. Jetzt kamen auch die ersten Schüler, die an der Vorbereitung der Trauerfeier teilnehmen wollten. Aber sie musste unbedingt noch hören, was mit Manuel und Daniela vorgefallen war. Nachher würde Debus nicht mehr da sein.

»Manuel hat Widerspruch eingelegt gegen die Zensierung. Offiziell beim Chef.«

»Das geht so ohne weiteres?«

»Kommt nicht oft vor. Daniela war das natürlich noch nie passiert. Der Chef hat dem Widerspruch stattgegeben, weil Manuel die Grenze für die Fehlstunden, die toleriert werden, noch nicht ganz erreicht hatte. So genau weiß ich nicht, was da genau unkorrekt gewesen war. Vielleicht war Everkamp auch nur vorsichtig und wollte nicht riskieren, dass Manuel weitere Schritte einleitet. Gerichtlich vorgeht gegen die Zensierung, meine ich.«

»Weil das auf die Schule und ihren Ruf zurückfällt.«

»Genau. Und dann gibt es ja noch eine andere Dimension.« Er schaute sie abwartend an, aber Hannah war gänzlich ahnungslos, worauf er hinaus wollte.

»Ich meine Erfurt, Winnenden, mehr noch Emsdetten. Das liegt ja schließlich fast vor der Tür. Wir haben eine Reihe von Schülern, die das Grauen dort hautnah miterlebt haben.«

»Sie glauben, dass Everkamp einen Amoklauf befürchtete?«

»So direkt würde ich das nicht sagen. Aber es gibt neuerdings Notfallpläne für alle Schulen in Nordrhein-Westfalen. Wir sind alle eingewiesen worden auf einer Gesamtkonferenz, wie wir uns zu verhalten haben, wenn es zum Äußersten kommt. Können Sie sich nicht vorstellen, dass ein Schulleiter mittlerweile solch eine Möglichkeit immer im Hinterkopf hat, wenn Konflikte auftauchen? Mit einem Schüler, der sich nicht alles gefallen lässt wie Manuel?«

Nicht von der Hand zu weisen, befand Hannah spontan. Sie klärte Debus nicht darüber auf, dass die Kriseninterventionsprogramme – so wurden Amokeinsätze beschönigend genannt – in enger Abstimmung mit den Schulberatungsstellen entworfen worden waren. Aber irgendetwas störte sie an dem Szenario mit Manuel Gruska als potenziellem Amokläufer. Sie wäre nie auf diese Idee gekommen, aber im Moment hatte sie keine Zeit, diesen Gedankengang weiterzuspinnen.

»Doch, das kann ich mir vorstellen«, gab sie Debus zur Antwort. »Und wie ging die Angelegenheit aus?«

»Es gab eine so genannte Feststellungsprüfung. Das ist eine ganz offizielle Angelegenheit. Der Chef ist dabei, ein Fachkollege führt Protokoll, und dann wird dem Schüler noch mal Gelegenheit gegeben zu demonstrieren, dass der Lehrer mit der Gesamtbeurteilung der Leistung falsch lag.«

»Und Manuel hat nicht bestanden.«

»Natürlich nicht. Das hat man als Prüfer doch in der Hand.«

»Wieso? Er hätte sich doch super vorbereiten und mit Glanz und Gloria bestehen können.«

Debus schaute sie etwas mitleidig an.

»So naiv können Sie doch nicht sein. Ein Lehrer hat immer in der Hand, ob er den Schüler gut oder schlecht aussehen lassen will in einer mündlichen Prüfung. Glauben Sie mir, wenn ich will, dass ein Schüler nicht besteht, dann besteht er nicht. Umgekehrt geht das natürlich nicht.«

Hannah hatte den Eindruck, dass Debus übertrieb, um sich in Szene zu setzen, aber sie sagte nichts.

»Damit ist die Geschichte noch nicht zu Ende. Manuel musste wieder in die Klasse 11 zurück und beschloss, Schülersprecher zu werden, um es Daniela oder den Lehrern oder wem auch immer heimzahlen zu können.«

Hannah konnte es jetzt nicht länger herauszögern, die Vorbereitungsgruppe für die Trauerfeier zusammenzuwinken. Immer öfter wurden ihr Blicke zugeworfen, und Everkamp war auch schon anwesend. Nicht mal ihr Butterbrot hatte sie essen können.

Unauffällig holte sie tief Luft auf dem kurzen Weg zum Tisch der »Älteren«, an dem die Runde sich zu sammeln schien. Claudia Gröger schleppte emsig wie immer Kaffeetassen und Gläser herbei. Mit einem Seitenblick nahm Hannah wahr, dass Heidmeiers Visitenkarten auf dem kleinen Tisch nebenan gelandet waren. Der Stapel schien noch nicht kleiner geworden zu sein.

Die Schüler nahmen eher zögerlich Platz. Normalerweise war das Lehrerzimmer für sie tabu. Die Wucht des Ereignisses hatte auch an den üblichen Hierarchien in der Schule gekratzt. Christoph, der Daniela Heckert so gemocht hatte, war dabei, ebenso zwei Mädchen aus ihrer Klasse. Zwei weitere Schüler waren Hannah bisher unbekannt. Es stellte sich heraus, dass sie in Daniela Heckerts Biologie-Prüfungsklasse gingen. Aus dem relativ engen Körperkontakt, den die beiden pflegten, schloss Hannah, dass es sich um ein Pärchen handeln musste. Marie war eine blonde, langhaarige Schönheit, Jannis ein dünner Wuschelkopf mit Milchgesicht, der eher ihr Begleitservice zu sein schien.

Wie angekündigt war auch Yvonne ten Bruyn dabei. Hannah fiel auf, dass Claudia Gröger sehr blass aussah. In Everkamps Büro hatte sie bereits sehr leise gesprochen. »Halsschmerzen«, erläuterte sie auf Hannahs besorgte Nachfrage. Michael Kochler trug einen wieder einen Pullover der teuren Marke. Diesmal war er blau und stand ihm ausgesprochen gut. Ein blütenweißes T-Shirt blitzte darunter hervor.

Als alle Platz genommen hatten und Everkamp Hannah das Wort erteilt hatte, öffnete sich die Tür zum Lehrerzimmer noch einmal. Sofort erfüllte ein vage an Mittagessen erinnernder Duft den Raum. Dr. Weischer mit einem Becher Hühnersuppe aus dem schuleigenen Automaten.

Demonstrativ geräuschvoll setzte er sich zu der Runde dazu, ohne sich um den einen oder anderen verwunderten Blick der Kollegen zu kümmern. Hannah wusste mit an Sicherheit grenzender Wahrscheinlichkeit, dass Yvonne ten Bruyn sich sonst wohin wünschte, als Weischer den einzig freien Stuhl unmittelbar neben ihr besetzte, denn sie war regelrecht zusammengesackt. Hannah fiel hingegen sofort ein, dass Dr. Weischer Daniela Heckert als Kollegin sehr geschätzt hatte.

Es lag jetzt ein Kraftakt vor ihr, den sie bewältigen musste, ohne dass man ihr die Anstrengung anmerkte. Alles hing von ihr ab, wie die aufmerksam auf sie gerichteten Gesichter ihr anzeigten. Zunächst dankte sie allen für ihr Erscheinen und betonte, wie wichtig es sei, dass sich alle am Schulleben beteiligten Gruppen in die Trauerfeier einbrächten. Zustimmendes Nicken. Etwas entspanntere Gesichter: alle fühlten sich willkommen. Weischer beschäftigte sich weiter intensiv mit seiner Hühnersuppe. Er schlürfte. Claudia Gröger verteilte Kaffee und Wasser, und auch die Schüler wurden allmählich etwas lockerer.

Hannah nannte einige mögliche Inhalte der Feier: Erinnerung an Daniela Heckert, Ausdruck von Trauer, aber auch die Hoffnung, dass mit dem Tod nicht alles vorbei ist.

Als sie nach Ideen fragte, ergaben sich relativ schnell einige akzeptable Vorschläge. Die Schüler wollten an einige Begebenheiten mit Frau Heckert erinnern und dazu ihren Lieblingssong einspielen. Kochler erklärte sich bereit, dazu Fotos von Daniela aus dem Schulleben der letzten Jahre per Beamer zu zeigen.

»Kann auch etwas Lustiges dabei sein?«, fragte eine der Schülerinnen vorsichtig. »Oder passt das nicht so?«

»In einer Trauerfeier darf geweint werden und auch gelacht. Schließlich gibt es ja eine Menge schöner Erinnerungen an Frau Heckert. Beides hat auf jeden Fall Platz.« Das war Claudia Gröger, deren Stimme inzwischen erbärmlich klang. Hannah war dankbar, dass ihr der Rücken gestärkt wurde. Besser hätte sie es der Schülerin nicht erklären können.

Schüchtern brachte Yvonne ten Bruyn vor, dass sie eine Geschichte über den Tod als Fährmann mitgebracht hatte, die sich eventuell als Lesung eignen würde. Hannah wunderte sich, denn seit Dr. Weischers Erscheinen hatte sie kein Wort gesagt. Sie kramte umständlich in ihrer Aktentasche, bis sie einen zerknitterten Zettel fand, und skizzierte dann stockend den Inhalt der Geschichte.

»Ich finde die Geschichte gut, aber vorlesen will ich das nicht. Das kann ich nicht«, sagte sie.

»Ich übernehme das gern.« Dr. Weischer!

Während Yvonne ten Bruyn wieder erstarrte, stand Weischer wie in Zeitlupe auf und entsorgte seinen zwischenzeitlich geleerten Suppenbecher im Mülleimer. Der Mann war ein Schauspieler! Es fiel Hannah wie Schuppen von den Augen. Er genoss sichtlich die Aufmerksamkeit. Mit einem Mal konnte sie sich vorstellen, wie er in seinen Schulklassen zum zigsten Mal irgendeine Anekdote aus seinem Leben zum Besten gab und auf das pflichtschuldige Gelächter seiner Zuhörer wartete.

Sogleich gab er eine Kostprobe, wie er die Geschichte vom Fährmann ungefähr vortragen wollte und alle waren beeindruckt von seiner Ausdrucksstärke.

Während Dr. Weischer las, beobachtete Hannah die Runde. Everkamp hatte noch überhaupt nichts Konstruktives beigetragen. Er hielt den Blick vorwiegend auf seine gefalteten Hände gerichtet. Kochler starrte die schöne Marie an. Claudia Grögers Gesichtsfarbe näherte sich einem fahlen Kreideweiß.

Es ging gut und zügig vorwärts. Hannah schlug vor, eine Art Schuldbekenntnis zu formulieren, da erfahrungsgemäß gerade bei plötzlichen Todesfällen Hinterbliebene plötzlich spüren, dass sie dem Toten, beziehungsweise der Toten etwas schuldig geblieben sind.

Erstaunlicherweise brach Marie bei ihren Worten in Tränen aus. Schluchzend berichtete sie, dass ihre Klasse Daniela Heckert ziemlich gehasst habe – nach Manuel Gruskas Nichtersetzung.

»Wir waren wirklich ekelhaft zu ihr. Nicht offen, mehr so unterschwellig. Ich schäme mich so dafür, und jetzt können wir es nicht mehr gut machen.«

Jannis versorgte sie so lässig mit einem Papier-Taschentuch, als sei es für ihn das Normalste der Welt. Umsichtig reichte er auch Yvonne ten Bruyn eines.

Es war noch keine halb vier, als die Runde nach einigen technischen Vereinbarungen begann, sich aufzulösen. Hannah hatte schon fast abgeschaltet, da hörte sie, wie Christoph Marie zuflüsterte: »Nun zeig es doch!«

Zögerlich holte Marie ein Blatt aus ihrer Mappe. Es war eine Bleistiftzeichnung von Daniela Heckert.

»Können wir die für den Liederzettel nehmen?«, schlug Christoph vor.

Kochler schaute Marie über die Schulter. »Genial getroffen! Genau so war sie,« säuselte er. »Das sollten wir auf jeden Fall nehmen. Ich wusste gar nicht, dass Sie so eine Künstlerin sind, Marie. Das ist ja große Klasse.« Diese Einlassung war bei weitem die längste Äußerung, die Hannah von Kochler je vernommen hatte.

Marie hatte sich inzwischen wieder gefangen und nahm huldvoll weitere Komplimente entgegen. Man war im Aufbruch begriffen.

Christoph fragte Hannah flüsternd, ob sie die Sache mit dem Fensterputzer weitergegeben habe.

»Das habe ich. Es wird geprüft, ob es eine Verbindung gibt. Aber so schnell geht das alles nicht, Christoph.« Ohne ein weiteres Wort wandte er sich zum Gehen. Hannah hätte schwören können, dass ein unzufriedener Ausdruck auf seinem Gesicht gelegen hatte.

Hannah überlegte, ob sie alles für die Trauerfeier erledigt hatte, denn sie würde vorher nicht noch mal zur Schule kommen. Sie musste dringende Termine in der Beratungsstelle wahrnehmen und wollte nachmittags zum Friedhof fahren, weil Allerheiligen vor der Tür stand. Sicherheitshalber schaute sie auf ihrem Stichwortzettel nach und stieß auf das Wort Kerzen.

Everkamp, den sie in Mantel und mit Tasche noch auf dem Flur antraf, hatte einen Tipp für sie.

»Frau Brauer meint, im Archiv im Keller stünden noch einige Kerzen von der letzten Abschlussfeier, die noch brauchbar sein dürften. Ich muss jetzt leider weg, aber Sie können ja noch nachschauen. Wenn es sein muss, können wir sonst morgen noch neue Kerzen besorgen. Sie können durch die Haustür im hinteren Treppenhaus in den Hof gehen. Das ist eine Fluchttür, die von innen immer zu öffnen ist und von außen automatisch abschließt, wenn Sie die Tür ins Schloss fallen lassen. Wir Lehrer benutzen die Tür auch manchmal, wenn der letzte keinen Schlüssel zur Hand hat.«

Hannah war nicht ganz wohl dabei, sich allein in der leeren Schule aufhalten zu müssen, aber da sie die Sache mit den Kerzen klären musste, blieb ihr nichts anderes übrig. Widerstrebend ließ sie sich von Everkamp den Weg zum Archiv beschreiben, das offensichtlich eher als Rumpelkammer benutzt wurde.

Im Lehrerzimmer war Yvonne ten Bruyn dabei, den Tisch abzuputzen. Hannah hatte ein starkes Bedürfnis, endlich etwas zu essen, um die immer stärker werdenden Kopfschmerzen zu bekämpfen. Sie versenkte sich in ihre Tasche auf der Suche nach einer Stärkung.

»Claudia geht es wirklich nicht gut«, ließ sich die junge Lehrerin vernehmen. Sie hielt den Putzlappen in der Hand und starrte vor sich hin, als ob sie die Kollegin vor Augen hätte. »Um diese Jahreszeit fängt sie sich immer etwas ein. Sie überfordert sich einfach.«

Hannah war nicht ganz geheuer, wohin diese Einleitung führen würde. Innerlich stöhnte sie, denn ihr Limit an anstrengenden Gesprächen war für heute vollkommen erreicht. Sie schaute von ihrer Tasche hoch, in der ihr Butterbrot einfach nicht auffindbar war. Yvonne ten Bruyn sah bleich aus.

»Sie haben da eben etwas sehr Wahres gesagt, Frau Schmielink, über Schuldgefühle. Irgendwie habe ich tatsächlich das Gefühl, Daniela etwas schuldig geblieben zu sein. Aber dazu muss ich etwas weiter ausholen.«

Zunächst sprach Yvonne ten Bruyn nur zögerlich, aber sehr bald legte sie los wie ein Wasserfall, als wäre es ihr ein überragendes Bedürfnis, sich dies alles endlich von der Seele zu reden. Hannah hatte nichts anderes zu tun, als staunend zuzuhören und gelegentlich einen Einwurf zu machen.

»Wissen Sie, ich habe am Montag nicht ganz die Wahrheit gesagt. Als wir miteinander geredet haben im Besprechungsraum. Ich war mit Daniela einmal sehr befreundet. War! Unsere Freundschaft war längst passé. Wenn es denn überhaupt je eine war.«

Sie hielt kurz inne und holte tief Luft, als ob es sie Überwindung kosten würde, weiter zu reden.

»Als ich vor zwei Jahren hier anfing, fiel es mir ungeheuer schwer, mich an den Schulalltag zu gewöhnen: die vielen Stunden, die vorzubereiten waren, die Konferenzen, die Schüler, die die Grenzen der Neuen ausprobieren wollten, das Zensieren von Leistungen, die Proteste dagegen. Daniela war anders. Sie strahlte alle an, schaffte alles mit links, saß bald in der Schulkonferenz, war Fachvorsitzende, wurde vom Chef hofiert, weil sie so hervorragende Prüfungsarbeiten erstellt hatte, war beliebt bei Schülern und Lehrern. Sie war einfach ein Gewinnertyp. Sie war auf Karriere aus, und sie machte Karriere. Und ich habe mich einfach an sie rangehängt.« Sie schüttelte den Kopf.

»Mit Daniela als Freundin war ich selber weitgehend unantastbar. Ich bekam bessere Stundenpläne, weil Daniela gut mit Matschinsky konnte, musste weniger Vertretungsunterricht machen, wurde respektvoller behandelt.«

»Aber Sie wollten nicht auf Dauer so weitermachen?«

»Nein. Irgendwann konnte ich die Augen nicht mehr davor verschließen, wie sie mich ausgenutzt hat. Immer öfter hat sie irgendwelche Ideen, die von mir stammten, in Konferenzen als ihre eigenen verkauft. Ich hatte das Gefühl, dass sie mich nur brauchte als Kulisse für ihre Auftritte. Ich habe mich dann ein bisschen von ihr distanziert, obwohl ich ein mulmiges Gefühl hatte, wie sie reagieren würde. Schließlich hatte ich Marlies Tiekötter als warnendes Beispiel vor Augen. Zum Halbjahr bekamen wir eine neue Kollegin – befristet bis zum Schuljahresende, als Ersatz für eine Kollegin in Elternzeit.

Und plötzlich ließ mich Daniela vollständig fallen. Es war, als ob ich gar nicht mehr existierte. Wahrscheinlich hatte sie gemerkt, dass ich sie nicht mehr kritiklos angehimmelt habe. Und ich konnte dabei zusehen, wie das gleiche Spiel, das sie mit mir getrieben hatte, von vorn losging mit dieser ahnungslosen neuen Kollegin.«

Yvonne ten Bruyn stoppte einen Moment in ihrem Redefluss, aber Hannah war klar, dass da noch etwas kommen musste. Da musste noch etwas sein, das die junge Lehrerin sehr bedrückte.

»In den letzten Wochen war Daniela auf einmal anders. Sie war wieder freundlicher zu mir, sprach mit mir in den Pausen, brachte mir einen Kaffee mit ins Lehrerzimmer. Ich hatte das Gefühl, sie wollte unser Verhältnis reparieren, aber ich war eiskalt und habe sie abblitzen lassen. So einfach wollte ich es ihr nicht machen. Und jetzt ist es zu spät. Sie ist nicht mehr da. Ich kann nichts mehr wieder gut machen.«

Ihre Stimme brach, ihr Gesicht war schmerzverzerrt. »Wer tut denn so etwas? Wer schlägt ihr denn einfach so den Schädel ein?«

Überwältigt von ihren Gefühlen griff sie nach ihrer Tasche und verließ fluchtartig das Lehrerzimmer. Der Putzlappen war auf dem Tisch liegen geblieben.

Inzwischen war es nach vier, und draußen schien es schon langsam dämmrig zu werden. Der mit dunklen Wolken verhangene Himmel und die Zeitumstellung vom letzten Wochenende trugen jeweils ihren Teil dazu bei. Hannah musste jetzt unbedingt in dieses Archiv, um nach den Kerzen zu sehen. Es duldete keinen Aufschub mehr.

Bis zum Besprechungszimmer war Hannah schon einmal vorgedrungen, am Montag bei ihrem Gespräch mit Yvonne ten Bruyn. Dahinter begann für sie Neuland. Im Treppenhaus gab es nur noch wenig Tageslicht. Nach einigen weiteren Stufen befand sich vor ihr eine Tür, die sich nur sehr schwer öffnen ließ. Wahrscheinlich eine Brandschutztür, die den Zugang zu einem anderen Teil dieses verwinkelten Schulgebäudes bildete. Mit der rechten Schulter lehnte sich Hannah gegen die Tür, die sich widerstrebend öffnete. In der rechten Hand trug sie ein kreisrundes, großes Holztablett, das sie zum Transport der Kerzen aus der Kaffeeküche mitgenommen hatte. Mit der linken Hand suchte sie nach dem Lichtschalter.

Der Raum vor ihr war komplett dunkel. Everkamp hatte etwas von einem Zwischenflur gesagt, von dem mehrere Türen abgingen. Kein Lichtschalter! Vielleicht auf der anderen Seite. Sie drehte sich in den Raum und versuchte mit dem Fuß die Tür einen Spalt offen zu halten, um nicht völlig im Dunkeln zu stehen. Auf einem Bein stehend tastete sie nach dem Schalter und geriet ins Stolpern. Mühsam hielt sie sich auf den Beinen und musste hilflos zusehen, wie die schwere Tür zum Treppenhaus zufiel.

Sie befand sich in einem völlig unbekannten, dunklen Raum! Die Suche nach dem Lichtschalter würde sie aufgeben und versuchen, die Tür zum Archiv zu ertasten. Schlagartig wurde ihr bewusst, dass sie über dem Gespräch mit Yvonne ten Bruyn vergessen hatte, ob Everkamp von der ersten Tür links oder rechts gesprochen hatte. Sie versuchte es links. Eine Türeinfassung, eine Klinke, abgeschlossen. Das konnte nicht das Archiv sein, denn Everkamp hatte ausdrücklich gesagt, der Raum wäre nie abgeschlossen, weil er als Lager diente.

Weiter an der Wand entlang. Gewöhnlich hatte sie keine Angst im Dunkeln, aber dies hier war etwas anderes. Mit der freien Hand tastete sie weiter und stieß mit dem Bein an einen Gegenstand. Vor Schreck ließ sie das Tablett fallen, das mit Getöse durch den Raum rollte, bis es irgendwo liegen blieb. Hannah erstarrte. Sie musste sich weiter hangeln, es blieb ihr gar nichts anderes übrig. Plötzlich ein Geräusch! Sie erstarrte wieder.

Das Geräusch kam von außerhalb, immer deutlicher zu vernehmen. Es waren Schritte. Schritte vor der Tür, ein Spalt, Licht aus dem dämmrigen Treppenhaus, dann grelles Deckenlicht.

Teichmann, der Hausmeister!

»Was machen Sie denn noch hier? Im Dunkeln?«

Hannah merkte, wie ihre Starre langsam der Erleichterung Platz machte. »Kerzen, ich suche Kerzen.«

»Mädchen, Sie sind ja ganz bleich. Immer mit der Ruhe. Ich habe hier nebenan meinen Reparaturkeller, und ich habe ein Bollern gehört. Sie haben den Lichtschalter nicht gefunden, was? Da sind Sie nicht die Erste. Schauen Sie – alles behindertengerecht.«

Er wies auf die Lichtschalter circa einen Meter vom Boden entfernt neben jeder der vier Türen, die von dem Zwischenflur abgingen. Vom Rollstuhl aus bequem zu erreichen. Und sie hatte sich verrückt gemacht!

»Da hinten ist der Bioraum. Der ist immer abgeschlossen wegen der teuren Geräte, Mikroskope und allem. Da ist die Tür zum Flur mit den Umkleidekabinen für den Sportunterricht. Und hier ist das Archiv. Da sind Kerzen.«

Mit zittrigen Fingern setzte Hannah einige weiße Kerzenstumpfe auf das Tablett. Zur Not mochte das gehen am Freitag.

Teichmann begleitete sie nach oben und öffnete ihr alle Türen.

»Kommen Sie, ich lasse Sie vorn raus. Dann müssen Sie nicht noch um das ganze Gebäude herum gehen.«

Hannah war dankbar für so viel unausgesprochenes Verständnis. Wahrscheinlich hatte er gemerkt, was mit ihr los war, verlor aber kein Wort darüber.

Sie hastete zu ihrem Parkplatz an der Arztpraxis. Sie hasste dieses Zwielicht. Die Straßenlampen waren noch nicht eingeschaltet, aber die wenigen Autos in diesen Seitenstraßen fuhren bereits mit Licht.

Sie hatte gerade die Autotür aufgeschlossen, als im zweiten Stockwerk ein Fenster geöffnet wurde. Eine ältere Frau beugte sich vor.

»Sie dürfen hier nicht parken! Das ist eine Arztpraxis! Die Parkplätze sind für die Patienten. Sie blockieren den ganzen Tag einen Platz. Das geht nicht!«

Eine selbsternannte Parkplatzwächterin! Es reichte Hannah, völlig.

»Heute ist Mittwoch. Da ist die Praxis nachmittags gar nicht geöffnet. Nun haben Sie sich mal nicht so.«

Die Frau schloss wutschnaubend das Fenster. Hannah wunderte sich über sich selbst. Das war so gar nicht ihre Art.

Mittwoch, gegen 17 Uhr

Als sie gut eine Stunde später in Münster ihr Auto vor ihrer Wohnung abstellte, war sie total geschafft.

Es hatte fast den ganzen Weg zurück geschüttet. Zusammen mit der einsetzenden Dunkelheit hatte der Regen Hannah schnell an die Grenzen ihrer Fahrkünste gebracht. Diese grellen Ampeln, die neuerdings alte Ampelanlagen ersetzten! Diese scheinwerferartigen Lichter blendeten sie derartig, dass sie das Bedürfnis hatte, sich ganz langsam in den Kreuzungsbereich hereinzutasten, was natürlich nicht ging, zumal wenn einem ein anderes Fahrzeug hinten an der Stoßstange hing. Wie bei einem Blindflug mit einem Meter Sichtweite tauchte sie in die Gefahrenzonen ein und merkte erst nachher, wie sie jedes Mal den Atem angehalten hatte aus Angst, irgendwen oder irgendwas zu überfahren. Sie verfluchte sich innerlich selbst, dass sie es immer Steffen überlassen hatte, bei solch unangenehmem Wetter zu fahren.

In ihrer Wohnung war es warm und behaglich. Langsam ließ die Anspannung nach, und sie entschloss sich, sofort mit dem Kochen anzufangen, denn erfahrungsgemäß würde sie sich später so ausgelaugt fühlen, dass sie sich dazu nicht mehr würde aufraffen können. Den Tag versuchte sie völlig auszublenden und sich nur noch auf ihr Hantieren in der Küche zu konzentrieren. Aufkommenden Hunger bekämpfte sie mit einer Banane und einem Tee. Flüchtig dachte sie daran, später noch ihre Freundin Anne anzurufen, als das Telefon klingelte.

Sie lachte, als Anne sich meldete. »Du wirst es kaum glauben.«

»Schon wieder?« Anne amüsierte sich auch. Sie hatten festgestellt, dass oft die eine von beiden anrief, wenn die andere daran dachte, sich melden zu wollen. Es war nicht immer so, aber doch merkwürdig häufig.

Hannah warf einen kurzen Blick auf ihren Auflauf im Ofen und gab dann eine Kurzversion ihrer aufregenden Arbeit in den letzten Tagen. Sie kam ziemlich schnell zu dem Erlebnis im Keller.

»Ich weiß nicht, was da mit mir los war. Es war wie eine Art Panik. Ich meine, was sollte da schon passieren? Ich habe sonst doch keine Angst im Dunkeln. In Herbern bin ich monatelang allein im Haus gewesen, auch im Winter. Ich habe mich nie unsicher gefühlt. Ich habe nicht mal den Schlüssel in der Haustür umgedreht.«

»Das sind doch zwei völlig verschiedene Paar Schuhe«, versuchte Anne sich an einer Erklärung. Sie war immer so bodenständig, realistisch und trotzdem feinfühlend. »Du warst in einer völlig fremden Umgebung, in einem abgeschlossenen Raum, den du nicht kanntest. Das verunsichert doch total. Und vergiss nicht, dass du es mit einem Mordfall zu tun hast! Du kannst doch gar nicht sicher sein, ob nicht einer der Menschen, die du dort in der Schule getroffen hast, der Mörder dieser Daniela Heckert ist. Wenn ich das richtig verstanden habe, schließt es auch dieser Kommissar nicht ganz aus, oder?«

»Jan Heidmeier? Nein, er vermutet wohl auch, dass die Schule eine Rolle spielen könnte.«

»Er hat es dir angetan, oder?«

»Ja, irgendwie schon. Ist schon komisch, solche Gedanken überhaupt wieder zu entwickeln.«

»Mensch, sei doch froh, dass du wieder so weit bist. Ich hatte geglaubt, dass du länger brauchen würdest, bis du dich wieder für Männer interessierst. Betrachte ihn doch einfach als Übungsfeld und nimm das Ganze nicht so ganz ernst.«

Typisch Anne! Pragmatisch und humorvoll. Lachend versprach Hannah, den Kommissar als Experiment zu betrachten. Sie erkundigte sich, wie es Anne in der letzten Zeit ergangen war und schlug vor, am nächsten Wochenende gemeinsam durch die Stadt zu bummeln.

Sie freute sich, als Anne begeistert einwilligte. Dass diese Freundschaft zu Anne gehalten hatte, war das reinste Wunder. Sie hatten zwar gemeinsam angefangen zu studieren, sich praktisch am ersten Tag des Studiums kennengelernt, aber Anne hatte zeitig gemerkt, dass sie eine falsche Entscheidung getroffen hatte, nach längerem Hin und Her ihr Psychologiestudium an den Nagel gehängt und eine Ausbildung als Krankengymnastin angefangen. Ihr Kontakt hatte gehalten, und beide hatten ihre Freundschaft stets als große Bereicherung empfunden, auch als Anne und Werner eine Familie gegründet hatten, während Steffen und Hannah kinderlos blieben.

Später am Abend spürte sie ein leichtes Kratzen im Hals. Sie hatte eiskalte Füße, obwohl es in der Wohnung muckelig warm war. Wahrscheinlich hatte sie sich überanstrengt an diesem Tag. Sie konnte selbst kaum glauben, dass immer noch derselbe Tag war, der mit dem Treffen mit Heidmeier begonnen hatte. Vorbeugend entschloss sie sich, die erste von fünf Packungen Holundersaft, die sie im Supermarkt hatte ergattern können, zu opfern. Sie süßte die Flüssigkeit mit reichlich Honig und trank die Vitaminbombe kurz vor dem Zubettgehen.

So ganz konnte sie den Tag aber noch nicht abhaken.

Manuel Gruska als potenzieller Amokläufer? Nein, es passte einfach nicht. Sein Äußeres war schon düster, man kannte das von Attentätern in Amerika, zum Beispiel an der Colombine-Highschool damals. Aber so sahen Hunderttausende von Schülern heutzutage aus. Schwarz war einfach in, und die allermeisten dachten sich überhaupt nichts dabei, sich überwiegend in dieser Farbe zu kleiden.

Und seine Geschichte? Oberflächlich betrachtet, passte es. Gruska fühlte sich ungerecht behandelt, war vielleicht tatsächlich ungerecht behandelt worden. Solche Kränkungen und Niederlagen spielten bei Attentätern eine große Rolle. So war es 2002 in Erfurt gewesen bei dem Schüler, der von dem Gymnasium verwiesen worden war, so war es auch in Emsdetten an der Realschule gewesen. Allerdings hatte in dem Fall wohl eher das Verhalten der Mitschüler den Ausschlag für den aggressiven Ausbruch gegeben.

Aber Manuel Gruska passte nicht ins Bild. Waren die Amokläufer nicht bis zu ihrer Tat vollkommen unauffällige, ruhige Schüler gewesen, die unbeachtet ihr Dasein in ihrer Klasse gefristet hatten, junge Männer, denen niemand eine Gewalttat zugetraut hatte? Und da hatte sie auch schon den Unterschied zu Manuel. Er war auffällig, er hatte sich gewehrt, hatte eine Feststellungsprüfung durchgesetzt. Zwar war er damit gescheitert, aber er war immerhin nicht untätig geblieben, hatte nicht alles in sich hineingefressen. Im Gegenteil: Seine Ankündigung, Schülersprecher werden zu wollen, ließ darauf schließen, dass er weiter kämpfen wollte, dass er immer noch nicht aufgegeben hatte. Und im Übrigen war es an der Schule ja nicht zu einem Amoklauf gekommen, sondern eine Lehrerin war erschlagen worden. Allerdings eine, die einen wesentlichen Beitrag zum Scheitern von Manuel Gruska im letzten Schuljahr geleistet hatte.

Ihre Gedanken drifteten weg und ließen ein ganzes Kaleidoskop von Personen auftauchen. Yvonne ten Bruyn und ihre seltsame Freundschaft zu Daniela Heckert: Ob ihr Schuldbekenntnis sie erleichtert hatte? Marlies Tiekötter: Hannah musste unbedingt versuchen, mit ihr zu sprechen. Da war etwas gewesen mit Daniela Heckert. Ganz bestimmt. Everkamp: Er war bestimmt froh, wenn er die Trauerfeier überstanden hatte. Wie es wohl war, ein Kind zu verlieren? Nach allem, was sie darüber wusste, war es viel schlimmer als seinen Ehepartner zu überleben. Das war ja etwas »Normales« im Lauf des Lebens. Christian Diekbrede: Sie durfte nicht vergessen, ihn wegen der Trauerfeier anzurufen. Ihre eigenen Schwiegereltern; Sollte sie morgen bei ihnen vorbeifahren, wenn sie zum Friedhof in Herringen fuhr? Was sollte sie zur Trauerfeier anziehen? Würde es warm sein in der Aula? Hoffentlich bekam sie keine Erkältung. Die konnte sie bis zum Wochenende gar nicht brauchen. Heidmeier: Ob er kommen würde? Sie musste ihm irgendetwas Wichtiges sagen, aber was, das fiel ihr partout nicht mehr ein. Vielleicht morgen …

Donnerstag, 29. Oktober

Da Hannah jeglichen Wetterbericht verpasst hatte, war sie überrascht, wie heftig der Wind wehte, als sie morgens aus dem Fenster schaute. Ihre leichten Halsschmerzen hielten an. Sie entschloss sich, früh mit dem Auto zur Beratungsstelle zu fahren und von dort direkt nach Herringen.

Echtes Friedhofswetter! Aber so früh am Morgen und bei Tageslicht erschien ihr das erträglich, wenn man nicht Fahrrad fahren musste. Sie wollte noch Blumen kaufen, nicht weil es ihr so ein dringendes Bedürfnis war, Steffens Grab mit Blumen zu schmücken – er selbst hätte das als heraus geworfenes Geld bezeichnet – aber sie wollte auf jeden Fall ihren Schwiegereltern signalisieren, dass sie am Grab gewesen war.

Die kleineren Straßenbäume zeigten schon ihre kahlen Äste vor, während den größeren noch einige Blätter anhafteten, vorzugsweise im unteren Drittel kurz über dem Stamm. Es gab auch Baumsorten, die noch fast völlig in grünes, gelbes oder rotbraunes Laub gekleidet waren. Sie hoffte, dass der Sturm nicht ewig dauern würde. Ohne Sonnenschein ging das Bunt der Blätter fast unbesehen dahin. Es leuchtete nicht.

In der Beratungsstelle ging es drunter und drüber. Ihre Kollegin Dorothee hatte sich krank gemeldet und Tine, die Sekretärin, war dabei zu telefonieren, um ihre Termine zu verlegen. Gemeinsam mit Dirk tüftelte Hannah aus, dass sie die Praktikantin, die sich als recht brauchbar erwiesen hatte, ins kalte Wasser werfen und ihr die Leitung der Legastheniegruppe am Nachmittag anvertrauen würden. Alles konnten sie nicht ausfallen lassen.

Hannah arbeitete ohne größere Pause bis zwei. Dann ließ sie Papierkram Papierkram sein und fuhr los, denn sie wollte unter allen Umständen vermeiden, wieder in ein ähnlich mieses Wetter wie am Vortag zu geraten.

Der Wind war immer noch kräftig, dazu prasselten von Zeit zu Zeit Regengüsse herunter. Sie würde mit Licht fahren müssen. Heute würde es vermutlich gar nicht mehr richtig hell werden. Kurzzeitig war sie versucht, ihren Besuch auf dem Friedhof zu verschieben, aber morgen würde sie wegen der Trauerfeier keine Zeit haben und am Samstag, am letzten Tag vor Allerheiligen, würde es auf dem Friedhof von Menschen wimmeln, die die Gräber ihrer Liebsten auf Schwung brachten. Nein, sie musste schon heute fahren.

Sie wählte den Weg über die Autobahn. Als sie die Abfahrt Ascheberg passierte, musste sie unwillkürlich an Christian Diekbrede denken, der hier am Samstag ahnungslos im Stau gestanden hatte, begierig nach Hause zu seiner Freundin zu kommen. Da war sie bereits tot gewesen. Hannah hatte ihn doch noch überzeugen können, an der Trauerfeier teilzunehmen. Allerdings traute er sich wegen seiner Medikamente nicht, selbst Auto zu fahren, und so hatte sie versprochen, ihn mitzunehmen.

Von der Abfahrt Hamm-Bergkamen aus waren es nur ein paar Kilometer bis zum Friedhof in Nord-Herringen, wo Steffen beerdigt war. Wie immer wunderte sie sich, wie eindeutig sie mit dem Überqueren der Lippe und des Lippe-Seitenkanals das Münsterland verlassen hatte. Die vereinzelten kleinen Kötterhäuser am Straßenrand zeugten mit ihrem dunklen Zechenstein und dem braun gestrichenen Fachwerkholz noch vom Staub vergangener Bergbauzeiten. Zechenstein war früher das billigste verfügbare Baumaterial gewesen, hatte ihr Schwiegervater ihr mal erzählt.

In Gedanken versunken hatte Hannah die Ampel verpasst, an der sie zum Friedhof hätte abbiegen müssen. Sie merkte es, als am Straßenrand die großen Steigerhäuser der ehemaligen Zechensiedlung auftauchten.

Sie musste wenden. Nun konnte sie auch aus der Not eine Tugend machen und doch noch ein paar Blumen für das Grab kaufen. Der Regen hatte aufgehört, und in der Ortsmitte gab es ein entsprechendes Geschäft. Irgendwo musste Schulschluss sein. Ströme von Kindern und Jugendlichen schlenderten über die Straßen rund um den zentralen Platz. Hannah lauschte. Fast nur türkische Wortfetzen! Selbst junge Mädchen trugen Kopftücher! Wie mochten sich Steffens Eltern und die Familie seines Bruders als Alteingesessene hier fühlen? Sie hatten sich nie dazu geäußert.

Sie gab sich einen Ruck und fuhr zu dem kleinen Friedhof, der außerhalb des Zentrums lag; trotz der Nähe zur Hauptstraße eine Oase der Stille.

Hannah parkte vor der kleinen Kirche, die nach Steffens Erzählungen innen ein barockes Kleinod war. Gewohnheitsmäßig fasste sie an die Kirchentür, aber wie immer war sie verschlossen. Der vordere Teil des Friedhofs bestand aus einer großen, ungemähten Grasfläche, aus der nur noch vereinzelt Gräber herausragten. Erst im hinteren Teil lagen die Gräber dicht an dicht. Hannah sah zwei Frauen, die dabei waren, ein Grab herzurichten. An Steffens Grab war niemand.

Ihre Schwiegermutter hatte schon Vorbereitungen für Allerheiligen getroffen: gelbe und blaue Stiefmütterchen, Heide, noch kein Gesteck – es würde sicher noch gebracht werden. Steffen hatte diese übertriebene Grabpflege gehasst. Wahrscheinlich hätte er ein Urnengrab bevorzugt. Blankes Entsetzen bei den Schwiegereltern, als sie dies vorgetragen hatte. Also die Familiengruft in Nord-Herringen, in der schon seine Großeltern ihre letzte Ruhestätte hatten. So konnte ihre Schwiegermutter intensiv das Grab pflegen. Auch eine Art zu trauern.

Hinter dem Grab fand sie eine Vase für ihre Blumen. Sie stellte sie an den Grabstein.

Hannah verharrte einen Moment. Aber sie fühlte nichts. Für sie war Steffen nicht hier. Dann und wann war sie ihm ganz nah. Das konnte an jedem Ort sein, nur nicht hier, an dem von ihrer Schwiegermutter gepflegten Grab.

Der Tag der Beerdigung: spätsommerliche Hitze, ihre schwarze Bluse hatte unter der viel zu warmen Jacke auf ihrer Haut geklebt.

Sie war unmittelbar hinter dem Sarg gegangen. Der Weg über den Friedhof und die Zeremonie dort waren ihr endlos vorgekommen. Von anderen Beerdigungen wusste sie, dass es nur Minuten waren, die in Wirklichkeit vergangen waren. Sie hatte niemanden wahrgenommen außer dem Sarg vor sich, Steffens Bruder an ihrer Seite und ihrer schluchzenden Schwiegermutter hinter sich.

Für einen Augenblick schickte die Sonne ihre Strahlen auf das Laub und das Gras. Das Licht war unwirklich, ein dunkles Gold, die Farben leuchteten intensiv. Hannah wandte sich zum Gehen.

Als sie ihr Auto erreichte, war das sonnige Intermezzo schon wieder vorüber und sie entschloss sich, nicht zurück zur Autobahn, sondern bei der nahe gelegenen Brücke über Lippe und Kanal zu fahren, an dem Kraftwerk mit den vier riesigen Kühltürmen vorbei in Richtung Norden.

Sie passierte die Anhöhe bei Wessel. Als Steffens Beifahrerin hatte sie diesen, für einen Münsterländer atemberaubenden Ausblick auf Orte, Kraftwerke und Industrieanlagen im Ruhrgebiet und auf den fernen Haarstrang genossen. Aber heute konnte sie keinen Blick zurück riskieren. Der graue Regen würde sowieso jegliche Fernsicht zunichte machen.

Am Ortsrand von Herbern bog sie auf die Bundesstraße ab. In letzter Sekunde entschloss sie sich, doch nicht bei ihren früheren Nachbarn Beate und Kurt vorbeizufahren. Sie wollte jetzt nicht in ihre alte Straße einbiegen, das Haus sehen, gut gemeinte Nachfragen zu ihrem neuen Leben über sich ergehen lassen. So folgte sie der kleinen innerörtlichen Umgehung. Es nieselte nur noch. Auf den nassen Bürgersteigen spiegelte sich das Licht der Straßenlaternen.

Kaum jemand war unterwegs. Wie konnte man an so einem Ort wohnen? Es war ungerecht, so zu denken, schalt sie sich im gleichen Augenblick. Nur für sie war dieser Ort gleichbedeutend mit schrecklichen Zeiten, und das nasskalte, trübe Wetter drückte zusätzlich auf ihre Stimmung. Hier lebten Menschen genau so glücklich und zufrieden wie überall auf der Welt. Wie zur Bestätigung tauchten aus einer Nebenstraße zwei Halbwüchsige auf Fahrrädern auf, auf dem Gepäckträger riesige Sporttaschen. Sie diskutierten lautstark und schienen sich am unwirtlichen Wetter überhaupt nicht zu stören.

Hannah atmete auf, als sie Hiltrup, den südlichen Vorort von Münster, erreichte. Ihre kleine, ruhige Straße und ihre Wohnung, der restliche Auflauf vom Vortag, ein gemütlicher Abend im Lesesessel – all das erschien ihr ungemein verlockend. Dass ihre Wohnung so überschaubar war, hatte sie magisch angezogen. Sie konnte nicht so viel Platz um sich herum ertragen. Ihr Haus in Herbern war ihr riesig erschienen, zu groß, um es allein auszufüllen. Und zu offen. Die großen Fenster hatten sie verletzlich gemacht. Mit Steffen zusammen hatte sie sich nie Gedanken gemacht, dass jemand hereinschauen könnte. Erst als sie allein war, hatte sich diese Vorstellung ihrer immer wieder bemächtigt.

Ihr Anrufbeantworter blinkte: Ihre Mutter hatte angerufen und … Heidmeier. Sie hob sich den Rückruf bis zum frühen

Abend auf, obwohl sie sich fragte, was so Wichtiges ihn dazu bewogen haben konnte, sich noch einmal zu melden.

Es war die Spur mit dem Fensterputzer. Ohne Umschweife kam Heidmeier zur Sache. »Mehdi ben Jomaa hat sich heute auf dem Revier in Burgsteinfurt gemeldet. Er hätte eine Aussage zu machen im Fall Heckert. Er behauptet, er habe mit dem Mord nicht zu tun.«

»Und wie hat er sein Verschwinden erklärt?«

»Er hat am Montag einen Zeitungsartikel über den Mord gelesen und ist sofort in Panik verfallen, dass man ihm als Ausländer die Sache anhängen würde. Sein Vertrauen in den deutschen Rechtsstaat geht gen Null.«

»Und was hat ihn jetzt auf einmal bewogen, sich zu melden? Immerhin haben die Zeitungen ihn als Tatverdächtigen Nummer eins präsentiert.«

Heidmeiers Antwort kam zögerlich. »So ganz habe ich ihn nicht verstanden. Es hat wohl mit seinem Vater in Tunesien zu tun. Der hat ihm die Hölle heiß gemacht, dass er seinen Studienplatz riskiert, wenn er sich den Behörden nicht stellt. Auf ben Jomaas Studienabschluss begründen sich die Hoffnungen einer kompletten Großfamilie daheim.«

Hannah wurde schlagartig bewusst, dass sie sich nicht einen Augenblick lang vor Augen geführt hatte, welche Folgen ein falscher Verdacht für den Betroffenen nach sich ziehen konnte.

»Glauben Sie ihm?«

Es dauerte, bis Heidmeier antwortete. Er schien seine Worte sorgfältig abzuwägen. »Ich persönlich finde ihn glaubwürdig. Aber als Kripobeamter muss ich die Tatsachen bewerten. Er hat kein Alibi. Er sagt, er sei das ganze Wochenende über zu Hause gewesen, um zu lernen. Dafür gibt es keine Zeugen. Er gibt allerdings zu, dass Daniela Heckert ihn einmal in ihrem Wagen nach Burgsteinfurt gebracht hat. Weiter sei nichts passiert.«

Hannah fragte sich die ganze Zeit, aus welchem Grund Heidmeier sie angerufen hatte. Diese polizeilichen Ermittlungen gingen sie doch gar nichts an. Sie wartete gespannt. Und dann kam es.

»Zum eigentlichen Grund für meinen Anruf: Ben Jomaa will morgen zur Trauerfeier kommen – unbedingt. Was halten Sie denn davon?«

»Warum das denn?«, entfuhr es Hannah entsetzt. Das Gesicht von Christoph, dem Schüler, der ihr von dem Fensterputzer erzählte hatte, tauchte vor ihrem Auge auf.

»Ich kann es nicht genau nachvollziehen«, musste Heidmeier zugeben. »Aber er scheint Daniela Heckert gemocht zu haben. Er sagt, sie sei freundlich zu ihm gewesen. Mir kommt es vor wie eine Demonstration seiner Unschuld. Vielleicht will er auch wirklich trauern. Keine Ahnung. Meinen Sie, es gibt Aufruhr, wenn er morgen erscheint?«

»Vielleicht. Er sollte sich im Hintergrund halten, zumindest bis die Feier vorbei ist. Dann kann man weiter sehen.«

»Okay, so sehe ich es auch. Aber ich wollte ihm ohne Ihr Einverständnis kein grünes Licht geben. Sie können die Lage in der Schule besser einschätzen.«

Hannah überlegte, ob sie ihm von Marlies Tiekötter und Manuel Gruska erzählen sollte, aber was hatte sie schon Handfestes zu berichten? Andeutungen würden einen Kriminalkommissar wohl nicht interessieren. Ihr fiel nichts mehr ein, womit sie das Ende des Gesprächs hätte hinauszögern können.

»Übrigens sieht er wirklich gut aus. So weit ich das als Mann beurteilen kann. Kein Wunder, dass die Frauen auf ihn fliegen.«

Anscheinend wollte auch er noch nicht auflegen.

»Ach! Dann beschreiben Sie mal! Wie sieht denn ein Mann aus, auf den die Frauen fliegen?«, stieg Hannah darauf ein.

»Schwarze dichte Haare, dunkler Teint, markantes Gesicht, volle Lippen.« Sie flachsten noch eine Weile weiter. Hannah war in Hochstimmung, als sie auflegte, dabei ging sie doch zu einer Trauerfeier.

Sie musste unbedingt entscheiden, was sie anziehen wollte. Ob es in der Aula kalt und zugig sein würde oder überhitzt angesichts der Menschenmassen? Sie entschied sich für ihren grauen Blazer mit den kleinen Nadelstreifen. Der war warm, aber nicht zu warm. Das graue T-Shirt hatte zwar einen kleinen Glanzeffekt, aber den würde der Blazer fast verdecken, schwarze Hose, fertig! Dezenter Schmuck dürfte erlaubt sein.

Hannah spürte, dass sie nervös war. Wegen des Ablaufs der Trauerfeier, für den sie verantwortlich war? Wegen dieses Tunesiers, der dort morgen für Aufregung sorgen konnte? Wegen Heidmeier? Weil alle an dem Fall Beteiligten zusammentreffen würden?

Sie zögerte das Zubettgehen hinaus, weil sie sich überhaupt nicht müde fühlte und lange Schlaflosigkeit befürchtete. Es war nach Mitternacht, als sie schließlich das Licht löschte. Wider Erwarten schlief sie sofort ein.

Freitag, 30. Oktober

Als Hannah am Freitagmorgen um Punkt acht Uhr in zweiter Reihe vor dem Haus in der Querstraße anhielt, klingelte gerade ein junger Mann, der ihr vage bekannt erschien, an Christian Diekbredes Wohnungstür. Es war Höllmann, Heidmeiers Mitarbeiter, der sie augenscheinlich auch erkannte, als sie sich bei laufendem Motor aus dem Auto herauslehnte.

»Guten Morgen. Ich hole Herrn Diekbrede ab, zur Trauerfeier in der Schule«, beeilte sich Hannah zu erklären.

Auf Höllmanns Gesicht war Ungläubigkeit abzulesen. »Weiß Heidmeier davon?«

Bevor Hannah antworten konnte, öffnete Christian Diekbrede die Tür. Er war immer noch ein Verdächtiger, das hatte Hannah komplett ausgeblendet. Aus dem Wortwechsel erfuhr sie, warum Höllmann hier war. Er sollte sich Daniela Heckerts Computer noch einmal vornehmen.

Christian Diekbredes schwarze Kleidung stand im Gegensatz zu seinem bleichen Gesicht. Immerhin war er deutlich besser frisiert als vor zwei Tagen. Er tat sich aber schwer damit zu begreifen, dass er gleichzeitig Höllmann in seine Wohnung lassen sollte, während Hannah draußen dringlich auf ihn wartete; sie versperrte die enge Straße! Wahrscheinlich dämpften die Medikamente wirklich seine Fähigkeit, zwei Situationen gleichzeitig bewältigen zu können.

Nach einigem Hin und Her stieg er endlich ein. Bis sie das Stadtgebiet verließen, schwieg er, was Hannah nicht unlieb war, denn der morgendliche Berufsverkehr forderte sie ziemlich. Zwar war der Himmel bedeckt, aber die Wolkendecke war nicht so düster wie in den letzten Tagen, eher hell und dünn, als kämpfte die Sonne darum, sie aufzulösen.

Vorsichtig begann Hannah ein Gespräch. Zu ihrem Erstaunen erfuhr sie, dass Christian Diekbredes Beziehung zu Daniela Heckert als Sandkastenfreundschaft begonnen hatte.

»Wir haben in derselben Straße in Werne gewohnt. Daniela hat viel bei uns gespielt, weil sie ein Einzelkind war und bei uns immer jede Menge los war. Meine Schwester und sie waren gleich alt. Später ist ihr Vater abgehauen, und sie hat es allein mit ihrer Mutter nicht ausgehalten. Ihre Mutter war schwer depressiv. Ich glaube, sie hat auch getrunken, aber darüber hat Daniela nicht gesprochen. Ab da gehörte sie schon fast zu meiner Familie, war öfter bei uns als zu Hause. Wir beide waren zusammen, seit sie 14 war.«

Hannah konnte sich des Eindrucks nicht erwehren, dass Christian Diekbrede und vielleicht auch seine Familie für Daniela Heckert das Gegenbild zu ihrem Vater und ihrer eigenen zerbrochenen Familie gewesen war. Daher wohl die frühe enge Bindung an so einen bodenständigen Menschen wie Diekbrede. War ihr in der letzten Zeit klar geworden, dass sie sich zu früh gebunden hatte? Aber wie passte da die Freude über die Schwangerschaft ins Bild? Und warum waren ihre Schwiegereltern in spe nicht begeistert von den Heiratsplänen gewesen?

»Morgens ist es immer am schlimmsten. In den ersten Sekunden habe ich vergessen, dass sie nicht mehr da ist. Der Moment, wenn es mir wieder einfällt … wie ein Hammer.«

Hannah wusste augenblicklich, wovon er sprach. Es war nicht mehr frisch für sie, aber sie würde es nie mehr ganz verdrängen können, dieses Gefühl, dass von einer Sekunde auf die andere alles anders war, dass sie allein war und das Leben allein bewältigen musste.

»Mein Mann ist im letzten Jahr gestorben. An einem Herzinfarkt«, sagte sie leise.

Sie spürte, wie Diekbrede sie ansah, aber er sagte eine Zeit lang nichts.

»Wie lange dauert es?«

Hannah hatte nur ein unbestimmtes Gefühl, was er mit »es« meinte: den Schock, die Trauer, das Gefühl, es allein nicht zu schaffen, das Gefühl, nicht mehr weiter leben zu wollen, wahrscheinlich alles zusammen.

»Das ist verschieden. Aber der Begriff Trauerjahr hat schon seine Berechtigung.«

Christian Diekbrede stöhnte und presste die Hände vor das Gesicht. Hannah hoffte für ihn, dass er irgendwann ein anderes Leben führen würde, nicht mehr als Ritter für eine bedrohte Prinzessin. Vielleicht würde er auch eine neue Prinzessin suchen und wieder die gleiche Rolle spielen.

Sie schwiegen, bis Diekbrede nach dem Ablauf der Trauerfeier fragte. Mit einigen Pausen ergab sich genügend Gesprächsstoff bis zur Schule.

In der Eingangshalle und im Lehrerzimmer war es noch ruhig; die Trauerfeier begann erst in einer knappen Stunde. Sie war froh, dass Everkamp und Claudia Gröger schon da waren und sich gleich um Christian Diekbrede kümmerten. Everkamp sah im dunklen Anzug mit schwarzer Krawatte um einiges schmaler, aber nicht unattraktiv aus. Claudia Gröger stand das Schwarz ihrer Kleidung überhaupt nicht. Es ließ sie kraftlos wirken, und das war sie nicht. Hannah beschlich das Gefühl, dass die immerzu rührige Lehrerin sich nur mit Mühe auf den Beinen hielt.

Sie entschuldigte sich, um in der Aula nach dem Rechten zu sehen. Bis auf den Hausmeister Teichmann, der noch an Kabeln für die Mikroanlage nestelte, und Michael Kochler, der ausprobierte, ob das Klavier sich beim Transport aus dem Musikraum verstimmt hatte, war die Halle leer. Der Musiklehrer schien anlässlich der Trauerfeier seine ansonsten ungebärdigen dunklen Locken intensiv gebürstet zu haben.

Die Aula strahlte den Charme der 70er Jahre aus. Sie hatten sich entschieden, den grauen Vorhang, der die Bühne verdeckte, geschlossen zu halten. Die Stühle waren auf Hannahs Wunsch hin in einem weiten Halbkreis aufgestellt, damit die Anwesenden sich zumindest teilweise ins Gesicht sehen konnten. An den Seiten und in der Mitte waren Gänge frei gelassen worden. Vor der Bühne waren auf einem kleinen Podest das Lesepult und ein Kreuz aufgestellt. Auf einem von einem schwarzen Tuch bedeckten Hocker standen Kerzen und das Foto von Daniela Heckert, zwischen dem Lesepult und dem Hocker ein Blumengesteck. Die Kerzen waren andere als jene, die sie aus dem Archiv geholt hatte. Vielleicht hatte sich Eleonore Brauer erbarmt und noch neue gekauft. Nicht alle Anwesenden würden gut sehen können, aber das war Hannah immer noch lieber, als eine Trauerfeier von der Bühne herab wie ein Theaterstück.

Sie verteilte Liederzettel, die auf der ersten Seite mit Maries Zeichnung von Daniela Heckert versehen waren. Es tat Hannah gut, sich zu bewegen, weil es ihre Anspannung etwas abbaute. Einige Stühle in der ersten Reihe versah sie mit Zetteln, auf die sie »belegt« geschrieben hatte. Gemeinsam mit Franz Teichmann überprüfte sie das Mikrophon. Sie versuchten, eine passende Lautstärke zu finden und vereinbarten, dass Teichmann diese noch während der Trauerfeier nötigenfalls anpassen würde.

Da es hier nichts mehr zu tun gab, begab sich Hannah wieder ins Lehrerzimmer, das sich inzwischen recht gut gefüllt hatte. Jemand hatte die Tische leergeräumt. Von Visitenkarten mit der Nummer des Polizeipräsidiums in Münster keine Spur mehr.

Natürlich war schwarz die dominierende Farbe. Nur hier und da mischten sich weiße oder cremefarbene Kleidungsstücke darunter. Alle standen, und die Grüppchen, die Hannah ausmachte, schienen nicht ganz der sonstigen Aufteilung des Kollegiums zu entsprechen. Es war nur normal, dass die Jüngeren in einer solchen Situation den Kontakt zu den erfahrenen Kollegen suchten. Einige Gesichter kannte sie noch nicht. Eine Frau, deren Gestalt ihr von schräg hinten ebenfalls nicht vertraut erschienen war, drehte sich in diesem Moment um.

»Hannah, ... Hannah Bergmann, was machst du denn hier?«

Völlig überrascht schaute Hannah die Frau in dem eleganten schwarzen Hosenanzug mit weißem T-Shirt an, und nach Sekundenbruchteilen sah sie in dem von langen blonden Haaren umrahmten Gesicht der gut Dreißigjährigen ein jüngeres Gesicht, das sie erkannte. Die Anrede mit ihrem Mädchennamen half ihrem Erinnerungsvermögen und führte sie blitzartig um Jahre zurück.

»Birgit! Dasselbe könnte ich dich fragen!«, gab sie zurück.

»Ich unterrichte hier. Eigentlich. Im Moment bin ich in Elternzeit. Seit letzten Sommer. Aber heute wollte ich natürlich nicht fehlen.«

Hannah erinnerte sich undeutlich an ein Telefongespräch, das Frau Brauer in ihrer Anwesenheit mit einer Lehrerin in Mutterschaft geführt hatte.

»Tut mir Leid. Ich habe einen Moment gebraucht. Ich wusste ja gar nicht, dass du Lehrerin geworden bist. Ich bin Psychologin an der Schulberatungsstelle in Münster und bin zur Unterstützung des Kollegiums seit einigen Tagen hier.«

»Kein Wunder, dass du mich nicht sofort erkannt hast. Sabine und du, ihr habt mich ja früher nur als lästige kleine

Göre wahrgenommen, während ihr für mich immer die Heldinnen ward.«

Sie hatte nicht Unrecht. Hannah und ihre damalige Schulfreundin Sabine hatten kaum registriert, dass da noch ein Nachkömmling in Sabines Familie geboren wurde. Dafür war der Altersunterschied in der Kindheit einfach zu gewaltig gewesen.

»Ich habe das mit deinem Mann gehört. Sabine hat es mir erzählt. Tut mir sehr Leid. Du heißt ja auch gar nicht mehr Bergmann. Ist mir nur so rausgerutscht. Wohnst du noch in diesem Kaff?«

Zwar hatte Birgit nicht sehr laut gesprochen, aber Hannah konnte sich trotzdem nicht des Eindrucks erwehren, dass einige in der Nähe stehende Mitglieder des Kollegiums aufmerkten. Vor allem Dieter Budke, der direkt neben Birgit stand, neigte interessiert den Kopf. Hannah drehte sich ein bisschen aus der Runde weg und bewegte dadurch auch Birgit dazu, etwas Abstand zu den anderen zu halten.

»Ich bin vor zwei Monaten nach Münster gezogen. Eine kleine Wohnung in der Hochstraße.«

Birgit schien jetzt doch zu spüren, dass Hannahs Privatleben nicht hierher gehörte. »Ich habe schon gehört, dass eine Psychologin hier ist, aber ich habe natürlich im Traum nicht an dich gedacht.«

Everkamp wollte etwas von Hannah. In letzter Sekunde flüsterte Birgit ihr zu: »Wir sollten uns mal treffen. Ich wohne nicht weit von dir in Münster. Dann können wir mal reden über dies alles hier.« Die Worte »dies alles« unterlegte sie mit einem Augenrollen.

Hannah nickte ihr zu, obwohl sie sich unsicher war, ob sie ein solches Treffen wollte. Birgit hatte ihr nie besonders nahe gestanden. Ein Gespräch über alte Zeiten war also nicht angesagt. Und ob sie nach dem heutigen Tag noch in irgendwelche Intrigen und Geheimnisse dieses Lehrerkollegiums eingeweiht werden wollte, erschien ihr ebenfalls höchst zweifelhaft.

»Sollen wir rüber gehen in die Aula?«, fragte Everkamp ängstlich. Hannah schaute auf die Uhr: zehn Minuten vor zehn. Es musste wohl sein. Auf Everkamps Wink hin setzte sich das Kollegium zögerlich in Bewegung.

Die Aula war bis auf die ersten beiden Reihen gefüllt, in die die Schüler sich wohl nicht getraut hatten. Die »belegt«-Zettel wären nicht nötig gewesen. Einige Schüler standen bereits in dem schmalen Streifen hinter der letzten Stuhlreihe, einige saßen im Mittelgang auf dem Boden. Die meisten Lehrer nahmen vorn Platz, einige setzten sich zu ihren Klassen. Vorher war gedämpftes Stimmengewirr zu hören gewesen, aber nun wurde es langsam still. Von ihrem Platz ganz rechts in der ersten Reihe hatte Hannah durch die halbrunde Anordnung der Stühle alle Mitwirkenden im Auge, um ihnen nötigenfalls per Blickkontakt ihr Einsatzzeichen zu geben. Christian Diekbrede saß zwischen Everkamp und Yvonne ten Bruyn. Matschinsky hatte sie noch gar nicht gesehen.

Hannah nutzte die letzten Sekunden, um über die Schulter nach hinten zu schauen. Everkamp begab sich zur Begrüßung ans Rednerpult. Heidmeier kam mit einem ihr unbekannten Mann durch die mittlere Tür, die verabredungsgemäß offen geblieben war, blieb ihr gegenüber in der Nähe der Fensterreihe stehen, während der Mann – vermutlich der Tunesier – noch einen freien Sitzplatz am Ende einer Reihe fand. Heidmeier schaute in ihre Richtung, aber sie konnte nicht erkennen, ob er sie entdeckt hatte.

Everkamp begrüßte die Anwesenden. Seine Stimme klang so brüchig, dass Hannah fast sicher war, sie würde ihn nicht bis ans Ende seiner Ausführungen tragen, aber mit ein paar kaum merklichen Unterbrechungen schaffte er es.

Hannah eröffnete den Wortgottesdienst und bat dann die Schüler, mit ihren Erinnerungen an Daniela Heckert zu beginnen. Es war eine Mischung aus Anekdoten, die Christoph und Marie erzählten, Fotos von Daniela Heckert und Passagen aus dem Metallica-Song »Nothing else matters«. Hannah hatte den Sinn dieses unzweifelhaft bedeutungsschweren Textes noch nie entschlüsseln können, aber schon allein die getragene Melodie passte gut zum Anlass. Es handelte sich um das angekündigte Lieblingslied von Daniela Heckert. Marie erzählte von der Klassenfahrt im letzten Jahr. Es hatte da eine Situation gegeben, in der Daniela Heckert zusammen mit ihrer Klasse auf eine Stadtführerin gewartet hatte. Beim Anblick der Klasse war diese der Meinung gewesen, dass gar keine Lehrperson dabei war.

Viele Zuhörer schmunzelten über diese Episode, und es kam sicher einigen zum Bewusstsein, wie jung Daniela Heckert gestorben war. Am Ende kam Marie auf die Spannungen zu sprechen, die zuletzt zwischen der Klasse und der Lehrerin geherrscht hatten. Wieder liefen ihr Tränen über das Gesicht. Daraufhin wurde in einigen Taschen nach Tempotüchern gekramt.

Die beiden Schüler verließen das Lesepult, und es herrschte einige Sekunden Stille, bis Michael Kochler durch eine kleine Improvisation am Klavier den Übergang zu dem Lied »Meine engen Grenzen« schaffte. Das war so gar nicht geplant gewesen, aber es passte hundertprozentig in den Ablauf.

Der Gesang war gut und wurde besser, kräftiger. Menschen fanden in Gottesdiensten viel leichter durch das Singen als durch Texte oder Gebete zu den wesentlichen Dingen. Das Singen berührte ganzheitlicher, Körper, Gemüt und Geist. So war es auch jetzt. Die vielen einzelnen Trauernden waren auf einmal eine Trauergemeinde.

Claudia Gröger sprach im Namen der Kollegen. Hannah sah in Christian Diekbredes Gesicht: Es war wie eine Maske, die in sich zusammenfiel und faltig wurde. Vielleicht dämpften die Medikamente doch den größten Schmerz.

Kochler hatte als Lied vor dem Bibeltext »Gottes Wort ist wie Licht in der Nacht« gewählt. Hannah hatte sich über dieses eher adventliche Stück gewundert, aber sie musste zugeben: Es wirkte zuversichtlich, eben wie »ein Stern in der Dunkelheit«, wie es in dem Lied hieß.

Es war zu spüren, dass die Trauerfeier trug: die Geschichte, die Dr. Weischer vortrug, die Fürbitten, das Vaterunser – es passte alles, es war tröstlich. So sollte es sein. Hannah wappnete sich innerlich für den abschließenden Segen, den sie vor dem Schlusslied sprechen wollte, als von hinten ein leichtes, stetig anschwellendes Gemurmel ihre Aufmerksamkeit auf den Mittelgang lenkte. Eine hoch aufragende schwarze Gestalt bahnte sich langsam, aber unaufhaltsam ihren Weg zwischen einigen am Boden sitzenden Schülern hindurch. Allmählich konnte Hannah deutlicher Einzelheiten erkennen: ein weiß geschminktes Gesicht mit schwarzen Ornamenten um die Augen, lange schwarze Haare, die auftoupiert zu sein schienen, ein fast bodenlanger, schwarzer offener Lodenmantel, eine schwarze Lederhose, eine uniformähnliche Weste oder Jacke, ein silbernes Kreuz und Boots, Armeeboots.

Die Gestalt – nach der Art der Bewegungen musste es ein Mann sein – näherte sich unaufhaltsam dem Rednerpult. Es wurde langsam wieder stiller. Hannah erstarrte auf ihrem Stuhl. Ihr war plötzlich übel, als die Gestalt an dem Rednerpult vorbei auf die kleine Treppe am Rand der Bühne zusteuerte. Er wollte auf die Bühne. Was wollte er da? Hannah merkte, wie sie auf die riesigen Taschen des Lodenmantels starrte, die sich nach außen beulten. Langsam sah sie sich um: Alle saßen völlig ruhig da, nur Heidmeier bewegte sich mit ruhiger Entschlossenheit katzenhaft schnell über den Gang am Fenster nach vorn, ohne einen Blick von der schwarzen Gestalt zu nehmen. Der Schwarze war jetzt oben, schlängelte sich vor dem Vorhang her, griff in seine rechte Manteltasche. Sie würde sich auf den Boden werfen, dachte Hannah noch. Vorn hätte sie vielleicht eine Chance, weil er über sie wegzielen würde.

Er schaute in die vollbesetzte Aula. Langsam wie in Zeitlupe zog er ein Papier aus der Tasche und las etwas vor. Hannah war zu aufgeregt, um einen Sinn erkennen zu können, aber es hatte etwas mit Tod und Ewigkeit zu tun und klang entsetzlich düster. Es war lang. Vorsichtig blickte sie sich um in die erste Reihe und sah Jannis und Marie flüstern. Sie konnte von ihren Lippen ablesen: Manuel. Es war Manuel Gruska, der Schülersprecher! Heidmeier stand jetzt an der kleinen Treppe. Niemand schien ihn zu beachten.

Der Text war beendet. Manuel schaute noch einmal kurz hoch und steckte den Zettel wieder in die Tasche. Er ging. Er ging einfach wieder herunter, durch den Mittelgang und verschwand durch die offene Aulatür. Offensichtlich hatten ihn einige erkannt, an der Stimme oder an seinem Outfit. Jedenfalls wurde sein Name geflüstert. Stille. Es passierte nichts weiter.

Hannah realisierte, dass sie mit dem Segen an der Reihe war, aber sie konnte jetzt nicht ans Rednerpult treten. Ihre Beine würden sie nicht tragen und ihre Stimme wahrscheinlich auch nicht. Sie nahm Blickkontakt zu Michael Kochler auf und formulierte stumm mit ihren Lippen: »Spiel was!« Und das tat er. Er improvisierte zu dem Metallica-Song vom Anfang und leitete dann zum Schlusslied über. Niemand schien den Segen zu vermissen.

Everkamp ging noch einmal ans Mikrophon und lud alle zu einer Tasse Kaffee oder einem Glas Saft im Vorraum der Aula ein. Hannah hatte kaum die Kraft, den Mitwirkenden an der Trauerfeier zu danken. Sie musste raus, wenigstens kurz. Sie war froh, dass niemand sie ansprach, bis sie in der Nähe des Ausgangs auf Heidmeier traf. Er blickte sie an.

Sie stammelte: »Ich dachte…« und brach ab.

»Ich auch!«, sagte er ganz ruhig, schloss die Augen ganz kurz und schüttelte kaum sichtbar den Kopf. Er berührte sie am Arm und deutete auf den Mann, der mit ihm gekommen war und nun neben ihm stand. »Dies ist Mehdi ben Jomaa. Dies ist Hannah Schmielink.« Mehr musste er nicht sagen, denn es war klar, dass die Beteiligten wussten, wen sie vor sich hatten. Heidmeier wollte gerade ansetzen, um irgendetwas Verbindliches zu sagen, als sein Blick über ihre Schulter hinweg starr wurde. Hannah glaubte zu wissen, wen er dort fixierte.

»Es war der Schülersprecher. Manuel Gruska. Er hat ohne Ende Stress gehabt mit Daniela Heckert im letzten Schuljahr.«

Heidmeier antwortete nicht direkt, sondern fragte, schon im Weggehen begriffen: »Kann ich Sie einen Moment allein lassen?«

Hannah nickte, aber sie wusste nicht, ob er das noch registriert hatte. Was sollte sie mit diesem Mehdi ben sowieso reden? Aber er nahm ihr das Problem ab und sagte in passablem Deutsch: »Das war eine schöne Feier. Es tut gut, die Trauer so auszudrücken.«

Sie war im ersten Moment überrascht über diese Äußerung, aber er war ja wahrscheinlich Moslem. Waren dort Trauerfeiern nicht auch sehr emotional?

»Sie haben Daniela Heckert gemocht?«

»Sie war freundlich zu mir, aber ich habe sie ja kaum gekannt. Ich wollte sie nur nicht einfach so gehen lassen. Und ich wollte mich nicht verstecken.« Das sollte wohl eine Erklärung sein, warum er unbedingt kommen wollte.

Hannah war mulmig zu Mute. Sie stellte sich die ganze Zeit vor, dass Christoph oder andere Schüler aus der Raucherecke, die ben Jomaa verdächtigten, der Mörder von Daniela Heckert zu sein, ganz in der Nähe standen und sie beide mit Unverständnis anstarrten. Und wenn auch! Er machte einen ganz und gar harmlosen, sensiblen Eindruck. Er sah so aus, wie Heidmeier ihn beschrieben hatte: sehr schlank, Hemd, Hose und Jacke waren dunkel. Um seine Augen sah sie Schatten, vielleicht hatte er nachts lange wach gelegen.

»Ich finde es gut, dass Sie heute gekommen sind.«

Er sprach jetzt mit noch leiserer Stimme, die Hannah in dem Gewühl der Hinausströmenden fast nicht mehr verstehen konnte. »Sie hat mich nach Hause gefahren. Sie wollte noch mit nach oben kommen in meine Wohnung, aber ich wollte das nicht. Sie war … sie war schön, aber sie war so … leer. Verstehen Sie?«

Bevor Hannah antworten konnte, gesellte sich Rüdiger Debus zu ihnen, der ben Jomaa anscheinend erkannte, und auch Heidmeier kam zurück, den Kopf schüttelnd.

»Na, da hat unser Schülersprecher Ihnen aber einen ganz schönen Schreck eingejagt oder?«, feixte Debus in Richtung Hannah, nachdem er ben Jomaa begrüßt hatte.

Dr. Weischer schloss sich der Runde an und knurrte: »Verrückter Hund, dieser Manuel Gruska. Was für ein schwülstiger Vortrag! Und dann diese Aufmachung: weibische Frisur, Schminke und dazu Bundeswehrstiefel! Was sollte das Ganze?«

»Das ist Gothic, Herr Kollege,« erwiderte Rüdiger Debus.

»Gothic? Was soll das denn sein?« Dr. Weischers Tonfall drückte Verachtung aus.

»Gothic ist eine Art Jugendkultur, Herr Dr.. Ist wohl an Ihnen vorbei gegangen, aber Gothics gibt es schon eine ganze Weile«, klärte Debus seinen älteren Kollegen auf. »Die sehen so oder so ähnlich aus, vorwiegend natürlich am Wochenende, wenn sie ihre Gothic-Events besuchen. Ich habe Manuel einmal in Münster getroffen in dieser Kostümierung. Wenn er mich nicht gegrüßt hätte, hätte ich ihn garantiert nicht erkannt. Also war ich ein bisschen vorbereitet. Seine Freundin sah damals auch klasse aus: ein langes Kleid im Mittelalterstil mit Korsage, Stiefeletten, wilde Mähne, viel schwarze und weiße Schminke, Silberschmuck. Muss ein Vermögen kosten, sich so auszustaffieren.«

»Kann man Gothics mit Gruftis vergleichen?«, hakte Dr. Weischer nach.

»Irgendwie ja und irgendwie nein. Ich bin da kein Experte. Da müssen sie mal die entsprechenden Schüler fragen. Ich glaube, die Gothics sind nicht so oberflächlich. Sie beschäftigen sich mit Literatur aus dem 19. Jahrhundert, Byron, Shelley oder so´n Zeug. Manche auch mit Existentialismus. Jedenfalls viel mit Tod, Trauer, Vergänglichkeit. Manche schreiben auch selbst ellenlange Gedichte über diese Themen. Würde mich nicht wundern, wenn Manuel diesen Text von eben selbst verfasst hätte. Aber die Gothics sind harmlos, völlig friedlich. Und sie sind sauer, wenn man sie mit Satanisten in einen Topf wirft.«

So detailliert wusste Hannah nicht Bescheid über diese Jugendkultur, aber sie war ihr nicht gänzlich unbekannt. Während Debus sich in Einzelheiten erging, beobachtete sie, dass

Mehdi ben Jomaa sich unruhig umschaute. Sie fing Heidmeiers Blick auf. Mit einem Mal hatte sie das Gefühl, dass er sie schon eine Weile ansah. Ihr Magen flatterte.

»Was natürlich nicht heißt, dass Manuel nicht den leichten Gruseleffekt geplant hatte, den dieser Auftritt bei so manchen ausgelöst hat«, fuhr Debus fort. Er schien sich an dem Gedanken zu weiden, dass einige seiner Kollegen ängstlich wie die Kaninchen auf ihren Stühlen erstarrt sein könnten.

Hannah entschuldigte sich, dass sie mal an die frische Luft müsse.

Auch draußen standen viele Menschen in der feuchten, aber nicht kalten Luft. Viele nutzten die Ausnahmesituation und rauchten außerhalb der dafür vorgesehenen Zone. Hannah sah die Kippen auf dem Boden und dachte flüchtig, ob Franz Teichmann wohl für die Säuberung verantwortlich war. Sie hastete weiter den Gang entlang Richtung Lehrerzimmer. Auch dort hielten sich einige Personen auf. Ihr fiel das kleine Besprechungszimmer ein, in dem sie am Montag mit Yvonne ten Bruyn gesessen hatte. Vielleicht war es nicht abgeschlossen.

Auf dem Absatz vor der entsprechenden Tür kam ihr Marlies Tiekötter entgegen. Ihr Gesicht wirkte durch die schwarze Garderobe noch blasser als sonst. Hannah war sich nicht ganz sicher, aber es sah fast so aus, als ob sie geweint hatte. Ob sie auch diesen Raum als Fluchtmöglichkeit genutzt hatte? Unerwarteterweise blieb Marlies Tiekötter stehen.

»Ich musste da raus«, presste sie bei fast geschlossenen Lippen hervor. Sie hatte wieder diese unangenehm schnarrende Stimme, die Hannah schon am allerersten Tag aufgefallen war. »Es war schrecklich. Diese schwarze Gestalt! So sehen doch auch diese Typen aus, die Amokläufe machen, so wie in Amerika. Lange Mäntel, total schwarze Kleidung. Ich habe wirklich gedacht, gleich zieht er die Waffe und knallt uns alle ab. Uns Lehrer natürlich in allererster Linie. Vielleicht auch Schüler, die ihm quer gekommen sind.«

Hannah war erleichtert, dass sie nicht als einzige die Situation als so bedrohlich wahrgenommen hatte.

»Es war sehr unheimlich«, sagte sie, um Marlies Tiekötter zu beruhigen. »Ehrlich gesagt, ich habe auch Angst gehabt.«

Da war es: das Stichwort Angst. Das war das Gefühl, das Marlies Tiekötter mit allen Mitteln bekämpfte, da war Hannah sich sicher. Sie hatte nicht nur in solchen Situationen wie eben in der Aula Angst. Diese Frau bestand aus Angst!

»Wirklich? Sie hatten auch Angst? Ich dachte, nur mir geht es immer so. Dabei habe ich mit Manuel Gruska überhaupt noch nichts zu tun gehabt. Daniela, die hatte sich mit ihm angelegt. Dieses eine Mal hatte sie nicht alles im Griff. Jedenfalls vorübergehend. Schließlich ist sie ja doch als Gewinnerin aus der ganzen Sache hervorgegangen. Aber Manuel, der wollte immer noch keine Ruhe geben, das war mir schon klar. Daniela hat uns alle in Gefahr gebracht mit ihrem Feldzug gegen ihn.«

»Man kann natürlich die Möglichkeit nicht völlig ausschließen, dass ein Schüler sich rächen will. Nach Erfurt, Winnenden und Emsdetten wissen wir, dass so etwas passieren kann.« Es hatte keinen Sinn, um den heißen Brei herum zu reden. Möglicherweise konnte sie zu Marlies Tiekötter vordringen, indem sie konkret die Ängste ansprach, die sie quälten.

»Was hätten uns all die schönen Krisenpläne geholfen, wenn er wirklich eine Knarre gehabt hätte. Er hätte Dutzende von uns töten können.«

»Sie sind über diese Pläne informiert worden?« Debus hatte ja schon so etwas angedeutet.

»Natürlich. Anfang des Schuljahres. Bei uns ist es ein kreischender, unerträglicher Dauerton. Völlig anders als der Feueralarm, damit man nichts verwechselt. Die Lehrer müssen dann die Klassen von innen abschließen und sich mit den Schülern verbarrikadieren. Wenn wir nicht gerade den Schlüssel irgendwo haben herumliegen lassen, wo er nicht hingehört.« Sie lachte höhnisch, als ob sie das gesamte ausgefeilte Kriseninterventionsprogramm lächerlich fände.

»Übungen gibt es natürlich nicht. Man soll die Schüler ja nicht in Panik versetzen. Das hilft mir doch alles nicht, wenn der Amokläufer in meinem Klassenraum loslegt und um sich schießt.« Sie war weiß wie eine Wand und steigerte sich offensichtlich immer weiter in diese Vorstellungen hinein. Ablenken, ablenken! Aber wie?

»Sie sagten eben, dass Daniela Heckert einen Feldzug gegen Manuel Gruska geführt hat. Was meinten Sie damit?«

»Ich habe nur Gerüchte mitbekommen im Lehrerzimmer. Sie soll ihn vorgeführt haben, als er irgendwelche selbst verfassten Texte vorgetragen hat. Sie hatte wahrlich keine Angst.« Sie starrte zum Fenster mit dem Innenhof. »Ich habe sie gehasst. Ich habe mir manchmal gewünscht, sie wäre nicht mehr da. Und jetzt ist sie nicht mehr da, und nichts hat sich für mich verändert. Mir geht es noch genauso dreckig wie vorher.« Ihre Stimme überschlug sich, das Gesicht war verzerrt.

Natürlich, dachte Hannah. Wie sollte es ihr auch besser gehen, wenn sie sich selbst nicht veränderte und die Schuld immer nur bei anderen suchte? Dann wagte sie es, Marlies Tiekötter ein Angebot zu machen.

»Wissen Sie, hier in der Schule können wir ja nicht ungestört reden. Wollen Sie nicht mal in meine Dienststelle nach Münster kommen?«

Marlies Tiekötter stutzte. Es war offensichtlich, dass sie darauf nicht vorbereitet gewesen war. Zu Hannahs Erstaunen antwortete sie: »Vielleicht wäre es ganz gut. Ich muss überlegen. Kann ich Sie anrufen?«

Der Leidensdruck bei Marlies Tiekötter musste sehr hoch sein, wenn sie ernsthaft den Schritt in eine Beratungsstelle in Erwägung zog. Sie verabredeten, dass Marlies Tiekötter sich in den nächsten Tagen melden würde.

Die Tür zum Besprechungsraum war nicht abgeschlossen. Der lamellenartige Gardinenersatz vor den Fenstern, der ihr letztens gar nicht aufgefallen war, war geschlossen, ließ nur gedämpftes Tageslicht herein, und obwohl ein merkwürdiger Geruch in der Luft hing, änderte Hannah nichts daran. Sie setzte sich auf das grüne Kordsofa und schaute eine Weile den Fischen im Aquarium zu. Sie versuchte, an nichts zu denken und nur die hochsteigenden Luftblasen zu beobachten. Am liebsten wollte sie nach Hause, aber sie musste noch einiges regeln. Vor nächsten Freitag würde sie nicht noch einmal zurückkommen. Es war so üblich, nach einer Woche für Gespräche bereit zu stehen, dann noch einmal nach einem Monat. Natürlich auch öfter, bei Bedarf.

Sie beruhigte sich langsam. Sie musste raus in die Aula, vielleicht brauchte der eine oder andere sie noch. Eigentlich dürfte sie gar nicht hier sein. Es war schließlich ihr Job, den sie gerade vernachlässigte. Sie raffte sich auf. Noch eine Stunde vielleicht, und sie würde diese Schule fürs erste hinter sich lassen.

Die Aula hatte sich schon ziemlich geleert, als Hannah zurückkam. Nur einige Mitglieder des Kollegiums unterhielten sich noch. Einige räumten bereits auf. Teichmann und Kochler schoben das Klavier hinaus, Yvonne ten Bruyn und Rüdiger Debus sammelten liegen gebliebene Liederzettel ein, Everkamp, Christian Diekbrede, Claudia Gröger und Jan Heidmeier standen zusammen im Gespräch. Den Tunesier ben Jomaa sah sie nicht mehr.

Vorsichtig näherte sie sich der Gruppe. Erstaunlicherweise war es Christian Diekbrede, der sie als erster ansprach.

»Kommissar Heidmeier nimmt mich mit zurück nach Münster. Sie haben ja noch zu tun hier, sagt Herr Everkamp.« Sie war froh, dass sie diese Verantwortung los war. Anscheinend hatte ihm die vielfältige Anteilnahme gut getan: Er sah gelöster aus als während der Trauerfeier.

»Kann ich Sie noch einen Moment sprechen, Frau Schmielink?«

Das war Heidmeier. Sie gingen ein Stück Richtung Ausgangstür, wo sie ungestört reden konnten.

»Haben Sie Manuel Gruska erwischt?«, entfuhr es Hannah.

»Ja, aber ich habe ihn für heute Nachmittag ins Präsidium bestellt. Hier in dem ganzen Trubel konnte ich ihn nicht verhören. Und außerdem wollte ich Sie nicht so lange mit Mehdi ben Jomaa allein lassen.«

»Warum nicht? Weil er eine so große Wirkung auf Frauen hat?« Unter allen Umständen wollte sie im vielleicht letzten Gespräch mit Heidmeier nicht nur sachlich über seinen Fall sprechen. Ein Lächeln umspielte seine Mundwinkel.

»Das auch. Aber im Ernst. Er ist ein Verdächtiger. Er hat kein Alibi. Und wenn Sie schon so unvernünftig waren, den anderen Hauptverdächtigen im Auto hierher zu chauffieren, dann muss ich Sie ja nicht noch größerer Gefahr aussetzen.«

Hannah wusste nicht so recht einzuordnen, ob er das ernst meinte oder ob er flachste. Sie nutzte die Gelegenheit, ihn näher zu betrachten. Zu einer schwarzen Jeans trug er ein graues Sakko. Hemd und Krawatte waren ebenfalls grau, in leicht dunkleren Farbnuancen. Es wirkte nicht wie sein feinster Zwirn, eher wie Dienstkleidung für solche Gelegenheiten. Schließlich war Heidmeier ja auch dienstlich hier, nicht um mit ihr zu flirten. Er musste sicher häufig zu solchen Anlässen angemessen gekleidet erscheinen.

»Was ist mit der Zeitungsanzeige in Oldenburg?«, fiel ihr ein.

»Bis jetzt keine Reaktion. Wir versuchen es morgen in der Wochenendausgabe noch mal.«

»Diekbrede war es nicht. Und der Tunesier auch nicht.«

»Wie kommen Sie darauf? Weibliche Intuition?«, fragte er ohne Spott.

»So was Ähnliches. Mein Bauch.«

Bei ihren Worten senkte Heidmeier den Blick. Nur ganz kurz. Dann hob abrupt er den Kopf.

»Offiziell sind sie auf jeden Fall auf der Liste.«

»Haben die beiden sich hier getroffen?«, schoss es Hannah durch den Kopf.

Ein breites Lächeln erschien. »Ich habe schon darauf gewartet, wann Sie darauf kommen würden. Wissen Sie eigentlich, dass Sie ein ausgeprägt kriminalistisches Gespür haben?«

»Ich bin einfach nur rein menschlich besorgt, wie diese Begegnung ausgegangen ist«, erwiderte Hannah in dem gleichen, leicht scherzhaften Ton.

»Ich kann Sie beruhigen. Sie haben sich getroffen. Dafür habe ich gesorgt. Keine Reaktion. Bei beiden nicht. Oder ich bin ein schlechter Beobachter.«

»Es sei denn, einer oder beide wären gute Schauspieler. Nein, eigentlich kann ich mir das nicht vorstellen.«

Hannah spürte seine Nähe. Sie standen nur wenige Zentimeter voneinander entfernt, so nah wie nie zuvor. Doch ihr fiel absolut nichts mehr ein, womit sie diesen prickelnden Zustand hätte verlängern können. Zudem leerte sich die Aula immer mehr. Mehrere Lehrer warfen ihr im Gehen einen Gruß zu, und es wurde immer peinlicher.

»Ich melde mich bei dir.«

Hatte sie richtig gehört? Sie war viel zu verdattert, um auch nur mehr als ein leises »Ja« antworten zu können.

Everkamp sprach sie an. Sie hörte sich reden. Die richtigen Worte kamen automatisch über ihre Lippen. Sie trafen weitere Absprachen, wann sie am nächsten Freitag kommen würde. Sie würden dann entscheiden, ob der Gedenkort noch zwei weitere Wochen in der Eingangshalle bleiben sollte. Everkamp und Claudia Gröger dankten ihr für die Unterstützung, aber Hannah hörte nicht richtig hin. Um sich zu fangen, trug sie das Foto von Daniela Heckert und eine Kerze zurück in die Eingangshalle. Sie lief noch einmal zurück, um das Blumengesteck und das schwarze Tuch zu holen. Die letzten verließen gerade die Halle. Heidmeier und Christian Diekbrede waren nicht mehr zu sehen.

Es dauerte noch einige kurze Gespräche lang, bis sie die Schule verlassen konnte. Eleonore Brauer musste ihr noch mitteilen, dass sie ganz gerührt war von der Trauerfeier, Dieter Budke ließ sie an seiner Empörung teilnehmen, dass Matschinsky – wahrscheinlich wegen seines traditionell freien Freitags – nicht anwesend gewesen war.

Als sie schon glaubte, es endlich geschafft zu haben, wurde sie der beiden Schüler ansichtig, die an den Fahrradständern auf sie gewartet hatten: Christoph und Marie.

»Warum hat man ihn nicht verhaftet? Den Fensterputzer! Wahrscheinlich war er es doch!«, platzte Christoph heraus. Er sah wütend aus, was so gar nicht zu seinem bisherigen Auftreten passte. Auch Marie standen die Gefühle ins Gesicht geschrieben: Ungeduld, Vorwürfe. Sie hatten Mehdi ben Jomaa also doch in der Aula gesehen. Und Hannah hatte schon gehofft, dass ihn niemand registriert hätte.

»Der andere Mann war von der Kriminalpolizei in Münster«, versuchte Hannah, die beiden zu beruhigen. »Die Polizei wird ihn nicht laufen lassen, wenn er wirklich der Mörder sein sollte. Das könnt ihr mir glauben.« Unwillkürlich duzte sie die beiden.

Christoph und Marie wechselten einen Blick, den Hannah nicht zu deuten wusste. Bevor sie noch weitere Einzelheiten erfragen konnten, entschuldigte sie sich mit Terminen in Münster. »Nächste Woche bin ich noch einmal hier in der Schule. Vermutlich wissen wir dann schon mehr.«

Mit einem Anflug von schlechtem Gewissen ließ sie die beiden stehen, aber für heute reichte es ihr endgültig.

In ihrem Auto drehte sie zum ersten Mal seit Ewigkeiten das Radio laut. Sie hatte es hinter sich! Es war vorbei. Und es war gut gelaufen. Sie hatte einiges bewegt in dieser Woche.

Und Jan Heidmeier würde sie anrufen!

Immer noch Freitag, früher Nachmittag

Erst als sie auf Münster zufuhr, sah sie, dass die Wolkenschicht hauchdünn geworden war.

Sie war voller Energie. Unmöglich, jetzt in ihre Wohnung zu fahren und dort still zu sitzen. Die einzige Möglichkeit wäre ein intensiver Hausputz gewesen, aber das konnte sie auch bei schlechtem Wetter noch nachholen. Sie beschloss, auf dem Hindenburgplatz vor dem Schloss zu parken. Von dort war es nur ein kurzes Stück über die Promenade zum Aasee.

Hannah folgte der Aa bis zur ihrer Mündung in den See direkt an dem neuen Café mit der großen Terrassenanlage. Sie würde den Weg links herum an den Riesenkugeln vorbei gehen, um sich die schönere Seite des Sees bis zum Ende aufzubewahren.

Zügig ging sie los. Es dauerte eine ganze Zeit, bis die Gedanken weniger wurden. Keine klaren Gedanken – nur einfach Gedankenstücke, Bilder. Allmählich fing sie an, ihre Umgebung wahrzunehmen.

Es waren durchaus Menschen unterwegs, aber keine Heerscharen wie an sonnigen Sonntagnachmittagen. Einzelne Radfahrer umkurvten sie. Jogger kamen ihr entgegen oder überholten sie. Die Blätter der Bäume am Ufer waren überwiegend schon gefallen und übersäten die Böschung.

Als sie sich der Straßenbrücke näherte, die ungefähr die Hälfte des Sees markierte, schaute sie zum ersten Mal bewusst zum Himmel. Genau über sich entdeckte sie eine scharfe Wolkengrenze, die den hellgrauen Teil des Himmels von dem blassblauen Teil im Westen trennte, der von der Sonne angeleuchtet herbstliche Strahlen verhieß.

Beim Überqueren der Brücke bummelte sie, obwohl der freitägliche Feierabendverkehr ziemlich laut war. Der Blick von der Brücke war atemberaubend. Stadtauswärts dümpelten zwei Segelboote auf dem Wasser. Am Ende des Sees musste der neue Segelhafen liegen, bis zu dem sie noch nie vorgedrungen war. Stadteinwärts Kirchtürme über Häusern und Bäumen: der schlanke, dunkle Turm der Lambertikirche und die beiden grünen Hütchen, die Kupferabdeckungen des Paulus-Doms.

Auf der Hälfte des Rückwegs spürte sie die Sonnenstrahlen näher kommen. Sie drehte sich um: Die Schattengrenze wich langsam zurück. Dann erreichte die Sonne sie und wärmte ihr sofort den Rücken. Sie öffnete ihre Jacke.

Hannah verlangsamte ihre Schritte, um dieses unerwartete Geschenk zu genießen und erreichte wieder das Terrassencafé. Nur ein einziger Tisch am Rand war in Sonne getaucht und frei. Nie wäre sie auf die Idee gekommen, sich allein nach drinnen in das Café zu setzen. Auch so eine Auswirkung ihres Witwendaseins. Früher hatte sie über solche Dinge nicht einen Augenblick nachgedacht. Inzwischen war sie so dünnhäutig geworden. Aber hier im Außenbereich war sie mutiger und nahm an dem freien Tisch Platz. Sie freute sich, als ein junger, südländisch aussehender Kellner auf sie zukam und nach ihren Wünschen fragte. Der bestellte Cappuccino war winzig und teuer, aber mit dem dazu servierten Plätzchen fand Hannah ihn köstlich.

Sie schaute nach Westen über das Wasser. Die tief stehende Sonne ließ den See in der Farbe des Himmels glitzern. Die Wasserfläche kräuselte sich nur an wenigen Stellen. Direkt vor dem Café gab es einige Bänke. Dort saßen Leute und schauten wie sie versonnen aufs Wasser. Auf den Stufen hinunter zum See fütterten Kinder die Enten, schleckten Eis, die Erwachsenen ließen sich von der Sonne wärmen.

Hannah kramte in ihrem Gedächtnis, wann und wo sie sich das letzte Mal so eins mit sich und ihrer Umgebung gefühlt hatte. Aber sie fand keine Erinnerung.

So lange wie möglich versuchte sie zu ignorieren, dass die Kälte langsam an ihr hoch kroch. Wegen der Trauerfeier hatte sie keine warmen Schuhe angezogen. Schließlich ging sie widerstrebend.

Samstag, 31. Oktober

3.54 Uhr! Hannah starrte ungläubig auf die Leuchtziffern ihres Weckers. Schon wieder! Exakt dieselbe Zeit. Ihre nächtlichen Albträume kamen pünktlich, allerhöchstens mit einer Abweichung von fünf Minuten, allerdings nicht mehr so häufig wie vor einigen Monaten.

Sie war vermutlich von einem Geräusch wach geworden. Hoffentlich war es nicht ihr eigener Schrei gewesen. Sie wusste noch nicht, ob ihre Vermieterin einen leichten Schlaf hatte.

Der Traum war neu, jedenfalls in weiten Teilen. Herbern hatte sie allerdings schon öfter nachts heimgesucht. Es war drückend warm gewesen im Traum. Sie hatte unbedingt einkaufen müssen, weil sie nichts mehr im Haus hatte. Der Fahrtwind beim Radfahren war heiß gewesen.

Es war immer ähnlich: Die Dorfbewohner an den Straßenecken und vor dem kleinen Supermarkt hatten getuschelt. Über Hannah, die Witwe des Doktors, die im Ort nichts mehr verloren hatte. Das hämische Grinsen der Frauen kehrte in den Träumen immer wieder.

Sie stand auf und ging ins Wohnzimmer. In Sekundenbruchteilen fröstelte sie. Der Schweißfilm auf ihrer Haut ließ sie erschauern.

Sie goss sich ein Glas Sherry ein. Manchmal half der Alkohol ihr, sich zu entspannen.

Der neue Teil des Traum: Bei ihrer Rückkehr vom Einkauf hatte sich Daniela Heckerts Klasse in Hannahs Wohnzimmer versammelt. Alle schauten sie erwartungsvoll an. Marie und Jannis war ebenfalls dabei. Und Manuel Gruska. Er hatte hinter sich gedeutet. Benni, der Sohn ihrer Nachbarin Beate, weiß geschminkt, mit einer Pistole in der Hand. Du bist doch erst vierzehn, hatte sie geschrien. Das kannst du doch nicht machen. Wir haben dir nichts getan. Sie war gerannt um ihr Leben. Die Treppe hinauf. Darauf gefasst, dass der Schuss sie jeden Moment treffen konnte. Am Ende der Treppe hatte Marlies Tiekötter ihr den Weg versperrt. Lassen Sie mich durch. Er ist hinter mir her. Irgendwer hatte gekreischt. Das musste der Alarm sein. Kein Brandalarm. Amoklauf.

Nicht unwahrscheinlich, dass ihr eigener Schrei sie geweckt hatte. Sie trank ihren Sherry aus und ging wieder zu Bett. Eiskalte Füße hinderten sie am Einschlafen. Sie rief sich ihren Spaziergang am Aasee in Erinnerung: Wie die Sonne näher und näher kam. Sie brauchte eine Weile, aber dann wurde ihr warm.

Immer noch Samstag, abends

Das Klingeln an der Wohnungstür war eindringlich, ungeduldig. Hannah schreckte hoch, und der Gedichtband auf ihrem Schoß fiel herunter.

Für Sekunden war es still, dann begann es erneut. Heftig, durchdringend. Sie ging zum Fenster, von wo sie einen Blick auf die Haustür hatte. Kinder. Schwarze Umhänge, Masken. Eine ganze Bande in Kostümen. Halloween!

Sie ignorierte das stürmische Klingeln hartnäckig. Irgendwann würden sie wieder gehen. Sie hatte einfach keine Nerven für so etwas. Nicht nach dem heutigen Tag.

Dabei hatte sich heute alles so wunderbar angelassen: Die Bilder rollten noch einmal vor ihr ab. Das Wetter schien vielversprechend: Schon um halb neun zeigte die intensive blaue

Färbung des Himmels an, dass die Sonne noch einmal einen goldenen Oktobertag bescheren würde.

Der nächtliche Albtraum steckte ihr noch in den Knochen, und so entschloss sie sich eine Stunde später zu einem Fußmarsch in die Stadt bis zum Prinzipalmarkt, wo sich unter den Bögen Münsters teure Geschäfte befanden, die ihr Geld allerdings ohne Griff in Hannahs Geldbeutel verdienen mussten. Ihr war nach einer Tasse Kaffee gewesen. Im Café in den Arkaden, in dem man sich draußen fühlt, obwohl man eigentlich ein Dach über dem Kopf hat. Direkt vor dem angrenzenden Eingang zum Picasso-Museum fand man zu dieser Tageszeit noch mit Leichtigkeit einen Platz.

Am Ausgang der Passage Richtung Ludgeri-Straße hatte sie gemeint, Everkamps Stellvertreter Matschinsky in eine Buchhandlung hineingehen zu sehen. Sie kannte das Phänomen, dass sie häufiger glaubte, Menschen irgendwo zu sehen, die sie gerade erst als Klienten kennen gelernt hatte. Wahrscheinlich beschäftigten diese Menschen sie unbewusst, und daher verwechselte sie fremde Menschen mit ähnlicher Statur oder Gesichtszügen mit ihnen.

Es war immer noch kühl, und sie beschloss, in einigen Geschäften zu forschen, ob die Preise für die Winterkollektion schon herunter gesetzt waren. Doch dafür war es noch zu früh.

Ein Abstecher in ihre Lieblingsbuchhandlung war Pflichtprogramm. Es dauerte, bis sie die üblichen Abteilungen nach Neuerscheinungen durchforstet hatte. Die Theologieabteilung im obersten Stock ließ sie für heute aus. Diesen womöglich letzten strahlenden Herbsttag wollte sie lieber anderweitig verbringen. Als sie gegen zwölf Uhr die Buchhandlung wieder verließ, stand die Sonne hoch genug, um ihre wärmenden Strahlen in die enge Schlucht der Salzstraße schicken zu können.

Auf der Suche nach einem Tisch im Freien hatte sie bis zum Erbdrostenhof laufen müssen. Das Café dort schien nicht so angesagt, sodass es eher spärlich besetzt war. Der freie Blick auf den barocken Palast und die Unmengen von flanierenden Menschen hatten ihr ein angenehmes Unterhaltungsprogramm geboten.

Gerade hatte sie die Kellnerin zum Bezahlen der Rechnung heran gewunken, als unzweifelhaft tatsächlich jemand auftauchte, dem sie in der vergangenen Woche in der Schule begegnet war. Christoph aus Daniela Heckerts Klasse ging unmittelbar an ihrem Tisch vorbei in Richtung Bahnhof. Sie war erleichtert, dass er sie nicht entdeckt hatte. Sie hätte nicht gewusst, was sie mit ihm hätte reden sollen. Und außerdem hatte sie ein freies Wochenende!

Spontan entschloss sie sich, bei dem Juwelier schräg gegenüber das Armband ihrer Uhr, das sich anscheinend am Verschluss gelockert hatte, überprüfen zu lassen. Sie musste einen Moment warten und hatte sich im Laden umgesehen. Draußen vor dem Schaufenster ein Mann vor den Auslagen. Ihr war augenblicklich klar: Das ist Jan Heidmeier – die Lederjacke, kariertes Hemd, die blaue Weste. Neben ihm eine Frau, große Sonnenbrille, beigefarbige Steppjacke mit übergroßem Kragen. Genau konnte Hannah sie nicht erkennen, aber die Frau hatte lange schwarze Haare und war jung. Bedeutend jünger als Jan Heidmeier und als Hannah selbst. Wenn die beiden jetzt hereinkamen? Auf keinen Fall wollte sie ihnen begegnen.

Die Frau zeigte auf ein bestimmtes Stück in der Auslage und berührte ihn am Arm. Sein Lachen! Er legte den Arm um ihre Schulter und bugsierte sie zum nächsten Schaufenster. Noch hatte er Hannah nicht gesehen.

»So, das hätten wir mit dem Armband. War nur eine Kleinigkeit.« Was musste sie zahlen? Nichts, kostenloser Service. Langsam drehte sie sich um, innerlich darauf gefasst, noch nötigenfalls Interesse für irgendwelche Schmuckstücke vortäuschen zu müssen: Sie waren verschwunden. Niemand stand mehr vor den Schaufenstern. Sie ging.

Draußen schaute sie sich vorsichtig um. Die beiden waren auf dem Weg zur gegenüberliegenden Eisdiele. Hannah schlug die entgegengesetzte Richtung ein. Unaufmerksam überquerte sie die Promenade. Bremsen quietschten und jemand rief »Hey, aufpassen!«, aber sie schaute nicht einmal auf.

Sie hastete weiter, sah nichts, nicht das raschelnde Laub, die bunten Blätter, die Sonnenstrahlen, die durch die fast entlaubten Äste fielen. Das Laufen beruhigte sie.

Er hatte eine Freundin, und er hatte sich nichts dabei gedacht gestern, als er gesagt hatte, er wolle sich bei ihr melden. Er fand es an der Zeit, sich zu duzen, er fand sie sympathisch, ja, aber nicht mehr. Nur sie hatte weiß Gott was hinein interpretiert in sein Verhalten, weil er nett war zu ihr, weil er sensibel war, weil er sie berührt hatte, als er ihr in die Jacke half, weil er mit ihr flachste, weil sie wollte, dass da mehr war.

Es war lächerlich, wie sie sich da hinein gesteigert hatte. Ja, es war lächerlich und – sie musste es sich eingestehen: Sie schämte sich. Abgrundtief. Wie hatte sie alles nur so missverstehen können?

Im Café an der Hammer Straße hatte sie sich trotzig zwei dicke Stücke Kuchen gekauft, eins mit Schokolade und eins mit Marzipan. Frustkiller!

Sie würde die Sache nicht unnötig dramatisieren. Schließlich hatte sie Anne versprochen, den Kommissar als Experimentierfeld zu betrachten. Es war ja noch nicht mehr passiert und sie hatte sich bis jetzt auf keinen Fall blamiert, nur weil sie ein bisschen mit ihm geflirtet hatte.

Was tun nach dem Frustkuchen? Staubsaugen, Badezimmer putzen, Bett überziehen, bügeln. Die Liste war eigentlich noch länger, aber ihr Aktivitätsdrang war erschöpft.

Als es unumgänglich wurde, das Licht einzuschalten, hatte sie angefangen, ihr überdimensionales Bücherregal abzusuchen, das sie sich beim Einzug in ihre neue Wohnung geleistet hatte. Auf dem untersten Regalbrett, wohin sie jene Bücher verbannt hatte, von denen sie sich nicht trennen konnte, wurde sie fündig. Eine Weile musste sie blättern, bis sie das Gedicht von Rilke gefunden hatte. Sie überflog die Strophen. Vor allem die dritte hatte es in sich: Herbst, Blättertreiben, kein Haus, wachen.

Es berührte sie tief beim ersten Lesen, schien so wahr und so passend. Als die Tränen kamen, ließ sie sie laufen. Es ging nicht nur um Jan Heidmeier. So viel war ihr klar. Und sie hatte geglaubt, das Ende des Trauerjahres hätte auch das Ende der Tränen bedeutet.

Sie las das Gedicht noch mehrere Male und jedes Mal tat es weniger weh. Sie musste es hinnehmen. Das Alleinsein.

Dann klingelten die Halloween-Kinder.

Sonntag, 1. November (Allerheiligen)

Sie wusste, dass das Gefühl, überhaupt nicht geschlafen zu haben, trügerisch war. De facto waren die Wachphasen nur kurz. Das hatte sie des Öfteren gelesen. Trotzdem brauchte sie all ihre im letzten Winter antrainierte Fähigkeit, ihr Tagwerk überhaupt anzufangen, ohne dass der Tag offensichtlich einen greifbaren Sinn zu ergeben schien.

Immerhin war das Wetter auf ihrer Seite. Oder auch nicht, denn an einem grauen Nieselregentag hätte sie die perfekte Entschuldigung gehabt, sich nicht aus dem Haus zu rühren. So aber gab es auch nicht die klitzekleinste Ausrede, ihr nächtlich gereiftes Vorhaben für den Sonntagmorgen nicht in die Tat umzusetzen.

Sie frühstückte in aller Ruhe, denn so früh am Morgen hatte die Sonne um diese Jahreszeit noch keine wirkliche Kraft. Gegen viertel vor elf machte sie sich mit dem Auto auf den Weg zum Hindenburgplatz, da sie einen Spaziergang im Botanischen Garten plante. Bewegung war auch ein probates Mittel gegen depressive Tendenzen. Rein theoretisch wusste sie genau darüber Bescheid.

Als sie das Auto abgeschlossen hatte, wandte sie sich in Richtung Innenstadt. Im Nachhinein hätte sie nicht einmal klar sagen können, warum. Vielleicht, weil die Sonne ihr immer noch nicht hoch genug stand und sie zu viel kühlen Schatten unter den zahlreichen Bäumen im Garten hinter dem Schloss befürchtete.

So schlenderte sie stattdessen durch die schmale Frauenstraße. Am Überwasserkirchplatz entschied sie sich, die Gasse zum Paulus-Dom hinauf zu gehen, dessen Westfassade aus hellem Sandstein, vom morgendlichen Sonnenschein angestrahlt, bald voll sichtbar wurde.

Zu ihrem großen Erstaunen herrschte auf dem Domplatz Parkchaos. So viel sie wusste, wurde jeweils um zehn Uhr am Sonntag ein Pontifikalamt gefeiert. Der Gottesdienst war noch nicht zu Ende – sie konnte den Chor sogar draußen jubeln hören – während die ersten Besucher der nächsten Messe schon über den Platz kurvten, um eine Lücke zu erwischen. Kaum hatte sie diesen Gedanken gefasst, als der Gesang aufhörte, das große Portal sich öffnete und die ersten Menschen den Dom verließen.

Die Luft im Kirchenraum war noch Weihrauch geschwängert. Der Bischof war großzügig gewesen. Hannah hatte sich ohne nachzudenken einfach den ersten Besuchern des nachfolgenden Gottesdienstes angeschlossen. Überraschenderweise erstrahlte der Innenraum in hellem Sonnenlicht. Es dauerte einen Moment, bis Hannah begriff, dass auf der südwestlichen Seite die Kirchenfenster aus milchigem Glas das Licht fast ungefiltert hindurch ließen. Sie ging an der monumentalen steinernen Figur des barfüßigen Christophorus vorbei und setzte sich für einen Moment auf einen Platz im mittleren Kirchenschiff, mitten in die Sonnenstrahlen.

Einige überwiegend Grauhaarige hatten schon vor ihr Platz genommen. Die Herren hatten ihre langen Wollmäntel hervorgekramt, die Damenmäntel waren eher gesteppt. Ein junges Mädchen nahm neben ihr Platz. Sie schien ihre Eltern zu begleiten.

Hannah wusste, dass sie jetzt bald gehen musste, denn allmählich füllte sich der Dom zusehends. Auch die Seitenschiffe waren gut besetzt. Zwei Minuten vor halb zwölf. Noch ein ganzer Schwung von Besuchern. Wahrscheinlich die regelmäßigen Kirchgänger, die darauf vertrauten, dass kein Platzmangel herrschen würde. Der Gottesdienst begann.

Über weite Strecken lief die Allerheiligen-Messe an ihr vorbei. Zum Antwortgesang trug der Kantor einen Psalm vor, und Hannah fühlte, wie mit einem Mal alle Spannung von ihr abfiel. Sie freute sich an der schönen Stimme, wenn sie auch dem Text kaum folgen konnte.

Eine junge Frau mit langem Zopf und warmer Stimme las die Lesung aus dem ersten Brief des Johannes. Bei Hannah kamen davon nur zwei Worte an: ewiges Leben!

Steffen. Beim Gedanken an ihn war sie ruhig und seltsam klar. Keine Spur von Trauer, mühsam unterdrückter Wut und der ewig lauernden Angst, ihr Leben ohne ihn nicht auf die Reihe zu bekommen. Nein, sie würde weiterleben, konnte weiterleben – ohne ihn. Er war müde gewesen in den letzten Jahren. Ohne Feuer, ohne Begeisterung. Jetzt hatte er Ruhe gefunden. Sein Rotieren zwischen den selbstauferlegten Ansprüchen und dem unbefriedigenden Alltag hatte ein Ende. Er war jetzt geborgen, in einem Frieden, den er hier unten nie hatte finden können. Sie brauchte sich nicht mehr um ihn zu sorgen.

Der weißhaarige Priester trug das Evangelium vor. »Und Jesus stieg auf einen hohen Berg.« Die Bergpredigt, die sie schon so oft gehört hatte! Wie mochte es sein, auf dem Berg der Seligpreisungen zu stehen und über den See Gennesaret zu schauen? Israel! Schon vor vielen Jahren hatte sie dorthin fahren wollen. Nie war etwas daraus geworden. Wenn sie ehrlich war, hatte sie Angst gehabt vor Attentaten, Bomben, Krieg. Aber es waren auch viele andere Ziele attraktiver und deswegen vorrangig gewesen. Sie wollte immer noch dahin.

Als Hannah den Dom verließ, musste sie sich einen Weg bahnen durch die Gruppen von Kirchenbesuchern vor dem

Eingang, die bei ihren Schwätzchen sichtlich Ausdauer an den Tag legten. Schnellen Schrittes eilte sie zum Botanischen Garten, zumal das intensive Blau des Himmels zusehends verblasste und die Sonne hinter einem Wolkenschleier verschwand. Sie hatte doch noch Chancen auf einen faulen Nachmittag!

Gegen sechs Uhr rief Birgit an. Hannah hatte schon völlig vergessen, dass ihr dies angekündigt worden war. Birgit schlug vor, sich morgen Abend zu treffen, da ihr »Göttergatte« montags zum Sport ginge.

»Ich wohne am Dahlweg, gegenüber vom Eingang zum Stillen Frieden.«

»Was ist das denn, eine Kneipe?«, fragte Hannah.

»Das ist die Kleingartenanlage gegenüber. Deswegen sind wir ja hierher gezogen. Wir stehen auf der Warteliste für eine Parzelle. Ein idealer Ort für ein Stadtkind zum Spielen und Toben.«

Hannah konnte sich Birgit kaum beim Anbau von Gemüse und beim Obstbaumschnitt vorstellen, aber dass Kleingärten bei jungen Familien modern geworden waren, war ihr schon zu Ohren gekommen. Sie versprach, gegen acht da zu sein, obwohl sie nicht wusste, was der Besuch ihr außer einer Abwechslung bringen sollte.

Sie hatte kaum aufgelegt, als Heidmeier anrief. Sie versuchte, ruhig zu bleiben und ihr eigenes Herzklopfen zu überhören.

»Ich habe gerade erfahren, dass sich in Oldenburg jemand auf die Anzeige gemeldet hat. Christian Diekbredes Alibi ist damit ziemlich wasserdicht. Ich dachte, das interessiert Sie vielleicht.«

Oh, er war wieder beim »Sie«.

»Ja, das freut mich. Obwohl es mich nicht überrascht.« Sie fand, dass es ihr gelang, neutral zu wirken.

»Ich weiß, Ihr Bauchgefühl. Sagen Sie, hätten Sie Lust und Zeit, mir noch ein paar weitere Tipps aus Ihrem Bauchgefühl zukommen zu lassen? Bei einer Tasse Kaffee im Café 99?« Überraschenderweise klang er ein bisschen zaghaft.

»Im Moment bin ich ziemlich mit Arbeit eingedeckt. Ich muss noch sehr viele Termine nachholen, die in der letzten Woche verlegt worden sind. Ich bin sehr verplant.«

»Kann ich Sie anrufen? Vielleicht ergibt sich ja noch eine Möglichkeit.« Er gab nicht auf.

»Versuchen Sie es. Am besten zwischen zwölf und eins in der Mittagspause. Da nehmen wir keine Beratungstermine an.«

Sie fand es sehr elegant eingestreut, dass er sie ansonsten bei wichtigen Gesprächen stören würde. Schließlich musste sie ja nicht jederzeit für ihn bereit stehen. Mit sich selbst sehr zufrieden, beendete sie das Gespräch.

So grau sah die Welt doch gar nicht aus.

Montag, 2. November (Allerseelen)

Sie hatte sich getäuscht. Jedenfalls bezüglich des Wetters. Es war grau. Feucht. Und empfindlich kühler geworden. Sie dachte mit Dankbarkeit an ihren extrem vollen Terminkalender für diese Woche, denn erfahrungsgemäß registrierte sie das Wetter dann vor lauter Arbeit kaum.

Am frühen Nachmittag meldete sich Marlies Tiekötter telefonisch. Der Fall ließ Hannah nicht los. Sie brachte es nicht übers Herz, die junge Lehrerin über die üblichen Wartezeiten von sechs bis zehn Wochen für ein Erstgespräch zu informieren und hängte einfach einen Termin an ihren Plan für Dienstag an, nicht ohne vorher nachgefragt zu haben, ob Marlies Tiekötter lieber ein Gespräch mit einer ihr unbekannten, neutralen Person hätte. Hatte sie nicht. Hannah hatte auch nicht damit gerechnet.

Sie arbeitete ruhig und konzentriert die Termine ab, die sich angehäuft hatten. Nur in den Pausen konnte sie nicht verhindern, gelegentlich an das Städtische Berufskolleg III zu denken, an den Unterrichtsbeginn am Montagmorgen. Wann würden die Schüler und Lehrer dort zur Normalität zurückgekehrt sein? Würde je geklärt werden, wer Daniela Heckert getötet hatte?

Mittags ging sie mit Dirk und der wieder genesenen Dorothee ins Café 99. Lustlos stocherte sie in ihrem Salat herum.

Es dämmerte, als sie sich auf den Heimweg machte. Mit ungutem Gefühl dachte sie an den Besuch bei Birgit. Dahlweg 24 – irgendwie kam ihr die Adresse bekannt vor. Sie war im Studium eine ganze Zeit lang in einer Lerngruppe gewesen, die sich am Dahlweg getroffen hatte. Es musste ganz in der Nähe von Birgits jetziger Wohnung gewesen sein. Wahrscheinlich waren die Häuser renoviert worden. Birgits Ehemann war Banker, und der würde seine Familie nicht in einem Haus wohnen lassen, das von Studenten bewohnt war.

Bei diesem Wetter das Haus noch einmal zu verlassen, kostete sie echte Überwindung. Ihr Stadtplan zeigte ihr, dass sie wahrscheinlich schneller zu Fuß wäre als mit dem Auto – Parkplatzsuche eingerechnet. Die Kolonie »Stiller Friede« war tatsächlich grün eingezeichnet. Hannah musste nur die Hammer Straße überqueren. Der Dahlweg begann schräg hinter der Kirche, die sie noch nie betreten hatte.

Nummer 24 war wirklich das Haus, in dem sie vor Jahren zum Lernen gewesen war. Drei Stockwerke. Von außen sah das Haus nahezu unverändert aus, soweit sie in der Dunkelheit erkennen konnte. Genau gegenüber war eine hohe Hecke mit einem Torbogen auszumachen, an die sie sich nicht im Geringsten erinnerte.

Sechs Klingelschilder, die Gott sei Dank beleuchtet waren. »Leo u. Birgit Meiners / Norbert Kleinschmidt.« Birgit hatte also bei der Heirat ihren Namen behalten, und Leo war der Name ihres Sohnemanns.

Es dauerte geraume Zeit, bis auf Hannahs Klingeln die Sprechanlage quäkte und Birgit sie hereinließ.

Dem Treppenhaus sah man seine noch nicht lange zurückliegende Renovierung an. Im zweiten Stock stand eine Wohnungsstür offen.

»Komm rein. Ich bin in der Küche.«

Der Flur war schmal wie oft in diesen Altbauten. Birgit stand in der Küchentür. Sie war dieses Mal weniger elegant gekleidet: Jeans und ein rosa Sweatshirt, das schon bessere Tage gesehen hatte und einige Flecken aufwies.

»Hey, schön, dass du da bist. Das ist Leo.«

Damit gab sie den Blick frei auf einen knapp zweijährigen

Jungen, der in einem Kinderstühlchen in futuristischem Design steckte. Er nahm keine Notiz von Hannah und beschäftigte sich damit, eine in kleine Stücke geschnittene Scheibe Leberwurstbrot gleichmäßig auf die Tischplatte zu schmieren. Nicht irgendeine Tischplatte. Es war wunderschönes dunkles Holz – vielleicht Nussbaum. Dazu gehörten sechs schmale Stühle mit hoher geflochtener Rückenlehne im Retrolook. Hannah mochte diese Art von Einrichtung.

Birgit schien sich nicht an der Tätigkeit ihres Sohnes zu stören und erwartete offensichtlich Anerkennung für diesen Prachtkerl. Hannah musste sich mühen, ein paar verbindliche Worte zu finden.

Offenbar wollte Birgit das Gespräch an dem verschmierten Esstisch führen. Sie plauderte vor sich hin, während sie Gläser und Wein heranholte. Hannah beobachtete fasziniert, wie Leo Leberwurst in seinen Haaren verteilte.

Sie hörte nur halb auf Birgit, die sie ins Vertrauen darüber zog, dass sie noch nicht wieder in der Schule eingestiegen sei, weil sie bezweifelte, dass Leo in einer Kinderkrippe genug Förderung bekäme.

Das Gespräch blieb stockend. Hannah begann, sich zu ärgern, dass sie gekommen war.

»Wirst du denn in der Schule nicht sehnlichst erwartet, oder gibt es eine Vertretung für dich?«, versuchte sie das Gespräch in für sie interessantere Bahnen zu lenken.

»Es gab eine Vertretung für mich. Bis zu den Sommerferien befristet. Sie hat aber jetzt an einer anderen Schule eine feste Stelle gefunden und ist gegangen. Everkamp hatte wohl ziemlich fest damit gerechnet, dass ich nach den Sommerferien zurückkomme und hat sich nicht um Ersatz bemüht. Ich glaube, in Mathe haben sie jetzt einigen Unterrichtsausfall. Aber trotzdem: nicht für Geld und gute Worte würde ich jetzt an die Schule zurückgehen. Und finanziell ist es für uns kein Problem. Norbert verdient gut an der Bank.«

»Was meinst du damit, dass du jetzt nicht zurückgehen würdest?«

Birgit nahm Leo das Brettchen mit den Leberwurstbrotresten weg und wischte kurz über die Tischplatte. Dann strahlte sie Leo an.

»Möchtest du noch einen Joghurt, kleiner Mann?«, hörte eine entsetzte Hannah sie fragen. Sah sie denn nicht, dass das Kind überhaupt keinen Hunger mehr hatte?

Leo gab einen Laut, der wie »Jokuk« klang, von sich und streckte zappelnd die Arme nach dem hingehaltenen Joghurtbecher aus. Wider Erwarten zielstrebig führte er den Löffel mehrere Male zum Mund. Allerdings landete der überwiegende Anteil Joghurt unterwegs auf seinem Pullover oder in seinem Gesicht.

Ohne Notiz davon zu nehmen, führte Birgit das Gespräch weiter.»Es ist schon merkwürdig, was in den letzten zwei Jahren so zusammengekommen ist in der Schule. Erst die Sache mit Marlies, dann Kathrin und jetzt noch der Mord an Daniela.«

Bei Hannah schrillten alle Alarmsirenen. Was redete Birgit da?

»Marlies? Sprichst du von Marlies Tiekötter?«

»Ja sicher. Man kann natürlich nicht alles über einen Kamm scheren, aber so viele Ausfälle in so kurzer Zeit. Das gibt einem schon zu denken.«

»Marlies Tiekötter habe ich schon kurz kennen gelernt. Wieso sprichst du von Ausfall?«

»Na ja, sie hat Anfang des letzten Schuljahres für sechs oder acht Wochen ausgesetzt. So genau kann ich mich nicht erinnern. Ich war schwanger und mit anderen Dingen beschäftigt. Es war alles etwas mysteriös. Niemand wusste genau, was eigentlich mit ihr los war. Everkamp wahrscheinlich schon, aber er hat nichts gesagt. Aber eigentlich waren wir alle nicht überrascht, denn Marlies war wirklich ziemlich am Ende. Das konnte jeder sehen, der es sehen wollte.«

»Wie meinst du das? Körperlich am Ende?«

»Nein, psychisch. Es hat da wohl massive Probleme mit Schülern gegeben. Ein bisschen kann ich das verstehen. Wir haben mittlerweile immer mehr Schüler, die einfach nicht akzeptieren können, dass ihnen jemand Anweisungen gibt, und die meinen, das ganze Leben müsse immer nur Spaß machen. Sie rebellieren, sobald man etwas mehr von ihnen verlangt. Marlies hat so eine unglückliche Art mit Schülern. Die gehen bei ihr auf die Barrikaden bei der kleinsten Kleinigkeit. Warum weiß ich auch nicht. Bei mir ist das nicht so.«

Hannah erinnerte sich an die schnarrende Stimme, die Marlies Tiekötter in bestimmten Situationen bekam und konnte sich irgendwie vorstellen, dass Schüler darauf allergisch reagierten.

»Aber was sie hauptsächlich fertig gemacht hat, ist wohl eher das Verhalten der Kollegen.« Marlies Tiekötter als einzige Jüngere am Tisch der Älteren. Hannah sah diesen ersten Eindruck aus dem Lehrerzimmer noch genau vor sich.

»Ehrlich gesagt, es war nicht fair, wie sie behandelt wurde.«

»Was meinst du damit? Wer hat sie nicht fair behandelt?«

»Wir jungen Kollegen haben uns ja automatisch zusammen getan, als wir immer mehr wurden im Kollegium. Marlies war natürlich ein bisschen komisch. Nicht so kommunikativ. Sie ist Single und hatte automatisch weniger Gesprächsstoff als andere. Aber das wäre ja kein Grund gewesen, sie auszuschließen. Erst bin ich gar nicht recht dahinter gekommen, aber Daniela hat an unserem Tisch im Lehrerzimmer demonstrativ nicht mehr mit ihr geredet. Du musst dir das vorstellen: Marlies sitzt neben ihr, und Daniela unterhält sich ausschließlich mit der Kollegin auf der anderen Seite. Nicht nur einmal, immer wieder. Und andere haben mitgemacht. Viele. Daniela hat auch die Schüler ausgehorcht in der Raucherecke und hat dann verbreitet, welche Probleme Marlies hatte. Wenn Marlies bei einer Konferenz einen Vorschlag gemacht hat, wurde sie sofort niedergemacht. Einmal hat sie eine Fachkonferenz verpasst, deren Termin verlegt worden war. Niemand hatte ihr etwas davon gesagt. Irgendwann hat sie gar nicht mehr den Mund aufgemacht und sich völlig zurückgezogen, war in den Pausen nicht mehr im Lehrerzimmer. Einige meinten, sie säße derweil im Besprechungszimmer, aber niemand scherte sich wirklich darum. Die Gröger vielleicht. Sie hat öfter mit ihr gesprochen. Vielleicht noch Debus und Kochler. Wie gesagt, ich war schwanger und hatte einfach keine Energie, mich darum zu kümmern.«

Leo machte sich jetzt lautstark bemerkbar. Der Löffel hatte sein Interesse verloren, und er rieb sich die Augen. Dieses Kind gehörte ins Bett! Birgit hob ihn aus dem Hochstuhl und setzte ihn sich auf den Schoß. Augenblicklich begann er, mit ihren langen Haaren zu spielen, die nicht ganz leberwurst- und joghurtfrei blieben.

»Nach den Sommerferien fing das Spiel von vorne an. Und dann war Marlies plötzlich weg. Es wurde gemunkelt, aber niemand wusste etwas Genaues. Als sie zurückkam, zog sie sich völlig von den Jüngeren zurück. Yvonne hat sich ein bisschen um sie gekümmert. Die war da schon nicht mehr ganz so auf Daniela fixiert. Entschuldige, über Tote soll man ja nicht schlecht reden, aber es war so. Daniela hat sich immer mit Leuten umgeben, die sie hirnlos angebetet haben. Schwache Leute. Damit sie selbst allen um so strahlender erschien. Die Kollegin, die zwischendurch als Vertretung für mich da war, hat sie sich auch gleich wieder gekrallt. Ich war in gewisser Weise froh, dass ich diesen ganzen Affenzirkus nicht mehr mitmachen musste.«

Hannah hatte plötzlich die magere Yvonne ten Bruyn vor Augen, die ganz genau in das Schema passte, das Birgit von Danielas »Gefolgschaft« skizziert hatte.

»Du hast noch einen anderen Namen erwähnt: Kathrin.«

»Die Sache mit Kathrin ist noch viel schlimmer. Obwohl ich nicht weiß, ob man beides miteinander vergleichen kann. Ich habe Kathrin nur noch ganz kurz kennen gelernt. Sie kam im letzten Schuljahr nach den Zwischenzeugnissen Ende Januar, frisch aus dem Referendardienst. Erst war sie sehr zurückhaltend, aber das sind ja nicht die Schlechtesten. Ich habe später gehört, dass sie sehr beliebt war – bei den Schülern und den Kollegen. Im Sommer haben wir immer einen Grillnachmittag für die Kollegen, und da habe ich sie wieder gesehen. Ich war total erschrocken, wie bleich sie aussah. Und sie war von der Rolle.«

Birgit schien sich nicht ganz schlüssig zu sein, wie viel sie erzählen sollte und schwieg einen Moment. Leo turnte an ihr auf und nieder, aber das störte sie augenscheinlich nicht.

»Die anderen haben mir erzählt, dass sie mit irgendwelchen Personen redete, die gar nicht existierten. Einige Zeit später hat sie für eine Weile ausgesetzt, aber als sie zurückkam, wurde es wieder schlimmer. Am Anfang der Sommerferien ist sie in die Psychiatrie eingeliefert worden, und da ist sie immer noch. Es muss ihr total dreckig gehen. Claudia Gröger hat es mir am Freitag noch bestätigt. Keine Aussicht, dass sie zurückkommt in der nächsten Zeit.«

Hannah sah Everkamp vor sich, wie er von erkrankten Kollegen gesprochen hatte und hörte wieder die Verzweiflung in seiner Stimme. Er nahm sich offenbar sehr zu Herzen, was an seiner Schule unter den Kollegen los war.

»Siehst du da auch einen Zusammenhang mit Daniela Heckert?«

»Nein, eigentlich nicht. Ich glaube nicht, dass Kathrin Pfister unter ihr gelitten hat. Sie war gut anerkannt im Kollegium, und auch bei den Schülern hatte sie sich durchgesetzt. Niemand konnte sich erklären, warum sie so durchgedreht ist. Es kam völlig aus heiterem Himmel, und deswegen waren alle auch so geschockt.«

Hannah musste daran denken, dass gewisse Neigungen zu psychotischen Episoden durchaus erblich bedingt sein konnten und dann oftmals in einer extremen Stresssituation plötzlich erste Symptome auftraten. Das hatte sie in ihrer Beratungspraxis schon des öfteren miterleben müssen. Und einen Berufsanfang konnte man schon als eine außergewöhnliche Belastungssituation betrachten.

»Jedenfalls kommt jetzt der Tod von Daniela wie ein neuer Schlag. Norbert meint, dass ich absolut hysterisch bin. Findest du das auch?«

Wo war die selbstbewusste Birgit geblieben, der nichts und niemand etwas anhaben konnte? Jetzt schaute sie Hannah mit fast ängstlicher Miene an. Was wollte sie hören?

»Ich glaube, da treffen verschiedene Ereignisse einfach zufällig zusammen. Dein Mann hat Recht. Ich verstehe, dass du schockiert bist, aber die Geschehnisse müssen dir keine Angst machen.«

Birgit sah erleichtert aus. »Ich bin froh, dass du das sagst. Manchmal sehe ich Gespenster. Seit Leos Geburt habe ich andauernd irgendwelche Ängste. Du kennst mich von früher, ich habe mir nie große Gedanken gemacht. Aber seit dieser Knirps auf der Welt ist, bin ich anders geworden. Ich habe die ganze Zeit das Gefühl, ihn vor allem und jedem beschützen zu müssen, und ich würde das tun – mit Zähnen und Klauen, wenn es sein müsste. Gut, dass Norbert so gelassen ist. Er kann mich meistens beruhigen, wenn ich mir mal wieder unnötige Sorgen mache.«

Leo quengelte mittlerweile unerträglich. »Muss er nicht ins Bett?«, wagte Hannah zu fragen.

»Ich lasse ihn meistens bis neun Uhr auf, damit er morgens länger schläft. Wofür soll ich schon so früh aufstehen? Norbert wird ja auch allein fertig. Außerdem hat er oft abends noch Termine mit Kunden. Da habe ich Zeit, mich noch um Leo zu kümmern. Aber ich glaube, für heute ist es gut gewesen. Es dauert eine Zeit, bis er eingeschlafen ist. Setz dich doch so lange ins Wohnzimmer.«

Sie legte sich Leo über die Schulter, ermunterte ihn zum Gute-Nacht-Winken und verschwand.

Das Wohnzimmer war ein sehr großer Raum, eigentlich zwei, die durch eine Schiebetür aus milchigem Glas verbunden waren. Wahrscheinlich befand sich Birgits Arbeitszimmer dahinter, aber Hannah wollte nicht neugierig sein. Die Einrichtung sah aus, als sei sie den Prospekten der Einrichtungshäuser entsprungen, die Hannah mit schönster Regelmäßigkeit in den Briefkasten flatterten: eine wuchtige Sitzgarnitur aus Leder in undefinierbar gelbbeiger Farbe, die Formen streng rechtwinkelig, sehr niedrig zum Sitzen, dazu ein ebenfalls äußerst niedriger, wie eine Truhe gestalteter Holztisch inklusive Schubladen unter der Tischplatte. Die Schrankwand aus dem gleichen hellen Holz war mit Nippes in modernen Formen bestückt. Die dominierenden Farben waren weiß und schwarz. In der Mitte prangte ein riesiger Flachbildschirm.

Der Fußboden war aus Parkett, ein entsprechender Teppich noch nicht gefunden oder nicht erwünscht. Insgesamt sah das Ensemble nicht eben tauglich für die Bedürfnisse eines Kleinkindes aus, obwohl überall Spielzeug, Nuckelflaschen und Zwiebackreste verstreut waren.

Es dauerte. Nach einigen Minuten griff Hannah sich eine »Brigitte« von einem gefährlich aufgetürmten Stapel und begann zu lesen. Sie hatte gerade geschlussfolgert, dass es für sie an der Zeit war, sich der Brigitte-woman-Leserschar zuzuzählen, als Birgit endlich erschien und abgekämpft die Tür hinter sich anlehnte.

»Er schläft so schlecht ein. Ich muss mich immer an sein Bett setzen und singen. Das kann manchmal dauern«, erläuterte sie überflüssigerweise. »Er meldet sich dann auch noch häufig. Deswegen muss ich die Tür geöffnet lassen.«

Sie holte eine Tafel Schokolade aus dem Schrank und brach sie geistesabwesend in Stücke. Es sah aus, als wäre das ihr tägliches Ritual, wenn sie es geschafft hatte, Leo in den Schlaf zu singen. Wie konnte sie dabei so schlank bleiben?

»Everkamp ist vermutlich ganz schön sauer auf mich, weil ich ihn so hängen gelassen habe«, knüpfte sie an das vorherige Gespräch an. »Vor allem Mathe ist ja absolutes Mangelfach. Da wird er kaum Ersatz bekommen. Der arme Mann verflucht wahrscheinlich regelmäßig den Tag, an dem er sich von seiner Frau hat überreden lassen, den Schulleiterposten anzutreten.«

»Ach, du meinst, er wollte es gar nicht?« Für Hannah erklärte diese Information so einiges.

»Ehrlich gesagt, ich weiß das nur von den älteren Kollegen, weil es lange vor meiner Zeit an der Schule war. Manchmal wird noch darüber getratscht, dass seine Frau wohl sehr ehrgeizig ist und ihn und auch den Sohn Michael zu immer mehr

Leistung getriezt hat. Gesehen habe ich sie noch nie. Sie kommt zu keiner Veranstaltung mehr, nicht mal zum Abschlussball, wenn viele Kollegen ihre Partner mitbringen. Kein Wunder, wenn man den Kollegen glauben darf.«

»Wieso? Er hat doch alles erreicht, was sie wollte. Sie könnte sich doch in seinem Glanz sonnen!«

Hannah sah ungläubig, dass Birgit schon fast die Hälfte der Schokolade verputzt hatte. Sie schien jetzt mehr und mehr in ihrem Element.

»An ihrer Stelle würde ich die Schule auch meiden. Es soll da nämlich ein Techtelmechtel gegeben haben zwischen einer Kollegin und Everkamp. Angeblich ist der Chef in der Zeit total aufgeblüht. Ob sich da wirklich etwas abgespielt hat, ist äußerst umstritten, aber die Kollegin hat sich versetzen lassen, dummerweise genau bevor ich an die Schule gekommen bin, an irgendein anderes Berufskolleg. Seitdem hat Everkamp jeglichen Schwung verloren, die Schule im Griff zu halten, sagen die Älteren. Ich kann es nicht beurteilen, ich kenne ihn ja nur so. Ja, und dann ist ja letztes Jahr auch noch sein Sohn gestorben. Das hat ihm wohl den Rest gegeben.«

»Ich hörte davon. Das muss sehr hart gewesen sein.«

»Die schlimmste Beerdigung, die ich je mitgemacht habe. Kein Vater und keine Mutter sollte die eigenen Kinder überleben. Grauenhaft.«

Unvermittelt sprang sie auf. »Das ist Leo. Bin gleich wieder da.«

Hannah hatte gar nichts gehört, aber sie hatte ja auch nicht gelauscht. Halb zehn. Ob sie sich schon verabschieden konnte, ohne allzu unhöflich zu wirken? So ganz wohl war ihr nicht dabei, so viel Insider-Wissen über Menschen zu bekommen, mit denen sie beruflich zu tun hatte. Sie wollte gerade wieder zur »Brigitte« greifen, als Birgit zurückkam.

»Falscher Alarm. Er träumt. Nimm doch noch etwas Wein!«

Wie Hannah befürchtet hatte, begann Birgit, sie über ihr Privatleben auszuhorchen. Warum sie umgezogen war, ob sie schon neu die Fühler ausgestreckt hatte, ob sie schon mal an Online-Dating gedacht habe. Sie sah nicht ein, was Birgit das alles anging und antwortete so ausweichend wie möglich. Eine Viertelstunde später war sie erleichtert, als Birgits Ehemann nach Hause kam. Nach ein paar Minuten Smalltalk konnte sie sich mit Anstand verdrücken. Sie hatte nur zwei Stückchen Schokolade gegessen. Heroisch! Norbert verzehrte die kläglichen Reste.

Der Fußweg nach Hause tat ihr gut. Nasskalte Luft, aber immerhin regnete es nicht. Auf der Hammer Straße waren noch ein paar Radfahrer und Autos unterwegs, aber die meisten Menschen saßen sicherlich in der warmen Stube. Auf sie wartete niemand, dem sie von dem Besuch bei Birgit hätte erzählen können. Der einzige, der sich dafür interessiert hätte, wäre Heidmeier gewesen. Er hatte sich nicht gemeldet, aber damit war auch nicht zu rechnen gewesen, nicht nachdem sie ihn gestern so kühl abgefertigt hatte.

Einen Moment sinnierte sie noch über die Ereigniskette, die Birgit konstruiert hatte. Sie hatte davon gehört, dass Frauen nach der Geburt eines Kindes sensibler werden für Bedrohungen, die sie und damit auch ihr Kind treffen könnten, und sie war geneigt, Birgits Erzählungen so einzuordnen. Das musste ja nicht heißen, dass die Bedrohung real war, sie war nur empfunden. Aber so ganz konnte Hannah sich selbst nicht überzeugen. Jedenfalls war sie froh, als sie ihre Wohnungstür hinter sich schließen konnte.

Dienstag, 3. November

Es war genau drei Minuten nach zwölf, als Heidmeiers Anruf zu ihr durchgestellt wurde.

»Wie sieht es mit Ihrem Terminplan aus? Haben Sie heute eine Lücke für mich?«

»Sie haben Glück. Der Termin für ein Uhr ist heute Morgen abgesagt worden. Der Junge ist schwer erkältet, und Mama wollte ihm nicht noch zumuten, bei diesem Wetter hierher radeln zu müssen.«

Sie redete mal wieder komplett unwichtiges Zeug, aber sie wollte auf keinen Fall, dass er merkte, wie sehr sie sich über seinen Anruf freute.

»Und jetzt haben Sie Mittagspause. Wie wäre es, wenn wir uns in einer viertel Stunde im Café 99 treffen würden?«

Kaum hatte sie aufgelegt, wurde sie nervös. Gut, dass sie heute die neue schwarze Strickjacke angezogen hatte. Was würden die Kollegen sagen, wenn sie im Café 99 mit einem Mann aufkreuzte? Hoffentlich hörte der Regen bald auf! Sie war verrückt: sie wollte ihn sich doch abschminken.

Wie immer erledigten sich die meisten Probleme von allein. Als sie mit leichter Verspätung am Café eintraf, wartete Heidmeier vor der Tür.

»Es ist absolut überfüllt da drin. Keine Chance auf einen Tisch. Was jetzt?«

»Wenn Sie nichts dagegen haben, ein Stückchen zu laufen, können wir zum Café Speciale gehen.«

»Warum nicht? Wo geht es lang?«

Sie gingen die wenigen Meter bis zur Promenade, wo Hannah das unangenehme Schweigen brach.

»Was macht Ihr Fall? Kommen Sie weiter?«

Sie glaubte ihn seufzen zu hören, war aber nicht ganz sicher.

»Im negativen Sinne ja. Dass Christian Diekbrede ein Alibi hat, wissen sie ja schon. Seit gestern steht fest, dass Manuel Gruska ebenfalls nicht als Täter in Frage kommt. Obwohl er bis jetzt noch der mit dem klarsten Motiv ist.« Sie wollte nicht neugierig erscheinen und wartete, ob er noch mehr dazu sagen würde.

»Sie werden es nicht glauben, aber unser Fan gruseliger Gothic-Auftritte hat den ganzen Samstag seinem Vater im Garten beim Fällen eines Baumes und Beschneiden von Büschen geholfen. Er gibt eine Reihe von Nachbarn, die bestätigen, die beiden den ganzen Tag lang gesehen zu haben. Gruska hatte schlicht keine Zeit, nach Münster zu fahren und Daniela Heckert zu erschlagen. Aber seine kleine Show am Freitag bei der Trauerfeier hat er sehr genossen. Als ich ihm das auf den Kopf zugesagt habe, hat er zugegeben, dass es Rache war an der Schule, am Kollegium, weil er seiner Meinung nach zu Unrecht hängen geblieben ist. «

»Ich bin froh, dass er es nicht war. Ein Schüler! Das wäre ja nicht auszudenken gewesen!«

»Dabei war da noch viel mehr, als wir zunächst vermutet haben, zwischen der Heckert und ihm. Er hat zugegeben, dass er im Deutschunterricht einen selbstverfassten Text vorgelesen hat, über den sie sich lustig gemacht hat. In der Raucherecke hat sie ihn daraufhin immer als ›unser Poet‹ tituliert. Darunter hat er wohl sehr gelitten. Diese Heckert muss ein ziemliches Biest gewesen sein.«

»Das vermute ich auch. Ich habe gehört, dass sie auch im Kollegium eine üble Rolle gespielt haben soll. Ausgrenzung von Kollegen ...«

»Woher wissen Sie das?«

»Am Freitag bei der Trauerfeier habe ich eine Lehrerin getroffen, die im Moment ist Elternzeit ist. Sie ist die Schwester einer alten Schulfreundin von mir. Ich habe sie gestern Abend besucht.«

»Wie Sie immer an diese erstklassigen Informationen kommen! Und hat diese alte Bekannte noch mehr erzählt?«

Heidmeier berührte Hannah gelegentlich leicht am Arm, um sie vor einem heranrauschenden Radfahrer in Sicherheit zu bringen oder einem joggenden Pärchen auszuweichen. Sie musste sie sich konzentrieren auf das, was sie ihm von dem Gespräch mit Birgit mitteilen konnte. Jedenfalls nicht alles. Soviel stand fest. Dieser Klatsch über Everkamp beispielsweise ging Heidmeier nichts an.

»Sie hat erwähnt, dass es durchaus junge Kollegen mit massiven Problemen gibt. Aber ein direkter Zusammenhang mit dem Mord besteht nicht. Diese Kollegin, von der sie sprach, hat auf keinen Fall Probleme mit Daniela Heckert gehabt.«

»Die Tote gibt mir ehrlich gesagt immer größere Rätsel auf«, warf Heidmeier ein. »Wir haben gestern ihren Frauenarzt ausfindig gemacht. Sie ist dort am Freitag vor ihrem Tod zum Schwangerschaftstest erschienen, und er erinnert sich genau, dass sie nach dem negativen Ergebnis völlig verstört war. Nicht als ob sie traurig gewesen wäre. Sie konnte einfach das Ergebnis nicht begreifen, weil sie anscheinend wirklich wochenlang in der Annahme gelebt hatte, dass sie schwanger sei. Mindestens sechs bis sieben Wochen. Und das als Biologielehrerin!«

»Hatte sie denn einen Schwangerschaftstest aus der Apotheke gemacht?«

»Das ist ja das Merkwürdige. Das hatte sie nämlich wohl nicht. Zumindest hat der Arzt das so verstanden. Sie hatte körperliche Symptome, die auf eine Schwangerschaft hindeuteten, hat ihre Vermutung aber nicht weiter abgesichert. Der Frauenarzt hat von einer Scheinschwangerschaft gesprochen.«

»Wirklich sehr seltsam. Obwohl – von Scheinschwangerschaften hört man ja ab und zu, aber im Regelfall sind das Frauen, deren intensiver Kinderwunsch lange unerfüllt bleibt und die sich dann irgendwann Schwangerschaftsymptome einbilden.«

»Und so ausgeprägt schien der Wunsch, Nachwuchs zu bekommen, bei Daniela Heckert nicht gerade zu sein« , ergänzte Heidmeier. »Ich habe noch recht genau im Ohr, wie ihr Verlobter uns erzählt hat, dass sie eigentlich gar nicht schwanger werden wollte.«

»Stimmt, ich erinnere mich. Hat Daniela Heckert eigentlich nicht die Pille genommen?«

»Doch, aber sie glaubte, dass sie wegen einer Magen- und Darminfektion vor Wochen nicht geschützt gewesen sei. Das passte aus ihrer Sicht ja zeitlich ganz gut zusammen. Aber alles in allem begreife ich nicht, was in dieser Frau vorgegangen ist. Und es kommt noch besser! Höllmann hat bei der Untersuchung ihres PCs herausgefunden, dass sie Kontakt zu ihrem Vater in Norwegen aufgenommen hat, in Molde, nie gehört, wo das ist. Jedenfalls ist der Inhalt dieser E-Mails reichlich bizarr. Wir versuchen seit Tagen, diesen Mann zu erreichen, aber er ist wohl auf einer Montage.«

»Molde ist einer der schönsten Orte, die ich kenne. Wenn man abends in einem der kleinen Restaurants am Hafen sitzt, kann man auf der anderen Seite des Fjords das Panorama von über siebzig Bergen im Abendlicht genießen. Die Sonne färbt das Wasser in Farben von hellblau bis lila und gegen halb zehn treffen sich jeden Abend im Hafen das nordgehende und das südgehende Schiff der Hurtigrute. Die Schiffe kündigen sich durch ein markerschütterndes Signal an. Und die Norweger flanieren bei 20 Grad in leichtester Sommerbekleidung im Hafen auf und ab. – Ich war da mal mit dem Wohnmobil«, beendete Hannah im Plauderton ihren Ausflug in die Vergangenheit. Dass sie dort mit Steffen gewesen war, der dauernd wegen des Wetters unzufrieden war und Berge und Sonnenuntergänge unspektakulär fand, brauchte sie Heidmeier ja nicht auf die Nase zu binden.

»Waren Sie schon mal in Schottland?«, fragte er.

»Nein, aber ich stelle es mir traumhaft vor.«

»Mehr als das.«

»Wir sind da!« Sie wies auf das Café Speciale, das etwas zurückgesetzt von der Promenade lag. Die Tische und Stühle draußen waren angesichts des Wetters auf ein Minimum reduziert und angekettet worden. Sie war noch nie hier gewesen und genoss die freundliche Atmosphäre, die Geräumigkeit, die Helligkeit. Es gab überwiegend sehr große Tische für mindestens sechs Personen, aber die meisten waren nicht voll besetzt. Sie steuerten auf einen der wenigen freien Tische am Fenster zu. Heidmeier nahm ihr die Jacke ab und brachte sie zur Garderobe. Endlich hatte sie die Gelegenheit, ihn intensiver zu mustern: anthrazitfarbener Pullover, kariertes Hemd, Jeans. Er sah umwerfend gut aus und …

»Eine Brille. Ist die neu?«, platzte es unwillkürlich aus ihr heraus.

Er hob das Brillengestell mit einem Finger leicht an.

»Funkelnagelneu! Ich habe sie heute Morgen erst abgeholt.«

»Steht Ihnen ausnehmend gut. Passt zu Ihrem Gesicht.«

»Da bin ich ja erleichtert. Ich hatte am Samstag ziemlich damit zu kämpfen, mich gegen meine Tochter durchzusetzen, die mir wärmstens eine dieser dunklen Hornbrillen im 50er-Jahre-Stil empfohlen hat. Sie war wirklich gekränkt, weil ich lieber dieses unauffällige Modell haben wollte.«

»Sie haben eine Tochter?«, fragte sie, während sie sich scheinbar intensiv mit der Speisekarte beschäftigte.

»Gesine, macht im nächsten Sommer Abitur. Sie lebt bei ihrer Mutter in Xanten, aber sie spielt mit dem Gedanken, hier in Münster zu studieren.«

»Sie klingen nicht so begeistert.«

»Doch, irgendwie fühle ich mich geschmeichelt. Aber ich bin dann auch näher dran an all ihren Eskapaden.«

»Ich erinnere mich dunkel, dass ich mich nach dem Abitur heftig abgenabelt habe von meinen Eltern.«

»Ich hoffe es. Gesine ist nicht gerade das, was man ein pflegeleichtes Kind nennt.«

»Ich kann Ihnen da eine gute Beratungsstelle nennen. Eigentlich ist das Angebot zwar für Kinder und Jugendliche bis 18. Wir machen aber Ausnahmen in begründeten Einzelfällen. Vielleicht kann ich da etwas für Sie tun«, sagte Hannah verschmitzt.

Sie lachten und bestellten dann bei der jungen Kellnerin.

Heidmeier wurde wieder sachlicher: »Um auf den Fall zurückzukommen. Ich glaube, ich muss noch mal mehr oder weniger von vorne anfangen und alle möglichen Zeugen vernehmen. Jemand muss doch eine Idee haben, warum Daniela Heckert sich so verändert hatte.« Er schien sich selbst Mut zuzusprechen.

»An wen denken Sie?«, fragte Hannah nach.

»Ihre Freundin, diese Anja Schlüter, die wir letzte Woche bei Christian Diekbrede getroffen haben. Wenn die wirklich so gut befreundet waren, müsste sie doch gespürt haben, dass irgendetwas mit Daniela Heckert passiert ist. Leider ist sie bis morgen Abend auf einer Klassenfahrt in Berlin, sonst hätte ich sie schon längst vernommen. Ich muss auch unbedingt herausfinden, was die Heckert an dem Freitag nach dem Arzttermin gemacht hat. Sie hat dort nicht den Eindruck hinterlassen, dass sie sich ungerührt an den Schreibtisch setzt und Klausuren korrigiert. Bis ihr Verlobter um halb sechs nach Hause gekommen ist, kann alles Mögliche passiert sein. Dann werde ich der Familie ihres Verlobten auf den Zahn fühlen. Vielleicht gibt es da wirklich tief sitzende Vorbehalte, von denen wir noch nichts wissen.«

»In der Schule gibt es durchaus Leute, die gemerkt haben, dass sie sich verändert hatte«, sagte Hannah wie beiläufig. »Hat sich eigentlich schon jemand aus dem Kollegium bei Ihnen gemeldet? Sie hatten doch Ihre Visitenkarten im Lehrerzimmer gelassen.«

»Nur eine einzige Person.«

»Claudia Gröger.«

Er schaute sie verblüfft an. »Wie kommen Sie denn auf diesen Namen?«

»Keine Ahnung. Sie kam mir spontan in den Sinn.«

»Erstaunlich. Ihre Intuition, meine ich. Wenn Sie es schon erahnen: Es war tatsächlich Claudia Gröger, die mich angerufen hat. Sie hatte nichts Konkretes mitzuteilen, außer dass alle Kolleginnen meinten, dass Daniela Heckert schwanger sei. Das wussten wir ja schon. Allerdings hat Claudia Gröger sehr betont, dass ihre Kollegin durch die Schwangerschaft zugänglicher geworden sei, freundlicher, kollegialer. Claudia Gröger sprach sogar von lockerer. Sie wollte sich aber nicht genauer äußern, was sie damit meinte.«

»Wenn ich mich recht entsinne, hat Daniela Heckerts Verlobter ähnliche Worte gewählt, um die Veränderung seiner Freundin zu beschreiben.«

»Stimmt. Unverständlich, wo sie doch gar nicht schwanger war. Was ist denn bloß mit ihr passiert?«

»Hört sich für mich an, als sei sie frisch verliebt gewesen. Sie ging freudestrahlend auf alle zu, als könne sie die ganze Welt umarmen.«

Sie war sicher, dass sie rot wurde. Heidmeiers kurzes Schweigen deutete an, dass er es bemerkt hatte, aber er ging nicht darauf ein.

»Ich habe schon daran gedacht, genauer heraus zu finden, ab wann sie glaubte, schwanger zu sein. Es gibt da sicher Kolleginnen, die das genau wissen. Bei einem Gespräch unter vier Augen fällt der einen oder anderen unter Umständen doch etwas ein, was uns weiterhelfen könnte.« Hannah war ihm dankbar, dass er das peinliche Thema Verliebtheit nicht vertiefte.

»Und was ist mit Mehdi ben …?«, lenkte sie ihn weiter ab.

»Wir können ihn nicht von der Liste streichen. Ich werde ihn noch einmal verhören. Vielleicht bringt er doch noch ein Alibi zusammen, Brötchen holen oder irgendetwas. Wir werden aber auch mit seinem Foto die Nachbarschaft von Daniela Heckert in der Querstraße befragen, ob er dort schon mal gesehen wurde, speziell natürlich an dem Samstag.«

»Er hat mir übrigens bei der Trauerfeier gesagt, dass Daniela Heckert ihn angemacht hat, nicht umgekehrt. Es klang durchaus überzeugend, dass er sich aus ihr nichts gemacht hat. Er hat sie als leer bezeichnet.«

»Das ist in vier Buchstaben wahrscheinlich eine ganz treffende Charakterisierung der Dame. Mich wundert, dass er Ihnen das erzählt hat. Sie müssen sehr viel Vertrauen wecken! Sie haben doch höchstens drei Minuten mit ihm gesprochen.«

»Gehört zu meinem Job«, gab sie zurück. »Mir fällt gerade ein, dass dieses Verhalten eigentlich gar nicht zu Daniela Heckerts Typ passt. Sie war doch ihrem Christian absolut treu. Seit dem Sandkasten. Wieso macht sie plötzlich einen wildfremden Mann an?«

»Torschlusspanik vor der Hochzeit und wegen der Schwangerschaft?«

»Es wäre interessant zu wissen, ob sie sich auch den Kollegen gegenüber anders verhalten hat, lockerer oder – wie meinte ihr Verlobter – sinnlicher?«

Ihre Suppen kamen. Hannah löffelte mechanisch.

»Bis jetzt habe ich noch bei jedem Verdächtigen gehofft, dass er es nicht war. Warum kann es nicht so ein kalter Fisch gewesen sein, den man nicht bedauern kann?«

»Zum Beispiel?«, fragte Heidmeier. Vorsichtig schlürfend testete er die Temperatur der Suppe.

»Matschinsky, Everkamps Stellvertreter. Der hat doch tatsächlich die Unverfrorenheit besessen, nicht zur Trauerfeier zu kommen, weil es sein freier Tag war. Nicht eben angemessen für einen stellvertretenden Schulleiter! Oder diese künstlich faltenlose Müller-Rath. Völlig emotionslos. Schrecklich, diese Frau!«

»Die weitaus meisten Morde werden aus großen Emotionen heraus begangen. Kalte Fische morden nur bei Raub oder ähnlichen Fällen, die viel Aufmerksamkeit bekommen in den Medien. Mordende Menschen sind normalerweise hochemotional.«

In dem Moment sah sie zwei Frauen auf ihren Tisch zukommen, offensichtlich Mutter und Tochter, die sich, nach der Anzahl der mitgeführten Plastiktüten zu schließen, ausführlich dem Einkaufen gewidmet hatten. Inzwischen waren alle Tische im Café besetzt, und die neu Hereinströmenden waren dazu übergegangen, sich zu anderen hinzu zu setzen. Es erwischte auch sie: »Sind diese Stühle noch frei?«

Heidmeier setzte ein strahlendes Lächeln auf. »Wenn es Ihnen nichts ausmacht, wären wir Ihnen sehr dankbar, wenn Sie sich an einen anderen Tisch dazu setzen könnten. Wir haben einiges zu bereden.«

Die Dame drehte mit einem Hannah streifenden Blick ab, Tüten und Tochter im Schlepptau.

»Sie können ja sehr charmant überzeugend sein«, sagte Hannah bewundernd. Sie hätte das nie so hin bekommen.

»Finden Sie?« Heidmeier machte ganz auf harmlos und lächelte.

»Kommen Sie, wickeln Sie die Leute immer so geschickt ein?«

»Das habe ich wohl von meiner Mutter. Die hatte unsere ganze Familie im Griff. Meine beiden Brüder, meine Schwester, mich und meinen Sturkopf von Vater. Sie hat uns immer Entscheidungsspielraum gegeben, sodass wir uns nie bevormundet vorkamen, aber in Wirklichkeit hat sie die großen Linien vorgegeben.«

»Leben Ihre Eltern noch?« Was fragte sie ihn da eigentlich aus?

»Ja, beide. Ein fideles Rentnerpaar, sehr froh und stolz, dass sie uns vier so weit hin bekommen haben.«

»Das klingt gut.«

»Das ist es auch. Ich kann mich über meine Eltern nicht beklagen. Und Sie?«

»Mein Vater ist gestorben. Vor vier Jahren. Meine Mutter kommt klar, aber sie hätte gern mehr Enkelkinder. Meine Schwester wohnt nämlich in Köln. Zu weit entfernt für meine Mutter, um intensiven Kontakt zu ihren Enkelkindern halten zu können.«

Hannah fühlte sich unbehaglich. Sie konnte ihm schlecht erläutern, dass in den letzten Jahren eher ihre Schwiegereltern das vorherrschende Problem gewesen waren. Und sie wollte auf keinen Fall das Thema der fehlenden Enkelkinder vertiefen. Am liebsten hätte sie sich auf die Zunge gebissen, weil sie überhaupt davon angefangen hatte.

Heidmeier bemerkte ihr Zögern und wechselte das Thema.

»Sind Sie nicht am Freitag noch einmal in der Schule? Ich überlege, ob ich meine Vernehmungen der Lehrer nicht gebündelt vor Ort mache. Vielleicht wäre es ganz gut, wenn Sie auch dort sind. Ich weiß, dass Sie unter Schweigepflicht stehen, aber Sie könnten die Stimmung im Kollegium erfassen. Das würde mir sehr helfen.«

Hannah wusste nicht so recht, ob sie sich geschmeichelt oder ausgenutzt vorkommen sollte.

»Ich habe mit Everkamp verabredet, dass ich um neun da sein werde. Dann werden wir ja weiter sehen.« Sie schaute auf die Uhr. »Ich muss dringend los. Ich muss mich noch etwas auf den nächsten Fall vorbereiten.«

Während sie auf die Rechnung warteten, unterhielten sie sich über das Publikum im Café Speciale. Er half ihr wieder in die Jacke. Daran könnte sie sich gewöhnen. Vor dem Eingang verabschiedete er sich.

»Mein Auto steht in entgegengesetzer Richtung. Bleiben wir in Verbindung?«

Sie nickte, was immer das auch heißen mochte. Statt über die Promenade ging sie über die parallel verlaufende Schützenstraße, an deren Ende die Beratungsstelle lag. Hier musste sie nicht so auf Radfahrer aufpassen, konnte in Ruhe ihren Gedanken nachhängen, und der Weg war ein bisschen kürzer. Was sollte sie von Heidmeier halten? Es war seine Tochter, nicht seine Freundin, mit der er Samstag in der Stadt gewesen war. Wahrscheinlich war er solo. Er erzählte ihr private Dinge, aber er versuchte auch, über sie in seinem Fall weiterzukommen. Sie drehte sich im Kreis.

Immer noch Dienstag, später Nachmittag

Als Marlies Tiekötter zögerlich den Beratungsraum betrat, hatte Hannah noch zwei weitere anstrengende Gespräche hinter sich gebracht. Sie fühlte sich absolut reif für den Feierabend. Diesen Termin hätte sie nicht auch noch annehmen sollen.

Ein paar Minuten später hatte Hannah ihre Erschöpfung erfolgreich verdrängt. Marlies Tiekötter brauchte wirklich Hilfe. Sie war völlig am Ende. Sehr schnell kam sie zum Kern der Sache.

»Sie haben ja mitbekommen, wie ich neulich ausgerastet bin bei dem Schüler in der 11a. Er hat mich provoziert, meine Note für die Klausur angezweifelt. Er bringt die ganze Klasse gegen mich auf. Ich kann damit einfach nicht ruhig und sachlich umgehen. Das passiert mir immer wieder, und es macht mir Angst. Everkamp darf auf keinen Fall wissen, was da geschehen ist. Er glaubt, dass ich es jetzt einigermaßen im Griff habe. Ich weiß nicht, ob er mich noch einmal deckt.«

»Was meinen Sie damit – Sie decken?«

»Ich habe letztes Jahr ein paar Wochen aussetzen müssen, weil es nicht mehr ging. Alle Kollegen ahnen, dass ich psychische Probleme hatte, aber nur Everkamp weiß, wie schlimm es wirklich gewesen ist.«

Marlies Tiekötter holte tief Luft, griff sich einen der auf dem Schreibtisch liegenden Flyer mit Angeboten der Schulberatungsstelle und rollte ihn auf. Manche Klienten zerdrückten ein Taschentuch. Marlies den Flyer.

»Damals fing es so ähnlich an. Die Probleme mit den Schülern wuchsen mir über den Kopf. Ich konnte mit niemandem darüber reden. In den Pausen habe ich mich ins Besprechungszimmer gehockt und immer gehofft, dass keiner rein will und merkt, dass ich da ganz allein sitze. Irgendwann hat es dann angefangen.«

»Es ist gut, wenn Sie das aussprechen«, versuchte Hannah sie zu bestärken.

»Heute weiß ich, dass es nur ein Knacken in der Heizung war. Aber damals dachte ich, es wäre eine Mikrophonanlage, die zum Abhören installiert worden ist. Oben an der Decke ist so ein Kästchen. Da ist eine Lampe verlegt worden. Ich war aber sicher, dass es eine Kamera ist, die mich beobachtet. Ich habe überlegt, wer sie dort angebracht haben konnte: die Schüler, die Kollegen, Everkamp? Wahrscheinlich steckten sie alle unter einer Decke und wollten mich aus der Schule heraus ekeln. Und dann waren plötzlich Kameras in allen Klassenräumen, in denen ich unterrichtete. Es war mir klar, dass die Kollegen vor dem Bildschirm im Lehrerzimmer saßen und sich totlachten über meine kläglichen Versuche, in den Klassen die Kontrolle zu behalten. Wenn ich mal ins Lehrerzimmer musste, standen sie in kleinen Gruppen zusammen und lachten über mich. Sie haben es gar nicht verheimlicht! Immer drehte sich jemand zu mir um und grinste mich an. Claudia Gröger war ihre Chefin. Sie hat mich unter Druck gesetzt und mich zur Aufgabe überreden wollen. Dann gab es ein Gespräch bei Everkamp. Einige Schüler waren dabei. Ich habe gar nichts mehr gesagt. Es wäre ja doch alles verdächtig erschienen.«

Was für eine schreckliche Verzerrung der Wirklichkeit! Hannah erinnerte sich an Birgits Erzählung, dass Claudia Gröger zu denen wenigen gehört hatte, die Marlies Tiekötter hatten helfen wollen. Es war alles so typisch, vor allem der Wahn, immer und überall beobachtet und verfolgt zu werden. Wie sie befürchtet hatte, steigerte sich Marlies Tiekötters Geschichte noch.

»Danach hat Everkamp gesagt, ich solle mich krankschreiben lassen. Ich bin mit dem Zug nach Hause gefahren. Auf dem Bahnhof stand eine merkwürdige Gestalt. Auf einmal war mir klar, dass es der Tod war. In Verkleidung. Er wollte mich auf die Gleise stürzen, vor den Zug. Aber er hat mich nicht erwischt. Ich war schlauer.«

Sie lächelte versonnen in sich hinein. »Irgendetwas hat mich gerettet. Vielleicht mein Überlebenswille. Zu Hause habe ich mich eingeigelt. Ich wollte erst nicht zu meinem Hausarzt gehen, weil er ja auch ein Teil der ganzen Verschwörung gegen mich war. Nach ein paar Tagen ging es mir besser. Meinem Hausarzt habe ich diese Geschichte nur angedeutet. Er hat mir Beruhigungsmittel verschrieben und mich einige Male für mehrere Wochen krankgeschrieben. Ich fühlte mich nicht mehr verfolgt, aber die Angst vor der Schule und den Schülern blieb.«

Hannah war geschockt. Dies waren die klassischen Symptome einer psychotischen Episode, und Marlies Tiekötter hatte keinerlei Hilfe gehabt außer ein paar Beruhigungstabletten. Der Hausarzt hatte entweder keine Ahnung, oder er hatte sich mit dem Fall nicht belasten wollen, oder er hatte sie nicht als Patientin verlieren wollen. Sie hätte auf jeden Fall zu einem Psychiater überwiesen werden müssen. Wie sollte sie Marlies Tiekötter helfen?

»Es ist gut, dass Sie hierher gekommen sind. Was Sie letztes Jahr erlebt haben, kann einmalig gewesen sein, aber es ist wichtig, dass Sie herausfinden, was Ihnen solche Probleme in der Schule bereitet. Damit Sie sich sicherer fühlen. Es gibt viele Lehrer, die ähnliche Probleme haben. Aber in den meisten Kollegien wird nicht darüber geredet.«

»Bei uns schon gar nicht! Jedenfalls nicht unter den jungen Kollegen. Dafür hat Daniela gesorgt. Und die Älteren können sich überhaupt nicht mehr in uns Jüngere hinein versetzen. Dass ich nicht die einzige mit Problemen bin, ist mir aber klar. Bei Kathrin ist es ja noch viel schlimmer.«

Jetzt musste Hannah so tun, als wüsste sie nicht, von wem Marlies Tiekötter sprach. Verdammt, sie war inzwischen so vielfältig in diesen Fall verwickelt, dass sie ungeheuer aufpassen musste, was sie sagte. Wo blieb die Echtheit gegenüber dem Klienten?

»Ist Kathrin eine Kollegin?«, heuchelte sie.

»Sie kam letztes Jahr im Winter. Ich hätte nie gedacht, dass sie es nicht schaffen würde. Sie kam gut mit allen aus. Na gut, sie war Anfängerin und hat Fehler gemacht, hat den Schülern zu viel geglaubt, Termine verpasst. Aber das ist alles normal. Eines Tages stand sie in der Halle vor dem Kreuz und murmelte vor sich hin. Nicht nur einmal, immer wieder. Die Schüler haben sich kaputt gelacht. Die haben schon viel eher als die Lehrer gemerkt, dass mit Kathrin etwas nicht stimmte. Die Schüler sind wohl zu Everkamp gegangen, weil sie gar keinen richtigen Unterricht mehr machte und von irgendwelchen Erscheinungen erzählte, und nach den Sommerferien war sie plötzlich weg. In der Psychiatrie. Alle wissen es. Sie wollte es wohl auch nicht verheimlichen.«

»Das muss man ja auch nicht. Solche psychischen Erkrankungen können jeden treffen. Wenn jemand eine schwere körperliche Krankheit hat, wird das ja auch nicht verschwiegen.« Wie oft Hannah diese Erklärungen schon gegeben hatte, wusste sie nicht mehr zu zählen.

»Jedenfalls ist sie ist schon seit Monaten im Krankenhaus. Es geht ihr erst ganz langsam besser. Ich habe solche Angst, dass ich da auch lande! Sie können sich gar nicht vorstellen, wie real mir das alles erschien, was ich damals gehört und gesehen habe. Wenn ich das noch mal durchmachen muss, weiß ich nicht, ob ich das überstehe.«

Ihre Verzweiflung war für Hannah fast greifbar. Sie begriff nun, warum Marlies Tiekötter ihr so ausführlich von ihrer Kollegin Kathrin erzählt hatte.

»Ich kann verstehen, dass Ihnen so ein psychiatrisches Krankenhaus erst mal Angst macht. Es ist ja auch ein sehr großer Einschnitt, wenn man stationär behandelt werden muss. Aber in manchen Fällen ist es besser, wenn die Patienten in einem Schonraum leben und sich erst langsam wieder auf das Leben im normalen Alltag einstellen können.«

Marlies hatte den Flyer inzwischen so klein gefaltet, dass nur noch ein unförmiger Knubbel übrig geblieben war, den sie knetete wie einen Massageball.

»Das stimmt wohl. Kathrin ist es auch noch viel schlechter gegangen als mir. Und in Coesfeld wird ihr wirklich geholfen.«

»Coesfeld? Sprechen Sie vom St. Vitus-Hospital?«

»Ja, kennen Sie das?« Marlies starrte unentwegt auf den Knubbel, ihre Stimme verriet Erstaunen.

»Ich habe davon gehört. Es soll wirklich eine sehr gute Einrichtung sein. Die beste weit und breit. Sagen Sie, haben Sie Ihre Kollegin dort besucht?«

»Ich besuche sie jeden Freitag. Schon seit Monaten. Sie kommt ja aus Süddeutschland. Aus der Nähe von Erlangen. Dort wohnen ihre Eltern und Geschwister. Die können sie natürlich nur sehr selten besuchen. Everkamp kommt alle zwei Wochen mittwochs, und ein paar andere Kollegen waren auch schon mal da. Aber ich fahre jede Woche hin. Sie weint jedes Mal, wenn ich gehe, auch wenn ihre Eltern oder Geschwister gehen. Es muss furchtbar sein, dort bleiben zu müssen, während alle anderen mit ihrem normalen Leben weitermachen können.«

»Ich finde es sehr mutig von Ihnen, dass Sie sich dem stellen und nicht davor weglaufen. Und Ihrer Kollegin tut es doch sicher sehr gut, dass jemand so treu zu ihr steht.«

Zum ersten Mal schaute Marlies Tiekötter Hannah direkt ins Gesicht.

»Finden Sie? Es ist doch selbstverständlich, dass ich sie nicht hängen lasse.«

Himmel, diese Frau schien ja niemals ein Lob zu bekommen. Sie war gar nicht in der Lage, eines anzunehmen. Hannah wusste, dass sie mit Marlies Tiekötter noch sehr viel Arbeit vor sich hatte. Dabei waren ihre Probleme mit den Kollegen noch gar nicht angesprochen worden. Entweder wollte sie damit nicht herausrücken, oder sie merkte gar nicht, dass sie von den anderen ausgeschlossen wurde. Auch so etwas hatte Hannah schon erlebt. Diese Frau hatte überhaupt kein Vertrauen in Menschen und vor allem keinen Funken Vertrauen in sich selbst. Zudem zweifelte Hannah, ob Marlies Tiekötter angesichts der Massivität ihrer Probleme nicht eine weitergehende Behandlung brauchte, als die Beratungsstelle ihr bieten konnte. Aber zunächst einmal ging es jetzt nur um eine schnelle Entlastung, bis die gesamte Problematik abgeklärt war.

»Könnten Sie sich vorstellen, einem Ihrer Kollegen oder Kolleginnen von dem Problem mit diesem Schüler neulich zu erzählen? Vielleicht jemandem, der den Schüler auch kennt?«

Nach einigem Zögern fiel Marlies Tiekötter eine junge Kollegin ein, deren Namen Hannah kein Gesicht zuordnen konnte. Sie versuchte, Marlies Tiekötter möglichst konkret darauf vorzubereiten, wie sie ein Gespräch mit der Kollegin anknüpfen könnte und fand am Ende, dass die junge Lehrerin ihr gegenüber etwas hoffnungsvoller in die Welt schaute. Doch sie wusste, dass dieser Eindruck täuschen konnte.

Es war fast halb sechs, als Hannah die Beratungsstelle verließ. Der gesamte Tag drehte sich in ihrem Kopf. Die Klienten. Der Mordfall. Jan Heidmeier.

Zu Hause hatte sie gerade beschlossen, ihrem Trimmrad die Ehre zu erweisen, um Dampf abzulassen, als das Telefon klingelte. Ihre Schwiegermutter!

»Ich habe gestern schon mal angerufen.«

Hannah wusste das, aber glücklicherweise war ihrer Schwiegermutter nicht bewusst, dass der Anrufbeantworter Nummern auch speicherte, wenn nichts auf das Band gesprochen wurde.

»Wir haben dich am Sonntag vermisst. Ich dachte, du würdest kommen zu Allerheiligen. Zum Grab.«

Wie sie diese vorwurfsvolle Stimme hasste! Sie zwang sich, ruhig zu bleiben.

»Ich habe im Moment einen sehr anstrengenden Fall und muss unglaublich viele Überstunden machen. Ich war am Donnerstag auf dem Friedhof, aber ich hatte keine Zeit, bei euch vorbeizuschauen.«

»Ich hätte nicht gedacht, dass dir das Andenken an Steffen so wenig bedeutet. Nicht nach so kurzer Zeit.«

Da war es! Da war der Vorwurf, auf den sie schon seit geraumer Zeit wartete. Sie hatte kein Grab pflegen wollen, sie hatte das Haus verkauft, sie kam nicht zum wichtigsten Totengedenktag.

»Ich bin sicher, dass Steffen das nicht so wichtig gewesen wäre. Nicht so wichtig wie für euch. Und ihm fühle ich mich in erster Linie verpflichtet, nicht euch. Was ich für Steffen empfinde und wie ich sein Andenken ehre, ist meine Sache.«

Stille am anderen Ende der Leitung.

»Wenn du es meinst… Weißt du schon, ob du Weihnachten zu uns kommen wirst?«

»Nein, keine Ahnung. Ich melde mich.«

Fürs Erste hatte sie die Tür zu den Schwiegereltern zugeschlagen. Das war ihr sonnenklar. Aber sie fühlte sich gut dabei. Es musste sein. Sie brauchte Abstand. Zunächst.

Donnerstag, 5. November

Der Mittwoch war quälend langsam vergangen, obwohl sie Unmengen von Terminen bewältigte. Sie hatte das Gefühl, die Zeit kröche dahin. Sie war nicht gut in den Beratungen, das fühlte sie. Sie konnte keinen Optimismus ausstrahlen.

Zu Beginn der Mittagspause schien es draußen heller zu werden. Der Wetterbericht hatte zum ersten Mal seit Tagen »sonnige Abschnitte« versprochen. Ironischerweise für den Tag, an dem Hannah erstmalig seit langer Zeit morgens völlig durchnässt an der Beratungsstelle angekommen war. Sie hasste es, den halben Tag mit nassen Hosenbeinen und klammen Schuhen dort zu sitzen und sehnte den Feierabend herbei. Samstag würde Anne kommen. Endlich ein Lichtblick! Wetter hin, Wetter her.

Er rief gegen Ende der Mittagspause, direkt vor ihrem nächsten Termin an.

»Was halten Sie von einem Spaziergang? Irgendwo außerhalb. Die Sonne soll heute noch rauskommen.«

Damit hatte sie überhaupt nicht gerechnet.

»Ich habe noch zwei Termine.«

»Dann hole ich Sie gegen kurz nach drei ab, okay?«

»Okay. Bis dann.«

Als sie auflegte, merkte sie, dass Heidmeier sie offensichtlich an der Beratungsstelle abholen wollte. Hatte sie das richtig verstanden?

Sie hatte. Als sie die Treppe zum Ausgang herunterging, sah sie ihn vor der Glastür stehen, etwas unruhig die Straße entlang schauend.

»Gut, dass Sie da sind. Ich habe dahinten vor einer Einfahrt geparkt.«

Hannah stieg in sein Auto, das größer war als ihres. Weiter reichten ihre Kenntnisse über Automarken nicht. Jedenfalls schien es nicht sehr alt zu sein. Er fuhr ruhig und aufmerksam, während sie ihm erzählte, wie nass sie morgens auf dem Fahrrad geworden war. Sie passierten den Aasee, dann den Hindenburgplatz.

»Stimmt es, dass hier vor diesem Kyrill-Sturm bedeutend mehr Bäume standen?«, wollte er wissen.

Sie zeigte auf die neu angepflanzte Querallee vor dem Schloss mit den lächerlich kleinen Bäumen, die fast in den stützenden Holzrahmen verschwanden.

»Sie müssen sich hier überall riesige Bäume vorstellen«, erklärte sie. »Diesen Anblick werde ich wohl nicht mehr erleben.«

Er fuhr die Steinfurter Straße stadtauswärts. Es war ihr egal, wohin er wollte, weil sie einfach zufrieden war, mit ihm zu plaudern. Als sie vor der Autobahnauffahrt Münster Nord die B 54 Richtung Nienberge verließen, tippte sie auf Schloss Wilkinghege, aber sie fuhren weiter. Es wurde hügeliger. Die Kirche von Altenberge lag schon zum Greifen nahe vor ihnen auf dem Hügel, als er unerwartet links abbog. Nach ungefähr hundert Metern hielt er in einer kleinen Straße auf einem weiteren kleinen Hügel. Dahinter erstreckten sich Wiesen und weiter unten Wälder.

»Was für eine Aussicht! Sind das da hinten die Baumberge?« Sie konnte vor Begeisterung kaum an sich halten. »Unglaublich, wie nah die aussehen!«

»Die Baumberge liegen genau parallel zu diesen Altenberger Höhen. Man kann sie aber nicht immer so deutlich sehen wie heute. Das liegt am Regen, den wir heute Morgen hatten. Sollen wir losgehen?«

Er schien öfter hierher zu kommen, denn ohne weiteres Zögern führte er Hannah zu einem Pfad zwischen zwei Wiesen hindurch. Der Weg war matschig und so schmal, dass sie hintereinander gehen mussten. Weiter unten wurde der Weg breiter und fester, und sie konnte sich umschauen. Die Wiesen waren kräftig grün, einige Kühe starrten sie an. Irgendwo verborgen musste ein Rapsfeld liegen. Sie konnte es nicht sehen, aber der milde Wind wehte den charakteristischen, süßlichen Geruch heran. Vor ihnen lagen Laubwälder, die bei der geneigten Sonne in Gelbschattierungen leuchteten. Hannah war bemüht, alles möglichst intensiv aufzunehmen in dem Bewusstsein, dass die Natur unaufhaltsam auf das Ende dieses Schauspiels zusteuerte. Es konnte rasend schnell gehen: ein Frosteinbruch oder ein kräftiger Wind, und der ganze Zauber wäre vorbei.

Sie erreichten den Wald. Die Bäume mussten sehr alt sein. Die Eichen trugen noch weitgehend ihr Laub. Andere Arten hatten fast alle Blätter verloren. Sie gingen auf einem dichten Laubteppich, der leicht modrig roch, anders als noch vor zehn Tagen.

Der Weg war unter der Blätterschicht nicht zu erkennen, aber Heidmeier ging unbeirrt. Die Sonne hatte den Durchbruch nicht mehr ganz geschafft. Ein leichter Schleier blieb, und so wurde es langsam dämmriger im Wald. Sie unterhielten sich manchmal über das, was sie sahen: umgestürzte Bäume, das Farbenspiel, einen kleinen Bach, in dem sich Laub hinter Ästen gestaut hatte.

Der Weg führte jetzt am Bach entlang. Hannah stolperte einige Male über Baumwurzeln, die unter den Laubbergen verborgen waren. An einer engen Uferstelle nahm Heidmeier ihre Hand. Er tat es noch ein paar Mal. Irgendwann ließ er sie nicht mehr los.

Sie verließen den Wald, der Weg führte wieder aufwärts durch die Wiesen. Er ging vor, und als sie fast oben waren, drehte er sich um.

»Schau mal!«

Eine riesige, glutrote Sonnenscheibe bewegte sich hinter der dünnen Wolkenschicht auf den Horizont zu. Fast hatte sie die blauschwarz schimmernde Hügelkette der Baumberge erreicht. Einige Wolkenstreifen waren geblieben.

»Wie eine kitschige Postkarte!«, entfuhr es Hannah.

Er lachte. »Aber die müsste ja irgendwo aufgenommen worden sein.«

Sie schauten und schwiegen. Dann sagte er mit weicher Stimme: »Ich finde es unglaublich.«

»Ich auch.« Sie standen nebeneinander. An den Armen berührten sie sich sachte. Ein jähes Glücksgefühl durchströmte Hannah. Sie spürte, dass er nicht nur von dem Naturschauspiel sprach, das sie beide gleichermaßen begeisterte. Es war mehr im Spiel: Gefühle, heftig, plötzlich, vielversprechend. Eine Intensität, wie sie sie seit Ewigkeiten nicht erlebt hatte, vielleicht noch nie.

Als sie seinen Wagen fast erreicht hatten, fragte er: »Hast du Lust auf einen hervorragenden Kaffee? Ich weiß, wo man den hier bekommt.«

Hannahs Verstand sagte ihr, dass sie heute Nacht nicht gut schlafen würde, wenn sie um diese Zeit noch Kaffee trinken würde, aber wer wollte schon immer auf seinen Verstand hören?

»Nur wenn es dazu auch ein Plätzchen gibt«, sagte sie lächelnd.

»Das wird sich einrichten lassen.«

Zu ihrem Erstaunen ging er an seinem Auto vorbei auf das Haus zu, vor dem sie geparkt hatten. Er wohnte hier! Es fiel ihr wieder ein. Außerhalb der Stadt, hatte er gesagt.

»Jetzt glaube ich dir, dass es hier keine Brötchen gibt.«

»In Altenberge schon, aber es ist mir zu stressig, morgens dahin zu fahren.«

Im Flur nahm er ihr die Jacke ab, öffnete eine Tür und sagte: »Du kannst dich ja schon mal umschauen. Ich mache den Kaffee.«

Diese Aussicht! Eine große Glasfront in Richtung der Baumberge, hinter denen die Sonne jetzt schon zum Teil verschwunden war. Beneidenswert! Sie hatte damals auch mehr oder weniger auf dem Land gewohnt, aber in der engen Siedlung in Herbern war ihre Aussicht durch die Carports und Bäume der Nachbarn begrenzt worden.

Ihr Blick fiel auf die Essecke. Sie hätte nicht für möglich gehalten, dass Birgits Esszimmereinrichtung noch zu toppen war. Der klobige Tisch und vor allem der Schrank und die Regale wirkten rustikaler. Das Holz war nicht hell und nicht dunkel und in einer wahrscheinlich aufwändigen Prozedur so behandelt, dass es wie roh wirkte. Sie hätte sich diese Einrichtung auch in einem modernen Bauernhaus vorstellen können. Vorsichtig strich sie über das angeraute Holz.

Die Einrichtung des Wohnzimmers stand dazu in scharfem Kontrast. Die Ledersessel und das Sofa hatten eine seltsam mittelbraune Farbe. Tiefe Sitzfalten, abgenutzte Sitzflächen und Armlehnen, abgestoßene Ecken: Diese Möbel erzählten eine Geschichte. Sie hatten seine Ehe überdauert – wie auch der runde Holztisch, dessen Kerben und Macken Bände sprachen. Der Anblick versetzte ihr einen Stich: Eifersucht? Warum umgab er sich mit diesen Erinnerungsstücken?

Als hätte er ihre Gedanken gelesen, hörte sie Jan hinter sich sagen: »Meine Frau und ich haben uns bei der Scheidung die Möbel geteilt. Mir war es lieber, die Einrichtung für das Esszimmer neu zu kaufen. Ich hatte gewisse Vorstellungen. Also ist es erst mal bei den alten Wohnzimmerschätzchen geblieben.«

Sie hatte ihn nicht kommen hören und zog schnell die Hand von der Platte des Esstischs zurück.

»Das Esszimmer ist einfach schön. So behaglich. Ich wusste gar nicht, dass man solche Möbel kaufen kann.«

»Also trinken wir den Kaffee hier?«

»Dann haben wir aber nicht den sagenhaften Ausblick.«

»Dein Wunsch ist mir Befehl.«

Sie war sich nicht so sicher, wann sie beim Du gelandet waren. Es musste irgendwann auf dem Spaziergang gewesen sein. Bei zunehmender Dunkelheit tranken sie ihren Kaffee und sprachen darüber, wie sie an ihre Wohnungen gekommen waren. Hannah nutzte die Gelegenheit, ihm von ihrer besten Freundin Anne zu erzählen. Sie amüsierten sich über die Eigenheiten der Münsteraner, die Jan festgestellt hatte. Flüchtig dachte sie daran, wohin dieser Nachmittag führen sollte. Jedenfalls nicht ins Bett. So viel stand für sie fest.

»Ich habe ziemlich lange an meiner Scheidung geknabbert.« Er hielt die arme Kaffeetasse in den Händen.

»Wie lange ist das her?«

»Gut drei Jahre.«

»Vor zwei Jahren bist du hierher nach Münster gezogen?«

»Ein Jahr lang habe ich in tiefstem Selbstmitleid gesuhlt.« Der Mann zeigte Selbstkritik.

»Und dann?«

»Dann bin ich nach Schottland gereist. Zufällig habe ich im Fernsehen einen Filmbericht über Schottland gesehen und habe sofort gewusst: Da musst du hin! Und das habe ich gemacht. Bin rumgefahren mit dem Auto. Immer weiter. War ein gutes Gefühl. Völlige Freiheit. Die baumleeren Hügel, die Farbspiele darauf, wenn Wolken und Sonne sich mit affenartiger Geschwindigkeit jagen. Komischerweise habe ich das Regenwetter dort gemocht, mehr als den blanken Sonnenschein. Als ich zurückkam, war das Angebot da, nach Münster zu gehen, und ich habe sofort zugegriffen.«

»Und so bist du hier auf dem Hügel gelandet.«

»Ja, ich habe ein paar nette, diskrete Nachbarn hier. Sie wissen, dass ich bei der Kripo bin, aber sie machen keinen Aufstand. Wenn ich mal jemanden brauche, der sich um meine Wohnung kümmert, Blumengießen und so, findet sich immer jemand. Ansonsten habe ich ja meine Arbeit.«

Das hörte sich für Hannah nach einem Eremitendasein an. Sie wollte es nur zu gern glauben.

»Manchmal denke ich, es wäre einfacher gewesen, Witwer zu werden als geschieden zu sein«, fuhr er fort.

»Wie kommst du denn darauf?«

»Wenn der Ehepartner stirbt, ist das doch wie Schicksal oder Gottes Wille oder wie du es auch nennen willst. Auf jeden Fall brauchst du dich nicht mit den Fragen herum zu quälen, was du falsch gemacht hast und wo du versagt hast.«

Wenn er wüsste von den vielen Zweifeln an ihrer Beziehung zu Steffen, von den bohrenden Fragen, welche Anzeichen sie übersehen hatte, welche Schuld ihr möglicherweise zukam! Aber sie wollte jetzt nichts davon erzählen.

»Wie lange warst du verheiratet?«, fragte sie stattdessen.

»Wir haben geheiratet, als Gesine unterwegs war. Im Grunde waren wir viel zu jung. Aber wirklich gescheitert ist unsere Ehe an meinem Beruf.«

Sie fand, dass sie das nicht so genau wissen musste und schwieg.

»Ich würde dich gern etwas fragen. Warum hast du keine Kinder?« Jan blickte sie direkt an.

Hannah hatte alles Mögliche erwartet an Fragen, aber nicht diese.

»Ehrlich gesagt, ich kann es dir nicht genau sagen. Wir haben es eine Zeit lang versucht, und es hat nicht geklappt, aber wir haben nicht weiter geforscht, woran oder an wem es lag. Wir haben das Thema einfach unter den Tisch fallen lassen und nie mehr davon gesprochen.«

Er sagte nichts dazu, sondern stand auf und schaltete eine kleine Stehlampe ein. Inzwischen war es fast dunkel geworden. Hannah war klar, dass sie gerade sehr viel über ihre Ehe verraten hatte. In dem Moment griff er in seine Tasche und zog ein Handy heraus.

»Mein Diensthandy. Entschuldige.« Er ging ins Nebenzimmer. Als er nach einigen Minuten zurückkam, sah Hannah ihm an, dass er weg musste.

»Höllmann. Er meint, es geht nicht ohne mich. Irgendein Raubüberfall. Und ich wollte dich eigentlich zum Abendessen einladen. Hier gibt es ein gutes Lokal in Altenberge.«

»Nicht so schlimm.« Sie schaute auf die Uhr. »Vielleicht schaffe ich es noch, die Winterreifen aufziehen zu lassen. Wenn der erste Schnee gemeldet wird, werden die Warteschlangen wieder endlos lang werden.«

Auf dem Rückweg in die Stadt wurde das Schweigen zwischen ihnen, das ihr im Wald überhaupt nichts ausgemacht hatte, auf einmal wieder bedrückend. Als sie sich dem Ring näherten, bat Hannah ihn, sie an der Schützenstraße abzusetzen, wo ihr Fahrrad abgestellt war.

»Wann wirst du morgen an der Schule sein?«, fragte sie.

»So früh wie möglich. Noch vor acht. Ich will alle vernehmen. Die Reihenfolge können sie nach ihrem Stundenplan und den Pausen austüfteln. Ich werde gezielter fragen, wie sich die Heckert in den letzten Wochen verhalten hat. Ich hoffe, ich bekomme dieses Mal mehr heraus. Übrigens war ich in Werne, bei den Eltern von Christian Diekbrede. Du hattest recht mit deinen Vermutungen. Sie fanden, dass Daniela Heckert keine passende Frau für ihren Sohn war, zu ehrgeizig, wenig familienorientiert, kalt. Aber der Vater sitzt im Rollstuhl, und die Mutter hat keinen Führerschein. Die kommen als Täter auf keinen Fall in Frage. Übrigens haben wir immer noch nicht Daniela Heckerts Handy ausfindig machen können. Nicht unwahrscheinlich, dass sie sich telefonisch mit jemandem verabredet hatte und derjenige das Handy hat verschwinden lassen, um seine Spur auszulöschen.«

Er schwieg einen Moment. »Jetzt sind wir doch wieder bei dem Fall gelandet!«

Was sollte sie sagen? Sie waren vor der Beratungsstelle angelangt. Er hielt bei laufendem Motor. Seufzend griff er in seine Jackentasche. »Wenn wir schon mal dabei sind, könntest du auch gleich einen Blick hierauf werfen.«

Er zog ein zerknittertes Blatt mit einer Bleistiftzeichnung heraus: Mehdi ben Jomaa!

»Kannst du dir einen Reim darauf machen?«

Sie konnte. Der Stil der Zeichnung war unverkennbar und erinnerte stark an die Zeichnung von Daniela Heckert, die Marie für den Liederzettel bei der Trauerfeier angefertigt hatte.

»Wie kommst du daran?«, platzte sie heraus.

»Du wirst es nicht glauben, aber als Höllmann und eine Kollegin gestern die Nachbarn von Daniela Heckert in der

Querstraße noch einmal befragt haben wegen Mehdi ben Jomaa, wurde ihnen mehrmals dieser Zettel gezeigt. Sie haben herausbekommen, dass ein junger Mann und eine junge Frau unseren Beamten zuvor gekommen waren und mit Hilfe dieser Zeichnung herausfinden wollten, ob Mehdi dort schon mal aufgefallen ist, vor allem natürlich, ob er sich vorletzten Samstag zur Tatzeit dort herumgetrieben hat. Hat er aber nicht. Absolut negativ!« Er hatte sich Hannah ganz zugewandt und sagte eindringlich: »Du hast einen Verdacht, oder?«

»Christoph und Marie. Zwei Schüler. Du kennst sie auch. Von der Trauerfeier. Christoph hat sehr an Daniela Heckert gehangen, für sie geschwärmt, würde ich sagen. Und Marie hatte Schuldgefühle, weil sie in der letzten Zeit ziemlich biestig zu der Heckert war. Sie hat die Zeichnung für den Liederzettel gemacht.«

Es stellte sich heraus, dass Jan besagten Liederzettel überhaupt nicht zu Gesicht bekommen hatte.

»Nach der Trauerfeier haben sie mich noch abgefangen und waren sehr unzufrieden, weil Mehdi völlig unbehelligt dort aufgetaucht war. Wahrscheinlich ist ihre Ungeduld zu groß geworden. Wann haben die beiden denn die Nachbarn befragt?«

»Letzten Samstag, um die Mittagszeit und am frühen Nachmittag. Gar nicht so dumm, denn das war ja genau die Tatzeit in der Woche zuvor.«

Hannah fiel eine Begegnung ein, die sie ihr völlig entfallen war, nicht zuletzt weil sie fünf Minuten später Jan und seiner vermeintlichen Freundin begegnet war.

»Ich habe Christoph am Samstag gegen ein Uhr auf der Salzstraße gesehen. Er ist direkt an mir vorbei Richtung Bahnhof gegangen. Aber er kann genauso gut weiter zur Querstraße gelaufen sein und sich dort mit Marie getroffen haben.«

»Irgendwie hatte ich mir so etwas schon gedacht.« Jan trommelte mit den Zeigefingern auf dem Lenkrad. »Gut, dann habe ich mir einiges an Arbeit gespart. Vielleicht kaufe ich mir den Jungen morgen in der Schule. Möglicherweise ging seine Zuneigung zu Daniela Heckert ja noch weiter. Er könnte auch bei ihr zu Hause gewesen sein.«

»Willst du ihn aus der Klasse holen und verhören?« Vermutlich war Hannahs Stimme ein gelindes Entsetzen anzuhören gewesen, denn Jan knurrte: »Vielleicht nicht so eine gute Idee. Mal sehen, nach dem Unterricht oder … irgendwie komme ich schon an ihn heran. Dann soll er mir doch mal sagen, wo er zum Tatzeitpunkt war.«

»Ich kann mir nicht vorstellen, dass er etwas mit dem Mord zu tun hat. Ehrlich nicht.«

Es entstand eine kurze Stille, in der nur noch der laufende Motor zu hören war. Einige Passanten warfen neugierige Blicke ins Auto.

»Dann sehen wir uns morgen!?«

Sie konnte jetzt nicht einfach so gehen! Als sie merkte, dass er sie anschaute, beugte sie sich zu ihm hinüber und gab ihm einen Kuss auf die Wange. Mit einem »Bis morgen« stieg sie aus, ohne direkt in sein Gesicht zu schauen.

Es war fast sieben, als sie in der Hochstraße ankam. Sie fand, dass ein Reifenwechsel ein zu prosaischer Abschluss für diesen Tag gewesen wäre und verschob ihn. Später rief sie Anne an. Das machten sie immer ungefähr zwei Tage vor einem Treffen, um zu erfahren, ob etwas dazwischengekommen war. Innerhalb von Sekunden spürte Anne ihre Hochstimmung.

»Wir können unser Treffen auch verschieben, wenn du anderes vorhast«, schlug Anne vor.

»Du spinnst wohl! Ich freue mich schon die ganze Woche darauf, dass du kommst. Da wird nichts verschoben. Der Herr Kommissar läuft mir schon nicht weg.« Sie vereinbarten, dass Anne am Samstag zum späten Frühstück kommen würde. Hannah merkte deutlich, dass ihre Freundin begeistert war, ihrer Familie für ein Wochenende zu entfliehen.

Sie nutzte ihre gute Laune, um den wöchentlichen Pflichtanruf bei ihrer Mutter zu machen und vertagte zum zweiten Mal die Entscheidung, wann sie wo welche Weihnachtstage verbringen wollte.

Der Wetterbericht im Radio versprach nach Auflösung örtlicher Nebelfelder einen strahlenden Sonnentag. Sie würde die Fahrt zur Schule am nächsten Tag mit dem Zug machen. Eine Weile versuchte sie, sich einzureden, dass sie damit die Parkplatzprobleme umgehen konnte, aber sie musste sich eingestehen, dass irgendwo im Hinterkopf auch die Vorstellung lauerte, mit Jan zurückfahren zu können. Noch einmal mit ihm spazieren zu gehen. Das ausgefallene Abendessen nachholen.

Freitag, 6. November

Als sie am nächsten Morgen verzweifelt versuchte, in der Windhorststraße in Sichtweite des Bahnhofs einen freien Ständer für ihr Fahrrad zu finden, war sie nicht mehr so sicher, ob die Idee mit dem Zug wirklich gut gewesen war.

Es dauerte, bis sie eine passable Lücke gefunden hatte, in die sich ihr Fahrrad quetschen ließ. An Hand des nächsten Laternenpfahls und des Geschäfts an der Seite versuchte sie, sich in dem Meer von Rädern ungefähr die Stelle zu merken. Als sie auf die Uhr schaute, war sie erleichtert. Sie würde den Zug noch bequem erreichen.

Der Gang zu den Bahnsteigen hatte sich wie das gesamte Ambiente des Bahnhofs seit ihrer letzten Zugfahrt vor fast einem Jahr zu Weihnachten nicht einen Deut verbessert. Genauer gesagt hatte der Bahnhof sich seit ihrer Studienzeit nicht verändert. Ausgetretene Stufen zeugten von Kontinuität im schlechtesten Sinne.

Wenigstens die Züge hatte man erneuert. Als sie die Stadt verließen, sah sie in den Wiesen noch leichte Nebelschleier liegen, aber die Helligkeit des Himmels ließ darauf schließen, dass der Wetterbericht mit seiner Sonnenprognose Recht behalten würde. Erinnerungen an intensive, nächtliche Träume, in denen Jan Heidmeier bemerkenswert oft vorgekommen war, vertrieben ihr während der Fahrt die Zeit.

Auf dem kurzen Weg zur Schule merkte sie, wie sie zunehmend nervöser wurde. Ein unangenehmer Druck in der Magengegend machte ihr zu schaffen. Möglicherweise würde es Jan gelingen, heute etwas Wesentliches zu erfahren. Sie fürchtete es. Die Straßen waren wie ausgestorben. Die Schüler waren allesamt an Ort und Stelle, die Berufstätigen weitgehend auch, und die Hausfrauen und Rentner würden frühestens um halb zehn das Haus für ihre morgendlichen Besorgungen verlassen.

Der Parkplatz war voll besetzt, auf dem Schulhof niemand zu sehen. Die erste große Pause in einer halben Stunde würde das Letztere ändern.

In der Halle fiel ihr erster Blick auf den Gedenkort. Es waren keine frischen Blätter mehr zu sehen, die Kerzen brannten nicht.

»Hallo, Frau Schmielink.« Frau Brauer, heute wieder in knallrot, hatte sie natürlich sofort durch die geöffnete Tür zum Sekretariat erspäht. »Kommen Sie!« Sie winkte Hannah in ihr Allerheiligstes und schloss die Tür hinter sich.

»Wir haben die Polizei wieder im Haus.« Unnötigerweise flüsterte sie. »Sie vernehmen alle. Ich war fast als Erste an der Reihe. Aber ich weiß doch gar nichts von Frau Heckert. Ob mir bekannt gewesen sei, dass sie schwanger war, wollte dieser Kommissar wissen. Davon hatte ich doch keine Ahnung! Ich weiß nicht, ob er mir geglaubt hat. Nett ist er ja, aber er hat so komisch geguckt.«

»Ich bin mir sicher, dass er Ihnen geglaubt hat, Frau Brauer. Solche Leute haben Menschenkenntnis.« Hannah war tatsächlich überzeugt davon, dass Jan keine Zweifel an Frau Brauers Aussage hatte. Sie war wirklich einfach zu lieb und schaute nicht hinter die Fassade von Menschen, nahm immer nur das Beste an. Eigentlich beneidenswert, so eine Lebenseinstellung.

»Herr Everkamp erwartet mich um neun. Ist er in seinem Büro?«

»Er ist in Matschinskys Zimmer. Er hat dem Kommissar sein Büro für heute abgetreten, weil es etwas geräumiger ist. Und Matschinsky ist ja nicht da.«

Freitag. Sein freier Tag.

Die Tür zu Matschinskys Büro war geschlossen, und auf ihr Klopfen antwortete Everkamp mit einigen Sekunden Verzögerung. Als sie eintrat, klickte er einen Text auf dem Computer weg. Sie war erschrocken über sein Aussehen. Wenn die Wendung »um Jahre gealtert« je zutraf, dann auf diesen Mann. Er sah grau aus, nach wenig Schlaf und nach Erschöpfung. An seinem Gesichtsausdruck konnte sie ablesen, dass er den Termin mit ihr komplett vergessen hatte.

»Frau Schmielink, nehmen Sie doch Platz!« Er zeigte unbestimmt auf die Sitzecke, die etwas weniger großzügig ausfiel als in seinem Chefzimmer. Ansonsten war die Einrichtung ähnlich. Selbst das herbstliche Gesteck war identisch, und da sie auch eines im Sekretariat gesehen hatte, vermutete sie sicher nicht zu Unrecht Frau Brauer als Urheberin dieser Dekoration.

»Ich will Sie nicht lange stören, aber wir wollten heute überlegen, wie es mit dem Gedenkort weiter geht.«

»Ich weiß es nicht. Vielleicht könnten Sie mit Frau Gröger sprechen. Ach nein, die geht gleich nach Hause. Schwere Bronchitis. Der Kommissar wollte sie nur noch schnell befragen. Ich muss mich um den Vertretungsplan kümmern. Dann unterhalten Sie sich doch mit Frau ten Bruyn. Sie hat Frau Heckert noch am nächsten gestanden.«

Hannah bezweifelte das zwar inzwischen, aber sie spürte, dass Everkamp sie loswerden wollte. Das Telefon klingelte, und er hob ab.

»Matschinsky! Hat Frau Brauer mit Ihnen gesprochen? Nein, Sie müssen kommen. Ist mir egal, was Sie heute Morgen vorhatten. So weltbewegend kann das nicht sein. Bemühen Sie sich hierher. Der Kommissar will alle Kollegen vernehmen.«

Hoppla, hier lagen ja wohl Nerven blank. Hannah nutzte die Gelegenheit, sich aus dem Büro zu entfernen, wobei sie Everkamp signalisierte, dass sie später zurückkommen würde. Sie ging an seinem nebenan gelegenen Büro vorbei. Ein merkwürdiges Gefühl, Jan hier so nahe zu sein.

Im Lehrerzimmer war noch niemand, aber das würde sich bald ändern. Das übliche Chaos auf den Tischen hielt sich in Grenzen, der Tag war ja noch jung. In der Kaffeeküche gluckerten die diversen Maschinen vor sich hin. Die ersten Lehrer trudelten ein. Die meisten grüßten sie, wenn auch mit leichter Verwunderung. Anscheinend hatte niemand mit ihrem Erscheinen gerechnet. Hannah fühlte sich wie ein Eindringling.

Sie fasste sich ein Herz und setzte sich neben Yvonne ten Bruyn, die gerade einigen jungen Kollegen von ihrem Verhör erzählte.

»Es war gar nicht so schlimm wie ich gedacht hatte. Er wollte hauptsächlich wissen, seit wann Daniela meinte, schwanger zu sein. Das konnte ich ihm natürlich ganz genau schildern. Ich weiß noch wie heute, wie sie sich morgens übergeben musste und dachte, sie hätte eine Magen- und Darmgrippe. Sie ist natürlich nicht nach Hause gegangen, sondern hat sich im Besprechungszimmer hingelegt und dann eisern ihre Stunden durchgezogen. Es wurde nicht besser mit ihrer Übelkeit in den nächsten Tagen, und dann haben ja auch schon die ersten ihre Witze gemacht, von wegen Schwangerschaft und so.«

»Weißt du denn noch, wann genau das war?«, fragte jemand.

»Mitte September. Da bin ich ganz sicher. Wir hatten in der Woche Gesamtkonferenz. Ich weiß noch genau, dass sie in der Mittagspause keine Pizza wollte und sich stattdessen hingelegt hat.«

Eine junge Kollegin, deren Platz Hannah offenbar belegt hatte, schaute sie mit der Kaffeetasse in der Hand an, sagte aber nichts, sondern verdrängte jemand anderen von seinem Stammplatz.

»Ach ja, und dann hat sie angefangen, Tee zu trinken statt Kaffee und aufgehört zu rauchen. Da war mir alles klar.« Zustimmendes Nicken bei allen Umsitzenden.

»Als sie wusste, dass sie schwanger war, ist sie ja sogar manchmal eine oder zwei Stunden eher nach Hause gegangen, weil sie so fertig war von der Kotzerei morgens«, erinnerte sich jemand.

»Ich weiß bloß nicht, was das alles mit ihrer Ermordung zu tun haben soll. Ob sie vermuten, dass irgendwer sie geschwängert hat und sie dann ermordet hat, damit nichts rauskommt?«

Die Information, dass Daniela Heckert gar nicht schwanger gewesen war, hatte Heidmeier wohlweislich zurückgehalten, und ihr Verlobter ging mit dieser Nachricht wahrscheinlich auch nicht hausieren.

»Ganz schön leckeres Kerlchen, dieser Kommissar.«

»Wenn man auf angegraute Schläfen steht.«

»Komm, du weißt doch, Männer um die vierzig sind die Knackigsten.« Allgemeines Gelächter. Hannah ging es auf die Nerven.

Sie nutzte die Gelegenheit vorzuschlagen, den Gedenkort abzubauen und nur noch das Bild von Daniela Heckert auf einem Hocker in der Halle stehen zu lassen. Niemand erhob Widerspruch.

»Die schöne Psychologin! Auch mal wieder im Lande? Darf ich Ihnen einen Kaffee bringen? Leider sind heute keine Plätzchen mehr da.«

Rüdiger Debus stand unvermittelt neben ihr, zwei Kaffeetassen in der Hand. Er fand keinen Sitzplatz mehr, aber es schien ihm nichts auszumachen. Hannah nahm sein Angebot dankbar an.

»Wie ist es mit euch? Konntet ihr denn schon zur Aufklärung des Verbrechens beitragen?« Sein Tonfall war unbeschwert, aber Hannah fand ihn unangemessen.

Es ging noch eine Weile hin und her, wer wann zur Vernehmung erscheinen sollte. Gruppenarbeitsphasen wurden von denen erwogen, die keine Freistunden hatten, unaufschiebbare Klausuren in die Waagschale geworfen. Von einem für Hannah wiederum nicht hörbaren Klingeln getrieben, machten sich dann die Pünktlichen auf den Weg, die schwere Aktentasche greifend und sich durch im Wege stehende Grüppchen vorwärts kämpfend. Andere tranken ungerührt ihren Kaffee aus.

Hannah schaute sich um. Die Sitzordnung war die gleiche wie immer. Marlies Tiekötter saß bei den älteren Kollegen und nickte ihr unmerklich zu. Ob sie wohl schon mit ihrer Kollegin über den problematischen Schüler gesprochen hatte, der ihr solche Sorgen bereitete? Hannah hätte wetten mögen, dass sie das vor sich her schob.

Es dauerte eine ganze Weile, bis sie allein war. Falls jemand eine Freistunde hatte, war der zum Verhör bei Jan.

Sie beschloss, die Zeit zu nutzen und Teichmann, den Hausmeister, aufzusuchen. Er würde ihr bestimmt helfen mit den schweren Paletten vom Gedenkort und wissen, wo sie zu lagern waren. Etwas beklommen machte sie sich wieder auf den Weg zu dem Zwischenflur, der sich letzten Freitag als so tückisch erwiesen hatte. Teichmann hatte gesagt, dass er nebenan seinen Reparaturkeller hatte und Frau Brauer wähnte ihn auch jetzt dort.

Resolut öffnete sie die Tür und fand selbstverständlich sofort den Lichtschalter in behindertengerechter Höhe.

Sie schaute gerade nach, was sie letzte Woche hatte stolpern lassen – eine Kiste mit Biologiebüchern musste die Quelle des Übels gewesen sein –, als sich die Tür vom Biologieraum mit einem Mal öffnete. Everkamp mit einigen Zetteln in der Hand, perplex sie hier zu sehen.

»Ach Sie! Ich hatte Sie hier nicht vermutet … Ich musste etwas nachsehen wegen der neuen Mikroskope, die Frau Heckert noch bestellt hatte.« Sie konnte sich nicht helfen, aber die Erklärung klang so aufgesagt, als hätte er sich vorher eine Ausrede überlegt, falls er hier jemandem begegnen würde. Außerdem war dies wohl nicht der Tag, um sich um verloren gegangene Bestellungen zu kümmern.

»Ich suche Herrn Teichmann. Wegen der Paletten«, bemühte sich auch Hannah um eine Erläuterung ihrer Anwesenheit.

»Da sind Sie schon fast richtig. Hier durch den Gang und dann die erste Tür links.« Er schloss den Biologieraum sorgfältig wieder hinter sich ab und ging.

Teichmann war sehr hilfsbereit. Er schien nicht viel zu tun zu haben, und zusammen hatten sie die gröbste Arbeit schnell erledigt. Sie nahm gerade eine etwas unvorteilhafte Position in der Hocke ein, um einige der größeren welken Blätter in der Halle aufzusammeln, als sie hinter sich hörte: »Hallo, Frau Schmielink.«

Jan! Die ganze Zeit hatte sie darauf gelauert, wann er Pause machen würde, und ausgerechnet jetzt stand er vor ihr. Glücklicherweise zog Teichmann gerade mit den Paletten ab, sodass sie einen Moment für sich hatten.

Sie sah ihm an, dass er hart gearbeitet hatte. Seine Gesichtszüge hatten mehr Schärfe. Kleine Falten zeigten sich, die sie gestern in der entspannten Situation in Altenberge nicht bemerkt hatte. Er lächelte sie an.

»Wie ist die Stimmung?«

»Du bist ein leckeres Kerlchen, finden die jungen Damen.«

»Man tut, was man kann.« Er grinste einen Moment lang über das ganze Gesicht, wurde aber schnell wieder ernst, als sie nicht mitlachte.

»Ansonsten ging es um die Schwangerschaft. Alle sind absolut davon überzeugt, dass Daniela Heckert schwanger war.«

»Das habe ich schon gemerkt. Aber nur die Frauen wussten davon. Die Männer haben angeblich nichts mitbekommen. Vielleicht Everkamp. Den spare ich mir bis zum Schluss auf.«

Sie fand, dass sich das bedrohlich anhörte, und Everkamp tat ihr schon wieder leid.

»Nimm ihn nicht so hart ran.«

»Ich weiß, dein Bauch sagt dir, dass er unschuldig ist.«

Sie hielt den Atem an. Bis jetzt hatte sie noch nie daran gezweifelt, dass Everkamp nichts mit dem Mord zu tun hatte. Jan konnte doch nicht ernsthaft glauben …

»Übrigens hat eben einer von den älteren Kollegen eine interessante Aussage gemacht. Er meint …«

In dem Moment kamen Frau Brauer aus dem Sekretariat und Dieter Budke aus der entgegengesetzten Richtung auf sie zu.

»Herr Kommissar, möchten Sie eine Tasse Kaffee?« Frau Brauers mütterliche Seite kam wieder voll zur Geltung.

»Gern! Nett, dass Sie daran denken.« Der charmante Herr Kommissar! Budke blieb in angemessener Entfernung erwartungsvoll stehen. War auch besser so, schoss es Hannah durch den Kopf. Sie wollte lieber nicht testen, ob sein Deo diesmal wirkte.

»Ich komme sofort. Zwei Minuten, Herr Budke.«

Hastig wandte Jan sich noch einmal Hannah zu.

»Hast du noch länger hier zu tun?«

»Wahrscheinlich bin ich noch eine Weile hier. Bis nachher.«

Sie beschäftigte sich noch eine Zeit lang damit, die Halle wieder besenrein zu gestalten und arrangierte das Bild von Daniela Heckert auf dem Hocker mit einer Kerze. Die schwarzen Tücher würde sie mit nach Hause nehmen. Ihr Gefühl sagte ihr, dass es keinen weiteren Nachsorgetermin in der Schule geben würde.

Danach versuchte sie es noch einmal bei Everkamp in Matschinskys Büro. Sie klopfte leise und glitt durch die nur angelehnte Tür. Er saß am Schreibtisch und starrte aus dem Fenster. Der Computer war ausgeschaltet, er hatte nichts vor sich liegen.

»Herr Everkamp, ich wollte Sie daran erinnern, dass ich gern noch einmal in die Klasse von Daniela Heckert gehen würde zu einer Nachbesprechung. Meinen Sie, dass das heute möglich wäre?«

»Ja natürlich.« Er sprach leise, wie abwesend. Die Hektik, die sie bei ihrem ersten Gespräch mit ihm gespürt hatte, schien völlig von ihm abgefallen zu sein. »Es ist sogar ganz günstig. Die Kollegin für die nächste Stunde dort hat sich heute Morgen krank gemeldet. Vertretung ist nicht vorgesehen. Wenn Sie wollen, gehen Sie gern in die Klasse. Lassen Sie sich Zeit.«

»Wenn ich mir das erlauben darf zu sagen: Sie sehen sehr erschöpft aus.« Hannah konnte es nicht übers Herz bringen, einfach so wieder zu gehen.

»Das bin ich, das bin ich. Sie haben ein Auge dafür, nicht wahr?«

Everkamp rieb sich das Gesicht. »Das Ganze geht mir ziemlich an die Substanz. Ihnen kann ich es ja ruhig sagen. Ich überlege wirklich, einfach aufzugeben. Nicht erst seit heute. Wissen Sie, es ist mir alles zu viel geworden. Ich will das nicht mehr. Vielleicht muss man einfach einen Schnitt machen.«

Es war das zweite Mal, dass er so geheimnisvolle Andeutungen machte. Wollte er die Schulleitung abgeben, die er ja nur auf Betreiben seiner Frau angenommen hatte?

»Manchmal ist es gut, wenn man einen neuen Anfang macht.« Sie blieb bewusst sehr allgemein, auch weil sie fand, dass die Beratung eines schulmüden Schulleiters nicht ihren Kompetenzen entsprach.

»Wenn das so einfach wäre.« Er klang sehr düster, gequält. »Ich danke Ihnen jedenfalls, dass Sie uns so engagiert zur Seite gestanden haben nach dem Tod von Frau Heckert. Ohne Sie wäre alles sehr viel schwieriger gewesen. Wenn ich allein an die Trauerfeier denke!«

Hannah freute sich über diesen Dank und verabschiedete sich, um Daniela Heckerts Klasse aufzusuchen. Die Schüler waren verständlicherweise erstaunt, sie zu sehen, aber mit einiger Verzögerung setzten sie sich auf ihre Plätze. Sie beschloss, es so zu machen wie Everkamp und bedankte sich zunächst für die Mitarbeit der Klasse bei der Errichtung des Gedenkortes und bei der Durchführung der Trauerfeier. Bald waren sie in ein Gespräch verwickelt.

»Ist die Polizei schon weiter gekommen?«, wollte dann jemand wissen.

»Sie fahnden intensiv, aber der Durchbruch ist wohl noch nicht gelungen. Es dauert alles seine Zeit. Man muss da schon eine ganze Menge Geduld aufbringen. Im Fernsehen geht das natürlich schneller.« Bei ihren Worten nahm sie Christoph intensiv ins Visier. Sollte er sich ruhig angesprochen fühlen! Was musste er auch auf eigene Faust Detektiv spielen. Anscheinend hatte er sie genau verstanden, denn er konnte ihrem Blick nicht standhalten und starrte auf seine Bank.

Wie sie es geplant hatte, lenkte Hannah anschließend das Gespräch auf den Gothic-Auftritt von Manuel Gruska. Sie bekannte, wenig informiert zu sein über diese Jugendszene und lernte durch die Schüler einiges dazu. Obendrein erfuhr sie von der Existenz weiterer, ihr völlig unbekannter Szenen wie »straight edge« und »Junghexen«. Die Schüler schienen ganz angetan davon zu sein, ihr Wissen an eine erwachsene Person mit einem echten professionellen Interesse weitergeben zu können. Ausgestattet mit mehreren einschlägigen Internet-Adressen verabschiedete sie sich schließlich von der Klasse.

Wieder auf dem Flur fühlte sie sich erfrischt und energiegeladen. War es wirklich so schwierig, mit jungen Leuten klar zu kommen? Aber so ein lockeres Gespräch konnte man vermutlich auch nicht mit normalem Unterricht vergleichen.

Es war noch ein wenig Zeit bis zur zweiten großen Pause. Hannah holte sich ein Glas Wasser aus der Kaffeeküche. Die Tür zum Flur stand offen, und sie sah Rüdiger Debus ins Lehrerzimmer stürmen.

»Wer hat denn da so umfassend ausgepackt beim Herrn Kommissar? Das waren doch sicher Sie, Weischer! Wer sonst hätte bei der Polizei denn ausplaudern sollen, dass unsere liebe Daniela sich in der letzten Zeit intensiv einigen männlichen Kollegen zugewandt hatte? Waren Sie neidisch, Weischer? Standen Sie nicht auf ihrer Liste? Vielleicht waren Sie ihr einfach zu alt!«

Hannah hielt den Atem an. Sie konnte nicht deutlich verstehen, was geantwortet wurde, und stellte sich in den offenen Eingang zur Kaffeeküche. Dort konnte sie vom Lehrerzimmer aus nicht gesehen werden.

»... ganz genau, dass Daniela Heckerts Verhalten nicht ganz normal war. Sie hat sich ja fast an alle Männer ran geworfen, und das entsprach einfach nicht ihrem Naturell! Irgendetwas war nicht in Ordnung mit ihr.« Es war tatsächlich Dr. Weischer!

»Was Sie aber sicher nicht davon abgehalten hätte, sich mit ihr zu vergnügen, wenn sie Sie gelassen hätte! Geben Sie es doch zu! Daniela hat Sie schon immer ganz schön angetörnt.« Debus klang geradezu sarkastisch.

In der Türfassung zum Sekretariat schimmerte es rot. Vermutlich stand dort Frau Brauer und lauschte ebenfalls dem Schlagabtausch.

»Sie haben doch schon so einige von den jungen Kolleginnen abgegriffen! Daniela Heckert haben Sie wahrscheinlich auch in Ihrem Bett gehabt.« Weischer wurde jetzt immer lauter und erregter.

»Und wenn es so gewesen wäre! Was geht Sie das an?«, schrie Debus zurück.

»Jetzt ist es aber genug! Aufhören mit der Schreierei!« Eine dritte Stimme! Hannah war sich ganz sicher, dass sie wusste, wer das war, aber es fiel ihr in dem Augenblick nicht ein.

»Sie! Sie halten besser mal den Mund!« Wieder Weischer. »Sie haben in Ihrem Unterricht doch schon so viele Mädchen angemacht! Jedes Jahr suchen Sie die attraktivsten heraus und schäkern mit ihnen herum. Wer nicht hübsch ist, hat bei Ihnen doch gar keine Chance auf gute Noten.«

Es erfolgte keine Antwort, oder die Antwort war so leise, dass Hannah sie nicht verstehen konnte. Entweder war die Tür zum Lehrerzimmer geschlossen worden oder den Kontrahenten war bewusst geworden, dass sie bei dieser Lautstärke

Zuhörer haben konnten. Sollte sie hineingehen oder in der Kaffeeküche bleiben?

Den plötzlichen Ausbruch von Feindseligkeit zwischen Debus und Dr. Weischer konnte sie sich nicht erklären. Möglicherweise eine von jenen Fehden zwischen den Älteren im Kollegium, von denen Claudia Gröger gesprochen hatte. Diese Eruption von Aggressionen musste eine Geschichte haben.

Die angelehnte Tür zur Kaffeeküche öffnete sich und Budke kam herein. War er der dritte Mann im Lehrerzimmer gewesen? Weitere Kollegen folgten, bald war die Kaffeeküche von Lärm erfüllt. Hannah ging mit ihrem Glas Wasser ins Lehrerzimmer, das inzwischen gut besetzt war. Sie versuchte, die Stimme einem Gesicht zuzuordnen, aber es gelang ihr nicht. Sie wurde in Gespräche verwickelt. Matschinsky war tatsächlich erschienen. Er unterhielt sich mit Budke und Kochler.

Nach der Pause blieb sie wiederum allein im Lehrerzimmer zurück. Offenbar war Jan immer noch nicht mit seinen Vernehmungen durch. Eigentlich hatte sie nicht mehr viel zu tun: Sie wollte sich noch von Frau Brauer und Herrn Teichmann verabschieden und mit Everkamp besprechen, ob sie in einem Monat noch einmal hereinschauen sollte. Aber Matschinskys Büro war leer. Vielleicht war Everkamp jetzt bei Jan zum Verhör. Dann war es doch noch wahrscheinlich, dass sie Jan treffen und mit ihm sprechen konnte.

Sie setzte sich ins Lehrerzimmer und schaute aus dem Fenster. Der Himmel war stahlblau und die Sonne schien, ohne durch ein Wölkchen getrübt zu sein.

Es war bestimmt wichtig für Jan zu wissen, dass Daniela Heckert einige Männer im Kollegium angemacht hatte. Irgendwie hatte sie im Hinterkopf, dass ein solches Verhalten auch Ausdruck einer psychischen Erkrankung sein konnte, zumal es bei Daniela Heckert ganz plötzlich und massiv aufgetreten war. Jan würde das sicher berücksichtigen. Dr. Weischer hatte ihm ja offenkundig seine Beobachtungen mitgeteilt, und anscheinend hatte Jan danach die Männer gezielt befragt. Deswegen war Debus ja so wütend gewesen. Hatte er nun zugegeben, dass er mit der Heckert etwas gehabt hatte? Sie war sich nicht mehr sicher, wie er genau geantwortet hatte.

Durch die halb offene Tür des Lehrerzimmers sah sie Everkamp vorbeieilen. Bevor sie ihn ansprechen konnte, war er schon verschwunden. Jan stand in der Tür.

»Kommst du mit? Ich muss mit dir sprechen.« Er führte sie in Everkamps Büro. Sie hatte ein ungutes Gefühl, was nun kommen würde, denn er wirkte sehr ernst und sah noch erschöpfter aus als vorher.

»Ich habe gerade Everkamp vernommen.« Er holte tief Luft. »Er hat zugegeben, dass Daniela Heckert versucht hat, ihn zu erpressen. Sie wollte, dass er sie bei der Vergabe einer Beförderungsstelle in seinem Schulleitergutachten bevorzugt.« Jan atmete hörbar aus. »Damit ist er natürlich ein Hauptverdächtiger.«

»Aber … womit hat sie ihn erpresst?«

»Er hat vor Jahren eine Beziehung zu einer Kollegin angefangen. Die hat sich versetzen lassen, als es an der Schule Gerüchte gab, aber Everkamp hat die Beziehung die ganze Zeit aufrechterhalten. Daniela Heckert wusste davon und hat ihn unter Druck gesetzt, das publik zu machen, auch bei seiner Frau.«

»Wie um alles in der Welt hat sie davon erfahren?«

»Ein ganz dummer Zufall. Du erinnerst dich an diese Anja Schlüter, die Freundin von Daniela Heckert, die wir kurz bei ihrem Verlobten getroffen haben. Zufällig unterrichtet sie an demselben Berufskolleg in Ahaus, zu dem sich Everkamps

Geliebte hat versetzen lassen. Und es kommt noch besser! Diese Anja Schlüter hat in den Sommerferien mit einer Bekannten eine Fahrradtour in Holland gemacht. In der Achterhoek, nicht weit hinter der Grenze, wo normalerweise kaum Deutsche sind, weil ja alle Welt zur Küste fährt. In einem der Hotels auf ihrer Tour war Everkamp mit dieser Inge Sowieso abgestiegen. Wahrscheinlich fühlten sie sich dort unbeobachtet.«

»Und woher kennt Anja Schlüter Everkamp? Wie konnte sie wissen, dass er es war?«

»Sie war sich nicht hundertprozentig sicher, aber sie hat Everkamp anhand von Fotos erkannt, die Daniela Heckert ihr gezeigt hatte, und sich außerdem das Autokennzeichen aufgeschrieben.«

»Und sie hat der Heckert alles brühwarm erzählt?«

»Ja, sie sagte, Daniela war sehr an diesen Informationen interessiert. Sie hätte gehofft, dass sie ihr möglicherweise bei der Beförderung helfen könnten.«

»Sie sagte? Hast du diese Anja vernommen?«

»Ja, habe ich. Sie hat alles detailliert erzählt.«

Leise, aber mit einer gewissen Schärfe fragte Hannah: »Wann? Wann hast du sie vernommen?«

Er zögerte etwas. Sie konnte ihm ansehen, wie er sich innerlich wappnete.

»Gestern Morgen.«

»Du wusstest das alles also schon gestern Nachmittag? Warum hast du mir nichts davon gesagt?«

»Weil ich, verdammt noch mal, den Fall da raushalten wollte.«

Er war lauter geworden. »Ich weiß doch, dass du Everkamp magst. Du verteidigst ihn ja andauernd. Ich habe diesen Stress kommen sehen. Darum habe ich nichts gesagt.«

Sie wurde immer wütender. Sie konnte nichts dagegen tun.

»Ob ich ihn mag oder nicht, hat doch gar nichts damit zu tun, ob er schuldig ist oder nicht! Wenn die Heckert ein paar Mal bei ihm war in diesem Schuljahr, dann heißt das doch noch gar nichts.«

»Woher weißt du, dass sie mehrere Male bei Everkamp war?«

Sie schwieg. Sie spürte, wie sich nun bei ihm Wut aufbaute und … noch schlimmer: Enttäuschung.

»Du hast gewusst, dass Daniela Heckert öfter bei Everkamp war, obwohl er behauptet hat, kaum Kontakt zu ihr gehabt zu haben, weil sie eine so pflegeleichte Kollegin war. Du hast daneben gestanden, als er das gesagt hat und du hast mir nicht gesagt, dass das gelogen war.«

Er stand erregt auf, ging zum Fenster und schaute hinaus. Seine Hände hatte er in die Hosentaschen gesteckt. Langsam drehte er sich wieder zu ihr hin.

»Sag mir nicht, dass das irgendetwas mit deiner Schweigepflicht zu tun hat! Ein simpler Hinweis von dir – rechtzeitig – und ich hätte schon viel früher eine Ahnung gehabt, in welche Richtung ich hätte ermitteln müssen. Aber du hast mich da im Nebel herumstochern lassen, tagelang! Er ist verdächtig! In höchstem Maß verdächtig!«

»Andere auch. Daniela Heckert hat alle möglichen Kollegen angemacht. Weischer hat es dir doch erzählt. In diese Richtung müsstest du auch ermitteln.«

Hannah hätte sich am liebsten auf die Zunge gebissen.

»Tut mir leid. Das hätte ich nicht sagen sollen.«

Er sagte nichts und schaute wieder aus dem Fenster. Ohne sie anzusehen grummelte er »Scheiße, scheiße« vor sich hin. »Dieser Fall steht zwischen dir und mir. Aber ohne diesen Fall wären wir uns gar nicht begegnet.«

Er drehte sich um und kam auf sie zu, blieb aber in sicherer Entfernung vor dem Tisch stehen. »Sehen wir uns trotzdem am Wochenende, wenn wir uns wieder beruhigt haben?«

Hannah war erleichtert, dass er versuchte, das Persönliche vom Beruflichen zu trennen, aber sie konnte ihm jetzt keine Zusage machen. Dafür war sie viel zu aufgewühlt. Es wäre nicht ehrlich gewesen.

»Morgen kommt meine Freundin Anne. Sie bleibt bis Sonntag Mittag. Lass uns dann weitersehen. Ich rufe dich an. Ist das okay?«

»Wenn du meinst ...« Eine bedrückende Pause entstand.

»Wie geht es weiter mit Everkamp?«

»Ich verhöre ihn heute Nachmittag in Münster. Ich brauche eine Videoaufnahme, Protokollanten, er vielleicht einen Anwalt. Er sagt, er sei an dem fraglichen Samstag unterwegs gewesen von seiner Wohnung zu seiner Freundin. Weiß der Kuckuck, was er seiner Frau immer erzählt. Jedenfalls hätte er auch in Münster vorbeifahren können bei Daniela Heckert. Wir müssen prüfen, wann er bei seiner Freundin in Ahaus angekommen ist. Wenn die uns die Wahrheit sagt! Aber wenn er es war, dann wird er reden, da bin ich sicher. Er war eben schon ziemlich mit den Nerven fertig.«

Hannah merkte, dass sie zitterte. »Lass uns telefonieren, okay?« Sie verließ Everkamps Büro.

Sie war aufgewühlt. Sie musste unbedingt ein ruhiges Plätzchen finden, um sich zu beruhigen. Vielleicht die Raucherecke. Die nächste Unterrichtsstunde hatte gerade angefangen. Eigentlich sollte da niemand sein.

So war es. Sie ging ein bisschen auf und ab.

Dieser Streit mit Jan! Was für ein Chaos! Wie hatte er ihr gestern vorenthalten können, welche Aussage diese Anja

Schlüter gemacht hatte! Sie konnte sich Everkamp nicht als Mörder vorstellen. Nicht einen Mann, der eine erkrankte Kollegin regelmäßig in der Psychiatrie besuchte, der überhaupt dafür gesorgt hatte, dass sie dort Hilfe bekam. Aber er hatte geleugnet, dass Daniela Heckert ihn aufgesucht hatte – so viel stand fest. Sie musste wieder an seine kryptischen Worte vorhin in Matschinskys Büro denken. Einen Schnitt machen. Einfach aufgeben. Sie hatte das auf seine Schulleiterposition bezogen.

Aber was, wenn er generell an Aufgeben dachte? An Selbstmord? Weil er wirklich der Täter war, sich kurz vor der Enttarnung wähnte oder unter Schuldgefühlen zusammen brach? Er hatte sehr verzweifelt geklungen, das stand fest. Sie konnte nichts tun, gar nichts.

Trotz des Sonnenscheins war es schattig in der Raucherecke, und ihr wurde langsam kalt. Sie ging einige Schritte weiter in die Sonne. Sie hätte ihre Jacke mitnehmen sollen. Ein paar Minuten später kehrte sie ins Lehrerzimmer zurück. Sie hatte eine Idee.

Ungeduldig wartete sie auf das Ende der Stunde. Den Gesprächen in der Pause hatte sie entnommen, dass dies für heute die letzte Stunde war. Die Zeit verging im Schneckentempo.

Endlich klingelte es. Das Lehrerzimmer füllte sich nach und nach, und Gott sei Dank war auch Marlies Tiekötter noch da. Sie stand schon im Mantel, doch Hannah gelang es, ihr einen Zettel zuzustecken. Aus den Augenwinkeln sah sie, wie Marlies den Zettel unauffällig las und anschließend in ihre Tasche schob. Dann verließ sie das Lehrerzimmer, ohne sich von jemandem zu verabschieden. Hannah hielt sich noch einige Minuten dort auf und ging dann ebenfalls hinaus. Auf dem Flur hielt sie den Atem an, bis sie die Tür zum Besprechungsraum öffnete. Marlies Tiekötter war tatsächlich da. Sie stand im Mantel am Fenster.

»Worum geht es?«, fragte sie kühl.

»Danke, dass Sie gekommen sind. Ich wollte Sie nicht vor allen ansprechen. Ich dachte, das wäre Ihnen vielleicht nicht recht.« An Marlies Tiekötters Gesicht konnte sie ablesen, dass sie eine Nachfrage zu dem geplanten Gespräch über den problematischen Schüler erwartete.

Hannah hatte sich genau überlegt, was sie sagen wollte. Sie musste Marlies Tiekötter eine Erklärung geben für das, was sie von ihr wollte. Damit würde sie einiges über ihre Theorien zu dem Mordfall preisgeben müssen. Sie durfte gar nicht an Jan denken. Der würde ihr nur Vorwürfe machen, wenn er davon wüsste. Aber sie musste das Risiko eingehen. Sonst würde sie gar nicht weiterkommen.

»Sie dürfen unter keinen Umständen weitergeben, was ich Ihnen jetzt sage.« Marlies Tiekötters Augen weiteten sich. »Es sind gewisse Anhaltspunkte aufgetaucht, die dafür sprechen, dass Daniela Heckert psychisch krank war.« Die Augen weiteten sich zusehends. »Es ist auffällig, dass es in so kurzer Zeit eine Reihe von gleichartigen Erkrankungen in Ihrem Kollegium gegeben hat. Ich vermute, dass es Zusammenhänge geben könnte zwischen Ihrer Erkrankung, der Ihrer Kollegin Kathrin und der von Daniela Heckert.«

»Was für Zusammenhänge?«

»Das weiß ich noch nicht. Ich weiß eigentlich nur Näheres über Ihre Erkrankung. Daniela Heckert können wir nicht mehr befragen. Ich muss Genaueres über die Erkrankung Ihrer Kollegin Kathrin erfahren. Und darum möchte ich Sie fragen, ob Sie sich vorstellen könnten, mich heute nach Coesfeld mitzunehmen. Sie besuchen sie doch immer freitags.«

Hannah meinte vor Anspannung platzen zu müssen. Sie sah sofort die Zweifel auf Marlies Tiekötters Gesicht.

»Aber was soll ich ihr denn sagen, wer Sie sind?«

»Wie wäre es mit der Wahrheit? Glauben Sie nicht, dass Ihre Kollegin vollstes Verständnis dafür hätte, dass Sie sich in eine Beratung begeben haben?«

»Doch, ja, wenn einer Verständnis dafür hat, dann sie. Nur … Sie müssen wissen, Kathrin weiß gar nichts von dem Mord an Daniela. Ich habe mit ihrem Therapeuten darüber gesprochen und er meinte gleich, sie wäre im Moment noch zu labil, um das zu verkraften.«

»Sie muss ja auch nichts davon erfahren. Ich möchte nur von ihr wissen, wie sich die Erkrankung bei ihr bemerkbar gemacht hat. Daraus könnte ich gewisse Rückschlüsse ziehen.«

Sie spürte, dass Marlies Tiekötter zögerte. Doch dann gab sie sich einen Ruck. »Wenn Sie meinen, dass Sie das weiter bringt. Ich müsste Kathrin aber auf jeden Fall vorher anrufen und fragen, ob sie etwas dagegen hat, dass Sie mitkommen.«

Sie vereinbarten, dass Marlies sich melden würde. Normalerweise machte sie sich gegen sechs Uhr auf den Weg nach Coesfeld, um die Zeit nach dem Abendessen in der Klinik für ihren Besuch zu nutzen. Sie versprach Hannah, sie gegebenenfalls mitzunehmen.

Hannah wusste nicht, ob sie sich wünschen sollte, dass es mit dem Besuch in Coesfeld klappen würde oder eher nicht, denn ganz sicher war sie nicht, dass Brauchbares dabei herauskommen würde. Aber einen Versuch war es wert.

Im Lehrerzimmer gingen gerade die Letzten. Jan war nirgends mehr zu sehen. Hannah schaute auf die Uhr und stellte fest, dass sie erst in vierzig Minuten einen Zug nach Münster erwischen konnte. Sie schwankte, ob sie in der Schule bleiben oder sich die Zeit auf dem ungemütlichen Bahnhof vertreiben sollte. Die Aussicht, allein im Schulgebäude zu sein, behagte ihr nicht. Wahrscheinlich würde der Haupteingang schon verschlossen sein, und sie musste die Fluchttür zum hinteren Schulhof benutzen.

Kaum hatte sie sich entschieden, die Schule zu verlassen, als sie aus der Kaffeeküche Geräusche hörte. Es klang wie Geschirrklappern. Sie öffnete die Tür und war erstaunt, an der Spüle eine junge Frau vorzufinden, die Berge von Kaffeegeschirr in das dampfende Wasser türmte. Sie war klein und schmal, trug eine abgetragene schwarze Kordhose und eine hellblaue Bluse. Ihre dunklen, lockigen Haare hatte sie mit einem kleinen Kopftuch im Nacken zusammengebunden. Einige Strähnen kringelten sich darunter hervor. Sie drehte sich um: ein schmales blasses Gesicht, hohe Wangenknochen, schöne Augen. Eine hübsche Frau.

»Oh hallo, dachte ich, alle wären schon weg.«

Hannah fiel sofort der osteuropäische Akzent auf. Das rollende »R«, die leicht abgehackte Sprechweise.

Die Frau war nicht schüchtern. »Sie sind neu hier? Ich habe Sie noch nie gesehen.«

»Nein, ich bin keine Lehrerin. Ich bin Psychologin, und ich bin ein paar Mal hier gewesen wegen dem Tod einer Lehrerin. Hannah Schmielink heiße ich.«

»Irina Meier. Ich bin Putzfrau – Sie sehen. Sie haben das in der Halle gemacht mit Foto, nicht? Herr Teichmann hat mir erzählt. War schön, hat mir gefallen das.«

Hannah liebte den Akzent.

»Kann ich Ihnen beim Abtrocknen helfen? Ich muss sowieso auf meinen Zug warten.«

»Das wäre toll! Dann müssen Kinder nicht so lange auf

Mittagessen warten. Sie essen sonst wieder Süßigkeiten.«

»Wie alt sind denn Ihre Kinder?«

»Pjotr ist sechs und Nina zehn. Nina kann schon mal bisschen auf ihren kleinen Bruder aufpassen. Sie hat ihn von Kindergarten abgeholt. An anderen Tagen putze ich später, aber freitags ist Schule hier schon früher Schluss, und dann haben wir Zeit für uns den ganzen Nachmittag.«

»Putzen Sie jeden Nachmittag hier?«

»Ja, aber immer verschieden was. Klassenräume werden nur alle zwei Tage geputzt, Treppenhäuser und Flure jeden Tag, Toiletten natürlich auch, ist immer alles ein bisschen anders. Aber sehen Sie – ich brauche Geld. Mein Mann ist zurück nach Kasachstan. Schon vor zwei Jahren. Er hat es hier nicht ausgehalten, keine gute Arbeit gefunden, und jetzt ich muss allein für uns drei sorgen.«

Hannah war erschrocken über dieses Schicksal, das ihr da so ganz nebenbei und selbstverständlich offenbart wurde.

»Und Sie wollten nicht mit zurück gehen?«

»Nein, auf keinen Fall. Hier ist besser für Kinder. Sie können auf Schule gehen und haben es mal besser als ich. Ich bleibe.«

»Wie lange sind Sie denn schon in Deutschland?«

»Zehn Jahre. Nina war schon in meinem Bauch. In Kasachstan ich war Melkerin, aber das brauchen sie hier nicht. Nu – ich putze.«

»Sagen Sie, gehört es denn zu Ihren Aufgaben, dass Sie hier die Kaffeetassen spülen?«

»Nein, eigentlich nicht. Firma bezahlt das nicht. Das Geld kommt extra vom Chef hier. Bar für mich, verstehen Sie. Kann ich gut gebrauchen, also spüle ich und räume auf.«

Sie schien es selbstverständlich hinzunehmen, dass die Lehrer nicht in der Lage waren, ihren eigenen Dreck wegzumachen. Hannah vermutete, dass Everkamp um des lieben Friedens unter seinen Lehrern willen irgendeine schwarze Kasse anzapfte, um Irina für diese Extradienste zu bezahlen.

»Und wie ist die Arbeit sonst hier?«

»Ach gut, kann ich meine Arbeitszeit selbst einteilen, wie ich möchte. Wann ich putze ist egal. Manchmal komme ich erst abends spät, wenn Kinder schon im Bett. In den Ferien sind sie manchmal dabei. Sie lieben die langen Flure zum Laufen und Fangen. Ist gute Arbeit hier. Manchmal ist viel Dreck, wenn draußen viel Regen. Dann muss ich viel wischen. Ein paar Klassenzimmer sehen immer schrecklich aus. Dann ich gehe zu Teichmann und sage ihm, der sagt es Chef und der schimpft mit Klassenlehrern und dann wird es besser. Für einige Zeit. Dann geht es wieder los. Manche Zimmer sehen auch schlimm aus öfter. Zum Beispiel unten: Biologie. Da war neulich viel Blut im Waschbecken.«

»Blut?«, entfuhr es Hannah.

Irina lachte. »Nicht was Sie denken. Fischaugen haben die auseinandergenommen. Mit Schülern. Ekelig. Und dann machen sie nicht richtig sauber. Oder im Kunstraum. Da ist auch viel Dreck auf dem Boden. Kleine Schnipsel vom Basteln, Farbe. Oder Turnhalle. Schwarze Streifen auf Parkett. Falsche Turnschuhe. Aber ich mache – ich mache. Ist ja mein Job.«

Irina schien ihr Schicksal nicht nur geduldig, sondern auch einigermaßen froh zu tragen. Sie wirkte nicht verbittert und nötigte Hannah einigen Respekt ab.

»Haben Sie die verstorbene Lehrerin gekannt? Daniela Heckert?«

»Ja, natürlich. Die war auch in Biologie. Aber die war ordentlich. Die hat immer aufgeräumt. Sie war sehr fleißig, war oft nachmittags in Schule. Ich habe sie noch gesehen am Tag, bevor man sie … ermordet hat.«

»Sie haben sie hier in der Schule gesehen an dem Freitag vor ihrem Tod?«

»Ja, ich weiß genau. Weil noch Ferien waren und Kinder dabei waren. Nina hat mir geholfen, und da haben wir die Frau getroffen.«

»Wo genau?«

»In Bioraum. Ich glaube, sie hat da vorbereitet. Hat sie oft gemacht am Tag, bevor Schule wieder anfing. Sie war ein bisschen eilig. Hat was umgeschmissen, sie hat geflucht.«

Woher sollte diese Frau auch wissen, wie wichtig diese Information war? Und niemand war auf die Idee gekommen, sie zu befragen, warum auch?

»Wissen Sie noch, wann Sie sie gesehen haben?«

»Muss ich überlegen. Vielleicht drei Uhr oder bisschen später. Ganz genau kann ich nicht sagen.«

»Haben Sie mit ihr gesprochen?«

»Nur hallo und so. Sie war sehr beschäftigt. Und die Kinder waren ja dabei. Musste ich aufpassen, dass sie nichts kaputt machen.«

»Putzen Sie denn auch in den Ferien? Dann wird hier doch gar nichts dreckig?«

»Sonderputzaktion. Die Turnhalle. Die schwarzen Streifen. Sind ganz schwierig wegzumachen. Und Umkleidekabinen. Gründlich putzen. Schafft man ja sonst gar nicht.«

An mehr konnte sich Irina offensichtlich nicht mehr erinnern. Hannah plauderte noch eine Weile mit ihr, bis es Zeit war, zum Bahnhof zu gehen.

»Warten Sie, ich habe Schlüssel für Haupteingang. Ich lasse Sie vorne heraus.« Sie verabschiedeten sich. Hannah wünschte ihr alles Gute. Irina konnte es sicher brauchen.

Auf der Fahrt nach Münster sah sie immer wieder das Bild von Everkamp in Matschinskys Büro vor sich. Everkamp vor dem Biologieraum, Everkamp wie er durch die Halle stürmte. Die Angst, dass er sich etwas antun könnte, kroch zunehmend in ihr hoch. Es gab belastende Indizien, das musste sie zugeben. Aber all das erklärte nicht das seltsame Gebaren, das Daniela Heckert in den letzten Wochen an den Tag gelegt hatte.

Sie hatte erfolgreich verhindern können, an Jan zu denken, bis sich ein junges Pärchen ganz in ihrer Nähe niederließ und intensiv miteinander schmuste. Sie waren beide in schwarz gekleidet, der Junge ähnelte Manuel Gruska. Sie war sich nicht einmal sicher, ob es nicht tatsächlich Gruska war, denn sie hatte ihn ja – abgesehen von seinem Auftritt bei der Trauerfeier – nur einmal ungeschminkt in Everkamps Büro genauer gesehen. Allerdings zeigte dieser junge Mann im Zug keine Anzeichen von Wiedererkennen. Verstohlen schaute sie immer wieder auf die Kussszene, die sich ihr bot.

Immer noch Freitag, später Nachmittag

Als Hannah mehrere Stunden später ihre alten Fachbücher zuklappte, war sie um einiges sicherer, dass Daniela Heckert psychisch krank gewesen war.

Sie hatte sich entschieden, gründlich zu sein und sich zunächst mit Halluzinationen befasst. Was sie dabei gelernt hatte, war wenig. Akustische und optische Halluzinationen waren am weitesten verbreitet. So viel war ihr schon vorher klar gewesen. Die Wahrnehmung von Geräuschen, die aus der Wand zu kommen scheinen, oder Trugbilder gehörten dazu. Sie erfuhr, dass man sich auch Musik einbilden konnte oder geometrische Gegenstände. Nicht besonders aufschlussreich. Dass es olfaktorische Halluzinationen gab, die Beeinträchtigung von Geruchs- und Geschmacksempfinden, hatte sie noch nicht gewusst. Diese Art kommt aber auch nur sehr selten vor. Interessanter fand sie vestibuläre oder kinästhetische Halluzinationen, bei denen die Körperwahrnehmung verändert war.

Der Verfasser widmete sich dann in einem großen Kapitel der Schizophrenie mit psychotischem Anteil. Verfolgungswahn, drohende Stimmen, Angst abgehört zu werden: Ungefähr das hatte Marlies Tiekötter ihr erzählt. Ein Drittel aller Halluzinationen beinhalten religiöse Themen. Hannah vertiefte sich in dieses Kapitel, da sie dem Gespräch mit Marlies entnommen hatte, dass dies bei Kathrin Pfister der Fall gewesen war. Die Kranken fühlten sich in einer direkten Verbindung mit höheren Wesen, mit Gott, der Jungfrau Maria, dem Jesukind oder dem Satan.

Dann wurde es spannend: Hannah fand einen Hinweis darauf, dass eine spezielle Ausprägung der Schizophrenie zu sexueller Enthemmung führen konnte. Konnte man Daniela Heckerts Verhalten den männlichen Lehrern gegenüber als sexuell enthemmt bezeichnen? Sie überflog das Kapitel, bis sie zu der entscheidenden Stelle kam: »Die Erkrankten sind teilweise davon überzeugt, schwanger zu sein. Sie fühlen sogar Kindsbewegungen in ihrem Bauch.«

Sie lehnte sich zurück und atmete aus. Es passte. Es passte genau.

Sie überflog das Kapitel über Ursachen: Ungleichgewicht der Botenstoffe, vorwiegend Dopamin, aber auch anderer Neurotransmitter wie Serotonin, Tryptophon und Histamin. Ein kompletter Zusammenbruch konnte eine mehrmonatige Erholungsphase nötig machen. Das war wohl bei Kathrin Pfister im Moment der Fall. Merkwürdigerweise hatte sich Marlies Tiekötter innerhalb einiger Wochen erholt, ohne Neuroleptika zu sich zu nehmen. Auslöser konnte erbliche Vorbelastung sein, aber auch massiver psychosozialer Stress und Drogenkonsum. Wie sie schon gedacht hatte. Sowohl Marlies Tiekötter als auch Kathrin Pfister hatten unter Stress gestanden, wenn auch sehr unterschiedlicher Art.

Hannah war zufrieden. Sie trank einen Kaffee und genehmigte sich ein Stück Kuchen.

Halb sechs. Wahrscheinlich würde Marlies Tiekötter nicht mehr anrufen. Dabei konnte Hannah eigentlich nur durch die Befragung von Kathrin Pfister herausfinden, ob … Ja, was denn eigentlich? Was wollte sie beweisen? Dass drei junge Frauen, die an einer Schule unterrichteten, innerhalb eines kurzen Zeitraums krank wurden? Dass es dabei Zusammenhänge gab? Dass es einen Zusammenhang mit der Ermordung von Daniela Heckert gab? Diese Häufung konnte Zufall sein. Der Mord konnte völlig andere Ursachen haben. Zum Beispiel die Erpressung von Everkamp.

Hannah fiel siedend heiß ein, dass Jan heute Nachmittag die Vernehmung des Schulleiters weiterführen wollte. Vielleicht hatte er gestanden, und ihre gesamten Recherchen waren unsinnig. Ob sie bei Jan anrufen sollte? Immerhin musste sie ihm noch sagen, dass Daniela Heckert am Tag vor ihrer Ermordung in der Schule gewesen war. Das war wichtig!

Sie war erleichtert, als sich niemand meldete.

Um kurz vor sechs läutete es an ihrer Haustür. Sie erwartete niemanden. Wen auch? Von ihrem Ausguck am Wohnzimmerfenster konnte sie eine Frauengestalt ausmachen. Kurze dunkle Haare: Marlies Tiekötter.

»Ich brauche zwei Minuten. Setzen Sie sich doch so lange. Wollten Sie nicht vorher anrufen?«

»Anrufen? Ach, tatsächlich? Ich kann mich nicht erinnern«, erwiderte ihre Besucherin.

Marlies Tiekötter setzte sich nicht, schaute nur interessiert Hannahs Einrichtung an. Als Hannah Minuten später das Wohnzimmer betrat, stand sie vor dem Bücherregal und musterte scheinbar interessiert Hannahs Bestände.

»Von mir aus kann es losgehen«, forderte Hannah sie auf. Irgendwie war ihr unbehaglich dabei, dass die Tiekötter so ungeniert in ihre Privatsphäre eingedrungen war.

Anscheinend hatte die keine Probleme mit dem Autofahren im Dunkeln; sie fuhr zügig, sowohl in der Stadt als auch auf der Autobahn.

Hannah begann ein Gespräch, um sich etwas abzulenken. Auf jeden Fall wollte sie alles vermeiden, das nach Fortsetzung der Beratung von Marlies Tiekötter in anderem Rahmen aussah. Sie sprachen über den engen Zeitplan der Patienten des St.Vitus-Hospitals, die verschiedenen Therapieformen, Einzelgespräche, Gruppentherapie, Sporttherapie, Beschäftigungstherapie und vor allem Kunsttherapie. Marlies Tiekötter erzählte, Kathrin hätte schon tolle Bilder gemalt. Stillleben. Eins davon habe sie ihr zum Geburtstag geschenkt.

Sie redete und redete, überholte dabei Lkw, Busse und größere Pkw, die ihr zu langsam fuhren. Sie hatten die Autobahn verlassen, Nottuln passiert und den Daruper Berg. Kurz vor Coesfeld sah Hannah rechter Hand die beiden wuchtigen, angestrahlten Türme des Klosters Gerleve liegen.

Sie sehnte die Ankunft in Coesfeld herbei, denn sie hatten inzwischen alle denkbaren Themen ausgeschöpft. Marlies Tiekötter redete trotzdem unaufhörlich. Hannahs Rolle beschränkte darauf, hier und da »ja« oder »aha« zu sagen.

Lässig kurvte Marlies Tiekötter durch Coesfelds enge Gassen, bis sie das Auto schwungvoll auf dem Parkplatz des Krankenhauses abstellte. Vor dem überdachten Eingang standen ungefähr zehn Personen und rauchten. Erstaunlicherweise wurde Marlies von mehreren gegrüßt.

»Das sind Patienten von Kathrins Station«, flüsterte Marlies im Weitergehen. »Wenn man regelmäßig zu Besuch kommt, gehört man schon ein bisschen dazu. Man kennt sich.«

Sie erreichten den Aufzug und fuhren in den dritten Stock. Hannah fiel die freundliche Atmosphäre auf. Heller Anstrich, viele große Blumen, hübsche Bilder an den Wänden.

Sie kamen zu einer kleinen Halle, in der vielleicht zehn oder zwölf Personen um einen rechteckigen Tisch saßen. Manche Patienten blätterten in Zeitschriften. Jemand pellte eine Apfelsine. Zwei Pärchen unterhielten sich. Einige saßen einfach nur schweigend da. Eine junge, extrem dünne Frau schaute aus dem Fenster. Magersucht, vermutete Hannah sofort.

»Hallo, Kathrin ist im Fernsehraum«, begrüßte sie ein Mann um die vierzig, dessen rabenschwarze Haare und lange, ebenso schwarze Augenbrauen wild abstanden.

»Ich hole sie«, sagte Marlies Tiekötter. Hannah stand da wie bestellt und nicht abgeholt. Der Mann mit den schwarzen Haaren bot ihr einen Stuhl an. In dem Moment näherten sich zwei Männer. Sie unterhielten sich lautstark, und als sie zu der Sitzgruppe kamen, gingen sie auf das überschlanke Mädchen am Fenster zu.

»Du hast schon wieder beim Tischabräumen nicht geholfen! Ewig lässt du uns hängen.« Das Mädchen schaute ungerührt aus dem Fenster und würdigte sie keiner Antwort.

»Wir sagen es deiner Betreuungsschwester. Dann bist du wieder ein paar Punkte los.«

Hannah vermutete, dass die Patienten durch die Übernahme von Diensten Verantwortungsbewusstsein und soziales Miteinander trainieren sollten. Keine Reaktion bei der jungen Frau. Die beiden Männer zogen weiter den Flur entlang. Einige Zeit später kamen sie in Begleitung einer anderen jungen Frau zurück. Nur ein kleines Namensschildchen aus Metall an ihrem Pullover wies sie als Schwester aus. Sie sprach die junge Magersüchtige an.

In dem Moment sah Hannah, dass Marlies Tiekötter und Kathrin Pfister nun auf die Sitzgruppe zukamen. Kathrin war deutlich kleiner als Marlies und rundlich. Hannah musste unwillkürlich an die Nebenwirkungen der neueren Neuroleptika denken, zu denen auf jeden Fall Gewichtszunahme gehörte. Gleichwohl war Kathrin aber eine ansprechende Erscheinung mit schulterlangen blonden Haaren.

Marlies stellte die beiden einander vor. Als Hannah ihr die Hand gab, schaute Kathrin Pfister sie nicht an. Sie schien angespannt, der Gesichtsausdruck maskenhaft.

»Wir können ein bisschen den Flur entlang laufen«, schlug Marlies Tiekötter vor.

Zwei weitere Personen liefen den Gang auf und ab und unterhielten sich dabei. Hannah fühlte sich leer im Kopf. Wie sollte sie aus einer ihr völlig unbekannten, psychisch kranken Frau Informationen herausbekommen, während ein Dutzend andere sie beäugten und belauschten? Marlies kam ihr zu Hilfe. Sie verwickelte Kathrin in ein Frage- und Antwortspiel über die Kunsttherapiesitzung vom Nachmittag. Hannah konnte sich sich in das Gespräch einschalten.

»Frau Tiekötter hat mir erzählt, dass die Bilder an den Wänden von Patienten gemalt worden sind. Hängt auch schon eines von Ihnen?«

»Nein, aber ich bin von der Stationsschwester gefragt worden, ob sie eins von mir ausstellen darf.« Man konnte eine Art von Stolz in Kathrins Stimme erahnen. Insgesamt war ihr Tonfall aber sehr monoton, was mit Sicherheit auf die Medikamente zurückzuführen war. Ihr Akzent klang süddeutsch, genauer hätte Hannah sich nicht festlegen mögen. Hatte Marlies nicht von Erlangen gesprochen? Dann wäre es fränkisch. Jedenfalls ein bisschen anders als der von Rüdiger Debus.

»Das ist ja phantastisch, Kathrin. Ich habe dir immer gesagt, dass du gefragt wirst.« Marlies Tiekötter freute sich wirklich.

Sie waren jetzt schon drei Mal den Flur entlang gelaufen. Hannah war das Pärchen aufgefallen, dem sie zum wiederholten Mal auf dem Gang begegneten, eine Frau von ungefähr Mitte zwanzig, sehr hübsch, mit rosigen Wangen und ein gut aussehender junger Mann, der etwas älter zu sein schien. Auf Hannahs Frage hin erzählte Kathrin leise, die junge Frau sei eine Patientin, die kurz vor ihrer Hochzeit zusammengebrochen war. Niemand wüsste warum. Ein guter Job im Büro, ein netter Freund, der sie jeden Abend besuche, das Hochzeitskleid im Schrank.

Hannah überlegte fieberhaft. So kam sie nicht vorwärts. Sie musste einen Dreh finden, das Gespräch auf Kathrins Erkrankung zu lenken.

Sie versuchte es anders: »Es gibt hier auch eine geschlossene Station, habe ich gehört.«

»Ja, da war ich in den ersten Tagen. Aber ich habe keine klare Erinnerung daran. Ich habe nicht mal gewusst, dass ich in einem Krankenhaus bin. Ich dachte, es wäre ein Kongresszentrum und es würden wichtige Entscheidungen von mir erwartet. Ich wollte immer wieder in den Konferenzraum, aber die Schwestern haben mich ja nicht weggelassen.«

»Es ist ganz typisch bei Ihrer Erkrankung, kein Krankheitsbewusstsein zu haben«, warf Hannah ein.

»Das haben mir die Ärzte auch erzählt. Aber erst viele Wochen später, als diese ganzen Vorstellungen und verrückten Ideen verschwunden waren. An dem Tag, als man mich hierher gebracht hat, habe ich immer wieder eine leuchtende Gestalt neben mir gesehen, die mir eingeflüstert hat, was ich tun soll. Ich habe geglaubt, dass es die Mutter Gottes ist oder die Heilige Katharina von Siena, meine Namenspatronin.«

»Es gibt viele Menschen, die solche Erscheinungen sehen, wenn sie erkranken. Manche sehen sogar den Teufel.«

»Den habe ich auch gesehen! In einem Moment war es Everkamp und im nächsten Moment war er der Teufel. Unglaublich! Gut, dass er nicht wusste, was in meinem Kopf vor sich ging.«

Eine Andeutung von Lächeln umspielte ihre Lippen.

»Sind diese ganzen Vorstellungen denn nur in der Schule aufgetreten?« Hannah hielt den Atem an und ärgerte sich gleichzeitig über die Formulierung ihrer Frage.

»In der Schule habe ich zum ersten Mal etwas davon gemerkt, im Lehrerzimmer am Ende der Pause. Alle sprachen wie wirr durcheinander. Plötzlich war über diesem Lärm eine Stimme zu hören, die mit mir gesprochen hat.«

»Und zu Hause ging es Ihnen wieder besser?«

»Ja, anfangs schon. Aber am nächsten Tag ging es wieder los, zuerst in der Schule, dann auch zu Hause. Nachts konnte ich nicht richtig schlafen, keinen Unterricht mehr vorbereiten, weil ich mich überhaupt nicht konzentrieren konnte. Ich konnte meine Gedanken gar nicht mehr abschalten, es ratterte Tag und Nacht in meinem Kopf.«

Kathrin Pfisters Stimme war lebhafter geworden, und es war nur zu deutlich, dass das Wiedererleben dieser Horrorsituationen sie aufwühlte. Hannahs schlechtes Gewissen meldete sich. Sie durfte auf keinen Fall weiter in die Patientin dringen. Was sie wissen wollte, hatte sie ohnehin schon erfahren.

Marlies Tiekötter hatte eine ganze Weile geschwiegen und mischte sich nun wieder ein. Sie erkundigte sich nach Kathrin Pfisters Chancen, Tagespatientin zu werden. Die Ärzte hatten ihr Hoffnung gemacht, dass sie zum zweiten Halbjahr wieder in die Schule einsteigen könne. Gelegentlich fielen ihr im Gehen die Augen zu. Die Medikamente forderten ihren Tribut.

»Everkamp ist gar nicht gekommen am Mittwoch. Ist er krank?«, fiel Kathrin Pfister noch ein, als sie ihre Besucher zum Ausgang begleitete.

Marlies Tiekötter hatte sich offensichtlich auf diese Frage vorbereitet, oder sie war gut im spontanen Lügen, denn ihre Erklärungen zu totalem Stress in der Schule kamen flüssig und waren nicht einmal so weit weg von der Wahrheit.

»Und? Hat Sie der Besuch nun weiter gebracht?«, wollte Marlies Tiekötter von ihr wissen, als sie Coesfeld hinter sich gelassen hatten. »Ich kann mir nicht vorstellen, dass es Zusammenhänge gibt zwischen Kathrins und meiner Erkrankung. Ich habe keine Madonna gesehen.«

Da hatte sie wahrscheinlich Recht, aber Hannah wusste nur zu gut, dass die Art der Halluzinationen bei schizophrenen Patienten von Vorerfahrungen und Persönlichkeit der einzelnen abhing. So passten religiöse Erscheinungen gut zu der vermutlich katholisch sozialisierten Kathrin, Verfolgungswahn aber eher zu der angstbesetzten Persönlichkeit ihrer Chauffeurin. Um den Inhalt der Halluzinationen ging es ja auch gar nicht. Das Entscheidende war die Tatsache, dass beide offenbar in der Schule die ersten Wahnvorstellungen gehabt hatten. Genau wie Hannah vermutet hatte. Die psychischen Erkrankungen mussten irgendetwas mit der Schule zu tun haben. Nur dass sie Marlies Tiekötter darüber lieber im Unklaren lassen wollte. Sie überlegte fieberhaft, wie sie ihre Fahrerin auf ein anderes Thema bringen konnte.

»Wissen Sie eigentlich, warum es Kathrin so weit hierher in den Norden verschlagen hat? Es ist doch eher selten, dass jemand aus Franken sich entschließt, in den Schuldienst von Nordrhein-Westfalen zu gehen.«

»Sie hat mal etwas angedeutet. Es muss da eine unglückliche Liebesgeschichte gegeben haben. Während der Referendarzeit. Sie hat wohl sehr daran geknabbert. Deswegen hat sie sich entschieden, ganz woanders hinzugehen, um nicht immer wieder an ihren Verflossenen erinnert zu werden.«

Hannah hatte so etwas vermutet, als sie eine gewisse Traurigkeit und Sehnsucht in Kathrins Stimme gehört hatte, während sie von dem Freund ihrer Mitpatientin sprach, der jeden Abend treu zu Besuch kam. Eine solche Vorgeschichte zusammen mit dem Stress des Berufseinstiegs lieferte eine mögliche Erklärung für einen psychischen Absturz.

Marlies Tiekötter gab sich mit Hannahs Ablenkungsmanövern nicht zufrieden. »Wie sind Sie eigentlich auf die Idee gekommen, dass Daniela psychisch krank war? Sie war munter wie ein Fisch im Wasser, wenn ich es richtig mitbekommen habe. Seit ihrer Schwangerschaft redete sie von nichts anderem. Sie und Christian hatten schon angefangen, nach einem Namen für das Kind zu suchen.«

»Nur dass sie gar nicht schwanger war.« Schweigepflicht hin und her, Hannah schuldete Marlies Tiekötter jetzt eine Erklärung!

»Sie war nicht schwanger?«

»Sie hat sich eingebildet, schwanger zu sein. Ihr Frauenarzt bestätigt das. Und das deutet auf eine psychische Erkrankung hin.«

»Was es nicht alles gibt!«, murmelte Marlies Tiekötter vor sich hin.

Hannahs Stimmung begann an zu kippen. Es konnte gut sein, dass es überhaupt keine Zusammenhänge gab. Die hatte sie nur konstruiert. Sie hatte sich in irgendeine Theorie verrannt, wahrscheinlich weil sie der Tatsache nicht ins Auge sehen wollte, dass doch Everkamp mit der Sache zu tun hatte.

Draußen war es jetzt pechschwarz. Wo waren sie eigentlich? Sollten sie nicht längst auf der Autobahn sein? Hannah meinte sich erinnern zu können, wie sie Nottuln erreicht hatten. Sie waren auf jeden Fall nicht mehr auf der Bundesstraße, denn die führte schnurgeradeaus und diese Straße war viel schmaler und kurvig. Hatten sie nicht eben noch einen kleinen Ort passiert? Zwischen Nottuln und der Autobahn gab es keinen Ort mehr.

Vorsichtig schaute sie zu Marlies Tiekötter hin. Die sah sehr angespannt, hochkonzentriert und geistig abwesend aus. Das Gespräch war schon vor Minuten verebbt. Wohin fuhr sie? Sie machte nicht den Eindruck, dass sie sich verfahren hatte. Es ging jetzt auch Hügel rauf und runter. Die Baumberge?

Hannah merkte, wie sie sich verspannte. Sie spürte die Sitzfläche und den Wagenboden, weil sie sich dagegen presste. Was war hier los? Seitdem sie erzählt hatte, dass Daniela nicht schwanger gewesen war, hatte Marlies keinen Ton mehr gesagt.

Hannah blickte verstohlen auf die Gestalt neben sich. Sie war groß und kräftig. Marlies Tiekötter hatte das perfekte Motiv. Sie war Opfer von Mobbing geworden, und dafür war Daniela Heckert verantwortlich. Warum hatte Marlies Tiekkötter diesen Aspekt in dem Beratungsgespräch am Dienstag überhaupt nicht erwähnt? Hatte eigentlich jemand ihr Alibi geprüft?

Hannahs Hände waren schweißnass. Marlies Tiekötter schwieg weiterhin und fuhr mit zu hohem Tempo in die Kurven. Nur einmal war ihnen ein Wagen entgegengekommen, Lichter von Bauernhöfen lagen in größerer Entfernung von der Straße. Hinter ihnen weit und breit nur Dunkelheit.

Hannah versuchte sich zu entspannen. Es war vollkommen unnötig, sich verrückt zu machen. Marlies Tiekötter war eine nette, sehr ängstliche Frau, die bis heute Mittag nicht einmal gewusst hatte, dass sie Hannah nach Coesfeld mitnehmen sollte. Plötzlich fiel ihr ein, dass niemand von ihrer Verabredung mit der jungen Lehrerin wusste. Und der geplante Telefonanruf von Marlies Tiekötter hatte nicht stattgefunden. Wahrscheinlich war ihr bekannt, dass man solche Anrufe zurückverfolgen konnte. Blödsinn, Dutzende von Patienten im Krankenhaus hatten sie mit Marlies gesehen und konnten bezeugen, dass …

Sie schloss die Augen in der Hoffnung, dass das unaufhörliche Rasen der Gedanken in ihrem Kopf aufhören würde.

»Sie sind müde, nicht? Sie sind ja schon fast eingeschlafen.«

Hannah riss die Augen auf. Häuser, dichtere Bebauung.

»Wo sind wir eigentlich?«

»In Roxel. Wir sind gleich wieder in Münster. Dahinten sieht man schon die Türme der Uniklinik.«

Roxel war ein westlicher Vorort von Münster, der Hannah fast gänzlich unbekannt war, aber sie sah tatsächlich die Türme. Die Spannung fiel nur langsam von ihr ab.

»Ich fahre zurück immer diesen Weg durch die Baumberge.

Macht mir Spaß auszuprobieren, ob ich das Auto voll kontrollieren kann.«

»Im Dunkeln?« Hannahs Stimme klang noch leicht krächzend.

»Dann erst recht!«

Sie ließen Roxel hinter sich und bogen nach rechts auf eine Straße ab, von der Hannah mit Sicherheit wusste, dass sie sie noch niemals befahren hatte. Bevor ihr wieder mulmig werden konnte, bogen sie nach links. Sie las das Straßenschild »Weseler Straße« und konnte es kaum fassen: Sie waren genau da herausgekommen, wo sie vor Stunden auf die Autobahn eingebogen waren.

Noch nicht wirklich erholt, als Marlies Tiekötter vor ihrer Wohnung anhielt, konnte Hannah sich aber soweit zusammenreißen, dass sie ihr fürs Mitnehmen danken konnte.

»Bis Mittwoch in der Beratungsstelle«, verabschiedete sie sich. Ein wortloses Nicken war die Antwort.

Sie schloss die Tür hinter sich ab und setzte sich noch in Jacke und Schuhen zitternd in ihren Lesesessel. Was war das gewesen? Fühlte sich so eine Panikattacke an? Ihr fielen die Situationen in dem dunklen Zwischenflur und in der Aula bei dem Auftritt von Manuel Gruska ein. Schon wieder hatte sie sich so bedroht gefühlt.

Auf keinen Fall durfte sie weiter nachdenken, und so entschied sie sich, eine Runde auf ihrem Trimmrad im sicheren Schlafzimmer zu drehen. Sie stellte das Radio laut und trat im Rhythmus der Musik in die Pedale. Nur nicht nachdenken!

Knapp vierzig Minuten später stieg sie heftig schwitzend vom Rad und ließ sich wieder in ihrem Lesesessel nieder. Sie konzentrierte sich auf ihren Körper und meinte, die Endorphine in sich hoch krabbeln zu fühlen. Ihr Magen knurrte, und ihr fiel ein, dass sie seit dem Nachmittag nichts gegessen hatte. Zum Kochen war es zu spät. Also begnügte sie sich mit einem Strammen Max: Butterbrot mit Schinken und – in diesem Fall – zwei Spiegeleiern. Ein voller Magen würde ihr Nervenkostüm beruhigen.

Freitag Abend, nach zehn Uhr

Erst spät dachte sie an den Anruf, den sie unbedingt noch tätigen wollte. Sie griff zum Telefon, ohne lange das Für und Wider abzuwägen. Es dauerte lange, bis es in der Leitung knackte.

»Heidmeier.«

»Hannah Schmielink.«

»Oh, da ist ja die schöne Frau, die keine Zeit für einen einsamen Polizisten hat. Was verschafft mir die Ehre Ihres Anrufs?«

Sie war sich nicht sicher, aber seine Stimme klang seltsam verwaschen, die Worte lang gezogen. Er war betrunken.

»Geht's dir gut?«

»Klar geht´s mir gut! Ich habe endlich die Flasche Whisky aus Schottland geköpft. Wenn ich schon mal einen Abend frei habe ohne Bereitschaftsdienst, will ich auch was davon haben. Du wolltest ja nicht bei mir sein! Da treffe ich endlich die Frau wieder, die mich schon damals fast umgehauen hat, sie trägt keinen Ehering mehr und dann haben wir diesen Scheißfall am Hals! Andererseits – andererseits – was wollte ich jetzt noch sagen … ach ja, ich könnte dem Mörder von Daniela Heckert die Füße küssen, denn ohne ihn hätte ich dich ja wohl kaum wieder getroffen.«

Es war jetzt ganz deutlich, dass er große Schwierigkeiten hatte, die Worte richtig hintereinander zu bekommen. Hannah hatte Mühe, ihr Lachen zu unterdrücken. Es war immerhin ein Geständnis, dass sie ihm schon früher aufgefallen war. Wahrscheinlich war Jan der Typ Mann, dem der Alkohol in dieser Hinsicht die Zunge lockern musste.

»Bissst du, bissst du … noch dran?«

»Ja, ich bin noch dran.«

»Mir geht´s gar nicht gut. Verdammt noch mal. Und jetzt ist auch noch dieser Everkamp verschwunden. Weg! Futsch! Futschikato! Flüchtig!«

»Hast du ihn heute Nachmittag vernommen?«

»Er ist gar nicht gekommen. Sag ich doch. Weg. Keine seiner beiden Frauen weiß, wo er ist. Wir fahn...den nach ihm. Das heißt – ich natürlich nicht. Ich hab´ ja frei.«

»Er hat heute Morgen so seltsam geredet. Es hörte sich ziemlich niedergeschlagen an. Hoffentlich tut er sich nichts an!«

»Wäre noch ein Grund mehr zum Saufen.« Sie hörte Geräusche, die darauf schließen ließen, dass er sich einen weiteren Schluck genehmigte.

»Hannah, hörst du? Sei mir nicht böse.«

Wie konnte sie ihm böse sein? Er war ihr nichts schuldig und schon gar nicht, dass er seinen Freitag Abend nüchtern verbrachte. Sie war nur geschockt wegen Everkamp. Das sah doch verdammt nach einem Schuldeingeständnis aus.

»Ich bin dir nicht böse. Pass gut auf dich auf. Versprichst du mir, mich anzurufen, wenn du etwas hörst von Everkamp?«

»Mach ich, versprochen. Aber so langsam werde ich eifersüchtig auf den Knaben. Hör mal, der hat schon zwei Frauen.«

»Ruf mich an, ja?«

»Okay, pass auf dich auf. Schlaf gut.«

»Du auch.«

Mit widerstreitenden Gefühlen legte sie auf und merkte augenblicklich, wie das Gedankenkarussell sich wieder zu drehen begann. »Du kannst im Moment nichts ändern, also denk nicht daran.« Das hatte ihr Vater immer gesagt und sie beschloss, ihr Bestes zu geben, um sich daran zu halten.

Sherry sollte ihr dabei helfen. Warum sollte sie sich nicht Jan als Vorbild dienen lassen? Sie stellte irgendeine Kochshow im Fernsehen an. Eine Zeit lang versuchte sie, sich damit zu beschäftigen, herauszufinden, wer von den Köchen wirklich Ahnung hatte, und wer nur klug daher redete und mit unerschwinglich teuren Zutaten Eindruck schinden wollte. Weit vor dem Ende der Show verlor sie das Interesse an dieser Aufgabe und ging zu Bett.

Samstag, 7. November

Sie hatte geschlafen, aber es war über weite Strecken ein sehr leichter Schlaf gewesen, in dem die Menschen, denen sie in den letzten Tagen begegnet war, in einem chaotischen Reigen und unmöglichsten Zusammenhängen wieder und wieder auftauchten. Aus unerfindlichen Gründen spielte auch ihre Freundin Anne eine Rolle, die sie aber bis zum Morgen vergessen hatte. Das war kein gutes Omen für den Tag.

Hannah musste unbedingt einkaufen. In den letzten hektischen Tagen hatte sie ihre Vorräte total überstrapaziert. Annes bevorstehender Besuch tat ein Übriges: Ihre Freundin aß gut und viel, brauchte nicht so sehr auf ihre Figur zu achten und war auch kein Verächter eines guten Rotweins. Nach dem Einkaufstrip fühlte sie sich bemüßigt, ihrer Wohnung mehr Glanz zu geben. Besuch war für einen Single doch immer ein Anlass, alles auf Vordermann zu bringen. Außerdem vertrieb es die Zeit.

Gegen elf hatte sie den Frühstückstisch gedeckt. Trotz der vorweg genossenen kleinen Toastbrotscheibe hatte sie langsam echten Hunger. Gegen viertel nach elf klingelte das Telefon.

»Fang schon mal an! Ich fahre jetzt los.«

»Was ist passiert?«

Anne war zuverlässig. Es war klar, dass etwas Wichtiges sie daran gehindert hatte, sich pünktlich ins Auto zu setzen.

»Sebastian hat sich beim Rangeln mit seiner großen Schwester ein blutendes Loch am Kopf geholt. Werner war just zum Joggen unterwegs, und ich musste mit Sebastian zur Ambulanz ins Krankenhaus. Das hat gedauert, weil es natürlich viel schlimmere Fälle gab, die alle vorgezogen wurden.«

»Willst du lieber zu Hause bleiben?«

»Ich habe wirklich daran gedacht. Du weißt, wie wehleidig Jungen werden können, wenn ihnen was weh tut. Aber Werner meint, ich soll fahren, und wahrscheinlich denke ich das auch, sobald ich im Auto sitze.«

Werner weiß ganz genau, dass seine Frau diese gelegentlichen Ausflüge in die Stadt mit den entsprechenden Shoppingtrips braucht und danach sehr viel zufriedener in das verschlafene, heimatliche Örtchen zurückkehrt. Immerhin nimmt er derweil die Pflege seines Sohnes und das Führen des Haushalts auf sich. Natürlich behielt Hannah ihre Gedanken für sich.

»Vermutlich hat er Recht. Wenn es sein muss, bist du ja auch schnell wieder zu Hause.«

»Also gut. Ich fahre jetzt los. Wie gesagt, iss schon mal was. Bis gleich.«

Als Anne kam, sah sie immer noch angespannt aus, aber leckere Brötchen, duftender Kaffee und ein Gläschen Sekt zauberten in kurzer Zeit rosige Wangen auf ihr Gesicht. Sie beschlossen, gemütlich die Hammer Straße Richtung City zu bummeln, einen Blick in die kleinen Boutiquen dort zu werfen, dann die Ludgeri-Einkaufsstraße von hinten abzuklappern und vor allem das große Bekleidungsgeschäft Ecke Prinzipalmarkt und Salzstraße systematisch auf brauchbare Teilchen hin zu durchkämmen. Meistens kaufte Hannah gar nichts bei diesen Trips. Sie brauchte auch zum Einkaufen ihre Ruhe. Am besten mit unbegrenztem Zeitbudget, sodass sie sich durch nichts und niemanden getrieben fühlte. Den Bummel mit Anne nutzte sie eher zur Orientierung und merkte sich Teile, die sie sich vielleicht später noch einmal genauer anschauen würde.

Die Sonne kam gelegentlich hinter den Wolken zum Vorschein, und sie setzten sich in den Kopf, diese möglicherweise unwiderruflich letzte Chance auf einen Kaffee draußen unbedingt zu nutzen. In der Caféландschaft vor dem Stadthaus fanden sie ein Plätzchen in der Nähe eines Wärmepilzes.

Anne zog ihr Handy heraus und prüfte kurz die Situation zu Hause. Alles ruhig.

»Vielleicht sollte ich mir doch auch mal langsam so ein Ding anschaffen«, sagte Hannah.

»Du und ein Handy? Was ist das denn für ein revolutionärer Gedanke? Ich denke, du bist ein absoluter Gegner ständiger Erreichbarkeit! Das erzählst du mir doch schon seit Jahren.«

»Na ja, im Prinzip stehe ich immer noch dazu, dass man nicht immer und überall mit Anrufen zugemüllt werden muss, um ja nichts zu verpassen. Aber vielleicht gibt es ja doch gewisse außergewöhnliche Situationen, in denen ein Handy ganz hilfreich wäre.«

Hannah berichtete kurz von Jans Versprechen, sie anzurufen, falls sich mit Everkamp etwas ergäbe. Sie war unruhig, ob er wohl in der Zwischenzeit versucht hatte, sie zu erreichen.

»Was hältst du davon, wenn wir dir jetzt ein Handy kaufen? Ein ganz simples mit den einfachsten Funktionen, nur für Notfälle. Nutzt dir zwar heute auch nichts mehr, aber vielleicht hast du demnächst öfter Bedarf. Und dann machen wir uns auf den Weg zu dir. Ich bin sowieso kaputt wie ein Hund von dieser Tour. Wir machen uns einen ruhigen Feierabend und gehen hinterher bei dir in der Nähe etwas essen, damit keiner von uns beiden mehr Auto fahren muss und wir beide Rotwein trinken können.«

So machten sie es. Es dauerte gar nicht übermäßig lange, und Hannah war stolze Besitzerin eines dieser federleichten, flachen Apparate, die inzwischen alle hatten. Sie musste sich eingestehen, dass von einem solchen Gerät auch eine gewisse Beruhigung ausging.

Zu Hause machten sie es sich gemütlich, gönnten sich schon mal ein Gläschen vorweg. Nach einer Einweisung in Handy-Nutzung brachten sie sich gegenseitig auf den neuesten Stand ihres Lebens, wobei dieses Mal Hannah der sehr viel größere Part zukam. Sie versuchte sich an einer Kurzversion des Falls. Ihre erneute Panikattacke vom Vortag verschwieg sie. Auch Anne musste nicht alles wissen. Der »Fall« Heidmeier interessierte ihre Freundin natürlich noch viel mehr, aber da gab es deutlich weniger zu erzählen. Es war ja noch nicht viel passiert – außer einem guten Gefühl im Bauch. Hannah berichtete von ihrem Besuch im Dom und der Idee zu einer Israel-Reise, worauf sie kurz die weltpolitische Lage unter besonderer Berücksichtigung des israelisch-palästinensischen Konflikts erörtern mussten.

Der Gesprächsstoff ging ihnen erst sehr spät abends aus. Es tat gut, so viele Gemeinsamkeiten zu spüren. Wie immer gab Anne zu vorgerückter Stunde eine bühnenreife Parodie auf nachbarschaftliche Tratschrunden zum Besten, und sie kicherten endlos, losgelöst von jeglicher Vernunft. Lange beachteten sie die aufkommende Müdigkeit nicht. Keine wollte diesen Abend enden lassen.

Sonntag, 8. November

Hannah hatte schon längst den Frühstückstisch gedeckt und wartete bei einer Tasse Kaffee, als Anne verstrubbelt und im Schlafanzug, das Handy in der Hand, in der Küche erschien.

»Keine weiteren Katastrophen zu Hause. Ich habe völlig verpennt. Warum hast du mich nicht geweckt?«

»Ich dachte, du bräuchtest den Schlaf.«

»Auch wieder wahr.« Sie ließ sich am Tisch nieder und griff nach der Kaffeekanne. »Was machen wir heute?«

»Das Wetter hat sich gehalten. Was hältst du von einem Besuch im Stillen Frieden?«

»Eine Kneipe? Bist du verrückt? Am frühen Sonntag Morgen!« Und sie griff sich dabei demonstrativ an den Kopf.

»Neh, warte mal ab.«

Sie nahmen den gleichen Weg, den Hannah vor knapp einer Woche zu Birgit gegangen war. Am Kirchplatz vor der Josefskirche zweigte im spitzen Winkel der Dahlweg von der Hammer Straße ab. Bei Tageslicht und im Sonnenschein sah alles völlig anders aus. Es wehte ein heftiger Wind.

Gegenüber von Birgits Haus deutete Hannah auf den metallenen Torbogen mit der Aufschrift »Stiller Friede«. Die übermannshohe Hecke wurde von einem Haufen von Plastiksäcken und Bündeln mit Zweigen und Ästen auf dem Bürgersteig fast vollständig verdeckt. Wahrscheinlich stand die herbstliche Grünabfuhr der Stadt vor der Tür. Erst direkt vor dem Tor sahen sie das Schild:

Kleingartenverein:
STILLER FRIEDE e.V.
Öffnungszeiten:
April bis September
9 bis 20 Uhr

Leiwe Lüd, makt nix kaputt !!!

Der Weg war umsonst gewesen. Enttäuscht wollte sich Hannah abwenden.

»Warte mal.« Anne fasste an die Klinke und siehe da: Das Tor ließ sich öffnen. Hatte man vergessen abzuschließen? Unwahrscheinlich. Vermutlich schaffte angesichts des schönen Wetters schon jemand im Garten. Eine Sonntagsruhe wie auf dem Land wurde hier vermutlich nicht eingehalten. Als sie das grüne, von mehrstöckigen Häusern begrenzte Idyll betraten, war Hannahs erster Gedanke: Jetzt fehlt nur noch ein Teich!

Den fanden sie aber nicht. Geradeaus endete der Weg alsbald deutlich erkennbar in einer Sackgasse. Sie bogen nach links in eine Art Hauptweg und schlenderten in aller Seelenruhe. Hannah bewunderte die kleinen Kunstwerke von Parzellen, die teilweise mit Buchsbaumhecken verziert waren: Bauerngärten mit Gemüse zur Selbstversorgung. Mussten Kleingärtner nicht einen bestimmten Anteil ihrer Parzelle mit Gemüse bebauen? Sie hatte so etwas gehört.

Zwischen verblühten Blumen lugten prächtige Rosen, Dahlien und lila Herbstasternbüsche hervor. In einem Garten stand ein üppiger Strauch in voller Blüte: eine unendliche Vielfalt an Farbtönen von zartem Rosa bis zu knalligem Pink.

Das Vereinsheim befand sich ungefähr in der Mitte auf einem kurz geschorenen Rasenstück. Bänke luden zum Sitzen ein, aber es war zu kalt dazu. Hannah stellte sich eine tobende Schar von Kleinkindern und Schulkindern auf der Rutsche, im Sandkasten, auf den Wegen rennend und Bobbycar fahrend vor.

An der Wand des Vereinsheims waren Glaskästen angebracht, in denen eine Menge Zettel aufgehängt war: Putzpläne für das Heim, für sonstige Gemeinschaftsdienste, Nachrichten vom Stadtverband der Kleingärtner. Als sie sich gerade abwenden wollte, weil Anne etwas gelangweilt wirkte, hörten sie, wie eine Toilettenspülung rauschte und eine Tür klapperte. Um die Hausecke herum erschien eine Frau, klein, kurze dunkle Haare, Mitte vierzig, die eine hochbeladene Schubkarre vor sich her balancierte.

»Guten Morgen«, grüßte sie leicht verwundert. »Kann ich Ihnen helfen? Suchen Sie etwas?«

»Danke, nein. Ich war nur ein bisschen neugierig, was in diesem Kleingarten alles vor sich geht. Das ist ja ein richtiges kleines Paradies!«, antwortete Hannah.

»Oh, dann kommen Sie doch mal im Frühling, im Mai! Jetzt geht das Gartenjahr ja schon zu Ende. Morgen ist Grünabfuhr. Wie Sie sehen, bin ich spät dran.«

»Auf jeden Fall scheint der Name Ihrer Anlage wirklich Programm zu sein«, beharrte Hannah.

»Mit Stille hat der aber nichts zu tun«, erläuterte die Frau, die es mit ihrer Arbeit nicht mehr so eilig zu haben schien.

»Sondern?« Hannah war erstaunt.

»Es soll hier in den 20er Jahren des letzten Jahrhunderts eine Firma Stille oder Stiller gegeben haben, und die Kleingartenanlage war deren Angestellten vorbehalten. Gegründet wurde die Anlage, glaube ich, 1922.«

»Spannend! Ein Stück Zeitgeschichte, das überdauert hat, mitten in der Stadt.«

»Wenn es Sie genauer interessiert, sollten Sie mal unseren Ältesten befragen, der da vorn seine Parzelle hat. Der Mann ist weit über achtzig. Aber da müssen sie an einem Werktag wiederkommen.« Damit hob sie ihre Karre an und ging grüßend weiter.

»Ich glaube, dir geht's endgültig wieder besser«, schmunzelte Anne.

»Wie kommst du denn jetzt darauf?«

»Du fängst wieder an, dich für alles und jeden zu interessieren! Das habe ich letztes Jahr an dir vermisst. Aber ehrlich gesagt, mich begeistert diese ganze Pracht hier weitaus weniger. Wer in einer Einfamilienhaussiedlung lebt, für den sind herbstliche Blumen keine herausragende Besonderheit.«

Es kostete Hannah etwas Überredungskunst, Anne doch noch einen kurzen Gang durch den hinteren Teil der Anlage abzuringen. Doch sie merkte, dass Anne überhaupt nicht auf die Umgebung achtete und in Gedanken versunken war.

»Sag mal, diese Lehrerin, die bei dir in der Beratung ist«, sagte sie unvermittelt. »Hatte die nicht ein erstklassiges Motiv, diese Daniela Heckert umzubringen?«

»Man könnte es so sehen.« Hannah war froh, dass ihre gestrigen Gedanken anscheinend doch nicht so abwegig gewesen waren.

»Und was sagt dein Kommissar dazu? Hat er ihr Alibi überprüft?«

»Erstens ist er nicht mein Kommissar, und zweitens weiß er nur am Rande von Mobbing. Den Namen der Betroffenen konnte ich ihm erst recht nicht sagen.«

»Du konntest ihm so einiges nicht sagen! Warum klammerst du dich eigentlich an die Vorstellung, dass dieser Schulleiter nichts mit dem Mord zu tun hat? Er hätte doch auch ein starkes Motiv! Du magst ihn, oder?«

»Ich mag ihn, und ich glaube, er mag mich auch. Er ist mal sehr engagiert gewesen, zu engagiert womöglich, und jetzt ist er ausgebrannt. Er hat ja auch wenig Unterstützung. Er ist viel zu sensibel für so eine Position. Der macht sich kaputt.«

»In einer solchen Stellung ist man immer ziemlich einsam. Für mich wäre das nichts.«

Sie waren abgebogen und mussten nach einiger Zeit wieder umkehren. Die Bäume hatten im Gegensatz zu denen an der Straße noch nicht ihr ganzes Laub verloren. An einem Apfelbaum hingen gelbrote Früchte, wie gemalt. Ob die niemand pflücken wollte? Ein Mann harkte Laub zusammen und grüßte sie. Vielleicht gehörte er zu der Frau mit der Schubkarre.

»Hast du schon mal daran gedacht, dass diese Halluzinationen durch irgendeinen Stoff in der Schule verursacht worden sein könnten, den die drei eingeatmet haben? Es gibt doch Schnüffelstoffe, mit denen sich Jugendliche gezielt high machen. Ich habe gelesen, dass diese Stoffe auch in manchen Farben sein sollen.«

Hannah wunderte sich, dass Anne so viele Theorien entwickelt hatte. »Daran habe ich schon gedacht, aber ich erinnere mich beim besten Willen nicht, dass irgendwo in der Schule etwas frisch gestrichen wäre.«

Im Vorübergehen registrierte Hannah die vorschriftsmäßig umgegrabenen Gemüsebeete. »Außerdem würde das ja bedeuten, dass es einen Ort geben müsste, der nur von den drei Betroffenen aufgesucht würde. Das kann ich mir absolut nicht vorstellen. Lehrerzimmer, Kaffeeküche, Toiletten, Kopierraum, Klassenräume – alle Räume werden von Unmengen von Menschen benutzt. Warum sollten denn nur bei wenigen Halluzinationen auftreten?«

»Und Fachräume oder Fachvorbereitungsräume, die nur von einigen Fachlehrern benutzt werden?« Anne forschte unermüdlich weiter.

»Ich weiß gar nicht, welche Fächer Kathrin Pfister und Marlies Tiekötter unterrichten. Deswegen weiß ich auch nicht, ob es da Überschneidungen gibt. Könnte sein, dass alle drei Erziehungswissenschaft als Fach haben.«

»Wahrscheinlich gibt es in der Bibliothek ein altes vermodertes Pädagogik-Buch, das alle drei benutzen und das hochgiftige Stoffe aussendet.« Anne lächelte verschwörerisch. »Mir wird kalt. Lass uns gehen.«

»Noch eine Runde durch den Südpark?«

Es waren nur wenige Meter, bis sie vom Kleingarten aus bei der größeren Grünanlage waren. Hier beherrschten weite Rasenflächen und verstreute Baumgruppen das Bild. Sie begannen, eine Runde in flottem Tempo zu gehen, denn durch den Wind war es empfindlich kalt geworden.

»Haben sich deine Schwiegereltern mal wieder gemeldet?«

Hannah hatte auf diese Frage gewartet. Anne stellte sie bei jedem Besuch. Also berichtete sie von dem desaströsen Telefongespräch vor ein paar Tagen.

»Weil du Allerheiligen nicht brav mit ihnen zum Friedhof gegangen bist? Glauben die, dass du ewig die trauernde Witwe bleiben wirst? Du bist nicht mal vierzig! Du hast doch wohl das Recht, noch mal von vorn anzufangen.« Anne redete sich in Rage, denn nun war sie bei einem ihrer Lieblingsthemen angelangt. »Und im Übrigen haben sie ja schon genug Unheil angerichtet, indem sie ihren Sohn ständig bevormundet haben und ihn nicht von der Kandare lassen konnten. Du bist ihnen wahrlich nichts mehr schuldig.« Dieser Aspekt schien neu zu sein. Oder hatte Hannah ihn bisher einfach nur überhört?

»Wahrscheinlich lassen sie mich ja jetzt erst mal in Ruhe. Ein bisschen Distanz ist wohl wirklich nötig. Erst mal. Später kann man weiter sehen.«

»Du hast alles Recht der Welt darauf, dich nach mehr als einem Jahr neu zu orientieren. Es ist ja auch nicht so gewesen, dass du selbst die Initiative ergriffen hättest auf Partys oder in Discos oder per Internet. Dieser Kommissar ist dir doch einfach so passiert. Du kannst doch nicht ewig trauern!«

Hannah war einen Moment lang versucht, Anne von dem Erlebnis im Dom zu erzählen, aber sie hatte das Gefühl, dass Anne dies nicht würde nachempfinden können.

»Er hat eine Tochter. Sie macht nächsten Sommer Abitur. Lebt bei ihrer Mutter.«

»Na, herzlichen Glückwunsch! Da hast du gleich eine fast erwachsene Tochter. Damit hast du eine Menge Arbeit gespart.« Sie lachten beide über eine Zukunft, die noch in den Sternen stand.

Anne verabschiedete sich eine Stunde später: »Wann sehen wir uns?«

»Noch vor Weihnachten?«, fragte Hannah hoffnungsvoll angesichts einer Unzahl von dunklen, leeren Wochenenden, die sie noch vom »Fest der Feste« trennten.

»Spätestens zwischen den Jahren. Es sei denn, du kommst zu uns, und wir machen uns da ein schönes Wochenende.«

»Und was machen wir in eurem Kaff?«

»Wir wollten immer schon mal wieder nach Enschede zum Markt fahren oder ins Solebad nach Bad Bentheim.«

»Gut, lass uns telefonieren.«

Sie umarmten sich. Anne eilte die Treppe hinunter. Die Wohnung erschien Hannah leer und still. Sie räumte das benutzte Geschirr in die Spülmaschine. Es würde dauern, bis wieder jemand an ihrem Küchentisch sitzen würde.

Anne war bestimmt schon am Stadtrand. Sie freute sich mit Sicherheit unbändig auf ihre Familie. Anne würde ohne Frage alles tun für ihre Lieben. Nur ab und zu brauchte sie ein wenig Abstand. Ein Tag im Trubel von Münster und ein feuchtfröhlicher Abend genügten ihr dann als kleine Auszeit. Danach stürzte sie sich mit Elan wieder in ihren Alltag.

Sonntag, gegen Mittag

Hannah überlegte, was sie mit dem restlichen Tag anfangen sollte. Jan anrufen? Am Freitag in der Schule hatten sie vage davon gesprochen. Sie war unterschwellig das ganze Wochenende über wegen Everkamp nervös gewesen. Wo konnte er sein, wenn er weder bei seiner Frau noch bei seiner Freundin war? Er trieb sich doch nicht ziellos irgendwo herum. Immer wenn sie an diesem Punkt angekommen war, kroch die Furcht in ihr hoch, dass er sich doch etwas angetan haben könnte.

Gegen halb zwei hatte sie sich durchgerungen und versuchte, Jan zu erreichen, aber er meldete sich nicht. Weil sie nicht wusste, was sie sonst Sinnvolles mit ihrer Zeit hätte anfangen sollen, setzte sie ihre Recherchen zu Psychosen, Halluzinationen, Schizophrenie fort.

Annes Idee, dass es einen Auslöser für die Halluzinationen gegeben haben könnte, ließ sie nicht los. Sie begann an, sich in das Kapitel Drogen in ihrem Lehrbuch zu vertiefen. Bald war sie ein wenig gelangweilt von den geschichtlichen Betrachtungen über den Schweizer Chemiker Dr. Albert Hofmann. Der war beim Experimentieren mit einem giftigen Pilz namens Mutterkorn auf für sie nicht ganz nachvollziehbaren Wegen auf Lysergsäurediäthylamid, besser bekannt unter dem Namen LSD, gestoßen. Er beschrieb seine zufällig im Selbstversuch gemachten Erfahrungen mit der Droge, die von der Peace-and-Love-predigenden Hippiegeneration als bewusstseinserweiternde Substanz übernommen worden war. Das alles entsprach so gar nicht dem, was Hannah suchte, dass sie anfing, das Kapitel großzügig quer zu lesen.

Es war erstaunlich, welche halluzinogenen Pflanzen es weiterhin gab. Der Autor verbreitete sich über das aus einem Kaktus stammende Meskalin, das von Indianern in Südamerika zu religiösen Ritualen verzehrt wird, über den »heiligen Pilz« der Azteken und den San-Pedro-Kaktus. Sie war sich sicher, dass sie auch den Absatz über Marihuana und Haschisch überspringen konnte, obwohl sie über keine persönlichen Erfahrungen mit diesen Drogen verfügte. Aber leichte Erregung, Euphorie, Rededrang, übersteigerte Heiterkeit – nein, das passte nicht zu den Symptomen, die Marlies Tiekötter und Kathrin Pfister gezeigt hatten. Stechapfel und Engelstrompete wurden beschrieben. Immerhin wurden als Symptom für den Genuss von Engelstrompete unter anderem sexuelle Übererregbarkeit und Erbrechen genannt. Und Engelstrompeten gab es in heimischen Gärten ganz im Gegensatz zu diesen exotischen südamerikanischen Kakteen. Hannah hatte genau die blassgelben bis zart orangefarbenen großen Blüten vor Augen, die oft in riesigen Töpfen auf Terrassen standen. Viele Leute wussten, dass Engelstrompeten giftig waren. Vielleicht hatte sich jemand schlauer gemacht als der Durchschnittsgärtner.

Allmählich war sie völlig verwirrt von der Vielzahl fremder Namen und Möglichkeiten. Sie überlegte aufzugeben, als sie fast am Ende des Kapitels auf die Begriffe Phencyclidin und Ketamin stieß. Lapidar wurde in einem Nebensatz darauf hingewiesen, dass diese Substanzen Zustände erzeugen können, die denen einer Schizophrenie sehr ähnlich sind. Die Wirkung tritt schon bei relativ geringen Dosen auf. Als spezielle Symptome wurden übermäßig starkes Misstrauen, Verfolgungswahn und Beziehungswahn erwähnt. Eine Unterscheidung von psychotischen Erkrankungen und drogeninduzierten Halluzinationen sei insofern schwierig, weil beide sowohl akustische als auch visuelle irreale Wahrnehmungen zur Folge hätten. Bei echten Psychotikern seien religiöse Visionen häufiger.

Das Kapitel endete. Hannah war wie elektrisiert. Vielleicht hatte sie eine Spur! Sie schaltete ihren Computer ein und konnte gar nicht erwarten, den Begriff »Ketamin« in die Suchmaschine einzugeben. Schon der erste Satz war eine Offenbarung: »Ketamin, ein Narkotikum zur Notfallmedizin, ein kristallines, weißes geruchsloses Pulver, leicht bittermetallisch im Geschmack, das geschluckt, gesnieft oder gespritzt wird, auch K, Keta, Ket, Special K, Kate oder Vitamin K genannt.« Es schien sich um eine recht gängige Droge zu handeln, denn sie fand auch eine Seite, die schon im Titel suggerierte, dass das Mittel sehr einfach auf dem Markt zu beschaffen sei. Sie war geschockt.

Sie gab »Phencyclidin« ein. »Erzeugt einen Rauschzustand ähnlich einem akuten schizophrenen Schub.« Da stand es wieder! Seltsamerweise fand sie diese Einträge im Internet erheblich glaubwürdiger als ihr uraltes Lehrbuch, aber in der Essenz sagten sie beide das Gleiche aus. Es konnte also sein, dass Daniela, Marlies und Kathrin krank gemacht worden waren! Sie machte sich einige Notizen und schaltete den PC ab.

Inzwischen war es dunkel. Es würde nichts mehr werden aus einem Treffen mit Jan. Kein Spaziergang im herbstlichen Wald. Sie aß ein Brötchen, das trotz Annes gesegneten Appetits übrig geblieben war, räumte auf und überlegte, ob sie für den nächsten Tag überhaupt noch etwas Frisches zum Anziehen hatte. Ihre gesamte Haushaltsführung hatte in den letzten zwei Wochen schwer gelitten. Sie schaute im Fernsehprogramm nach, ob Ablenkung zu erwarten war, als das Telefon klingelte.

Er meldete sich mit »Jan Heidmeier« und der ernste Klang seiner Stimme ließ Hannah einen kalten Schauer über den Rücken fahren. Nur zwei Mal hatte sie in ihrem Leben dieses Gefühl beim Klang einer Stimme gehabt, und beide Male hatte sie gewusst, dass etwas extrem Schlimmes passiert war. Einmal war es ihre Schwester gewesen, die ihr nicht völlig unerwartet mitteilte, dass ihr Vater im Krankenhaus verstorben war. Das zweite Mal geschah vor gut einem Jahr, als Steffens Sprechstundenhilfe sie in der Beratungsstelle angerufen hatte, um ihr mitzuteilen, dass Steffen tot war, an einem Herzinfarkt vor ihren Augen in der Praxis gestorben.

Sie brauchte eine Sekunde, bis sie fragen konnte: »Was ist passiert?«

Er schien ihre Angst zu spüren, denn er antwortete ohne Zögern.

»Wir haben Everkamp gefunden. Er ist in der Schule überfallen worden. Er ist sehr schwer verletzt. Es ist unsicher, ob er überlebt.«

Sie atmete ein paar Mal tief ein und aus. »Kannst du mir Näheres erzählen?«

»Bist du einigermaßen in Ordnung? Ich kann später noch mal anrufen.«

»Nein, auf keinen Fall. Was ist genau passiert? In der Schule?«

»Der Hausmeister hat ihn heute Nachmittag gegen drei Uhr gefunden, als er nach der Heizung schauen wollte, die nicht ganz einwandfrei funktionierte. Everkamp lag in Matschinskys Büro. Eine Kopfwunde. Genaueres weiß ich noch nicht, weil er im OP ist, aber es könnte so ähnlich oder genauso wie bei Daniela Heckert gelaufen sein. Erschlagen mit einem Gegenstand, den wir nicht vorgefunden haben.«

»Wieso war er in Matschinskys Büro?«

»Das wissen wir nicht. Sein Mantel lag in seinem eigenen Büro. Vielleicht hatte er etwas in Matschinskys Büro vergessen. Er hat ja den ganzen Freitagmorgen da gearbeitet.«

»Was wollte er bloß in der Schule? Wo war er überhaupt das ganze Wochenende?«

»Das haben wir ziemlich klären können. Er war in einem kleinen Hotel in Bensersiel an der Nordsee. Allein. Er und seine Freundin haben dort schon mal das Wochenende verbracht. Im Januar, wenn sonst keine Touristen dort sind. Er hat sie von dort am späten Samstagabend angerufen. Sie behauptet, er habe Zeit und Ruhe für sich haben wollen, um nachzudenken und Entscheidungen zu treffen. Er will sich angeblich scheiden lassen, seinen Posten als Schulleiter aufgeben und mit seiner Freundin neu anfangen. In dem Hotel hat er am Sonntag um zehn Uhr ausgecheckt. Wenn er auf direktem Weg zur Schule gefahren ist, konnte er frühestens um zwölf, halb eins dort sein. Wir müssen die Verkehrslage dazu auf dem Ostfriesenspieß noch prüfen. Er hat seiner Freundin gesagt, dass er noch an der Schule vorbeifahren wollte, um etwas abzuklären. Genaueres weiß sie nicht.«

»Was kann er dort gewollt haben?«

»Das bleibt Spekulation. Vielleicht hat er etwas vergessen

oder wollte etwas nachsehen. Oder er hat sich mit jemandem verabredet. Mit dem Angreifer zum Beispiel. Oder er hat ihn zufällig dort getroffen. Jedenfalls muss es einer von den Lehrern sein.«

»Wie kommst du darauf?«

»Alle Schultüren waren verschlossen. Es hört sich seltsam an, aber der Täter hat hinter sich abgeschlossen, vielleicht ganz in Gedanken, weil er das immer so macht. Jedenfalls nicht mit Everkamps Schlüssel. Der war in seiner Manteltasche.«

»Er könnte mit Everkamp hereingekommen sein und durch die Fluchttür wieder herausgegangen sein. Die ist von innen immer offen.«

»Rein theoretisch möglich. Aber ich kann mir beim besten Willen nicht vorstellen, dass zwei Kapitalverbrechen innerhalb von zwei Wochen in einem Kollegium nicht zusammenhängen, und mein Bauch sagt, dass es einer aus der Lehrerschaft war.«

»Übrigens war Daniela Heckert am Tag vor ihrem Tod auch nachmittags in der Schule.«

»Woher weißt du das?«

»Ich habe Freitag dort die Reinigungsfrau getroffen, als ich auf den Zug wartete. Sie heißt Irina Meier und putzt jeden Nachmittag in der Schule. Auch in den Ferien. Sie hat Daniela Heckert genau am Tag vor ihrem Tod im Biologieraum getroffen.«

»Warum sagst du das jetzt erst?«

»Es hat sich vorher keine Gelegenheit ergeben. Am Freitagabend erschien es mir nicht besonders sinnvoll.«

Er antwortete nicht sofort, und die kleine Pause brachte beiden wieder den Inhalt und die Umstände dieses Telefongesprächs zu Bewusstsein. Dann räusperte er sich.

»Wir müssen sie unbedingt vernehmen. Wenn sie jeden Nachmittag in der Schule ist, weiß sie vielleicht noch mehr. Sag mal, kannst du morgen noch einmal in die Schule kommen? Es wäre sicher gut, um das Schlimmste aufzufangen.«

»Daran habe ich auch gerade gedacht. Meine Kollegen werden nicht begeistert sein, aber sie werden es einsehen.«

»Können wir uns früh, sagen wir um viertel vor acht treffen? Dann könnten wir uns zunächst weiter abstimmen.«

Hannah beschrieb ihm den kleinen Parkplatz an der Arztpraxis unweit der Schule, und sie verabredeten sich dort.

Sie fühlte sich wie zerschmettert, als sie den Hörer auflegte. Unfähig ein privates Wort zu wechseln, war das Gespräch mit einer verlegenen Abschiedsfloskel zu Ende gegangen.

Everkamp! Das hatte er also gemeint, als er von Aufgabe und einen »Schnitt machen« gesprochen hatte. Es ging nicht nur um seinen Schulleiterposten. Er wollte privat einen Neuanfang. Er wollte heraus aus seiner unglücklichen Ehe, die seit dem Tod seines Sohnes anscheinend völlig ihren Sinn verloren hatte. Und jetzt das! Es war noch nicht einmal sicher, dass er die Nacht überstand. Alle Kunst der Ärzte würde ihn nicht retten, wenn es von einer höheren Macht anders vorgesehen war.

Sie rief ihren Kollegen Dirk an, den sie glücklicherweise sofort erreichte. Er klang ziemlich resigniert, weil er erneut einen chaotischen Wochenbeginn auf sich zukommen sah, aber er wusste genau, dass sie ihn lediglich informierte. Notfälle gingen vor. Das gehörte nun mal zum Konzept der Notfallseelsorge.

»Sag mal, ist es eigentlich gut, wenn du da morgen allein hingehst?«, fragte er unvermittelt.

»Ehrlich gesagt, ich habe ein mulmiges Gefühl. Wahrscheinlich wäre es viel besser, wenn wir zu zweit wären, aber wir können unmöglich noch jemanden aus der Dienststelle abziehen. Das Chaos ist auch so schon groß genug.«

»Stimmt schon, aber kollegialer Austausch wäre sicher hilfreich in einer so heiklen Situation.«

»Sind ja nur ein paar Stunden morgen, um das Schlimmste etwas abzufedern. Ich schätze, gegen Mittag bin ich dort überflüssig, und dann komme ich noch an der Schützenstraße vorbei, damit wir sehen können, wie es mit den Terminen weitergehen soll.«

Sie konnte spüren, dass Dirk den Gedanken, sie dort weiter allein arbeiten zu lassen, nicht wirklich gutheißen konnte, aber er sah wohl die Zwänge durch die angespannte Personallage ein.

Ihre Gedanken wanderten zu Everkamps Kollegium. Jan glaubte nun ganz fest an einen Mörder unter ihnen. Hannah war sich nicht so sicher. Die Fluchttür kannten auch alle Schüler. Vielleicht hatten sie das bei der ganzen Untersuchung des Falls aus den Augen verloren. Jan hatte nie erwähnt, was aus der Befragung von Christoph geworden war. Entweder war nichts dabei heraus gekommen oder sie hatte gar nicht stattgefunden. Am Freitagmittag war der Verdacht gegen Everkamp plötzlich aufgetaucht, und es war mehr als wahrscheinlich, dass Jan darüber die vagen Anhaltspunkte gegen den Schüler vergessen hatte. Hannah hatte sowieso nie ernsthaft geglaubt, dass Christoph mit der Ermordung von Daniela Heckert zu tun haben könnte. Und was sollte er gegen Everkamp gehabt haben? Es musste eine andere Lösung dieses Rätsels geben.

Sie grübelte lange Zeit vor sich hin. Ihre Angst vor dem nächsten Tag wurde dadurch nicht eben kleiner.

Montag, 9. 11.

Die Müdigkeit lag wie Blei auf ihr, als sie sich mit zwei Tassen Kaffee für den Tagesanfang fit trank. Essen konnte sie nicht. Ihre Schläfen wähnte sie in Schraubzwingen, und ihre Schultermuskulatur war steinhart. Fahrradfahren wäre vermutlich hilfreich gewesen, aber das Auto würde Zeit sparen, falls sie auf dem Rückweg wirklich noch bei der Beratungsstelle vorbei schauen wollte.

Der Weg war ihr nun vertraut. In der Nähe von Gewässern oder feuchten Wiesen schwebten Nebelschwaden über dem Erdboden. Kurz vor dem Ziel sah sie vermehrt Radfahrer auf der Straße, schließlich einen Strom von Fußgängern.

Pünktlich kam sie an der verabredeten Stelle an. Jan war schon da. Sie parkte neben ihm. Er stieg aus und stellte ihr einen weiteren Kollegen vor, dessen Namen sie sofort wieder vergaß. Höllmann würde später dazu stoßen.

Die nächstliegende Frage beantwortete Jan, ohne dass sie sie gestellt hatte. »Everkamp geht es besser. Sie haben ihn in ein künstliches Koma versetzt, aber er wird überleben. Komm, setz dich in den Wagen.« Sie setzte sich neben ihn auf den Beifahrersitz, sein Kollege auf die Rückbank.

»Das ist gut, das ist gut.« Mehr brachte sie zunächst nicht heraus.

Er wartete, bis sie sich gefangen hatte.

»Wir werden alle Lehrer gemeinsam um acht Uhr informieren.«

»Heißt das, dass bisher niemand Bescheid weiß?«

»Wenn der Hausmeister Teichmann dicht gehalten hat – wovon ich ausgehe. Als ich gestern Everkamps Stellvertreter, diesen Matschinsky, nicht sofort erreichen konnte, kam mir die Idee, den Schockmoment auszunutzen und den Täter nervös zu machen. Ich möchte dich bitten, die Reaktionen aller Anwesenden genau zu beobachten, wenn ich von dem Angriff auf Everkamp berichte. Wir verhören alle und prüfen alle Alibis für gestern.«

»Aber einige werden möglicherweise ziemlich erschüttert sein.«

»Dafür bist du da! Ich weiß, ich mute dir eine Menge zu.«

Er konnte nicht wissen, dass sie sich überhaupt nicht im Vollbesitz ihrer Kräfte fühlte, und es machte auch keinen Sinn, es ihm zu sagen. Sie musste jetzt da durch.

»Lass uns losfahren. Sonst sind die Pünktlichen gleich schon im Unterricht.«

Ihr eigenes Auto ließ sie stehen. Die Parkplätze an der Schule würden knapp sein.

Der Schulhof leerte sich gerade. Wie schon vor zwei Wochen wurde sie erstaunt angestarrt. Einzelne Schüler grüßten.

»Kannst du die Sekretärin dazuholen?«, fragte Jan, als sie in die Halle kamen.

Sie betrat das Sekretariat und hielt sich zurück, bis eine Schülerin ihr Gespräch mit Frau Brauer erledigt hatte.

»Frau Schmielink. Warum … Was ist los?« Ihre Stimme wurde schrill, und Hannah vergewisserte sich, dass die Tür zum Flur geschlossen war. »Ist etwas mit dem Chef? Er ist noch nicht da, und ich kann niemanden bei ihm zu Hause erreichen.«

»Kommen Sie bitte mit, Frau Brauer. Die Polizei ist da – im Lehrerzimmer.« Frau Brauer umklammerte ihren Arm. »Sagen Sie mir, was los ist, Frau Schmielink.«

»Er lebt, Frau Brauer. Mehr kann ich Ihnen jetzt nicht sagen. Bitte lassen Sie nichts verlauten.« Frau Brauer riss sich zusammen und folgte Hannah.

Im Lehrerzimmer hatten sich inzwischen alle gesetzt. Es herrschte angespannte Stille. Jan und sein Kollege hatten auf sie gewartet. Beide standen. Hannah blieb mit Frau Brauer in der Nähe der Tür stehen. Alle Lehrer schauten erwartungsvoll, nur Teichmann hatte den Kopf gesenkt.

»Leider habe ich eine sehr schlechte Nachricht für Sie. Deswegen sind wir heute Morgen hierher gekommen, um Sie alle zusammen zu informieren. Ihr Schulleiter, Herr Everkamp, ist gestern hier in der Schule tätlich angegriffen und schwer verletzt worden.«

»Oh Gott, nein!« Frau Brauer wankte, Hannah musste sie stützen. Auch andere hatten entsetzt aufgeschrien. Auf jeden Fall Yvonne ten Bruyn, die Rüdiger Debus an die Schulter gesunken war, Claudia Gröger und ein paar andere Frauen. Die Männer saßen regungslos.

»Ich kann Sie beruhigen. Herr Everkamp ist wohl inzwischen außer Lebensgefahr, wie mir das Krankenhaus soeben mitteilte. Man hat ihn in ein künstliches Koma versetzt.«

Claudia Gröger kämpfte mit einem Hustenanfall. Die Frau war vollkommen bleich. Sie hätte ohnehin ins Bett gehört, und nun noch diese Nachricht!

»Wir haben Grund zu der Annahme, dass der Angriff auf Herrn Everkamp und die Ermordung von Frau Heckert zusammenhängen. Es könnte sogar die gleiche Tatwaffe benutzt worden sein. Das werden wir überprüfen. Mein Kollege Korthues und ich möchten Sie heute alle verhören und wissen, wo Sie gestern zwischen 12 und 16 Uhr waren.«

»Wollen Sie damit sagen, dass Sie einen von uns als Mörder von Daniela verdächtigen?«, fragte Dr. Weischer.

»Das wird sich herausstellen.«

»Ich habe kein Alibi für gestern. Und das werden viele nicht haben.« Vielleicht ein Single, der den Tag nichts ahnend verbummelt hatte, ohne dafür Zeugen benennen zu können.

Die meisten riefen durcheinander. Einige saßen scheinbar gefasst schweigend an ihrem Platz.

»Was soll mit dem Unterricht heute geschehen?« Dr. Weischer behielt die Notwendigkeiten im Auge.

Es wurde schlagartig ruhiger, und es wurde ebenso schlagartig klar, dass kein Everkamp da war, der diese Frage beantworten konnte. Auch kein Matschinsky.

»Wo ist Herr Matschinsky?«, fragte Jan in Richtung von Frau Brauer.

»Er kommt. Kann nur noch zwei Minuten dauern. Er geht gerade über den Schulhof. Müller-Rath und Budke sind ihm ein paar Meter voraus.« Die Kollegin, die am Fenster saß, schilderte genüsslich, was sie dort sah.

»Sie kommen mit dem späteren Zug. Der ist nicht so vollbesetzt mit Schülern,« sagte Dr. Weischer süffisant!

Dieter Budke und die rothaarige Müller-Rath betraten mit Aktentaschen in der Hand das Lehrerzimmer. Als sie Heidmeier sahen, setzten sie sich ohne ein Wort und wurden flüsternd von Dr. Weischer informiert. Schließlich kam Matschinsky ins Lehrerzimmer. Jan setzte ihn kurz und knapp ins Bild.

»Was soll mit dem Unterricht geschehen?«, insistierte Dr. Weischer.

Matschinsky stand in Sekunden der Schweiß auf der Stirn. Er hatte nicht einmal seinen Mantel ausgezogen und musste die Aufgaben des Schulleiters übernehmen. Er schaute in die Runde.

»Der Unterricht fällt aus«, verkündete er plötzlich.

Zustimmendes, aufatmendes Gemurmel. Er bewies Führungsstärke.

»Und was sollen wir den Schülern sagen?« Yvonne ten Bruyn klang ängstlich.

»Jedenfalls nicht die Wahrheit«, hustete Claudia Gröger. Nun ließ sich der Anfall nicht mehr stoppen, und sie verließ mit hochrotem Kopf das Lehrerzimmer.

»Wir könnten sagen, dass wir eine Bombendrohung haben. So etwas ist doch heutzutage gang und gäbe!« Hannah glaubte ihren Augen und Ohren nicht ganz trauen zu können, denn der Vorschlag kam von Marlies Tiekötter.

»Keine schlechte Idee«, murmelte Matschinsky. »Wir sagen den Schülern, dass es keinen Anlass zur Besorgnis gibt, aber dass wir sicherheitshalber alle nach Hause schicken für heute.«

»Das wird morgen in der Zeitung stehen«, befürchtete Budke.

»Da wird morgen noch viel mehr drin stehen!«, raunte Michael Kochler düster.

Jan gab ungerührt weitere Anweisungen. »Von mir aus können Sie die Schüler nach Hause schicken. Achten Sie aber bitte darauf, dass kein Eindruck von Hektik und Eile entsteht, damit die Schüler nicht in Panik geraten. Sie alle muss ich ersuchen, das Schulgelände nicht ohne meine ausdrückliche Genehmigung zu verlassen. Wir hoffen, dass uns Herr Everkamp auch bei der Tätersuche helfen kann, denn es gibt Hinweise darauf, dass er seinen Angreifer gesehen hat. Aber wir können und wollen nicht so lange warten, bis er wieder bei Bewusstsein ist. Wir nutzen für die Verhöre das Büro von Herrn Everkamp und das Sekretariat. Das Büro von Herrn Matschinsky ist als Tatort noch nicht von der Spurensicherung freigegeben.«

Weiteres Stimmgemurmel. »Matschinskys Büro – was wollte er da? – Unverschämtheit diese Verhöre.« Hannah war sich nicht ganz sicher, ob Jan mit der Aussage bluffte, Everkamp könnte seinen Angreifer gesehen haben. Zuvor hatte er davon nichts gesagt. Jedenfalls erzielte er hoffentlich die beabsichtigte Wirkung, den Täter unter Druck zu setzen, zumal wenn dieser davon ausgegangen war, dass er Everkamp getötet hatte. Es war aber auf Grund des entstehenden Durcheinanders unmöglich zu sagen, ob sich jemand durch seine Reaktion verdächtig gemacht hatte.

Schließlich mahnte Matschinsky, sachlich und bestimmt, die Schüler nicht länger warten zu lassen und nach Hause zu schicken.

Jan ging zu Frau Brauer und redete mit ihr. Wahrscheinlich sollte sie als Erste verhört werden, da sie sofort zur Verfügung stand. Er nahm sie sanft beim Arm und führte sie hinaus. Die Ärmste weinte schon wieder. Im Hinausgehen nickte er Hannah kurz zu.

Sie ging zum Fenster und sah bald die ersten Schüler das Gebäude verlassen. Die allerersten rannten fast - vielleicht wollten sie eiligst den nächsten Zug oder Bus nach Hause erreichen. Die folgenden Grüppchen, Pärchen und Einzelnen schlurften sehr viel gemächlicher, ein Teil der Schüler unterhielt sich auf dem Schulhof. Angst vor einer Bombe schienen die nicht zu haben.

Jan schaute durch die Tür.

»Könntest du kommen? Ich bekomme kein Wort aus der guten Frau heraus. Sie möchte, dass du beim Verhör dabei bist.«

Es war Hannah lieb, nicht untätig herumsitzen zu müssen. Matschinsky hatte sich wieder im Lehrerzimmer eingefunden. Sein Büro war besetzt.

Hannahs Erscheinen ließ bei Frau Brauer zuerst weitere Tränen fließen, aber dann beruhigte sie sich und Jan konnte sie befragen.

»Frau Brauer, können Sie uns schildern, was Herr Everkamp am Freitagmorgen, als wir das Kollegium vernommen haben, getan hat?«

Das stellte sich als eine recht geschickte Frage heraus, denn Frau Brauer erzählte von Routineangelegenheiten: Unterschriften, Telefonanrufe, die sich allesamt als wenig aufregend erwiesen. Sie verlor allmählich ihre Anspannung und schien sich gut zu erinnern.

»Wie war seine Stimmung?«

»Er war sehr aufgebracht über die Vernehmungen, sehr nervös. Das hat sich aber im Lauf des Vormittags gegeben.« Hannah erinnerte sich, dass sie einen ähnlichen Eindruck gehabt hatte. Bei ihrem zweiten Gespräch mit Everkamp an dem Morgen war er sehr viel ruhiger gewesen.

»Ach ja, er hat sich kolossal aufgeregt, dass Matschinsky erst nicht zu erreichen war und dann nicht hierher kommen wollte. Er meinte, dass das doch wohl dem Ganzen die Krone aufsetzen würde.«

»Gab es aus Ihrer Sicht noch etwas Besonderes an dem Morgen?«

»Wissen Sie, an dem Morgen lief ja nichts ganz normal. Ich bin mehrere Male fast ins falsche Büro gelaufen, weil ich nicht daran gedacht habe, dass der Chef in dem anderen Büro sitzt. Ich erinnere mich an nichts Besonderes.«

»Ich bin Herrn Everkamp vor dem Biologieraum begegnet. Er sagte etwas von Mikroskopen. Wissen Sie, was es damit auf sich hatte?« Plötzlich war Hannah diese ihr immer noch unverständliche Einzelheit dieses Vormittags wieder eingefallen.

Frau Brauer schlug sich mit der flachen Hand vor den Kopf.

»Die ganze Aufregung kam auch noch dazwischen. Dieser Versand für naturwissenschaftlichen Bedarf hatte eine Mahnung geschickt, dass wir das bestellte Probeexemplar für die neuen Mikroskope entweder unverzüglich zurücksenden sollten oder aber bezahlen müssten. Hier ist aber nie ein Mikroskop angekommen. Everkamp ist sicherheitshalber in den Biologieraum gegangen. Es hätte ja da irgendwo sein können. Debus hat selten Überblick und kümmert sich auch nie um solche Dinge. Das hat alles Frau Heckert gemacht. Jedenfalls war kein Mikroskop da unten. Da hat sich der Chef natürlich über diese Firma aufgeregt. Als er wieder gegangen war, habe ich bei dem Versand angerufen und habe mich so lange weiter verbinden lassen, bis ich jemanden an der Strippe hatte, der das Bestellformular für das Probemikroskop vor sich hatte. Und siehe da: das Ding konnte gar nicht in der Schule sein, denn Frau Heckert hat sich das Mikroskop nach Münster an ihre private Adresse schicken lassen. Wahrscheinlich, weil die Ferien dazwischen kamen und sie nicht so lange mit dem Ausprobieren warten wollte. Es muss am Mittwoch oder Donnerstag in der letzten Ferienwoche bei ihr angekommen sein. Als ich das dem Chef erzählt habe, war er schon wieder ein bisschen beruhigt.«

Jan hatte noch eine Reihe weiterer Fragen an Frau Brauer. Unter anderem wollte er wissen, ob es normal sei, dass Everkamp an einem Sonntag in der Schule gewesen sei. Das konnte sie aber nicht bestätigen. Jedenfalls nicht mehr in den letzten Jahren. Schließlich wurde sie entlassen. Jan hielt Hannah zurück.

»Die Sache mit dem Mikroskop ist vielleicht sehr wichtig«, erläuterte er sein eingehendes Interesse an der Angelegenheit. »Wir haben kein Mikroskop in Daniela Heckerts Wohnung gefunden. Es könnte sein, dass es die Mordwaffe war, denn die seltsame Form, die unsere Kriminaltechniker dem gesuchten Gegenstand zugeschrieben haben, hat uns immer

Rätsel aufgegeben. Aber ein Mikroskop könnte es gewesen sein.«

»Der Täter hat es anschließend mitgenommen, und Daniela Heckerts Verlobtem ist nichts aufgefallen, weil er das Teil noch gar nicht registriert hatte. Er arbeitet ja den ganzen Tag lang und wird nicht ständig auf dem Laufenden darüber sein, womit sich seine Verlobte beruflich beschäftigt.« Hannah schien dieser Ablauf sehr plausibel.

»Der Täter hätte das Mikroskop in der Originalverpackung mitnehmen können, und niemand hat etwas gemerkt oder vermisst.« Auch Jan schien dieser Gedanke zu überzeugen. »Aber das bringt uns bei der Tätersuche nicht weiter, denn praktisch hätte jeder das Ding als Tatwerkzeug benutzen können.« Er schaute auf die Uhr. Er musste mit den Verhören weiterkommen.

Gegen 9 Uhr

Hannah suchte nach Frau Brauer, denn als Jan sie am Ende nach ihrem Alibi befragt hatte, war sie wieder in Tränen ausgebrochen. Im Sekretariat konnte sie ja nicht sein, weil dort dieser Korthues seine Verhöre durchführte. Teichmann lief Hannah über den Weg.

»Wissen Sie, wo Frau Brauer ist?«

»Ich kann es mir denken«, antwortete er. »Kommen Sie mit.«

Er führte sie die durch die Halle den unteren Flur entlang. Am Ende lag die Bibliothek, wie Hannah durch die Glastür schon im Vorbeigehen bemerkt hatte. Meistens hielten sich dort Schüler auf, die eine Freistunde hatten. Heute erschien der Raum, den sie mit Teichmann durchquerte, leer zu sein.

Hinter dem letzten Bücherregal verbarg sich eine kleine Sitzecke, die von außen nicht zu sehen war. Dort saß Frau Brauer. Sie war gefasst, starrte aber wie geistesabwesend vor sich hin. Sie setzten sich zu ihr.

»Elli, nimm es dir nicht so zu Herzen! Er wird überleben und wieder gesund. Glaub fest daran.« Teichmann tätschelte ihr unbeholfen den Arm. Ihr Blick wurde fester.

»Du hast ihn gefunden, Franz? Das muss doch schrecklich gewesen sein.«

»Das kannst du mir glauben! Ich dachte erst, er wäre tot, aber er war warm, und ich hatte das Gefühl, dass er ganz schwach atmete. Und dann war ich auf einmal ganz ruhig. Ich kann bis jetzt noch nicht begreifen, wie ruhig ich geblieben bin. Ich habe den Notruf gewählt und die Polizei angerufen. Dann habe ich eine Decke aus dem Besprechungsraum geholt, weil ich Angst hatte, dass er auskühlt. Die Heizung läuft doch am Wochenende nicht volle Pulle. Ich hab sogar daran gedacht, nichts in dem Zimmer anzurühren. Man kennt das ja aus dem Fernsehen: Spurensicherung und so. Und dann habe ich seine Hand genommen und gewartet. Und gebetet.«

Hannah stiegen die Tränen in die Augen. Sie konnte sich so plastisch vorstellen, wie umsichtig dieser nach außen hin so brummbärige Mann gehandelt hatte und wie er um seinen Chef gebangt hatte.

»Was für ein Glück, dass Sie vorbeigekommen sind! Aller Wahrscheinlichkeit hat ihm das das Leben gerettet«, sagte sie.

»Alles so vorbestimmt«, wehrte Teichmann ab.

»Es wird sicher lange dauern, bis er wieder auf die Beine kommt«, sinnierte Frau Brauer. »Vielleicht kommt er gar nicht zurück.« Hannah staunte über ihr Gespür. Oder wusste die Sekretärin etwas?

»Und wir müssen uns mit Matschinsky herumschlagen! Dabei geht doch alles drunter und drüber«, seufzte Frau Brauer.

»Aber vorhin im Lehrerzimmer hat er sich ganz gut gehalten. Die schnelle Entscheidung, die Schüler nach Hause zu schicken, hat ihm sicher erst mal Autorität verschafft«, versuchte Hannah zu beschwichtigen.

»Jedenfalls wird er jetzt morgens pünktlich kommen müssen und auch am Freitag. Freie Tage gibt es für Chefs nicht.« Diese Vorstellung ließ sogar Frau Brauer kurz lächeln.

Zögerlich machte sich Hannah auf den Weg zurück ins Lehrerzimmer. Ihr war überhaupt nicht wohl dabei, zumal sie ja keine Aufgabe hatte.

Der Raum war inzwischen wieder gut gefüllt. Viele hatten sich Kaffee oder Tee geholt und frühstückten. Die meisten redeten leise miteinander.

Yvonne ten Bruyn schaute ähnlich gedankenverloren vor sich hin, wie zuvor Frau Brauer. Hannah setzte sich zu ihr und verwickelte sie in ein Gespräch. Kochler brachte ihnen einen Pott Kaffee. »Das ist lieb von dir, Michael«, lächelte die junge Lehrerin ihn durch ihre Tränen an. »Mein Gott, ein Mörder unter uns! Das können die doch nicht ernsthaft glauben!«

Der Musiklehrer setzte sich zu ihnen und schwieg, was nicht ungewöhnlich für ihn war. Hannah trank von ihrem Kaffee, obwohl er ziemlich stark gesüßt war. Vielleicht ganz gut so, denn der Kaffee war stark. Irgendwer schien es gut mit den Lehrern gemeint zu haben. Eine Weile wurde nicht gesprochen. Hannah wärmte ihre Hände an der Tasse.

»Herr Kochler, würden Sie jetzt bitte kommen?« Jans Kollege stand erwartungsvoll in der Tür.

»Ja doch, bin schon unterwegs,« gab Kochler heftig zurück und stand brüsk auf.

Hannah verschluckte sich an ihrem letzten Rest Kaffee, während sie weiter mit beiden Händen den Kaffeepott umklammert hielt. Niemand achtete auf ihren kleinen Hustenanfall, denn niemand konnte ahnen, was ihr wie Schuppen von den Augen gefallen war. Kochler sprach normalerweise sehr leise und bedächtig oder er sprach überhaupt nicht. Und genau das war der Grund, warum sie seine Stimme nicht erkannt hatte. Am Freitag bei dem Streit mit Dr. Weischer und Rüdiger Debus. Er war derjenige gewesen, der die beiden energisch aufgefordert hatte, ihren Disput zu beenden! Sie war nicht darauf gekommen, weil sie den sonst so sanften und zurückhaltenden Kochler noch nie energisch und laut erlebt hatte. Bis zu diesem Moment, als er aufgefordert wurde, zum Verhör zu erscheinen.

Hannah lief ein Schauer über den Rücken. Die dritte Stimme! Gerade noch war sie ganz sicher gewesen und nun kamen ihr schon wieder Zweifel. Dr. Weischer hatte dem unbekannten Mann vorgeworfen, sich ständig an besonders attraktive Schülerinnen heranzumachen. Doch das konnte sie sich bei Kochler einfach nicht vorstellen. Es passte nicht zu diesem Mann. Sie blickte seinem geschmeidigen Gang hinterher. Und doch: Da war eine Szene bei der Vorbereitung der Trauerfeier gewesen. Kochler, der ständig die schöne Marie anstarrte und ihr plump und übertrieben geschmeichelt hatte ob ihres künstlerischen Talents. Konnte er es nicht doch sein?

Sie kam nicht dazu, weiter darüber nachzudenken, denn Claudia Gröger kam ins Lehrerzimmer und zog ihren Mantel an. Wahrscheinlich hatte Jan ein Einsehen gehabt und sie wegen ihrer Bronchitis nach Hause geschickt. Hannah ging zu ihr.

»Gute Besserung, Frau Gröger.«

»Danke. Kommen Sie noch ein Stück den Flur lang?«

Claudia Gröger sprach leise und angestrengt. Vermutlich wollte sie einen neuen Hustenanfall vermeiden.

»Der Kommissar hat mich nach Hause geschickt. Ich soll mich ins Bett legen. Hätte ich mich bloß gestern geschont! Aber ich hatte einer Kollegin, die seit langem in der Klinik ist, einen Besuch versprochen, und das wollte ich auch einhalten. Und heute morgen ging es dann gar nicht mehr. Ich bereue, dass ich überhaupt aufgestanden bin. Typisch für mich. Man fühlt sich ja immer unersetzlich. Und man möchte nicht, dass die Kollegen einen vertreten müssen. Und immer gibt es total wichtige Dinge mit den Schülern zu tun.«

»Es ist schwierig für Sie, sich einzugestehen, dass Sie mit ihren Kräften am Ende sind, oder?«

»Bis heute schon. Aber dieser Tag hat mich eines Besseren belehrt. Everkamp ist ja im Grunde so ähnlich gestrickt wie ich. Er hat sich für die Schule verausgabt. Vielleicht ist es zynisch, aber es fällt mir schwer, nicht zu denken: Was hat er davon?«

»Es wäre sicher gut, wenn Sie sich für eine Zeit krankschreiben lassen würden und sich richtig erholen.«

»Sie haben vermutlich Recht. Ich muss unbedingt mehr an mich denken! Danke für ihre offenen Worte! Nehmen Sie es mir nicht übel, aber ich hoffe, wir sehen uns hier in der Schule nicht wieder. Nicht zu einem Tag wie heute oder gar einer Trauerfeier. Alles Gute.«

Sie standen nun in der Haupteingangstür. Hannah beobachtete, wie Claudia Gröger zum Parkplatz ging. Hoffentlich musste sie in diesem Zustand nicht noch weit fahren.

Die kühle Luft war herrlich erfrischend. Es widerstrebte ihr, gleich wieder hineinzugehen. Ein paar Schritte – nur bis zum

Fahrradständer und zurück würden ihr gut tun. Auch ohne Jacke.

Claudia Gröger musste unbedingt ihr Arbeitsverhalten ändern. Das stand für Hannah absolut fest. Wenn sie so weiter machen würde wie bisher, steuerte sie lehrbuchmäßig auf ein Burnout-Syndrom zu. Ging es nicht immer darum, etwas zu ändern, sich zu verändern, wenn die Bedingungen unerträglich wurden? Everkamp hatte das offensichtlich erkannt. Selbst Manuel Gruska hatte sich nicht kampflos ergeben. Seine Entscheidung, Schülersprecher zu werden, sprach Bände. Wer unbeweglich verharrte, der richtete unweigerlich eines Tages die angestauten Aggressionen gegen sich selbst in Form von Krankheit oder schlimmer gar: Suizid. Und einige wenige verbuddelten ihre Wut und ihren Hass noch tiefer in sich, bis es eines Tages die ganz große Eruption gab.

Sie spürte die Feuchtigkeit in der Luft. Die Dunstschicht hatte sich noch nicht aufgelöst. Hannah erreichte den Fahrradständer. Erst vor zwei Wochen war sie zum ersten Mal hier entlang gegangen, nicht ahnend, welch brodelnden Hexenkessel von Animositäten, Gehässigkeiten, Überlastung und Konkurrenz sie vorfinden würde. Konnte es sein, dass diese Mixtur jemanden zu einem Mord getrieben hatte? Jan glaubte jedenfalls daran.

Was hatte sie bisher übersehen? Bestimmte Personen hatten sich in den Vordergrund gedrängt und als unschuldig erwiesen. Gab es noch eine weitere Schicht von Motiven, Verletzungen, Aggressionen, an der sie bis jetzt noch gar nicht gekratzt hatte? Musste sie das denn überhaupt? War es nicht Jans Aufgabe, durch seine polizeilichen Ermittlungen den Täterkreis einzuengen und so auf den Mörder zu stoßen?

Sie fröstelte. Es hatte keinen Sinn, die Rückkehr in das Gebäude weiter hinauszuzögern.

Vor dem Lehrerzimmer holte sie tief Luft. Es kostete sie Überwindung, den Raum wieder zu betreten. Mittlerweile wurden dort diejenigen neugierig ausgefragt, die sich dem Verhör durch die Kriminalpolizei schon unterzogen hatten. Hannah setzte sich möglichst unauffällig.

»Es ist unglaublich. Nur weil ich gestern meinen Sonntag damit verbracht habe, Klausuren nachzusehen und mich auf die Arbeitswoche vorzubereiten, gerät man unter Mordverdacht.« Die junge, blonde Lehrerin, die am Freitag noch so keck über den »leckeren Kommissar« gescherzt hatte, regte sich nun darüber auf, dass Jan seiner Arbeit nachging. Einige pflichteten ihr bei.

»Was stellen die sich vor, wann wir unsere Arbeiten korrigieren? Schließlich müssen am Mittwoch Quartalsnoten eingetragen werden, und der Elternsprechtag für die 11er Klassen steht auch vor der Tür. Man wird dafür bestraft, dass man versucht, seine Arbeit ordentlich und pünktlich zu machen. Aber Lehrer sind ja sowieso faule Säcke.« Dr. Weischer hatte sich in Rage geredet. Hannah wunderte sich. Offensichtlich mangelte es auch ihm an einem Alibi. Dabei hätte sie gewettet, dass er verheiratet war und den Sonntag daheim bei leckerem Braten, Kaffee und Kuchen verbracht hatte.

Andere, die ohne Alibi da standen, waren wohl überwiegend Singles wie Rüdiger Debus und andere. Dieter Budke hatte zwar ein Alibi – Geburtstag seiner Schwiegermutter, fünfzehn Zeugen – regte sich aber aus Prinzip auf, weil alle unter Generalverdacht gestellt wurden.

Gegen kurz nach halb elf winkte Jan Hannah aus dem Lehrerzimmer in Everkamps Büro. Korthues und Höllmann, der noch zur Verstärkung eingetroffen war, kamen ihr entgegen und gingen weiter.

Jan und Hannah tauschten sich über ihre Eindrücke beim Verkünden der Nachricht von der Attacke auf Everkamp aus, waren sich aber bald einig, dass die Situation zu unübersichtlich gewesen war, um Rückschlüsse daraus zu ziehen.

»Sieben Leute haben kein Alibi, vorwiegend Singles. Die meisten haben angeblich am Schreibtisch gesessen, weil die Vierteljahresnoten fällig sind. Oder sie haben Unterricht vorbereitet. Hauptsächlich die Jüngeren. Die können wahrscheinlich noch nicht so viel aus der Schublade ziehen wie die Älteren. Zwei sind verheiratet, aber ihre Ehepartner oder Familien haben den Sonntag getrennt von ihnen verbracht. Pech gehabt – kein Alibi. Nur eine von den Singles, Claudia Gröger, hat eine langfristig erkrankte Kollegin in der Psychiatrie besucht. Wusstest du von dieser Erkrankung?«

Hannah zuckte zusammen. Die Pause, in der sie überlegte, was sie sagen wollte, zog sich. Zum Lügen war es zu spät.

»Ja, von Birgit. Die Lehrerin, die …«

»Ja, ich erinnere mich. Deine alte Sandkastenfreundin.« Er klang verärgert, und sie machte sich nicht die Mühe, seine Fehleinschätzung ihrer Beziehung zu Birgit zu korrigieren.

»Hannah, jetzt hör mir mal zu. Es ist ja ehrenhaft, dass du deine Schweigepflicht so ernst nimmst. Aber wir haben es hier mit einem Mordfall zu tun! Gott sei Dank erst mit einem. Und mit einem Mordversuch. Leben zu retten ist doch wohl ein höheres Gut als die berufliche Verschwiegenheit. Ich habe dir gegenüber meine Schweigepflicht auch schon gebrochen, und es tut mir nicht leid, denn ich bin in meinen Ermittlungen damit weiter gekommen, und niemand hat darunter gelitten.«

»In ein paar Tagen kann Everkamp dir möglicherweise sagen, wer ihn angegriffen hat und dieses Ganze hier und heute war überflüssig.«

»Everkamp wird wahrscheinlich eine Woche bis zehn Tage im Koma gehalten. Dann wird er sich erholen müssen, bis wir ihn befragen können. Es kann sein, dass er nichts gesehen hat oder dass er sich nicht erinnert. Wir können nicht die ganze Zeit untätig sein. Vielleicht drängt die Zeit, vielleicht hat Everkamp etwas herausgefunden, vielleicht sind andere in Gefahr. Wir müssen alles zusammentragen, was wir wissen, sonst kommen wir nicht weiter.«

Hannah antwortete nicht. Er hatte Recht. Wenn sie weiter schwieg, konnte sie andere in Gefahr bringen. Aber das war es nicht allein. Sie konnte sich einfach nicht weiter hinter arbeitsrechtlichen Vorschriften verschanzen. Sie musste Jan vertrauen, dass er ihre Informationen nicht missbrauchen würde. Und mit einem Mal spürte sie, dass sie das konnte. Sie gab sich einen Ruck.

»Okay, was willst du wissen?«

»Alles, was du gehört und gesehen hast und dir irgendwie verdächtig oder relevant erscheint. Du hast hier Beziehungen aufgebaut. Du hast viel mehr mitbekommen als wir.«

»Daniela Heckert hat eine Kollegin gemobbt. Klassisch würde ich sagen. Das weißt du ja im Prinzip schon.«

»Weißt du, wer das Opfer ist?«

»Marlies Tiekötter.« Hannahs Herz schlug wie wild. Jan schaute auf seiner Liste nach und notierte sich etwas.

»Sie hat kein Alibi. Ich werde sie sowieso noch mal befragen, dann kann ich das Thema ansprechen. Als Mobbingopfer hat sie natürlich ein Motiv. Was noch?«

»Ich habe letzten Freitag ein Gespräch mitgehört. Jemand hat behauptet, Rüdiger Debus hätte Daniela Heckert im Bett gehabt.«

Jan schaute sie ungläubig an. Vermutlich begriff er nicht, dass sie ihm diese Information bisher vorenthalten hatte.

Wieder machte er eine Notiz auf seiner Liste. »Der hat auch kein Alibi.«

Er sah sie erwartungsvoll an.

»Matschinsky. Ich weiß nichts Konkretes. Aber er ist andauernd nicht da. Vielleicht steckt etwas anderes dahinter als pure Faulheit und Dreistigkeit. Ich erinnere mich, dass jemand gesagt hat, er fährt öfter an die Nordsee. Ist Everkamp nicht in Bensersiel gewesen?«

»Du meinst, sie könnten sich getroffen haben? Ich kann das überprüfen. Allerdings hat Matschinsky behauptet, er wäre den ganzen Tag mit seiner Frau zusammen gewesen, sie hätten einen Ausflug gemacht. Aber ich befrage ihn noch mal. Als Schulleiter muss er heute sowieso bis zum Ende hier bleiben.«

»Es könnte sein, dass Yvonne ten Bruyn ein Auge auf Debus geworfen hatte. Wenn der was mit der Heckert hatte, war sie vielleicht eifersüchtig.« Hannah war über sich selbst erstaunt, denn diesen Verdacht hatte sie bis jetzt noch gar nicht bewusst gehabt. Es waren nur verschiedene Beobachtungen, die plötzlich ein Bild ergaben. Yvonne suchte andauernd die Nähe von Debus. Das konnte Zufall sein oder auch nicht.

»Kein Alibi«, sagte Jan lakonisch.

Hannah holte tief Luft. Mit Absicht hatte sie ihre wichtigste Theorie bis zum Schluss aufgespart.

»Es hat vermutlich drei Fälle von psychotischen Episoden im Kollegium gegeben in etwa anderthalb Jahren: Marlies Tiekötter, Kathrin Pfister – das ist die Kollegin, die Claudia Gröger in der Psychiatrie besucht hat – und Daniela Heckert. Ich finde das sehr auffällig.«

»Daniela Heckert war psychotisch? Wie kommst du denn darauf?«

Hannah erläuterte ihm in Kürze ihre Rechercheergebnisse.

»Du erinnerst dich, dass wir beide schon einmal Vermutungen darüber angestellt haben, warum Daniela Heckerts Verhalten sich urplötzlich verändert hatte. Diese Avancen den männlichen Kollegen gegenüber und die eingebildete Schwangerschaft passen zusammen. Beides können Symptome einer psychischen Erkrankung sein. So ziemlich alle Männer sind sich einig, dass ihr Verhalten in den letzten Wochen vollkommen verändert war. Und wenn du dich erinnerst, hat sogar ihr Verlobter etwas davon gemerkt.«

»Der Fensterputzer!«, sagte Jan.

»Wie? Ach so.« Hannah fiel augenblicklich die ominöse Äußerung von Mehdi ben Jomaa auf der Trauerfeier ein, dass Daniela Heckert offensichtlich von ihm etwas gewollt habe, nicht umgekehrt.

»Das würde ins Bild passen. Scheinbar hätte sie ihn ja ganz gern vernascht. Wie nennt man das noch: sexuelle Enthemmung«, sagte Jan. »Außerdem sind da noch diese seltsamen E-Mails an ihren Vater. Sie klingen wirklich etwa schräg. Könnte auch darauf hinweisen, dass bei ihr irgendetwas nicht ganz normal war. Leider haben wir diesen Mann immer noch nicht ausfindig machen können.«

»Ich habe herausgefunden, dass man durch Drogen Halluzinationen erzeugen kann, die denen einer Schizophrenie zum Verwechseln ähnlich sind. Selbst für Fachleute sind die Unterschiede fast nicht festzustellen. Schon gar nicht von den Erkrankten selbst.«

»Aber wie kann das alles zusammenhängen? Mit dem Mord und dem Mordversuch an Everkamp?«

»Das weiß ich nicht. Ich bin erst gestern Nachmittag auf diese Möglichkeit gestoßen, dann kam dein Anruf wegen Everkamp, und der hat alles andere überlagert.«

»Es könnte nicht schaden herauszufinden, ob jemand aus

dem Kollegium Erfahrungen mit Drogen hat. Vielleicht aus der Jugend- oder Studentenzeit.«

»Gute Idee, aber ich fürchte, die Informationsfülle im Internet ist mittlerweile so groß, dass jedermann mit halbwegs Grips im Kopf sich die entsprechenden Kenntnisse aneignen kann und auch herausfindet, wo er die gewünschte Droge bekommt. Vorkenntnisse sind nicht unbedingt Voraussetzung für Drogen als Tatwaffe.«

»Fluch und Segen des Internets! Hannah, können wir ...«

Sie sollte nicht mehr erfahren, was er sagen wollte, denn in diesem Moment platzten Korthues und Höllmann in das Büro, ohne anzuklopfen.

Jan stand auf, brachte Hannah zur Tür und sagte: »Danke für die Hinweise, Frau Schmielink. Ich werde das mit den Kollegen besprechen.«

Kurz nach 10 Uhr

Ihr war flau im Magen. Kein Wunder, sie hatte immer noch nichts gegessen. Sie musste unbedingt einen Moment Ruhe haben. Ein leerer Klassenraum direkt neben dem Lehrerzimmer kam ihr gerade recht. In ihrer schwarzen Tasche fand sie eine Banane und das Butterbrot, das sie morgens nicht hatte essen können. Mehr als die Banane brachte sie nicht herunter.

Was machte sie eigentlich hier? Es war nicht ihre Aufgabe, der Polizei bei der Arbeit zu helfen. In der Beratungsstelle wartete eine Unmenge an Arbeit. Sie würde noch abwarten, was Jan weiter plante und dann nach Münster zurückfahren. Sie war dieser Anspannung nicht länger gewachsen.

Als sie das Lehrerzimmer betrat, waren Jan und seine Kollegen offenbar gerade dabei, das weitere Prozedere zu erläutern.

»… die kein Alibi haben, darf ich bitten, uns für ein weiteres Verhör zur Verfügung zu stehen. Und Herr Matschinsky, Sie halten sich natürlich auch noch bereit. Herr Kochler, darf ich Sie bitten, als Erster mitzukommen?«

Nach Jans Worten brach mühsam unterdrückter Tumult aus. Er kümmerte sich nicht darum und verließ mit seinen Kollegen und Kochler das Lehrerzimmer.

»Das ist ja eine Unverschämtheit! Die meinen das ernst! Die vermuten einen Mörder unter uns.« Nur wenige Lehrer waren offenbar gewillt, sofort nach Hause zu gehen. Vermutlich diejenigen, die ein hieb- und stichfestes Alibi besaßen.

»Wo kann man sich eigentlich beschweren, dass man hier wie ein Verbrecher behandelt wird? Der muss doch einen Vorgesetzten haben!« Dr. Weischer war hochrot angelaufen. Warum regte er sich so auf? War er nicht daran interessiert, zu erfahren, wer der Täter war?

»Was tun Sie eigentlich die ganze Zeit hier?« Frau Müller-Rath hatte plötzlich Hannah im Visier, und eine Anzahl von Köpfen drehte sich zu ihr. »Spionieren Sie uns nach und erzählen dem Herrn Kommissar brühwarm, was hier geredet wird? Sie haben doch eben die ganze Zeit mit ihm zusammengesessen! Konnten Sie wertvolle Hinweise geben? Ein Psychogramm der wichtigsten Verdächtigen?«

Hannah fühlte, wie sie schlagartig mindestens ebenso rot wurde wie Weischer. Das Gemurre wurde lauter und bedrohlicher.

Budke stieß ins gleiche Horn wie die Müller-Rath: »Sie haben sich hier das Vertrauen von einigen Kollegen erschlichen, Brauer und Teichmann inbegriffen. Tagelang schleichen Sie hier schon herum! Was wissen wir eigentlich darüber, warum Sie hier sind?«

Niemand kam Hannah zu Hilfe. Claudia Gröger war gegangen. Marlies Tiekötter blieb stumm, ebenso Matschinsky. Everkamp hätte niemals zugelassen, dass sie so angegriffen wurde. Einige schauten betreten vor sich hin, wagten aber nicht, etwas zu sagen. Von Frau Brauer und Teichmann war weit und breit nichts zu sehen. Sie konnte das nicht ertragen, und sie musste das nicht ertragen. Ohne ein Wort verließ sie das Lehrerzimmer.

Sie zitterte am ganzen Körper, ihr Herz raste. So konnte sie nicht Auto fahren! Sie musste sich unbedingt erst beruhigen. Das Besprechungszimmer! Dort konnte sie sich vielleicht eine Zeit lang ausruhen, und dann würde sie gehen.

Der kleine Raum war glücklicherweise nicht abgeschlossen und bot einen vernachlässigten Anblick. Entweder hatte er nicht auf Irinas Putzplan gestanden, oder hier hatten heute schon mehrere Personen gehaust. Ringe auf dem Glastisch deuteten auf abgestellte Kaffeetassen hin. Krümel auf Kordsofa und Boden ließen auf Brötchenkonsum schließen. Die Lamellen-Jalousien waren halb geschlossen. Nur gedämpftes Licht drang hinein. Die Luft war wie immer muffig und abgestanden, aber das war Hannah egal. Sie setzte sich auf das Sofa neben dem Aquarium, in dem die Fische ungerührt ihre Kreise zogen. Es war ähnlich wie nach der Trauerfeier, als sie nach ihrem Panikanfall hierher geflüchtet war.

Warum hatte sie sich nicht verteidigt? Es sah aus wie ein Schuldeingeständnis, dass sie einfach wortlos gegangen war. Aber wenn sie ehrlich war, musste sie sich eingestehen, dass die Vorwürfe ihre Berechtigung hatten. Sie hatte keine klar umrissene Aufgabe mehr. Sie hatte Jan Informationen gegeben, die vertraulich waren. Sie hatte das Vertrauen von Einzelnen missbraucht. Warum das alles? Weil sie es interessant fand, in einen Mordfall verwickelt zu sein? Weil sie so Jan nahe sein konnte?

Hannah war gerade zu der Überzeugung gelangt, dass es keinen Sinn hatte, weiter zu grübeln, als sich die Tür öffnete.

Debus!

»Oh, ich wusste nicht, dass Sie hier sind! Ich wollte mal eben die Fische füttern. Die haben seit Freitag nichts bekommen, und ich darf gleich nach Hause gehen.«

Hannah rückte ein wenig zur Seite, damit er an die große Blechdose mit dem Fischfutter auf der Fensterbank heran konnte. Wie lässig er neben ihr stand! Hüfte und Schritt genau auf Höhe ihrer Augen. Wahrscheinlich zog er seine Tätigkeiten genüsslich in die Länge, um ihre Verlegenheit zu steigern. Er streute eine Handvoll Futter ins Wasser, schaute einen Moment lang zu, wie die Fische darauf zuschwammen und hantierte ausführlich an den Kabeln hinter dem Becken.

»Alles okay?« Es dauerte einen Moment lang, bis sie begriff, dass er sie meinte.

»Geht schon wieder«, murmelte sie.

»Die sind alle aufgebracht. Ist ja auch eine vertrackte Situation. Nehmen Sie sich das nicht so zu Herzen! Budke und Müller-Rath sind Idioten und einige andere auch.«

Selber Idiot, dachte Hannah, denn auch Debus hatte keine Silbe gesagt, um ihr beizustehen. Es klopfte an der Tür. Yvonne ten Bruyn mit einem Kaffeepott. Sie sah darüber hinweg, dass Debus tröstend Hannahs Arm berührte.

»Dachte ich mir doch, dass Sie hier sind! Möchten Sie einen Kaffee auf den Schreck? Ist ziemlich stark. Ich habe reichlich Milch rein getan und Zucker.« Noch so ein Feigling, der eben schweigend da gesessen hatte. Hannah hatte sie plötzlich alle satt. Andererseits war ihr eiskalt, wahrscheinlich war ihr Blutdruck im Keller, und der Kaffee dampfte verlockend.

»Danke, aber Kaffee mit Zucker ist absolut ungenießbar für mich.«

Das war unhöflich, aber sie hatte keine Lust auf beschwichtigende Konversation, und so blieb sie einfach stumm vor sich hinstarrend sitzen. Debus und Yvonne ten Bruyn fühlten sich sichtlich unbehaglich. Yvonne warf Debus einen viel sagenden Blick zu, bevor sie gingen. Beim Verlassen des Raums legte Debus Yvonne eine Hand halbwegs auf den verlängerten Rücken, jedenfalls dahin, wo sie eigentlich nicht hingehörte. Yvonne zeigte keine merkliche Reaktion.

In der Ecke des Sofas lag eine zusammengeknüllte Decke in orangem und braunem Design. Sie wickelte sich darin ein und lehnte sich bequemer zurück auf das Sofa. Allmählich wurde ihr wärmer.

Die Müdigkeit überkam sie schlagartig. Sie musste tatsächlich kurz eingenickt sein, aber plötzlich war sie mit einem heftigen Zucken wieder hellwach. Seltsamerweise hörte sie Musik. Klassische Musik. Nur Fetzen – dann war es wieder still. Sie kannte das Stück, war sich aber nicht sicher, wie es hieß.

Ruckartig setzte sie sich auf. Die Luft war noch stickiger. Vielleicht dieses Fischfutter. Sie stand auf, um das Fenster zu öffnen, doch sie sackte wieder zurück auf das Sofa. Sie spürte ihre Beine nicht! Ihre Füße fühlten sich wie Klumpen an, riesig und bleischwer!

Vorsichtig erhob sie sich wieder und schaffte es dieses Mal, stehen zu bleiben. Vielleicht würde ihr jetzt gelingen, zum Fenster zu gehen und frische Luft hereinzulassen. Bewegung war sicher gut. Ihr war total warm, heiß sogar. Sie hangelte sich einen Schritt vor und hielt sich schwankend am Sessel neben dem Sofa fest. Es ging. Sie konnte laufen! Aber ihr Körper war wie abgetrennt von den Füßen, die Beine spürte sie nach wie vor gar nicht. Sie glaubte, zentnerschwer zu sein. Wie lange hatte sie für die zwei Schritte gebraucht? Es kam ihr wie Minuten vor.

Sie durfte nicht auf den Boden schauen, denn der schwankte gefährlich. Der Glastisch kam ihr immer näher. Die Kreise auf der Tischplatte wurden größer und kleiner und wieder größer und tanzten ineinander und wieder auseinander. In der Mitte leuchtete eine Sonne, deren Strahlen sie einzeln zählen konnte. Phantastisch, wie herrlich das aussah! Manchmal kam die Sonne auf sie zu, dann entfernte sie sich wieder. Hannah konnte sich kaum losreißen, aber ein Blick in Richtung Fenster entschädigte sie. Strahlen tanzten auch durch die Spalten der Lamellen-Gardinen, weißgold, gelbgold, rotgold, grüngold. Dann begann alles wieder von vorn, wurde noch prächtiger und größer. Ein faszinierendes Schauspiel! Nur weiter schauen, nur schauen!

Hannah kämpfte um ihre Wahrnehmung. Sie schloss die Augen, aber die Strahlen blieben. Sie wurden noch intensiver, drehten sich zu Wirbeln und ... Sie öffnete die Augen. Wieder die Strahlen! Wo waren ihre Füße? Sie hörte die Musik. Was passierte hier? Warum hörte, fühlte, sah sie das alles? Das musste aufhören!

Hinter den Kreisen, Strahlen und Wirbeln ein tiefes, dunkles Grün. Irgendetwas sagte ihr, dass dies das Sofa sein musste. Sie versuchte, sich in seine Richtung zu bewegen, ging in die Knie, um zu tasten, weil sie darauf vertraute, in ihren Händen noch Gefühl zu haben.

Da war das Sofa! Langsam hinlegen, die Augen schließen.

Sie hatte kein Zeitgefühl mehr. Langsam, sehr langsam verkleinerten sich die Kreise. Jedes Mal, wenn sie die Augen öffnete, vergrößerte sich ihr Gesichtsfeld ein kleines Stück. Schließlich hatten die Kreise sich reduziert auf zwei oder manchmal drei und an den linken oberen Rand ihres Gesichtsfelds zurückgezogen. Der Rand der Kreise bestand aus einer Vielzahl von kleinsten Linien, die unablässig flimmerten. Gelegentlich flogen die Kreise wieder zur Mitte, aber allmählich waren sie auf dem Rückzug.

Ihre Beine waren wieder da. Sie konnte sie deutlich fühlen, auch ihre Füße waren auf Normalmaß und Normalgewicht geschrumpft.

Nach und nach wurde ihr wieder bewusst, wo sie war. Sie schaute auf die Uhr. Es ging auf halb zwölf zu. Sie war mit Sicherheit schon über eine Stunde in diesem Raum. Ab und zu hörte sie Stimmen oder eine Tür. Anscheinend gingen die meisten jetzt doch nach Hause.

Das Flimmern hatte immer noch nicht vollständig aufgehört, aber ihre Beine würden sie tragen. Langsam erhob sie sich und steuerte auf die Tür zu. Es ging. Sie sah sich noch einmal um, und nun waren es nur noch ganz gewöhnliche Sonnenstrahlen, die in das Zimmer schienen. Sie fielen durch die schmalen Spalten der Lamellen-Gardinen und bündelten sich auf dem Glastisch. Ganz normal.

Im Treppenhaus hangelte sie sich am Geländer entlang. Sie wollte niemanden mehr sehen. Nur weg! Keine Minute länger mehr in diesem Gebäude!

Die Tür zum Lehrerzimmer war angelehnt, und sie hörte, dass noch nicht alle gegangen waren. Ob Jan sie gesucht hatte? Sie musste unbedingt eine Erklärung hinterlassen, warum sie gegangen war. Auf ihn warten wollte sie auf keinen Fall. Es konnte noch ewig dauern, bis er mit den Verhören fertig war.

Frau Brauer saß wieder in ihrem Büro. Hannah steckte den Kopf zur Tür hinein. »Könnten Sie Kommissar Heidmeier sagen, dass ich schon gehen musste. Ich habe einen unaufschiebbaren Termin in der Beratungsstelle.«

»Ja natürlich, gern. Sehen wir uns noch, Frau Schmielink?«

»Ich denke schon.« Hannah war nicht wohl, denn sie empfand dies als Lüge gegenüber der netten Frau, aber sie fühlte sich außerstande, eine längere Verabschiedung auf die Reihe zu bekommen.

Sie holte gerade ihre Jacke von der Garderobe, als Marlies Tiekötter neben ihr auftauchte.

»Was haben Sie dem Kommissar erzählt? Das waren Sie doch, oder? Die anderen hatten doch Recht! Und ich habe Ihnen vertraut. Beratung! Pah!«

Sie hatte flüsternd angefangen, aber ihre Lautstärke steigerte sich parallel zu ihrer Erregung. Panisch fasste sie Hannah am Arm und drückte ihn so heftig, dass es ihr weh tat.

»Was meinen Sie denn? Was soll ich ihm erzählt haben?«

»Von dem Mobbing! Von dem Scheiß-Mobbing in diesem Scheiß-Laden hier. Dass die Heckert mich geschnitten hat und alle gegen mich aufgehetzt hat!«

Ihre Augen waren weit auf gerissen, und Hannah fühlte ihre unangenehm feuchte Aussprache.

»Auf einmal wusste der Kommissar Bescheid! Und er verdächtigt mich. Ja, ich habe mir manchmal gewünscht, dass sie tot wäre, aber ich habe sie nicht ermordet. Ich habe sie nicht ermordet.«

Sie schrie fast, ihr grelle Stimme hallte über den leeren Flur. Hannah wollte sich nicht mit dieser hysterischen Frau befassen, aber niemand kam und half ihr.

Mit einem Mal drehte sich Marlies Tiekötter um und rannte weg. Hannah atmete erleichtert auf.

Draußen auf dem Schulhof holte sie tief Luft. Der Sauerstoff tat ihr gut, aber das kreisförmige Flimmern hatte sich noch nicht vollständig verflüchtigt. Der Schulhof war menschenleer. Einen Moment lang war sie irritiert, weil sie ihr Auto nicht sah, aber dann fiel ihr ein, dass es an der Arztpraxis stand.

Sie konnte gar nicht Auto fahren, durchfuhr es sie heftig. Es war viel zu riskant, sich mit dieser Seheinschränkung hinters Steuer zu setzen! Sie wandte sich Richtung Bahnhof. Das Auto musste sie morgen abholen, am besten nachmittags, wenn niemand mehr da war.

Plötzlich hielt eine große silberne Limousine neben ihr. Das Fenster der Beifahrertür wurde herunter gelassen. Zuerst dachte sie, jemand wolle nach dem Weg fragen. Dann: ein rundes Gesicht, graue Löckchen. Dr. Weischer.

»Kann ich Sie ein Stück mitnehmen, Frau Schmielink?«

»Danke, mein Zug fährt gleich«, log sie, ohne mit der Wimper zu zucken. Grüßend fuhr er weiter. Ein wenig bekümmert hatte er schon gewirkt.

In der Bahnhofshalle kaufte sie am Kiosk ein Stück Kuchen und eine Flasche Apfelschorle. Einen Zug hatte sie gerade verpasst, und sie würde fast eine halbe Stunde warten müssen. Sie suchte eine Bank auf dem Vorplatz, wobei sie darauf achtete, nicht direkt in die Sonne schauen zu müssen. Das würde die Lichterscheinungen womöglich wieder verstärken.

Während sie aß, sinnierte sie über die Ursache dieser optischen Täuschungen. Solche flimmernden Kreise am Rand des Gesichtsfeldes hatte sie vor vielen Jahren schon einmal erlebt, bei einem Kaffeetrinken mit ihren Schwiegereltern, noch zu Beginn ihrer Ehe. Bei einem Blick zum Fenster hatte sie unvermittelt gezackte Kreise gesehen. Sie hatte das harmonische Familientreffen nicht stören wollen und überhaupt nichts davon verlauten lassen, aber schnellstmöglich einen Termin beim Augenarzt besorgt. Der hatte zu ihrem größten Erstaunen gar keine weiteren Untersuchungen gemacht, sondern sie zu ihrem Frauenarzt überwiesen, weil er richtigerweise vermutete, dass ihre Mikropille als Nebenwirkung eine Migräne verursacht hatte.

Ihr fiel ein, dass sie ein weiteres Mal eine Art Lichtblitze gesehen hatte, als sie vor einigen Jahren fünf oder sechs Kilo abgenommen hatte, morgens in der Beratungsstelle die Jacke auszog und in das Neonlicht an der Decke schaute. Es war schnell vorüber gegangen, hatte sie aber veranlasst, die Diät abzubrechen und nie wieder eine anzufangen. Auch heute Morgen hatte sie nichts gegessen oder getrunken, bis auf eine Banane zwischendurch und viel Kaffee. Dazu der Schlafmangel, der absolute Psychodruck im Lehrerzimmer, das Gespräch mit Jan. Es waren einfach die Nerven gewesen oder alles zusammen. Im Übrigen merkte sie jetzt schon kaum noch etwas. Kurz überlegte sie, ob sie nicht doch mit dem Auto fahren sollte, aber der Gedanke, vor der Schule noch jemanden zu treffen, hielt sie davon ab.

Gegen Mittag

Im Zug konnte sie etwas entspannen. In Münster fühlte sie sich soweit wieder hergestellt, dass sie beschloss, wie versprochen an der Beratungsstelle in der Schützenstraße vorbeizugehen. Nach Hause zog es sie partout nicht. Auf einmal hatte sie Sehnsucht nach ihrer gewohnten Arbeitsumgebung, nach ihren Kollegen mit ihren liebenswerten, nervigen Schrullen. Dort gehörte sie hin, dort machte sie gute Arbeit. Sie hatte es nicht nötig, sich anblaffen zu lassen.

Es war kurz vor eins. Die Mittagspause war noch nicht ganz vorbei. Sie würde ein Schwätzchen halten können und dann Berichte schreiben, Termine planen, das Normale.

Tatsächlich waren alle im Teamraum versammelt. Der mittägliche Ausflug ins Café 99 schien ausgefallen zu sein. Sie hörte das Stimmengewirr schon an der Garderobe im Flur. Ein Blick in den Spiegel: keine sonderlich gesunde Gesichtsfarbe.

»Hey, du hast es ja doch noch geschafft! Hast du schon gegessen?« Dorothee schien richtig froh zu sein, sie zu sehen. Wie gut ihr das tat!

»Hallo, schön euch zu sehen«, erwiderte Hannah und ging wie so oft zum Fenster, da der Salami-Duft von Dirks Lieblingsbutterbrotbelag noch deutlich in der Luft lag.

»Oh nein, die Frischluftfanatikerin! Wie war es schön warm hier ohne dich!« Dirk machte seinen üblichen Scherz. »Wusstest du, dass noch keiner im eigenen Mief erstunken, aber schon viele in der Kälte erfroren sind?«

Hannah lief ein Schauer über den Rücken. Das Fenster! Im Besprechungsraum. Sie hatte es öffnen wollen, weil es dort so stickig war. Das war in dem Raum schon öfter ihr Bedürfnis gewesen, aber sie hatte ihm nie nachgegeben. Der Raum! Das war der Raum, nach dem sie gesucht hatte!

Als sie sich umdrehte, meinte Dorothee: »Du bist ja kreidebleich. Geht es dir nicht gut?« Hannah sagte keinen Ton. »Setz dich hin! Dirk, hol mal Wasser! Was ist los?«

»Mir ist schon seit ein paar Stunden nicht richtig gut. Kümmert euch nicht um mich. Wird gleich wieder besser. War nur der Schreck, euch zu sehen.« Das würde das Beste sein: Nebelkerzen werfen und ablenken, indem sie das Ganze ins Lächerliche zog. Sie musste unbedingt in Ruhe nachdenken. In ihrem Kopf rotierte es.

Dirk kam mit dem Wasser. »Danke! Ich ruhe mich lieber nebenan ein bisschen aus. Lasst uns nachher reden.« Es wurde allgemein akzeptiert, dass sie wohl ein bisschen viel Stress gehabt hatte in den letzten Wochen. »Willst du nicht nach Hause gehen? Termine hast du doch keine mehr.«

»Mal schauen«, versuchte Hannah zu beruhigen. Sie brannte darauf, allein zu sein und war froh, dass sich nun alle ihren nächsten Klientengesprächen widmeten.

Sie setzte sich an ihren Schreibtisch und versuchte Ordnung in ihren Kopf zu bringen. Die Gedanken wirbelten nur so herum. Sie musste versuchen, sie festzuhalten, bevor die Zusammenhänge wieder verschwammen.

Der Raum, nach dem sie gesucht hatte! Es konnte der Besprechungsraum sein. Sie hatte noch deutlich im Ohr, wie Marlies Tiekötter ihr in der Beratungsstelle erzählt hatte, dass sie sich häufig in den Besprechungsraum geflüchtet hatte, um den Anfeindungen von Daniela Heckert und ihren Vasallen zu entgehen. In genau diesem Raum hatte Marlies Tiekötter zum ersten Mal Halluzinationen gehabt: die knackende Heizung, die sie für eine Abhöranlage gehalten und irgendein Kästchen an der Decke, in dem sie eine Spionagekamera vermutet hatte.

Kathrin Pfister hatte nicht explizit von einem Aufenthalt in dem Raum gesprochen, aber möglicherweise würde sie sich bei gezielter Befragung daran erinnern, dass sie sich dorthin zurückgezogen und auf dem Sofa ausgeruht hatte. Dieser Punkt musste erst einmal offen bleiben.

Eindeutig war die Sache bei Daniela Heckert. Sie hatte unter Übelkeit gelitten, den Symptomen einer Magen- und Darmerkrankung, die wahrscheinlich wirklich nichts anderes als das gewesen waren, aber von ihr selbst und auch von ihren Kolleginnen fälschlicherweise für die übliche Unpässlichkeit am Beginn einer Schwangerschaft gehalten worden waren. Sie hatte sich öfter im Besprechungszimmer ausgeruht – eine ideale Gelegenheit ... ja wofür? Sie mit Drogen zu manipulieren, so wie auch die beiden anderen? Sollte genau das auch Hannah heute Morgen passiert sein?

Sie konnte es sich kaum erklären. Warum konnte sie erst jetzt diesen Gedanken zulassen, hier in der sicheren Umgebung ihres Arbeitsplatzes und ihrer Kollegen? Dass ihre Symptome heute Morgen nichts anderes als Halluzinationen gewesen waren, verursacht durch Drogen. Vielleicht hatte sie den Gedanken einfach verdrängen müssen, weil er zu bedrohlich erschienen war. Aber jetzt klärte sich einiges. Dieser unangenehme Geruch in dem Raum, der ihr von Anfang an aufgefallen war! Der Impuls, das Fenster zu öffnen, wie es ihre Art auch in der Beratungsstelle war, wenn sie das Teamzimmer betrat! Dieser Impuls, dem sie nicht ein einziges Mal nachgegeben hatte! Wie stickig die Luft geworden war, als sie nach diesem Sekundenschlaf auf dem Sofa wieder aufgeschreckt war! Sie hatte an das Fischfutter gedacht. Ganz klar sah sie jetzt Rüdiger Debus vor sich, wie er eine Handvoll in das Aquarium geworfen und danach an den Kabeln der Filteranlage hantiert hatte. Was hatte er da getan? War es nur eine Kontrolle, ob alles ordnungsgemäß funktionierte oder hatte er diese Anlage so manipuliert, dass irgendeine Droge in dem kleinen Raum frei wurde? Eine Substanz, die sie eingeatmet und die sie so benebelt hatte, dass sie nicht mehr wusste, was Realität und was Einbildung war. Nicht nur die optischen Eindrücke, auch die vollkommen irreale Körperwahrnehmung, die Musik, die sie gehört hatte! Es passte alles! Eine Ketaminvergiftung!

Sie stand auf, ging in ihrem Arbeitszimmer auf und ab und versuchte, ihre Schultermuskulatur zu lockern. Sie musste einen klaren Kopf behalten. So konnte sie besser denken.

Daniela Heckert musste zu ähnlichen Schlussfolgerungen gekommen sein. Hannah versuchte, sich die zeitliche Abfolge der Ereignisse zu vergegenwärtigen. Etwa Mitte September hatte die Heckert unter einer Magen- und Darmgrippe gelitten. Über die Wochen hatte sich in ihr die Vorstellung verfestigt, schwanger zu sein. Alle Symptome deuteten darauf hin. Hannah wusste, dass in solchen Fällen selbst der Eintritt der Monatsblutung die Frauen nicht von ihrer Einbildung abbringen konnte. Dann waren die Herbstferien angefangen. Zwei Wochen, in denen sie keine weiteren Drogen zu sich genommen hatte, weil sie sich nicht in der Schule aufgehalten hatte. Möglicherweise hatte sich ihr Allgemeinzustand allmählich wieder dem Normalzustand angenähert, und sie hatte begonnen, an ihrer Schwangerschaft zu zweifeln. Schließlich tat sie das, was jede junge Frau normalerweise längst getan hätte: Sie vereinbarte einen Termin bei ihrem Frauenarzt und war vollkommen erschüttert, als sie erfuhr, dass sie keineswegs schwanger ist. Sie musste in dem Moment schon einen Verdacht gehabt haben.

Daniela hatte vor ihrem Tod im Internet über Drogen recherchiert. Hannah hörte Jans Stimme noch vor sich, als er die Themen aufgezählt hatte, die sich in Daniela Heckerts Google-Register gefunden hatten. Alle hatten dies einem simplen beruflichen Interesse zugeschrieben. Sie unterrichtete Biologie, sie plante eine Klassenfahrt nach Amsterdam. Da lagen Drogen als Unterrichtsinhalte so nahe, dass niemand

Verdacht geschöpft hatte. Daniela musste fündig geworden sein, denn sie hatte sich noch am selben Tag zur Schule begeben – am Freitag, dem Tag, bevor sie ermordet worden war. Was hatte sie dort gemacht? Hatte sie den Besprechungsraum untersucht? Irina hatte Daniela im Biologieraum getroffen, aber das musste nichts heißen. Hatte sie ihren Mörder getroffen? Hatte sie Rüdiger Debus getroffen? Hatte sie anderweitig Kontakt zu ihm aufgenommen? Hatte er sie zum Schweigen bringen wollen?

Eine ungeheure Aufregung hatte sich Hannahs bemächtigt. So konnte es gewesen sein! Sie ging zum Fenster und öffnete es. Frische, klare Luft. Sie durfte jetzt nichts übersehen! Passte das alles zusammen?

Everkamp! Auch die Attacke auf den Schulleiter musste mit den Drogenmanipulationen zu tun haben. Es dauerte nur Sekunden, bis sich Hannah die Zusammenhänge erschlossen. Everkamp hatte ziemlich sicher gewusst, dass Marlies Tiekötter an Halluzinationen litt. Marlies hatte in der Beratung klar davon erzählt. Er wusste hundertprozentig von der schweren psychotischen Episode von Kathrin Pfister. Schließlich hatte er mehr oder weniger ihre Klinikeinweisung veranlasst und sie regelmäßig dort besucht. Hannah konnte sich noch genau erinnern, wie er angedeutet hatte, wie sehr er unter den schweren Erkrankungen im Kollegium litt. Dann hatte er am Freitag von Jan Heidmeier erfahren, dass Daniela Heckert nicht schwanger gewesen war. Es war auch nicht auszuschließen, dass ihm ihr merkwürdiges Verhalten den männlichen Kollegen gegenüber aufgefallen war. Er hatte eins und eins zusammengezählt und war genau wie Hannah und Daniela Heckert auf die Idee gekommen, dass nicht alles mit rechten Dingen zugegangen war. Er hatte angefangen zu recherchieren. Genau! Er hatte am Freitag in Matschinskys Büro gesessen und am PC einen Text gelesen, den er eiligst weggedrückt hatte, als Hannah den Raum betreten hatte. Vielleicht hatte er ermittelt, welche Stoffe Halluzinationen auslösen konnten. Genau wie Hannah es getan hatte. Dann war er unterbrochen worden durch das Verhör, dessen Jan ihn unterzogen hatte, und war mit dem Verdacht konfrontiert worden, dass Daniela Heckert ihn erpresst hatte. Er hatte dies zugeben müssen und war in Eile aus der Schule gestürmt, nach Bensersiel gefahren, um zuerst Klarheit über seine persönlichen Angelegenheiten zu finden. Am Sonntag war er in die Schule zurückgekehrt, um an Matschinskys PC seine Forschungen fortzusetzen.

Und da hakte es! Wieso war auch der Mörder von Daniela Heckert in der Schule gewesen? War das zu unwahrscheinlich? Hatte Everkamp jemanden in Verdacht gehabt und in die Schule bestellt?

Sie kam nicht weiter – das spürte Hannah. Sie musste die Sache andersherum noch einmal durchdenken und den Fokus auf den möglichen Täter legen.

Rüdiger Debus. Konnte er der Täter sein? Spontan und gefühlsmäßig war sie nicht abgeneigt, dies zu glauben. Zuerst war er ihr charmant, witzig, locker erschienen, nett und aufmerksam. Aber seine Scherze waren ihr zunehmend unpassender und bemüht erschienen und heute Morgen … Ein Widerling!

Er war Biologe – wie Daniela Heckert. Kein Problem für ihn, sich in die Wirkungsweise entsprechender Drogen einzuarbeiten und eine passende Dosierung hinzubekommen. Dafür musste man ja nicht unbedingt selbst eine Drogenkarriere hinter sich haben. Er war Danielas Fachkollege! Hannah fiel die Sache mit der Beförderung ein. Hatte Debus befürchtet, Daniela würde ihn auf der Karriereleiter überholen und ihm die ausgeschriebene Stelle vor der Nase wegschnappen?

Ihr wurde bewusst, dass sie die Frage des Motivs noch gar nicht wirklich bedacht hatte. Was hätte Debus dazu veranlassen können, drei seiner jungen Kolleginnen durch Drogen außer Gefecht zu setzen? Die Sache mit der Beförderung konnte man eventuell gelten lassen. Aber was hatte er gegen Marlies Tiekötter? Hannah war nicht ein einziges Mal aufgefallen, dass es zwischen den beiden Spannungen geben könnte. Hatte Marlies nicht sogar erwähnt, dass Debus und Kochler zu den wenigen gehört hatten, die mit ihr noch gesprochen hatten? Nein, Birgit hatte das erwähnt, nicht Marlies.

Und Kathrin Pfister? Hannah musste spekulieren, so viel war ihr klar. Konnte es sein, dass Debus versucht hatte, sich Kathrin anzunähern? Sie war eine attraktive junge Frau, kam wie er aus Süddeutschland. Vielleicht hatte er zu viel von ihr erwartet und war enttäuscht, dass er wieder nicht die große Liebe gefunden hatte, die er so sehr erhoffte. Verschmähte Liebe. Oder umgekehrt: hatte Kathrin Pfister viel zu hohe Ansprüche gestellt, während er nur eine lockere Bettgeschichte und sie anschließend loswerden wollte?

Sie drehte sich im Kreis und musste sich eingestehen, dass ihre Überlegungen nicht sehr schlüssig wirkten. Hatte sie sich verrannt? War die Idee mit dem Besprechungszimmer, in dem Menschen unter Drogen gesetzt wurden, völliger Humbug? Vielleicht war es technisch ganz und gar unmöglich, Drogendämpfe in den Raum abzusondern. Würde sie sich lächerlich machen, wenn sie Jan diese Überlegungen mitteilte?

Hannah versuchte ruhiger zu werden, bewusst zu atmen, den Kopf leer werden zu lassen. Sie war psychisch gewaltig unter Druck in den letzten Tagen. Sie hatte schon mehrmals Gespenster gesehen, wo definitiv keine waren: ihre Angst in dem dunklen Vorflur – damit hatte es angefangen. Dann der

Auftritt von Manuel Gruska während der Trauerfeier, den sie völlig überinterpretiert hatte. Dann die Rückfahrt von Coesfeld mit Marlies Tiekötter, die sie absolut in Panik versetzt hatte. Was war nur mit ihr los?

Sie konnte unmöglich diese Theorie von Drogendämpfen im Besprechungszimmer in die Welt setzen! Es sei denn, es gab stichhaltige Beweise. Sie konnte sich an Ort und Stelle ein Bild machen von der Sauerstoffzufuhr am Aquarium, nachsehen, ob es verdächtige Anzeichen gab. Ihr Auto musste sie sowieso noch abholen. Warum sollte sie das nicht gleich heute tun? Dann würde sie morgen endlich wieder einen kompletten Arbeitstag in der Beratungsstelle haben. Und sie konnte entscheiden, ob sie Jan ihre Theorie unterbreiten sollte.

Sie schaute auf die Uhr. Es war ziemlich genau zwei Uhr. Wenn sie nicht allzu lange auf einen Zug warten musste, konnte sie noch vor drei wieder an der Schule sein und noch im Hellen wieder nach Hause fahren. Außerdem war das Wetter noch gut. Morgen sollte es regnen, und sie würde wieder so eine Horrorfahrt hinter sich bringen müssen. Es war definitiv besser, heute zu fahren.

Das Problem war nur, dass sich möglicherweise niemand mehr in der Schule aufhielt. Sie brauchte einen Schlüssel, und sie hatte auch schon eine Idee, woher sie ihn bekommen konnte. Das würde allerdings zu zeitlichen Verzögerungen führen. Aber es war sicherlich dennoch genügend Zeit, um alles bei Tageslicht über die Bühne zu bringen.

Sie brauchte nur kurze Zeit, um sich die entsprechende Telefonnummer herauszusuchen. Es klingelte endlos lange.

»Birgit Meiners.«

»Hallo Birgit, Hannah hier.« Weiter kam sie nicht.

»Moment mal. – Mama muss eben telefonieren. Nein, nicht

an die Klappe! Das ist zu gefährlich.« Birgit musste mal wieder ihren Sohn bändigen.

»So, da bin ich wieder. Hallo Hannah. Leo ist gerade dabei, die Küchenschränke auszuräumen. Wie geht es dir?«

»Gut. Sehr gut. Du, ich habe ein Problem. Ich habe heute Morgen bei euch in der Schule mein Handy vergessen. Es muss im Besprechungsraum liegen geblieben sein auf dem Sofa. Hast du noch einen Schulschlüssel?«

»Ja, natürlich. Ich gehöre ja offiziell zum Kollegium. Willst du das Handy holen? Sonst ruf doch einfach Frau Brauer morgen früh an. Die holt dir das Handy noch vor Unterrichtsbeginn aus dem Raum und schickt es dir auch zu, wenn du nett fragst. Du weißt doch, wie lieb sie ist. – Nein Leo, das geht nicht.« Es folgte ein Riesengetöse, und Leo schrie wie am Spieß.

Hannah war dankbar für die Pause. Sie musste sich etwas einfallen lassen, um Birgit den Schlüssel zu entlocken.

»Hier, nimm ein Plätzchen und iss. Mama ist gleich wieder da. Entschuldige bitte, Leo hat einen Stapel Töpfe aus dem Schrank gezogen. Hier herrscht Chaos in der Küche.«

»Birgit, wegen des Handys – ich wollte es eigentlich niemandem verraten. Aber ... ich brauche das Handy ganz dringend. Ich habe da jemanden kennen gelernt am Wochenende. Ich habe ihm meine Handynummer gegeben. Und nun liegt das Handy bei euch in der Schule. Wenn er jetzt anruft und ich mich nicht melde ... Ich brauche unbedingt den Schlüssel!«

»Ach du meine Güte! Das geht natürlich nicht. Das ist ja wirklich ein Notfall. Das sehe ich ein. Komm doch einfach eben vorbei. Du musst dich aber beeilen. Ich muss um drei Uhr mit Leo zum Kinderturnen.«

»Danke Birgit. Ich bin schon unterwegs!«

Als sie auflegte, sah sie ihren Kollegen Dirk in der Tür stehen mit einer Tasse Kaffee in der Hand. Er schaute etwas verlegen.

»Entschuldige, ich wusste nicht, dass du privat telefonierst. Ich habe gar nichts gehört.« Es war klar, dass er einen Teil mitgehört hatte. Aber er signalisierte ihr, dass er nichts weitertragen würde. Er hatte sich nichts dabei gedacht, in ihr Zimmer zu kommen. Das war absolut üblich, weil eigentlich nie private Gespräche geführt wurden. Er hatte nur schauen wollen, wie es ihr ging.

Um kurz nach zwei konnte sie sicher sein, dass alle Kollegen wieder ihre Gesprächstermine wahrnahmen, und so schlich sie sich aus der Dienststelle. Zügig ging sie die Hammer Straße entlang, holte zu Hause ihr Fahrrad ab, ohne sich großartig aufzuhalten, denn die Zeit drängte. Glücklicherweise war auch Birgit sehr in Eile und fragte sie nicht weiter nach ihrem neuen Verehrer aus. Hannah fuhr direkt zum Bahnhof, nur um festzustellen, dass sie noch zwanzig Minuten auf den nächsten Zug warten musste. Die ganze Zeit versuchte sie den Gedanken zu vertreiben, ob es nicht kompletter Wahnsinn war, noch einmal zur Schule zu fahren. Vor drei Stunden hatte sie nicht schnell genug fliehen können und jetzt …

Montag, früher Nachmittag

Im Zug konnte sie die Gedanken endgültig nicht mehr abschütteln. Es war Quatsch! Es war totaler Blödsinn! Mit Abstand betrachtet war ihre Theorie vollkommen weit hergeholt. Sie würde ihr Auto abholen und zurückfahren. Oder noch besser: Sie würde die Entscheidung vertagen, bis sie vor Ort war.

Obwohl die Sonne auf dem kurzen Weg zur Schule noch schien, lag in den engen Straßen hinter dem Bahnhof schon Schatten. Ein Auto, ein paar Radfahrer überholten sie, vor ihr ging eine leicht gehbehinderte Frau mit Einkaufstaschen, die gut und gern die Frau aus der Wohnung über der Arztpraxis sein konnte. Die würde ihr wieder Vorträge halten, wenn Hannah jetzt dort ihren Wagen abholen würde.

Der Parkplatz an der Schule war leer, ebenso der Fahrradständer. Nichts deutete darauf hin, dass sich noch jemand dort aufhielt. Es gab gerade noch so viel Tageslicht, dass man im Gebäude ohne künstliches Licht genug würde sehen können. Wenn sie jetzt um das Gebäude herum zum Hintereingang ging, würde niemand sie sehen.

Hannah schaute sich um. Die Straße hinter ihr war leer. Vorn schlurfte die Frau mit ihren Einkaufstaschen. Es würde nur zehn Minuten dauern. Maximal!

Trotzdem hatte sie Mühe, ruhig zu bleiben, als sie um den Seitenflügel herumging und Birgits Schlüssel in das Schloss steckte. Diese Tür hatte sie noch nie benutzt, aber sie hatte eine ungefähre Vorstellung davon, wo im Gebäude sie sich befinden würde, wenn sie diesen Eingang benutzte. Es gab da dieses zweite Treppenhaus, das sie auf dem Weg zu Daniela Heckerts Klasse ein paar Mal benutzt hatte.

Genau so war es. Es ging ein paar Stufen hoch, und dann kam sie in der Halle mit den Gängen zum Lehrerzimmer und den Büros von Everkamp und Matschinsky heraus. Flure und Halle wirkten bei der schwachen Beleuchtung ganz anders. Durch die großen Fenster zum vorderen Schulhof fiel noch Tageslicht, aber in einigen Ecken schimmerte es schon bläulich-schwarz. Bald würde sie den Lichtschalter betätigen müssen. Die Zeit drängte.

Ihr Herz schlug bis zum Hals. Es war still, absolut still. Hier war niemand. Sie war ganz allein.

Die Türen zu den Klassenräumen standen offen, wohingegen die Türen zum Sekretariat, zu den Büros und auch zum Lehrerzimmer geschlossen waren. Wahrscheinlich auch abgeschlossen. Mit Schaudern sah sie das Absperrband vor Matschinskys Bürotür. Das Siegel, das an der Tür befestigt war, war erbrochen. Vielleicht hatten Jan und seine Kollegen sich noch dort umgesehen.

Obwohl sie äußerst vorsichtig ging, hallten ihre Schritte in dem leeren Flur. Da war endlich das andere Treppenhaus. Sie hielt Birgits Schlüssel griffbereit, aber das Besprechungszimmer war nicht abgeschlossen. Warum auch? Wertgegenstände gab es hier nicht. Sie ließ ihre Tasche auf das Sofa fallen und wartete einen Moment, bis sich ihr Herz ein wenig beruhigt hatte. Die Beleuchtung des Aquariums in grünlich-blauem Licht tauchte den Raum in eine schummrige Atmosphäre. Der Rest das Zimmers lag mehr oder weniger im Dunkeln. Die Lamellen-Gardine war geschlossen, und mehr als Konturen der Einrichtungsgegenstände konnte sie kaum erkennen. Der seltsame Geruch war immer noch schwach wahrnehmbar, und sie hörte wieder die Musik!

Das gab es doch gar nicht! Konnte es sein, dass die Wirkung dieses Stoffes sofort eintrat? Sie öffnete mit Schwung das Fenster und ließ einen Schwall kalte, frische Luft herein. Keine Musik mehr. Sie hatte sich das eingebildet. Das Fenster ging in den Innenhof, fiel ihr ein. Niemand würde sehen, ob hier Licht war oder nicht. Doch ohne Licht würde sie gar nichts mehr erkennen können. Sie betätigte den Schalter.

Ohne die Jacke auszuziehen, beugte sie sie über das Aquarium, wie es Debus getan hatte. Aber sie war nicht so groß wie er. Sie konnte zwar von oben in das Becken hineinschauen, aber nicht auf die technische Anlage in der Ecke dahinter. Außer einer Menge Luftblasen konnte sie nichts Entscheidendes erkennen. Entschlossen schob sie das Sofa zur Seite. Es quietschte gewaltig auf dem Fußboden, aber jetzt hatte sie mehr Platz und kauerte sich hin.

Ihr fielen Staubwölkchen und ein regelrechter Dreckhaufen in der Ecke auf. Ein schwarzes Kabel führte von einer Steckdose in der Wand zum oberen Rand des Aquariums und dort durch eine viereckige Aussparung in der Glaswand zu einem dunklen Plastikbehälter im Becken, der ihr vorher nie aufgefallen war, weil er hinter Grünpflanzen verborgen war. Auf diesen Plastikbehälter konnte sie sich überhaupt keinen Reim machen. Ob es eine Art Heizung war?

Auf dem Boden lag ein Fußschalter mit einem zweiten dunklen Kabel und einem parallel laufenden durchsichtig-grünen Kabel. Beide verschwanden durch eine ähnliche Aussparung oben an einer anderen Ecke des Beckens, wo sie in eine senkrecht stehende, etwa zwanzig bis dreißig Zentimeter lange Röhre von etwa zwei bis drei Zentimetern Durchmesser mündeten. Sie war mit zwei Gummipfropfen an der Glaswand befestigt und ebenfalls hinter Schlingpflanzen versteckt. Die Röhre war zweigeteilt. Der untere Bereich war eine silbrige Hülle, der obere aus durchsichtigem Plastik. Darin befand sich eine schwarze Masse, die aus unzähligen, einzelnen kleinen Körnchen zu bestehen schien. Möglicherweise steckte aber auch eine kompakte Masse in diesem oberen Teil. Wegen der Wasserspiegelung konnte sie es nicht genau erkennen.

Hannah beugte sich weiter vor, denn da war noch etwas. Ihre Beine drohten, von der hockenden Position einzuschlafen, aber jetzt musste sie die Sache zu Ende führen.

Von der Röhre führte ein weiterer durchsichtig-grüner, etwa vierzig Zentimeter langer Schlauch zu einem schmalen, weißen Röhrchen von vielleicht zehn Zentimetern Länge. Aus diesem quer zum Boden liegenden Röhrchen quollen Luftblasen aus vielen kleinen Löchern und stiegen auf. Auch dieses kleine Röhrchen war geschickt durch einen dekorativen Felsbrocken getarnt.

Konnte die schwarze Substanz in der Röhre giftig sein, mit der Filteranlage zusammen in die Luft abgelassen werden und Halluzinationen hervorrufen? Wenn sie sich recht erinnerte, war Ketamin als weiße Substanz beschrieben worden. Auf dem oberen Teil der Röhre befand sich eine silbrige Abdeckung, ungefähr einen Zentimeter dick. Möglicherweise konnte man weißes Pulver oben auf die schwarze Substanz schütten, den Deckel wieder schließen – und los ging es.

Was sollte sie hier erkennen können? Sie hatte viel zu wenig Ahnung von Technik, von Aquarien. War dieses ganze Equipment harmlos? Oder verdächtig? Sie war so schlau wie zuvor. Sollte sie ihren Verdacht Jan mitteilen oder würde sie sich komplett lächerlich machen?

Als sie sich aufrichtete, geriet sie etwas ins Schwanken, weil sie längere Zeit halbwegs in der Hocke gekauert hatte. Sie musste wohl eine unwillkürliche Armbewegung gemacht haben, um sich zu stabilisieren, denn mit einem Mal hörte sie zuerst ein Scheppern und dann einen Knall, der in einem immer leiser werdenden Geräusch auslief. Die Dose mit dem Fischfutter! Sie hatte auf der Fensterbank gestanden und Hannah hatte sie herunter gekegelt. Der Deckel hatte sich gelöst und ein beträchtlicher Teil des Futters war auf dem Fußboden gelandet. Sofort wurde der Gestank wieder unerträglich. Das würde sie liegenlassen. Sollte sich doch morgen irgendwer einen Besen holen und den Schlamassel zusammenkehren!

Sie setzte sich einen Moment auf das Sofa. Sie würde nach Hause fahren. Sie hatte alles Menschenmögliche getan, aber sie war keine Expertin. Ihr Blick schweifte noch einmal über das Aquarium, die Schläuche, die Fensterbank, wo die Dose gestanden hatte. Ganz in der Ecke stand eine kleine Blechdose, die von der Futterdose verdeckt worden war. Sie schöpfte wieder Hoffnung und griff danach.

Im selben Moment waren Schritte auf der Treppe. Jemand hatte sie gehört oder das Licht gesehen! Es musste jemand vor der Tür stehen. Er würde hereinkommen. Es nützte nichts, keinen Laut von sich zu geben. Es war zu spät. Die Tür ging auf. Eine Welle der Erleichterung durchflutete Hannah. Es war Michael Kochler.

»Was machen Sie denn hier?« Er kam herein und stellte seine Aktentasche ab.

»Ich suche mein Handy. Das muss ich heute Morgen hier liegen gelassen haben.« Warum nicht die gleiche Lüge erneut gebrauchen, wenn sie doch schon einmal funktioniert hatte?

»Im Fischfutter?« Sein Blick ging über das am Boden verstreute Futter hinweg auf die kleine Dose in ihrer Hand. Er setzte sich auf einen der beiden Sessel. »Ich muss zugeben, Sie haben deutlich schneller kombiniert als Daniela Heckert. Kompliment.« Er sah sie aufmerksam an.

Hannah wurde eiskalt unter dem Schweißfilm, der ihren Körper bedeckte. Was redete er von Daniela Heckert? Sie wollte es nicht hören, es nicht wissen.

»Daniela ist am Freitag vor ihrem Tod hier in der Schule herumgegeistert wie eine Irre. Wirklich, sie war total durch den Wind und jeder hätte geglaubt, dass sie wirklich psychisch angeknackst war. Dass sie nicht schwanger war, hatte sie vollkommen umgehauen. Sie hat immer nur gefaselt, dass irgendetwas in der Schule mit ihr passiert sei, dass sie vergiftet oder unter Drogen gesetzt wurde. Ich musste mit Engelszungen beruhigend auf sie einreden, dass sie eine Nacht darüber schlafen sollte und wir dann in Ruhe über alles reden würden.«

Er hatte mit ihr am nächsten Tag gesprochen! Was wollte er damit sagen? Dass er der Besucher in der Querstraße war? Dass er sie ermordet hatte? Dieser sanfte, sensible Künstler, der Hannah in der Trauerfeier ohne Worte verstanden hatte und alle Brüche, die der Ablauf der Feier mit sich brachte, wie blind durch sein Klavierspiel ausgeglichen hatte? Sie musste ihn missverstanden haben.

»Nur in einem Punkt haben Sie sich ähnlich verrannt wie Daniela. Sie haben nach einem Raum gesucht, in dem Sie unter Drogen gesetzt wurden. Warum sind Sie nicht auf die einfachere Variante gekommen?«

Er ließ ihr Gesicht nicht eine Sekunde aus den Augen, aber Hannah hatte überhaupt keine Ahnung, was er meinte.

»Das mit dem Raum war totaler Zufall. Es hatte gar nichts mit diesem Raum zu tun. Ein zufälliges Zusammentreffen von Ereignissen, das sie auf die falsche Fährte geführt hat. Es war der Kaffee! Er schmeckt immer ein bisschen bitter hier in der Schule, weil keiner sich nachsagen lassen will, dass er zu dünnen Kaffee gekocht hat. Wenn dann noch einer Milch und Zucker nimmt wie Marlies, umso besser. Man schmeckt es kaum. Nur bei Daniela war es schwieriger, weil sie nur noch Tee getrunken hat. Das gehört sich so für Schwangere. Die trinken keinen Kaffee mehr. Die verabscheuen Kaffee. Also musste ich unauffällig ein kleines bisschen Zucker in den Tee schmuggeln, damit sie nichts merkte.«

Hannah hatte plötzlich klar und deutlich die Szene im Lehrerzimmer vor Augen: Sie hatte Yvonne ten Bruyn trösten müssen, die so fertig mit den Nerven gewesen war. Kochler, der nette, liebe Kochler hatte sie beide fürsorglich mit einem Pott Kaffee versorgt. Er hatte reichlich Zucker hinzugefügt, um den den bitteren Nachgeschmack der Droge zu überlagern. Und sie war so dankbar gewesen für das warme Getränk! Erst mit Verzögerung hatte die Droge hier in diesem Raum angefangen zu wirken. Er war es! Er hatte es getan! Kochler!

Sie musste ihn reden lassen, ihn zum Reden veranlassen. Irgendwo hatte sie mal gelesen, dass es gut war, wenn Täter und Opfer eine Beziehung aufbauten. Er musste reden. Solange er redete, würde er ihr nichts tun.

»Sie haben auch Marlies Tiekötter Kaffee gebracht. Hierher in den Raum!«

»Die arme Marlies! Sie war doch völlig am Ende. Die Schüler haben sie nicht mehr ernst genommen, die jungen Kollegen haben sie geschnitten. Sie brauchte unbedingt eine Pause. Da kam ich auf die Idee mit der Droge. Ich habe all die Jahre seit meiner wilden Jugend mit allen möglichen Arten von Drogen experimentiert. Ich beherrsche die Dosierung so, dass niemals jemand etwas davon geahnt hat. Marlies wollte ich nur ein wenig aus der Schusslinie nehmen, damit sie sich ein bisschen erholen kann. Sie hat höchstens zwei oder drei Mal etwas in ihren Kaffee bekommen. Hat ja auch ganz gut geklappt. Ich hatte gehofft, dass sie zu einem vernünftigen Arzt gehen würde, der sie in eine Therapie schicken würde wegen ihrer Ängste und ihrer ganzen Kommunikationsdefizite, aber das war wohl nichts. Sie kam nach einigen Wochen wieder, und alles ging nach einer Weile von vorn los.«

Er sah fast bekümmert aus. Hannah hatte auf einmal den sehr viel jüngeren Michael Kochler vor Augen, einen mit Drogen experimentierenden Künstler. Er musste einmal ein schöner Mann gewesen sein. Seine schwarzen langen Locken hatten sicher so manches Herz höher schlagen lassen. Seine dunklen Augen lagen tief in ihren Höhlen. Sie hatte ihn für schlank gehalten, aber eigentlich sah er mehr ausgemergelt aus. Wo hatte sie ihre Augen gehabt? Er wirkte erschöpft.

»Haben Sie ihr Ketamin gegeben?«, fragte sie, um das Gespräch in Gang zu halten.

»So was Ähnliches. Nachdem es bei Marlies so gut geklappt hatte, habe ich es auch bei Kathrin ausprobiert. Das hat leider ein bisschen zu heftig funktioniert. Woher sollte ich wissen, dass sie in kürzester Zeit die wildesten Madonnen-Erscheinungen haben und sich wie eine neue Hildegard von Bingen gebärden würde?«

»Sie hatte eine traumatische Trennung während des Referendardienstes hinter sich. Deswegen hat sie vermutlich sehr schnell ihr psychisches Gleichgewicht verloren.«

»Kann sein. Sie war weg, und das war wichtig. Mit Daniela klappte es jedenfalls wieder besser. Ich war ziemlich gespannt, wie sie auf das Zeug reagieren würde. Das Ergebnis übertraf alle meine Erwartungen. Wer hätte gedacht, dass aus unserem karrieregeilen Rührmichnichtan ein männermordender Vamp werden würde? Ich habe mich köstlich amüsiert, wie sie sich lächerlich gemacht hat. Sie hat es ja sogar bei Weischer, dem alten Sack, probiert! Der wusste gar nicht, wie ihm geschah. Und dann dieser Tunesier! Der fromme Moslem konnte sich kaum retten vor ihrer Anmache. Und wahrscheinlich hat sich auch ihr Verlobter eine schöne Zeit mit ihr gemacht. Die Sache mit der eingebildeten Schwangerschaft war noch das Sahnehäubchen. Leider hatte ich unterschätzt, dass sie durch die Herbstferien wieder zu Verstand kommen würde und bei ihren spekulativen Versuchen, die Zusammenhänge zu erkennen, Rüdiger als Tatverdächtigen Nummer eins in Erwägung ziehen würde. Pech für mich. Pech für sie.«

Hannah wagte kaum noch zu atmen. Er war bei dem Mord angelangt. Er würde auch sie umbringen müssen, um sein Geheimnis zu wahren. Sie musste ihn ablenken, ihn einlullen, sodass sie einen Vorsprung gewinnen konnte, einen Vorsprung groß genug, um ihm zu entkommen. Sie war ganz ruhig. Nur so hatte sie überhaupt eine Chance.

»Es tut mir nicht leid um Daniela. Sie war ein Biest und hat nur Unheil über das Kollegium gebracht. Andauernd hatte sie neue Getreue um sich geschart. Und immer wieder hat sie jemanden gefunden, der sie kritiklos angehimmelt und ihre bösen Spielchen mitgemacht hat. Und die Schüler erst! Mit ihren überzogenen Leistungsansprüchen hat sie unheimlich viel Druck erzeugt. Manuel Gruska kann ein Lied davon singen. Wirklich, die Schule ist besser dran ohne sie. Irgendwer musste sie doch stoppen.« Er schien sich selbst davon überzeugen zu wollen, dass er ein gutes Werk getan hatte.

»Der Kommissar und seine Schnüffelhunde können lange nach der Mordwaffe suchen. Ich habe sie immer bei mir.« Und er deutete mit der Fußspitze auf seine Aktentasche, die neben ihm am Sessel lehnte. »Fällt gar nicht auf, dass sie so schwer ist. Lehrer haben immer unglaublich schwere Aktentaschen. Die Originalverpackung habe ich durch meinen Kamin gejagt. Danielas Handy habe ich auch dabei. Sie hatte mich damit angerufen vor unserem Treffen. An ihrem Todestag. Es hätte mich verraten können.«

Sie starrte auf die Tasche. Sie war geschlossen, aber wahrscheinlich bedurfte es nur eines Handgriffs, um sie zu öffnen. Aber er musste das Mikroskop tief unten drin verbunkert haben, wo es nicht sofort auffiel. Das würde ihn aufhalten, wenn er es herausholen wollte.

»Haben Sie das Mikroskop auch gestern Mittag dabei gehabt?«

»Ja, natürlich. Everkamp war so eifrig in seine Internet-Recherchen vertieft, dass er mich gar nicht hat hereinkommen hören. Und selbst als er mich sah, ahnte er noch nichts Böses, sondern drehte sich in aller Ruhe weg, um die Seite zu schließen. Ich konnte in Seelenruhe die Tasche öffnen und das Mikroskop herausziehen. In letzter Sekunde hat er sich zu mir gewandt, sodass ich ihn wohl nicht voll erwischt habe. In dem Moment hörte ich auch schon Teichmann. Aber es ist gut, dass er überlebt hat! Er hatte es nicht verdient zu sterben. Er hat immer das Beste für die Schule gewollt. Nur in letzter Zeit ist ihm alles entglitten, und er konnte Daniela nicht stoppen und all diese anderen Intriganten wie Budke und Müller-Rath. Er hatte keine Kraft mehr, sich denen entgegen zu stemmen. Es ist einfach über mich gekommen, als ich merkte, dass er mir auf die Schliche kam und dabei war, sich alles zusammenzureimen. Ich hätte es nicht tun sollen.«

Seine Stimme war immer leiser geworden. Bei den nächsten Worten klang sie aber wieder bestimmter. Sein Blick ging an ihr vorbei, intensiv, glühend. »Meine Liste ist noch länger! Ganz oben steht Matschinsky, dieser Nichtsnutz. Keinen Funken hat er Everkamp entlastet!«

Hannah wagte kaum noch zu atmen. Eine Todesliste! Wahnsinn!

»Wie gesagt«, fuhr er fort, ohne sie anzusehen. »Sie waren schnell, schneller als alle anderen. Marlies Tiekötter hat mir heute Morgen erzählt, dass Sie an eine psychische Erkrankung bei Daniela Heckert glauben. Da schrillten bei mir die Alarmglocken. Deswegen der kleine, aber feine Zusatz in Ihrem Kaffee. Ich wollte Ihnen Angst machen, Sie vertreiben, aber das ist mir ja wohl nicht gelungen.«

Er schaute auf seine Hände und knetete sie. Was ging ihm durch den Kopf? In dem Moment stieß er mit dem Fuß gegen die Aktentasche, die quer vor seinen Sessel rutschte. Sie würde ihm im Wege stehen, sollte er aufspringen. Fieberhaft suchte Hannah nach einer Frage, um das Gespräch in Gang zu halten.

»Was ich noch nicht so ganz verstehe, warum haben Sie auch Kathrin Pfister diese Droge gegeben? Sie kam doch gut klar mit den Schülern und Kollegen! Kein Grund, sie aus dem Weg zu schaffen.«

Er sah sie an und die Intensität seines Blickes war schockierend.

»Kathrin Pfister! Sie hatte es verdient! Ich habe ihr öfter Kaffee gebracht an ihren Platz im Lehrerzimmer. Ich bin ja immer der nette Michael, der das selbstverständlich tut. Niemand hat sich etwas dabei gedacht. Niemand achtet auf mich.«

»Aber warum sie?« Hannah konnte sich absolut keinen Reim darauf machen.

»Sie war Rüdiger zu nahe gekommen. Deswegen.«

Also doch! Eine Liebesgeschichte. Verschmähte Liebe! Kochler und Kathrin Pfister.

»Rüdiger war noch nicht lange an unserer Schule, da ging die Sache mit seiner Isabelle zu Bruch. Wir hatten dann eine Beziehung. Es hat nicht lange gedauert. Ein paar Wochen vielleicht. Aber es war die glücklichste Zeit meines Lebens.«

In Hannahs Kopf kam es wie in Schockwellen an. Im ersten Moment hatte sie gedacht, er spräche von sich und dieser Isabelle. Aber dann machte es klick und alle Puzzleteile fügten sich ineinander. Ihre erste Begegnung mit Rüdiger Debus in der Kaffeeküche. Er hatte seinen Charme versprüht und ihr Kaffee angeboten. Keine zwei Minuten später war Michael

Kochler auf der Bildfläche erschienen, und die beiden hatten sich geneckt, wer die besten Karten bei ihr hätte. In Wirklichkeit war da etwas ganz anderes abgelaufen.

»Aber haben Sie nicht den Ruf, immer die hübschen Mädchen in Ihrem Unterricht zu … bevorzugen?«

Er lächelte. »Perfekte Tarnung, finden Sie nicht? Die Mädchen habe ich so offensichtlich bevorzugt, ihnen geschmeichelt, neue Frisuren gelobt, schicke Klamotten erwähnt, dass alles andere nicht registriert wurde. Glauben Sie mir, in all den Jahren hat sich nie eine einzige Schülerin über mich beschwert. Sie haben wohl gespürt, dass von mir keinerlei wirkliche Bedrohung für sie ausging. Manchmal habe ich geglaubt, dass diese Mädchen als einzige wussten, was mit mir los ist.«

Sein Blick war völlig starr auf das Aquarium gerichtet.

»Niemand hat gewusst, dass Sie…«

»Nein!«, fiel er ihr ins Wort, als wenn er sie daran hindern wollte, das Wort auszusprechen. »Ich gehöre nicht zu dieser mutigen Generation von jungen Männern, die dazu stehen. Damals wäre es noch unmöglich gewesen, sich als Lehrer zu outen. Sportlehrer zu sein! Undenkbar!«

Hannah rechnete. Er musste über fünfzig sein. Sein Kleidung und seine Haarpracht täuschten im ersten Moment darüber hinweg. Vor fünfundzwanzig Jahren war die Situation für Homosexuelle sicher noch eine ganz andere gewesen. Und Michael Kochler war nicht der Typ, der auf Konfrontation ging, der sich Konflikten offen stellte. Ihm lag an Harmonie, an Ausgleich. Selbst zwischen Rüdiger Debus und Dr. Weischer hatte er vermitteln wollen in deren möglicherweise uralten Fehde.

»Ich war dreiundvierzig, als Rüdiger an die Schule kam. Er ist zehn Jahre jünger als ich. Er war ein Traum. Ich hatte es satt, mich mit gelegentlichen Abenteuern in einer größeren Stadt zu begnügen. Mir war es gar nicht so bewusst gewesen, aber als das mit Rüdiger losging, da war mir klar, dass ich eine feste Beziehung wollte. Ich wollte Liebe.«

Aber für Rüdiger Debus war es nur ein Zwischenspiel gewesen. Das konnte Hannah sich denken. Vielleicht ein Ausprobieren einer sexuellen Variante, auf die er neugierig war. Ein Überbrücken von Leerlauf, bis er eine neue Eroberung gemacht hatte.

»Es hat nicht gehalten. Rüdiger hatte immer wieder andere Frauen. Kurze Affären. Aber er kam immer wieder zu mir zurück.«

Er hat dir immer wieder Hoffnung gemacht. Und du hast dich daran geklammert. Dabei hatte Debus ihn wahrscheinlich nur als Notnagel benutzt. Ausgenutzt. Und Kochler hatte sich nicht vom ihm lösen können.

»Und dann kam Kathrin. Mit ihr war es anders. Das habe ich sofort gespürt. Sie kam auch aus Süddeutschland, und das hat die beiden automatisch näher zusammengebracht. Sie war irgendwie so unschuldig, sie hat Rüdiger berührt, das habe ich gemerkt. Und das hat mir Angst gemacht.«

Er schlug die Hände vor das Gesicht, offensichtlich erschüttert von der Erinnerung.

JETZT!!!

Fast wäre sie auf dem ersten Meter ausgerutscht, denn die auf dem Boden verteilten Fischfutterkrümel waren tückisch. Sie fing sich rechtzeitig und stürzte aus der Tür. Ein Spalt blieb offen und warf ein wenig Licht in das nahezu vollständig dunkle Treppenhaus. So schnell sie sich bei der mangelhaften Beleuchtung traute, flog sie die Stufen hinunter und öffnete die Brandschutztür, jeden Moment darauf gefasst, dass er sie von hinten packen könnte. Rabenschwarze Dunkelheit im

Zwischenflur – das hatte sie erwartet. Rechts die Tür zum Archiv, das wusste sie, links die Tür zum Biologieraum und geradeaus die Tür in den langen Gang mit Teichmanns Reparaturwerkstatt. Von dem Gang mussten die Umkleidekabinen für den Sportunterricht abgehen, dann die Toiletten, und am Ende musste das zweite Treppenhaus sein.

In diesem Gang war es stockfinster. Blindlings rannte sie weiter. Im Laufen suchte sie in ihrer Tasche nach ihrem Schlüsselbund. In das Gesicht eines Angreifers gerammt war er die einzige Waffe, die sie hatte.

Keuchend vor Anstrengung und Angst fand sie ihre Schlüssel und zog sie im Laufen heraus. Da: Das kleine Plastikteilchen mit der Leuchte, die Steffen ihr geschenkt hatte, weil sie manchmal im Dunkeln das Schloss ihrer Autotür nicht finden konnte. Sie schaltete das Teil mit dem Zeigefinger ein und hielt es mitsamt dem Schlüsselbund vor sich hin. Die Reichweite des Lämpchens war zu kurz. Trotzdem erahnte sie die Tür und stoppte rechtzeitig ab. Er war nicht hinter ihr. Sie hörte nichts, absolut nichts. Kein Türenknallen, keine Schritte, keine Atemgeräusche.

Vielleicht war er ihr überhaupt nicht gefolgt. Er hatte durchaus einen verzweifelten Eindruck gemacht. Er konnte aber auch den oberen Flur genommen haben und hinter dieser Tür auf sie warten, das Mikroskop griffbereit in der Hand. Aber sie musste durch diese Tür – der Weg zurück war keine Alternative.

Vorsichtig öffnete sie die Tür ein winziges Stückchen, bemüht, ihren Atem unter Kontrolle zu halten, um sich nicht zu verraten. Der millimeterschmale Spalt ließ grelles Neonlicht in den Gang fallen: Der Vorraum der Turnhalle, hell erleuchtet!

Zwei entsetzliche Gedanken schossen gleichzeitig durch ihr Gehirn: Kochler konnte tatsächlich dort stehen. Er hatte das Licht eingeschaltet! Und: Wieso war sie nicht im Treppenhaus gelandet? Der Gang musste leicht nach unten geführt haben, ohne dass sie es gemerkt hatte. Wo war die nächste Tür nach draußen?

Sie ging einige Schritte in den Gang zurück und rannte dann mit voller Kraft los, in der Hoffnung, die Tür so überraschend aufzustoßen, dass sie an jedem dahinter Stehenden vorbei käme.

Der Raum war leer. Niemand. Nur ein Putzwagen mit diversen Plastikbehältern, Putzmitteln, Tüchern mitten darin. Ein Eimer mit Wischwasser. Einer dieser riesigen Wischmopps lehnte an der Wand.

Irina musste hier sein. »Irina, wo bist du?«, schrie sie.

Irina tauchte mit vor Schrecken geweiteten Augen in der offenen Tür zur Turnhalle auf. In der Hand hielt sie einen Wischlappen.

»Irina, der Mörder, er ist hier in der Schule!« Sie atmete hastig. »Wo sind deine Kinder?«

Daraufhin erschien, hinter Irina hervortretend, eine verkleinerte Ausgabe ihrer Mutter, ebenfalls mit dunklen Locken, die mit einem Tuch zusammengebunden waren.

Nina. Die Tochter.

»Wo ist der Kleine?«, rief Hannah.

»Beim Fußballtraining.« Irinas Stimme war ein ängstliches Krächzen.

»Wir müssen weg. Wo ist hier ein Ausgang?«

Irina ließ den Lappen fallen und griff gleichzeitig nach dem Arm ihrer Tochter. Dann stürzte sie zusammen mit Nina auf eine graue Betonwand zu. Dahinter lag das Treppenhaus. Hannah folgte den beiden so dicht wie möglich. Nach zwei

Treppenabsätzen sah sie eine Tür, die Irina mit Schwung aufstieß. Es war die Fluchttür, von der so oft die Rede gewesen war.

Sie waren niemandem begegnet, und sie hörten nichts. Nur ihren Atem, der in der kalten Abendluft Nebelwölkchen erzeugte. Nina klammerte sich an Irina: »Mama, was ist los?«

»Haben Sie ein Auto hier?« In einem Auto würde sie sich viel sicherer fühlen, dachte Hannah.

»Nein, nur Räder«, schüttelte Irina den Kopf.

»Kommen Sie mit«, stieß Hannah hervor.

Sie mussten um einen der beiden Seitenflügel der Schule herumlaufen, dann die kleine Straße entlang zu der Arztpraxis, wo Hannahs Auto geparkt war. Zitternd entriegelte Hannah die Türen. Irina und Nina stiegen hinten ein.

Hannah startete den Motor, wendete das Auto. Zitternd nestelte sie ihr Handy aus der Tasche und reichte es Irina nach hinten.

»Können Sie für mich wählen? Es ist neu. Ich bin zu nervös.«

Irina schob das Handy zur Seite und holte ihr eigenes hervor.

»Sagen Sie Nummer.«

Hannah wusste die Nummer inzwischen auswendig. Sie diktierte in Zweierschritten und wiederholte sicherheitshalber die gesamte Ziffernfolge, bevor Irina einen Knopf drückte, kurz lauschte und Hannah das Handy gab.

Bitte, lieber Gott, lass ihn ans Telefon gehen. Bitte, lass ihn ans Telefon …

Es klingelte endlos lange, bevor es in der Leitung knackte … Der Anrufbeantworter.

Sie gab Irina das Handy zurück und begann, hektisch in ihrer Schultertasche zu wühlen. Irgendwo musst doch …

Kurz entschlossen kippte sie den gesamten Inhalt der Tasche aus. Einige größere Gegenstände fielen auf den Boden, aber neben Gummibändern, Geldstücken und anderem Krimskrams lag die kleine weiße Karte in ihrem Schoß: Jans Visitenkarte mit der Nummer des Präsidiums und der Nummer seines Diensthandys.

Ihre Hand war zittrig, als sie die Karte aufnahm. Sie entschied sich für die Handynummer. Irina wählte für sie.

Beim dritten Klingeln hörte sie seine Stimme.

»Heidmeier.«

»Jan, hier ist Hannah. Ich bin an der Schule. Kochler ist der Mörder. Er ist hier. Was soll ich tun?«

»Wo genau bist du?«

»Auf dem Parkplatz, wo wir uns heute Morgen getroffen haben. Im Auto.«

»Bleib da. Verriegele das Auto. Lass den Motor laufen. Ich bin in ungefähr zehn Minuten bei dir. Ich rufe die Wache an. Sie sind vielleicht schon früher da als ich. Hast du verstanden?«

»Ja, alles klar.«

»Bis gleich.«

Sie konnte es kaum fassen. Er musste auf dem Weg hierher sein. Von Münster würde er fast eine Stunde brauchen, und selbst Altenberge war mindestens eine gute halbe Stunde entfernt.

Sie drehte sich zu Irina, die ihre Tochter fest im Arm hielt.

»Die Polizei ist gleich hier. Wir sind in Sicherheit.« Stummes Nicken.

Wie hypnotisiert starrte sie auf die Leuchtziffern ihrer Autouhr. Fünf Minuten waren vergangen, als ein Auto langsam an ihnen vorbeifuhr. Die Straße war eng. Ihr schlecht parkender Wagen war ein Verkehrshindernis. Die Fahrerin schaute bitterböse.

Neun Minuten. Zwei Radfahrer. Noch ein Radfahrer. Elf Minuten. Ein Auto, das vor ihr parkte. Eine Schrecksekunde verging, bis sie Jan erkannte. Er stieg aus, öffnete die Tür der Beifahrerseite und stieg ein.

»Alles okay?«

Sie konnte nur nicken. Wenn sie ein Wort sagte, würde sie heulen.

»Hallo, und wer sind Sie?« Jans Ton war der freundschaftlicher Konversation. Hannah konnte nur staunen.

»Irina Meier«, flüsterte Irina.

»Ich habe schon von Ihnen gehört. Mein Name ist Heidmeier. Ich bin Kriminalkommissar in Münster. Und du bist sicher Frau Meiers Tochter?« Er strahlte Nina an, die sich mit einem schüchternen Lächeln revanchierte.

Zwei Polizeiwagen parkten vor und neben Hannahs Auto und machten die Straße endgültig unpassierbar. Jan stieg aus und redete mit den beiden Beamten. Dann beugte er sich noch einmal ins Auto.

»Kannst du mir den Schlüssel für die Schule geben?«

»Nehmen Sie meinen Schlüssel«, sagte Irina von hinten. »Ist für alle Türen. Auch Fachräume. Da kann man nicht mit normalem Schlüssel rein.«

Jan überlegte einen Moment. »Frau Meier, würden Sie sich zutrauen, mit den Beamten in die Schule zu gehen? Sie kennen sich am besten aus. Wir müssen sicher sein, dass wir alle Räume durchsuchen. Es sind noch weitere Beamte an der Schule. Sie sind vollkommen sicher.«

»Nur, wenn Nina mitkommen kann.«

»Das wird sich machen lassen.«

Die beiden stiegen um in ein Polizeiauto. Jan kehrte zurück

zu Hannah. Er nahm ihre beiden Hände in seine.

»Mein Gott, ist sie mutig.«

»Ja, das ist sie. Toll.«

Sie wollte jetzt nichts sagen müssen über das, was sie gerade erlebt hatte. Später vielleicht. Jan drängte sie nicht.

»Warum warst du so schnell hier?«

»Ich war schon am Stadtrand.«

»Du konntest doch nicht wissen, dass ich hier bin.«

»Doch. Als wir heute Mittag mit den Verhören fertig waren, haben wir noch die Büros von Everkamp und Matschinsky weiter auf den Kopf gestellt. Höllmann ist dann in Matschinskys PC auf Internetseiten zu Drogen, die Halluzinationen auslösen, gestoßen. Matschinsky hat hoch und heilig geschworen, dass er die nicht aufgerufen hatte. Also musste es Everkamp gewesen sein. Und das passte ja zu deiner Theorie. Aber du warst weg. Frau Brauer sagte mir, dass du in der Beratungsstelle einen wichtigen Termin hättest. Also bin ich nach Münster gefahren, wo ich in der Schützenstraße noch einige deiner Kollegen angetroffen habe. Nur dich nicht. Aber einer konnte mir weiterhelfen.«

»Dirk«.

»Ja, so hieß er wohl. Er hatte ein Telefongespräch mitgehört. Mit einer Birgit. Wegen Schlüsseln. Irgendwas mit Schule. Na ja, den Namen Birgit Meiners habe ich heute den ganzen Morgen auf meiner Liste der Lehrer gesehen. Da blieb immer eine Leerzeile, weil sie ja im Moment nicht im Dienst ist. Also habe ich sie angerufen. Sie ist fast in Ohnmacht gefallen, als ich mich als Kripobeamter vorgestellt habe, aber sie hat mir erzählt, dass du zurück zur Schule bist, um dein Handy zu holen.«

Jan machte eine bedeutungsvolle Pause.

»Hannah, es ist vorbei.«

Sie war dankbar, dass er ihr nicht vorwarf, allein in die Schule gegangen zu sein. Jedenfalls nicht jetzt.

»Ich glaube, er ist nicht mehr in der Schule. Er ist mir auch nicht gefolgt. Er war müde. Er wollte nicht mehr.«

Sie warteten eine ganze Weile, bis eines der Polizeiautos mit Irina und Nina zurückkam. Alle stiegen aus, bis auf Nina, die frierend im Fonds sitzen blieb.

»Wir haben bis jetzt niemanden gefunden. Wie vom Erdboden verschluckt. Ich bringe Frau Meier und ihre Tochter nach Hause und komme dann zurück«, sagte einer der Beamten.

»Hatten Sie auch den Schlüssel zum Musikraum, Irina?«, fiel Hannah plötzlich ein.

»Das ist Generalschlüssel. Für alle Türen! Ich sagte schon. War es der Musiklehrer? Der nette Mann, der immer zum Klavierspielen kommt nachmittags?«

»Ja, Kochler ist Musiklehrer.«

»Namen weiß ich nicht. Hat schwarze Locken und Schnurbart. Ist immer sehr freundlich. Kommt jeden Nachmittag in die Schule und spielt Klavier. Sehr lange. Sehr schön. Wenn ich auf dem Flur bin, höre ich manchmal zu. Zu Hause darf er nicht spielen. Sein Vermieter hat verboten. Weil zu laut für die Nachbarn. Er ist der Mörder? Unfasslich!«

»Wissen Sie, wo er wohnt?«

»Gegenüber von Schule. Er hat Blick auf den Schulhof von Wohnzimmerfenster, hat er mir erzählt. Wie ich sage, kommt jeden Nachmittag.«

Hannah und Jan schauten sich an. Irina konnte unmöglich wissen, dass sich eine weitere Lücke im Verständnis dieses Falls gerade geschlossen hatte.

Hannah sah dem Polizeiauto nach.

»Komm, Hannah, dein Auto lassen wir hier. Ich bringe dich nach Haus.«

Vier Tage später

Eine Wolke von Blättern verschiedenster Farben tanzte vor dem Fenster her und ließ sich auf dem Boden nieder. Mit jedem Windstoß mussten die Bäume, die Hannah von ihrem Platz aus nicht sehen konnte, ein Stückchen leerer geworden sein. So ging das nun schon seit Dienstag. Es stürmte und regnete, abwechselnd oder gleichzeitig. Dazu war es empfindlich nasskalt geworden, und durch den stets bewölkten Himmel wurde es früh dunkel. Es war fünf Uhr und schon schummrig draußen. Es war ihr egal. Sie genoss den Blick aus Jans großer Fensterfront und fühlte sich behaglich auf dem abgewetzten Sofa.

Jan werkelte in der Küche. Seine Einladung zum Abendessen hatte er offiziell als Dankeschön für ihre Hilfe bei der Aufklärung des Mordes an Daniela Heckert bezeichnet.

Sie hatte das Berufskolleg III nicht wieder betreten. Jan hatte ihr das Auto zurückgebracht. Dirk hatte sie in der Schule vertreten. Nicht für Geld und gute Worte wäre sie noch einmal dorthin zurückgekehrt. Was sich dort am Montag im Lehrerzimmer abgespielt hatte, hatte sie immer noch nicht verdaut. Sie hatte gegrübelt und gegrübelt, warum niemand sie verteidigt hatte. Natürlich: Claudia Gröger war schon gegangen. Frau Brauer und Teichmann hatten überhaupt nichts davon mitbekommen. Anscheinend hatte das Machtvakuum durch Everkamps plötzliche Abwesenheit wohl einige ermuntert, ihre fiesesten Seiten zu Tage treten zu lassen.

Jan stand mit blaugestreifter Kochschürze in der Tür.

»So, jetzt habe ich wieder Zeit. Erst mal kocht sich das Essen von allein.«

»Ist es ein Geheimnis oder darf ich wissen, was du kochst?«

Hannah war ziemlich neugierig, weil es keineswegs italienisch oder exotisch aus der Küche roch.

»Meinst du, du kannst dich für einen rheinischen Sauerbraten erwärmen?«

»Ist das dein Ernst? So was kannst du kochen?«

»Ehrlich gesagt habe ich ein bisschen geschummelt. Sauerbraten kann man fertig eingelegt kaufen. Und das Rheinische habe ich hinzugefügt. Dazu musste ich allerdings die Mama-Hotline mehrmals anwählen. Aber du hast meine Frage nicht beantwortet.«

»Ich liebe Sauerbraten! Aber …«

»Sag schon!«

»Ich mag keine Rosinen. Gehören die nicht dazu?«

»Kann man rausfischen. Hauptsache der Geschmack ist dran«, erwiderte er großzügig. »Wie wäre es schon mal mit einem Glas Rotwein vorweg?«

Es entstand eine kleine Pause, als er eingeschenkt hatte.

»Wie geht es Everkamp?«, fragte sie.

»Wesentlich besser. Sein größtes Problem beim Aufwachen wird voraussichtlich darin bestehen, mit den zwei Frauen klarzukommen, die um den Platz an seinem Krankenbett rangeln«, schmunzelte er.

»Ich mag mir gar nicht vorstellen, wie es in der Schule ohne ihn weiter geht.«

»Ich auch nicht. Dieser Matschinsky kann ihn höchstens formal ersetzen«, stimmte Jan ihr zu. »Obwohl Everkamp Schwäche gezeigt hatte in der letzten Zeit. Wenn ich an das Mobbing gegen Marlies Tiekötter denke! Ein Schulleiter, der gut führt, muss so etwas merken und etwas dagegen unternehmen.«

Ein neuer Windstoß ließ einen weiteren bunten Blätterregen vor dem Fenster tanzen und in der Dämmerung verschwinden, ihren Gedanken nicht unähnlich. »Ich denke immer noch über Kochler nach. Nachdem er sich jahrzehntelang ganz bewusst am Rande gehalten hat, damit ja niemand seine wahre Veranlagung erkennt, greift er auf einmal zu Drogen und macht sich zum Herrn über Gesundheit und Krankheit, sogar über Leben und Tod. Mir ist unbegreiflich, was in ihm vorgegangen ist.«

»Eine wirklich schlüssige Erklärung habe ich auch nicht.« Jan trank versonnen einen Schluck Rotwein. »Es könnte sein, dass etwas in ihm aufgebrochen ist, das lange verschüttet war.«

»Du meinst, jahrelang erlittene Kränkungen haben sich in ihm angestaut und Rachegefühle erzeugt? Wie bei einem Amokläufer?« Hannah staunte. Ihre Überlegungen gingen in eine ähnliche Richtung. »Als der Drogenmix bei Marlies Tiekötter so erfolgreich war, stellte er fest, dass er mit seinen Kenntnissen über eine effektive Waffe verfügte. Aber warum hat er nicht weiter gemacht? Warum hat er mich nicht verfolgt?« Immer wieder kam sie in den letzten Tagen an diesen Punkt. Jan blieb stumm.

»Vielleicht hatte er letztendlich schon aufgegeben,« dachte Hannah laut weiter. »Auch Amokläufe sind ja im Kern oft nichts anderes als erweiterte Selbstmorde. In den meisten Fällen tötet sich der Attentäter am Ende selbst.«

»Du glaubst an Selbstmord?«

»Ziemlich sicher.«

»Du könntest Recht haben. Die Fahndung nach Kochler verläuft nach wie vor im Sande. In seiner Wohnung haben wir Drogen in Hülle und Fülle gefunden. Es ist nicht so unwahrscheinlich, dass er sich mit einem Teil seiner Vorräte in irgendeinen Schlupfwinkel verkrochen hat, um sich das Leben zu nehmen.«

»Im Grunde genommen ist Kochler auch ein Opfer«, ließ Hannah ihren Gedanken weiter freien Lauf.

Wie erwartet widersprach Jan heftig. »Er ist ein Mörder!«

Einen Augenblick lang schoss ihr durch den Kopf, was Jan wohl von ihr und diesen verqueren Gedanken halten mochte. Aber er schaute sie nur ruhig und aufmerksam an.

»Er hatte jahrzehntelang Zeit, an seiner Lage etwas zu verändern, aber dazu hatte er keinen Mut«, fuhr sie fort. »Du musst sein Alter bedenken! Für Männer seiner Generation war es eher ungewöhnlich, sich zu outen. Vor über zwanzig Jahren hätte das in jeder Schule einen ungeheuren Skandal verursacht. Kochler ist kein Mensch, der so etwas durchsteht. Er hat es mir selbst gesagt. Ich schätze, auch bei der Polizei gibt es solche Kollegen.« Jan schwieg, aber sie konnte an seinem Gesicht ablesen, dass ihm Personen durch den Kopf gingen.

»Also wollte sich Kochler weiter bedeckt halten. Andererseits war sein Leben unerträglich geworden. Vor allem seitdem er die Illusion aufgeben musste, jemals wieder an die Beziehung mit Rüdiger Debus anknüpfen zu können. Er muss das Gefühl gehabt haben, in einer Sackgasse gelandet zu sein.«

»Menschen, die ihre Lage nur noch ertragen und angeblich nichts ändern können, sind mir suspekt«, warf ihr Gegenüber brüsk ein.

Womöglich hatte er ja nicht Unrecht. Hannah seufzte. Sie wollte keinen Mord rechtfertigen. Sie war selbst nur knapp dem Tod entgangen. Bei der Erinnerung an ihre Flucht durch den dunklen Flur liefen ihr eiskalte Schauer den Rücken herunter. Irgendwann am Montag musste Kochler aufgegeben haben, sonst hätte er versucht, auch sie zum Schweigen zu bringen. Vielleicht war ihm die Sinnlosigkeit weiterer Verbrechen aufgegangen, als er an dem Tag am Klavier gesessen und gespielt hatte in dem Bewusstsein, dass es so oder so das letzte Mal sein würde. Eine ungeklärte Einzelheit fiel ihr in dem Moment ein.

»Das wäre übrigens der einzige Grund, die Schule noch mal zu betreten.«

»Was wäre ein Grund?« Verständlicherweise konnte Jan ihrem Gedankensprung nicht ganz folgen.

»Das Klavierspiel. Ich würde gern wissen, ob man sein Klavierspiel im Besprechungszimmer hören kann. Ich habe die Musik für einen Teil meiner Halluzinationen gehalten. Aber vielleicht habe ich ihn wirklich spielen hören.«

»Ich kann dir nicht sagen, wo genau sich der Musikraum befindet. Wir können das aber noch überprüfen, wenn du möchtest.«

»Mal sehen, ob ich das in ein paar Tagen immer noch wichtig finde«, murmelte Hannah.

»In Ordnung. Und wie wäre es mit noch einem Glas Wein?«

Sie zögerte kurz mit der Antwort.

»Ja«, sagte sie dann, »sehr gern.« Er sah sie lächeln.

Anmerkungen:

Alle Personen und einige wichtige Lokalitäten in diesem Krimi sind reine Phantasieprodukte: das Städtische Berufskolleg III, die Münsteraner Schulberatungsstelle in der Schützenstraße, das St.Vitus-Hospital in Coesfeld, das Café 99 und das Café Speciale.

Alle anderen Orte, insbesondere im Bereich der Stadt Münster, sind hoffentlich der Wirklichkeit entsprechend dargestellt. Mit einer Ausnahme: Der Spaziergang von den Altenberger Höhen hinab Richtung Baumberge würde leider schnell durch die Bundesstraße 54 ein Ende finden. Sorry: zur Nachahmung nicht empfohlen.

Ich danke für ihre Unterstützung:

Doris, Ulla, Bettina und Astrid, die die Rohfassung des Manuskripts gelesen und mich auf inhaltliche Ungereimtheiten und formale Fehler aufmerksam gemacht haben. Ohne Eure Ermutigung hätte ich nicht weiter gemacht.

Meinem Sohn Jan, ohne dessen unermüdliche Hilfe am PC dieses Buch niemals in Papierform vor Ihnen läge.

Gaby B., die mir den entscheidenden Tipp mit dem Dialogverlag gegeben hat, ohne eine einzige Zeile des Buches gelesen zu haben.

Meinem Lektor Markus Nolte, der mit großer Sensibilität für die Geschichte und die Charaktere und viel Geduld die »Kinderkrankheiten« meines Erstlings behandelt hat.

Meinem Ehemann Bernd, der meine verrückte Idee, einen Krimi zu schreiben, immer unterstützt hat

Helga Streffing

Marliani-Eyll, Verona /
Trautmann, Markus:
»Weiße Rosen für den Löwen. Eine Geschichte über das Erbe der Vergangenheit und über Jugendliche von heute«
200 Seiten, Paperback
Dialogverlag Münster
ISBN: 978-3-941462-17-5

Einige Jugendliche beschäftigen sich im Rahmen eines Unterrichtsprojekts mit dem Dritten Reich. Dabei setzen sie sich mit Gestalten des Widerstands auseinander, unter anderem mit Kardinal Clemens August von Galen und den Geschwistern Scholl.

Nicht zuletzt durch ihren engagierten Geschichtslehrer werden die jungen Leute mit der Tatsache konfrontiert, dass das Erbe der Vergangenheit manche heftige Reaktion in der Gegenwart hervorrufen kann und zur konkreten Stellungnahme herausfordert. Insbesondere der Kontakt mit einer alten Zeitzeugin sensibilisiert die Gruppe für die Brisanz christlicher Standpunkte in heutiger Gesellschaft. Am Ende zieht das kommunalpolitische Engagement des Lehrers um die Namensgebung ihrer Schule auch die Jugendlichen nach und nach in eine zugespitzte Konfrontation hinein.

Das Buch erzählt eine Geschichte von Freundschaft und Solidarität, von Provokation und Gelassenheit, von Lebenserfahrung und Leichtsinn, von persönlicher Überzeugung und öffentlichem Bekenntnis.